Poul Anderson

DIE FLIEGENDEN BERGE

Poul Anderson

DIE FLIEGENDEN BERGE

Moewig Verlag KG Rastatt

Titel des Originals: TALES OF THE FLYING MOUNTAINS
Die Übersetzung aus dem Englischen besorgte Leni Sobez
Redaktion: Günter M. Schelwokat

Deutsche Erstausgabe 1979
Moewig Verlag KG, Rastatt

Satz: Knauer Layoutsatz GmbH, Stuttgart
Druck und Bindung: Salzer-Ueberreuter, Wien
Printed in Austria

ISBN 3-8118-0105-8

Inhalt

Poul Anderson – sein Leben

Er ist 1926 in den USA als Sohn skandinavischer Eltern geboren. Er wuchs auf in Texas, Dänemark, Washington D. C. und auf einer Farm in Minnesota. 1948 graduierte er an der Universität von Minnesota mit ausgezeichnetem Erfolg als Bakkalaureus der Naturwissenschaften. Da er um diese Zeit schon etliche Geschichten verkauft hatte, wurde er lieber freier Schriftsteller als Wissenschaftler. 1953 heiratete er Karen Kruse, die später selbst Schriftstellerin wurde. Er hat eine Tochter namens Astrid; sein Wohnsitz liegt im Gebiet der Bucht von San Franzisko.

Bisher hat er ungefähr fünfzig Bücher veröffentlicht, einige Sammlungen seiner Werke mit eingeschlossen, außerdem mehr als zweihundert kürzere Geschichten, diese meistens in Zeitschriften, die so unterschiedlich sind wie *Analog, Saturday Review, Boys' Life, Playboy* und *National Review.* Außer Science Fiction und Fantasy schließen diese Werke wissenschaftliche Tatsachenberichte, historische Romane, Kriminalberichte und Kriminalromane ein, Aufsätze, Kritiken, Übersetzungen und Gedichte.

Seine Ehrungen: Ehrengast der Welt-Science-Fiction-Tagung 1959 und bei verschiedenen regionalen Tagungen, drei Hugo-Preise, ein Nebula-Preis, Cock-Robin-Krimipreis, zweimal Morley-Montgomery-Preis (für die beste Abhandlung über Sherlock Holmes), der Irregular Shilling der Baker Street Irregulars, Ritterschaft der Gesellschaft für kreativen Anachronismus, Knight of Mark Twain, Sonderausgabe von The Magazine of Fantasy and Science

Fiction vom April 1971. Er diente als regionaler Vizepräsident der Mystery Writers of America und ist derzeit Präsident der Science-Fiction-Autoren von Amerika.

Seine Hobbys sind unter anderem Reisen, Bergsteigen, Bootsfahrten, Zimmermannsarbeiten, Gartenarbeit, Kochen, Karikaturenzeichnen, Lesen, Biertrinken und Unterhaltung.

Poul Anderson über sich und sein Schaffen

Ich wurde am 25. November 1926 in Bristol, Pennsylvania, geboren. Meine Eltern waren skandinavischer Abkunft, und daher stammt auch die Schreibweise meines Vornamens. Mütterlicherseits stamme ich direkt von Carsten Hauch und Henrik Hertz ab, zwei bekannten dänischen Dichtern, und mit Fridtjof Nansen bin ich weitläufig verwandt. Meines Vaters Vater war Seekapitän; das Ruder seines Schiffes ist im Marinemuseum Elsinore ausgestellt. Mein Vater wurde Ingenieur, arbeitete für die Texaco und wurde kurz nach meiner Geburt nach Port Arthur, Texas, geschickt, wo er Chef-Taxator der Firma wurde. Vier Jahre später kam mein Bruder John zur Welt. Er ist jetzt Geologe. 1961–62 führte er die erste Expedition, die je in die Sentinel und Heritage Mountains der Antarktis unternommen wurde.

1937 starb unser Vater. Mutter brachte uns für eine Weile nach Europa, dann entschied sie, wir sollten doch in unserem eigenen Land aufwachsen, und kehrte zurück. Ungefähr ein Jahr lang lebten wir in der näheren Umgebung von Washington D. C., wo sie für die dänische Gesandtschaft arbeitete. Endlich kauften wir eine Farm in Minnesota und ließen uns dort für eine Reihe von Jahren nieder.

Wegen einer alten Verletzung wurde ich nicht zum Militärdienst eingezogen, und so ging ich 1944 an die Universität von Minnesota; Hauptfach Physik, Nebenfächer Chemie und Mathematik. 1948 machte ich den „Bachelor of Science" mit Auszeichnung. Inzwischen hatte ich begonnen, an Science-Fiction-Magazine einige Geschichten zu verkaufen. Nach der Graduierung schrieb ich weiter, um meinen Lebensunterhalt zu verdienen, bis ich eine geeignete Stellung finden konnte. Um diese Zeit waren gute Jobs rar, und die Suche dauerte lange genug, um mir darüber klar zu werden, daß ich eigentlich ja gar nichts anderes sein wollte als Schriftsteller. Seither habe ich immer nur dann etwas anderes getan, wenn der Markt nicht genug für meinen Lebensunterhalt hergab. Die letzte derartige Periode liegt jetzt etwa sieben Jahre zurück. Da arbeitete ich einige Monate lang als Junior-Chemiker für das Landwirtschaftsministerium der USA. Seitdem war ich immer in der Lage, meine ganze Zeit dem Schreiben zu widmen.

Meine technische Ausbildung wie auch etliche Fortgeschrittenenkurse in Mathematik und Philosophie waren mir beim Schreiben immer sehr nützlich, sowohl bei Romanen als auch bei Tatsachenberichten.

Lange Zeit lebte ich in Minneapolis und machte von dort aus ausgedehnte Reisen. 1953 kehrte ich von Europa zurück, ging weiter nach Westen, endete in Berkeley, Kalifornien, direkt an der Bucht, gegenüber von San Franzisko. Dort heiratete ich Karen Kruse. Wir haben eine Tochter und wohnen zur Zeit in einem hügeligen Vorort des Gebietes Berkeley-Oakland. Ich bin aktives Mitglied und gelegentlich auch Amtsträger von The Mystery Writers of America, The Scowrers of San Francisco (das ist ein Sherlock-Holmes-Klub), The Elves', Gnomes and Little Men's Science Fiction, Chowder and Marching Society. Ferner gehöre ich auch der Amerikanischen Gesellschaft für die Entwicklung der Wissenschaften an.

Meine Hobbys sind unter anderem Reisen, Wandern, Camping, Bootfahren, Zimmermannsarbeiten, und gelegentlich übersetze ich auch einige Gedichte.

Als ich zuletzt zählte, hatte ich mehr als zweihundert Schriften veröffentlicht. Etwa fünfzehn waren Hardcover-Bücher, ungefähr ebensoviel Taschenbuch-Originale. Wenn ich auch noch immer ziemlich viel Science Fiction schreibe, so entstanden doch auch Detektivgeschichten, historische Romane, Radio-Drehbücher und Tatsachenberichte.

Preise, Kritiken usw.:

1959 erhielt ich für *Perish By the Sword* den ersten Cock-Robin-Jahres-Preis der Macmillan Company als Bester des Jahres. In jenem Jahr war ich auch Ehrengast des Science-Fiction-Weltcon. 1960 verlieh man mir den Morley-Montgomery-Memorial-Preis für das beste Essay des Jahres für *The Baker Street Journal.* 1961 wurde mein *The Longest Voyage* als beste Science-Fiction-Kurzgeschichte des Jahres 1960 bezeichnet und erhielt den Hugo.

Die Buchkritik des Magazins *Analog* brachte im Oktober 1961 eine sehr ausführliche Abhandlung über meine Arbeit und bemerkte darin, es gebe hier „altmodische" Themen und Inhalte, die durch ihre Behandlung völlig frisch und modern geworden seien, weil der Autor vorbeisehe an dem Spiel von Gefahr-und-Handlung zu den psychologischen Handlungen und Zwischenhandlungen der einzelnen Personen.

François Bordes, Professor für Vorgeschichte an der Universität Bordeaux, mochte meine „Höhlenmenschen"-Geschichte *The Long Remembering* so gern, daß er sie selbst für Fiction-Zeitschriften übersetzte. Kingsley Amis beschrieb *The Martian Crown Jewels* als „brillant, gescheit und einfallsreich". Diese Geschichte wurde später in ein englisches Lesebuch aufgenommen. Anthony Boucher besprach *Guardians of Time* in *The New York Herald Tribune* und schrieb: „Anderson ist ein ehrfurchtgebietender Polymath, der mit allen Problemen der Geschichte, Kultur und Sprachforschung spielend fertig wird, die für so viele zeitreisende Autoren so schwierig sind. Er ist der geborene Geschichtenerzähler ... ein intelligenter Romanschreiber, dem es gelingt, mitten in einem Abenteuer gelegentlich auch einen genaueren Blick auf den Menschen und die Menschheit zu werfen." Amis bezeichnete diese Geschichte im *Observer* als „äußerst empfehlenswert". Andere Bücher, die gleich gut aufgenommen wurden, sind *Brain Wave, The High Crusade* und *Three Hearts and Three Lions.*

Von meinen beiden non-Fiction Büchern ist *Thermonuclear Warfare* (Monarch) besonders gedacht für die Leser schwieriger Probleme, die den modernen Krieg gegen den modernen Frieden abwägen. J. E. Pournelle, von Beruf militärischer Analytiker, schrieb in *Cry:* „Es müßte gefordert werden, daß alle Amerikaner dies lesen." Das andere, *Is There Life on Other Worlds?* (Collier) beschreibt, was die Wissenschaft heute über diesen Gegenstand weiß und annimmt. Isaac Asimov schrieb in seiner Einführung dazu: „Ich bin ganz sicher, daß niemand, der dieses Buch liest, jemals mehr zu den Sternen hinaufschauen kann, ohne eine Neugier zu fühlen, die er nie vorher gekannt hat."

Übersetzt wurden meine Werke ins Französische, Deutsche, Spanische, Portugiesische, ins Italienische, Dänische, Schwedische und Japanische.

Prolog

Wir, die Menschen des Raumschiffes Astra, erstellen hiermit eine Verfassung für die Regierung des Schiffes und seines Personals, die bis zu der Zeit gültig bleibt, da dessen Mission abgeschlossen sein wird. Zweck dieser Verfassung ist die Erhaltung von Gerechtigkeit und Ruhe, die Förderung der allgemeinen Wohlfahrt und die Sicherung unserer eigenen Freiheit und der unserer Nachkommen, um den ersten Vorstoß der Menschheit über das Sonnensystem hinaus vollziehen zu können.

Tapfere Worte. Sie rufen uns das Gesetz der Asteroiden-Republik ins Gedächtnis, das sich auf das Gesetz der Vereinigten Staaten von Amerika gründet. Jetzt, da diese kleinen Welten längst aus unseren Teleskopen verschwunden sind, da die Erde verloren ist im Glanz jenes Sterns unter Sternen, zu dem die Sonne wurde, da auch Jupiter und Saturn bald unsichtbar werden, geben diese Worte unseren Herzen neuen Mut.

Notwendige Worte. Jene, die an Bord dieses Forschungsschiffs gingen, haben vorher die Artikel der Expedition unterschrieben. Zusammen mit den traditionellen Regeln – der wohlwollende Despotismus des Kapitäns mitinbegriffen – genügte das. Aber wir sind unterwegs zu neuen Sonnen. Es wird bei einer Beschleunigung von 0.01 g, Umkehr am mittleren Punkt, mehr als vierzig Jahre dauern, um Alpha Centauri zu erreichen. Und natürlich werden wir dann nicht sofort umkehren.

Die vorausgehenden Sonden funkten zu viel an Information, vor allem viel zu aufreizende, über die Planeten dieses Dreiersystems. Ganze Lebensalter werden nicht ausreichen, sie zu studieren. Zu Hause wird sich inzwischen sehr vieles ändern; auch in und an der *Astra,* bis sie schließlich „Heimat“ bedeutet. Die Crew könnte entscheiden, daß der Maser-Kontakt alles ist, was sie wollen. Und sie könnte Alpha Centauri verlassen, nicht um zur Sonne zurückzukehren, sondern um zu einem anderen Stern weiterzureisen.

So haben wir nicht nur uns selbst verpflichtet, sondern auch noch eine unbekannte Anzahl von Generationen nach uns. Es ist gesetzlich, moralisch und praktisch unmöglich für uns, sie an unseren eigenen starren Rahmen zu binden. Für den Notfall muß natürlich eine Autorität vorhanden sein, doch im allgemeinen muß das Schiff als Demokratie geführt werden.

„Ha!“ sagt Lindgren.

„Was?“ frage ich. Wir, das beratende Gremium, der Rat also, müßten nicht unbedingt viel zählen, meinte ich. Unsere kleine Gruppe könne sehr wohl über Pläne diskutieren und auch zu einer Übereinstimmung kommen. Aber werde sich auch der Kongreß daran halten?

„Er hat ‚ha‘ gesagt“, erklärt mir Missy Blades. Nach ein paar Augenblicken fügt sie nachdenklich hinzu: „Ich pflichte ihm bei.“

„Ich“, bemerkt Orloff, „könnte sogar so weit gehen, daß ich ein ‚Ho!‘ hinzufüge.“

Durch den Raum läuft ein Kichern, alle acht Gesichter, die ich sehe, grinsen breit. Fünf dieser Gesichter sind faltig, die Haut ist dunkel und ledrig von den Jahrzehnten des grellen Raumsonnenlichts, das keine Helmplatte ausfiltern kann, und das Haar ist weiß. Aber die Körper sind mager, beweglich, sorglos und bunt gekleidet, und das Alter scheint nur ihre Fröhlichkeit vertieft und die Respektlosigkeit der Jugend verschärft zu haben. Sie, die „älteren Staatsmänner“ der *Astra,* waren zu ihrer Zeit die Eroberer der fliegenden Berge und der großen äußeren Welten. Für feierliche Würde blieb ihnen niemals Zeit.

Amspaugh, unser Präsident, hatte sie. Den größten Teil seines Lebens hatte er in Büros verbracht – Politiker beschwatzend und Geschäftsleute umschmeichelnd, ganze Herden von Funktionären und Computern dirigierend und Tunnels durch solide Kilometer offizieller Schreiben grabend: die notwendigerweise durchorganisierte Arbeit der Stiftung, die am Ende sein Beitrag zu dem Traum wurde, den wir zu leben begonnen haben. Die Folge davon ist, daß er beliebt ist und respektiert wird, dafür aber auch gelegentlich ein bißchen aufgeblasen ist.

„Ladies“, intoniert er, „Gentlemen. Bitte, vergessen Sie nicht, daß Mr. Sanders neu in diesem Kreis ist, tatsächlich neu in der ganzen Praxis der Zivilregierung. Ich denke, es wäre klug, würden wir auch Leute von den Abteilungen Maschinen und Navigation, von jeder nicht wahlberechtigten Abteilung, heranziehen, aber verwirren wollten wir sie natürlich nicht.“

„Oh, das ist schon in Ordnung“, antworte ich schnell. „Für einen wie mich dauert es ein bißchen länger, sich auf Witze einzustimmen.“

Missy Blades tätschelt mir die Hand. „Du wirst schon, Winston“, sagt sie. „Nicht daß ich überrascht wäre, nein. Ehe wir dich einluden, haben wir dich gründlich angeschaut. Du bist aus mehr Gründen hier als dem, daß du einen guten Job tust.“

Ein Kompliment von ihr bedeutet eine ganze Menge. Voll Stolz schaue ich durch das Sichtfenster.

Diese Halle ist behaglich, fast luxuriös, dekoriert in unaufdringlich gedämpften Farben und mit klassischen Bildwerken geschmückt. Die Bücherregale sind gefüllt mit Folianten und Spulen. Musik gibt es selbstverständlich auch. Im Moment hören wir im Hintergrund leise Nielsens *Fynsk Foraar.* Die Halle befindet sich in der Kuppel eines Turmes, der am äußeren Rumpf so hoch aufsteigt, daß der größte Teil der Atmosphäre darunter liegt. Deshalb ist unser Blick geradeaus von größter Pracht, ein schwarzer Himmel, der mit Myriaden von Sternen und dem breiten, schimmernden Gürtel der Milchstraße besetzt ist. Kommt man aber ganz nahe ans Sichtfenster und schaut an der Metallhülle des Turmes hinab, wird man einen Nebel erkennen, die Außenluft des Schiffes. Eine Wolke treibt vorüber und trübt den Schein einer der Lampen, die an ihren reichverzierten Pfosten die Sonne ersetzen, die wir hinter uns lassen. Ein Schwerkraftgerät erhebt sich streng funktionell über den nahen Horizont. Man sieht von hier aus nicht, wie es sich in den Energieverbund einfügt, aber man weiß, daß ohne dieses Gerät sich das Gas ins Vakuum verflüchtigen und uns die tödliche Strahlung überfallen würde.

Wir erblicken einen Park, Gras, Blumenbeete, Bäume um einen Teich. Sonst war wenig geschehen, um die Außenseite nach der Erde zu formen, oder, um genau zu sein, auch die riesige Höhle des Innern. Soll sich doch die Zukunft darum kümmern, wenn die Bevölkerung zunimmt. Was wir haben, genügt uns im Augenblick.

Das stimmt auch. Wir sitzen warm und behaglich, atmen süße Luft, trinken und essen, wann wir mögen. Die künstliche Schwerkraft unter unseren Füßen beträgt ein g, und der Vektor ist so eingestellt, daß wir den leichten Druck der Beschleunigung nicht spüren. Selbst den ungeheuren Ausstoß an Maschinenenergie bemerken wir nicht, mit der diese Masse den Sternen entgegengetrieben wird. Die moderne Technologie ist nicht nur ungeheuer mächtig, sondern auch auf Feinheiten bedacht.

Die Bussard-Geschwindigkeit haben wir noch nicht erreicht. Wir könnten dann nämlich interstellaren Wasserstoff aufnehmen, um ihn in den Fusionsreaktoren zu verbrennen. Aber wir haben genug Brennstoffvorräte, um dieses Tempo zu erreichen und danach auf interplanetare Geschwindigkeiten abzubremsen, sobald wir die Umkehrschleife nach Alpha Centauri beschreiben. Wir haben einen geschlossenen Biokreislauf; alles Lebensnotwendige wird aufbereitet und unendlich lange wiederverwertet, für Millionen von Jahren, falls es nötig sein sollte; aber er kann durchaus vergrößert werden. Wir haben Boote, Maschinen, Roboter, Computer, Instrumente und in den Mikrofilmen praktisch das ganze Wissen sämtlicher menschlicher Zivilisationen, die es je gab, und dieses Wissen wartet auf uns.

Eines Tages wird es den Menschen einmal gelingen, die Barriere der Lichtgeschwindigkeit zu überspringen, und dann kommen sie, um uns oder unsere Nachkommen von einem Weltenschiff zu holen, das dann ja überflüssig ist. Vielleicht. Nun ja, Wirklichkeit braucht dieser Traum nicht unbedingt zu werden. So, wie wir's jetzt machen, dauert es zwar länger, das Universum hat sich aber auch so, wie die Dinge jetzt liegen, schon weit für uns geöffnet.

Das überlege ich und freue mich, daß meine Arbeit Teil dieser Glorie ist. Dann spricht Lindgren:

„Um auf das Thema zurückzukommen: Unser Kongreß wurde ehrlich und demokratisch gewählt und ist daher ein wahrer Vertreter der Menschen an Bord. Deshalb wird er über seine großen Plattfüße fallen, wenn dem Gesetzeskraft verliehen wird, was der Rat empfiehlt. Außer, selbstverständlich, er denkt selbst."

Ich muß ein bißchen erschüttert dreinschauen, wenn er auch nur das auf der Hand liegende erwähnt hat, denn Amspaughs schokoladefarbenes Gesicht verzieht sich ein wenig düster, und er sagt: „Sigurd, das hättest du ja auch wirklich taktvoller ausdrücken können."

„Warum?" fragt Lindgren interessiert.

Amspaugh streicht mit der Hand über seinen grauen Wollkopf und hat keine Antwort parat.

„Kommen wir doch wieder zum Geschäft", schlägt Dworczyk vor. „Beste Möglichkeit für unseren Neuling, unsere Arbeitsweise zu durchschauen. Außerdem habe ich in meinem Labor ein Experiment laufen, das ich so schnell wie möglich überprüfen möchte."

„Na, schön." Amspaugh wendet sich an mich. „Ich nehme an, du weißt, daß der einzige Punkt unserer Tagesordnung die Erziehungspolitik ist."

„Ich hörte, daß es erwähnt wurde", erwidere ich. „Aber weshalb diese Eile? Die ersten Babys sind doch kaum erst geboren."

„Aber das tun sie jetzt laufend", erinnert mich McVeagh.

Missy Blades murmelt: „Und dick und schnell kommen sie, und immer mehr werden es. Bis zur gesetzlich festgelegten Bevölkerungsgrenze, wie die auch zu irgendeiner Zeit aussehen mag. Das ist ja immer noch das Lieblingsvergnügen der Menschheit."

Amspaugh nimmt Pfeife und Tabaksbeutel aus verschiedenen Taschen und fummelt damit herum. „Die Kinder werden heranwachsen", bemerkt er ernsthaft. „Sie brauchen Schulen, Lehrer und Lehrbücher. Das Grundwissen ist absolut kein Problem. Ich meine damit Literatur, Wissenschaft, Mathematik und dergleichen. Aber solange die Schüler klein sind, müssen sie auch Geschichte und Staatsbürgerkunde lernen. Später wachsen sie heran, dann beginnen sie nach dem Wert dessen zu fragen, was sie lernen. Ein paar Jahre später sind sie wahlberechtigte Erwachsene. Und wieder ein paar Jahre später sind sie in der Gesellschaft tonangebend.

Das hier ist kein Planet, noch nicht einmal ein Asteroid, wo die Menschen einfach leben. Die Reise ist der alleinige Daseinszweck des Schiffes. Geht das Ideal verloren, wird die Zukunft eine einzige Isolierung, Stagnation, ein Rückschritt sein und vielleicht zur Auslöschung führen. Um dies zu vermeiden, sind wir auf ganz einmalige Art von der Erziehung abhängig.

Mit Sol haben wir nur eine fadendünne Maser-Verbindung, und zwischen Frage und Antwort vergehen schon Jahre. Wir haben nur einander für Wechselwirkung und Inspiration, aber keine fruchtbaren Kontakte mit anderen Ländern, anderer Lebensart und anderem Denken. Verstehst du nicht, Sanders, wie lebenswichtig es ist, daß unsere Kinder richtig erzogen werden? Sie müssen richtig verstehen lernen, nicht nur die Technologie, die sie brauchen, sondern auch den Langzeitzweck und ihre Bedeutung."

Er hatte seine Pfeife gestopft und zündet sie nun an. Orloff spricht in das Schweigen hinein: „Wir müssen grundsätzlich entscheiden, was der Geschichtsunterricht einschließen muß. Wissen wir das, dann haben wir auch Autoren, die dies in Lehrbüchern zusammenfassen, Schauspieler, die das auf Band sprechen und so weiter, und zwar für jede Ebene, vom Kindergarten bis durch das College. Da Einflüsse von außen her fehlen, wird dieser Unterricht voraussichtlich ungefragt akzeptiert von Generationen, wenn nicht für immer. Was sollen wir also lehren?"

„Die Wahrheit", platze ich heraus.

„Was ist die Wahrheit?“

„Nun ja, die Tatsachen ... was wirklich geschehen ist ...“

„Unmöglich“, sagt Amspaugh sanft. „Erstens gibt es zuviele Tatsachen, als daß ein menschliches Gehirn sie alle behalten könnte; man stelle sich nur alle aufgezeichneten Einzelheiten über das Alltagsleben seit dem alten Ägypten vor. Man muß das auswählen, was wissenswert ist, und unter diesen Daten dann wieder eine Stufenleiter der Wichtigkeit aufstellen. Schon jetzt werden wir alle erkennen, daß die ‚Wahrheit‘ eine menschliche Konstruktion wird. Zweitens müssen wir das alles erläutern. Zum Beispiel, wer, auf lange Sicht gesehen, war wichtiger, die Griechen oder die Perser? Drittens, der ganzen menschlichen Natur nach ist eine moralische Beurteilung unvermeidlich. War es richtig, war es wünschenswert, daß die Christenheit Europa übernahm oder daß sie sich später solchen Feinden gegenübersah wie dem Mohammedanismus oder dem Kommunismus?

Ein intellektuell geschulter und gefühlsmäßig gereifter Mensch kann über solche Fragen mit viel Vergnügen debattieren und mit noch größerem Nutzen. Das kann ein Kind nicht. Wenn wir aber das Kind nicht mit einem Gefühl für Richtigkeit und Bedeutung erziehen, bekommen wir den Erwachsenen niemals. Wir kriegen dann nur einen Ignoramus, einen geistig Verhungernden nach dem wahren Glauben, einen potentiellen Revolutionär. Die *Astra* kann sich nichts von all dem leisten.“

„Man hat dieses Problem vorausgesehen“, wirft Orloff ein, „doch wir stellten es absichtlich solange zurück, bis wir unterwegs waren und ein Gefühl dafür bekommen hatten, wie sich diese einmalige Gemeinschaft formen wird.“

„Ah, ich verstehe“, sage ich. „Oder ich glaube es wenigstens.“

„Einzelheiten später", verspricht Amspaugh. „Jetzt müssen wir die grundlegende erzieherische Philosophie festlegen." Er schaut mich lange an. „Unser ursprünglicher Kreis kennt einander recht gut. Ich denke, wir können im großen und ganzen voraussagen, welchen Standpunkt jeder einnimmt. Das ist nicht besonders gut. Wir brauchen eine viele größere Denkbreite. Das ist ein Hauptgrund dafür, daß wir neue Mitglieder einladen. Du bist das letzte.

Würdest du also die Diskussion eröffnen?"

„Hm ... äh ..." Ich suche fieberhaft meine Gehirnzellen zusammen. „Na, schön. Wir müssen auswählen und beurteilen. Wir haben zu sagen: ‚Dies war schlecht und darf nie wieder vorkommen; das dagegen war großartig, und wir sollten das weiterentwickeln.' Gut.

Aber um welche Schwierigkeit handelt es sich hier? Die konventionellen Pläne auf der Erde und im Sonnensystem sind unter den Sternen Abstraktionen. Oh, ich denke, wir sollten den Kindern ganz entsetzliche Beispiele von Dingen wie Kriege und Sklaverei geben, um ihnen einzuimpfen, daß so etwas nicht wieder aufleben darf. Und gute Beispiele natürlich, wie die Magna Charta oder die Amerikanische Unabhängigkeitserklärung oder die Bill of Liberties.

Und Inspiration – guter Gott!" rufe ich aus, denn ich erwärme mich allmählich für dieses Thema. „Was wäre schlecht an der Eroberung des Raumes als Zentralmotiv? Ihnen erzählen von Goddard, Tsiolkovsky, Oberth, Esnault-Pelterie, Ley. Ihnen vom Sputnik berichten, von Mercury-Gemini-Apollo, von Emett und wie er nicht zuhören wollte, wenn man über seine Gyrogravitation lachte, von Rotmistrov auf dem Mars und Shuhara auf der Venus, von ihren eigenen Vorfahren, die kalte, leb- und luftlose Felsen in die Asteroiden-Republik verwandelten! Was könnte man Besseres tun?"

Es folgt Schweigen, und ich werde recht verlegen. Ihre Blicke sind nicht unfreundlich, aber einige werden sardonisch. Schließlich schüttelt Missy ihren weisen alten Kopf.

„Nein, es tut mir leid, Winston“, sagt sie. „So geht das nicht. Zu viele andere Tatsachen schwimmen hier in unseren Bibliotheken herum, und ein gewisser Prozentsatz von Studenten wird ein wenig forschen wollen. Wenn wir ihnen über die wundervollen Raumraketen erzählen, nicht aber die nuklearen Sprengköpfe erwähnen, die der größte Teil dieser Raketen ursprünglich aufnehmen sollte, dann haben wir sie angelogen. Sie werden das herausfinden und allem mißtrauen, was wir ihnen beizubringen versuchen. So ist es auch auf dem interplanetaren Gebiet. Vielleicht hat Joe Amspaugh recht, und es gibt keine absolute historische Wahrheit. Aber wir müssen versuchen, ihnen soviel Realität wie möglich beizubringen.“

„Da bin ich nicht ganz so sicher“, sagt Conchita Montalvo. Sie gehört wie Luis Echevaray und ich einer jüngeren Generation an. Die Spur einer Unsicherheit läßt sie mit besonderem Ernst und in professoralem Stil sprechen. (Wenn wir allein sind, lachen wir viel.) „Wie Mr. Orloff uns gerade ins Gedächtnis rief, ist dies eine überaus isolierte Gruppe. Isoliert auch von der turbulenten, sehr komplizierten, oft grausamen und verschrobenen Masse der Menschheit. Unsere Kinder haben wenig Gelegenheit sozusagen, Antikörper zu entwickeln. Zu umfangreiche und grobe Tatsachen verwirren sie in ihrer Unschuld und könnten sie dann in Zynismus und Rebellion treiben. Offen gesagt, ich weiß nicht, ob wir nicht bestimmte Daten unterdrücken sollten.“

Das überrascht uns alle. Wir sind Asteriten. Wenn wir die Zensur an sich ablehnen, so gilt das auch für jede Art von Übereifer. Lindgren macht den Mund ein paarmal auf und zu, ehe er die Frage stellt: „An welche Episoden denkst du da?“

„An viele“, erwidert Conchita. „Jemand erwähnte Emett und den Ursprung des echten interplanetaren Zeitalters. Wie kannst du einem unwissenden jungen Menschen erklären, *wie das herbeigeführt wurde?*“

Nichts ist so erfolgreich wie der Mißerfolg

„O nein!“ Junius Harleman wandte sich vom Türspion ab. „Er ist’s!“

„Wer?“ Seine Frau schaute auf den Schirm. Er zeigte einen kleinen, mageren, ungepflegten Mann in einem grellen Hawaii-Hemd, der nachdrücklich den Klingelknopf auf der Veranda betätigte.

„Quentin Emett“, stöhnte Harleman. „Du hast mich ja über ihn reden hören. Dieser komische Kauz hat im ganzen vergangenen Jahr mein Büro belagert. Und jetzt hat er auch noch herausgefunden, wo ich wohne.“

„Wir müssen ihn aber doch nicht ’reinlassen, oder?“

„Ich fürchte, wir müssen es. Ich kann ihn nicht einfach abweisen. Er ist Senator Lamphiers Vetter.“

„Schade.“ Martha deutete auf das Fernsehgerät, das die unmoderne, neuchinesische Einrichtung des Wohnzimmers beherrschte. „Und dabei ist jetzt gerade die Kreemi-Rich-Stunde angegangen.“

Harlemans Miene hellte sich etwas auf. Es gab schlimmere Dinge, als eine Weile dem Wissenschaftler Q. Emett zuzuhören. Wie die meisten Ehemänner mittleren Alters hatte er sich in viele Dinge gefügt und redete sich ein, daß seine Frau dies zweifellos auch getan hatte. „Tut mir sehr leid“, sagte er, „doch das Los eines Administrators ist nicht allzu glücklich. Willst du Kaffee machen? Ich versuche, ihn so schnell wie möglich loszuwerden.“

Sein Bauch ging ihm in der Halle voran. Als er die Tür öffnete, fiel der Schein einer Straßenlampe auf seinen Skalp, der rosig durch schütteres graues Haar schimmerte. Der Sommerabend von Silver Spring, Maryland, überrollte ihn unbarmherzig. In dieser Luft konnte man kochen, wenn man nicht vorher in ihrer Feuchtigkeit ertrank. Es war eine ruhige Nachbarschaft, und das einzige sichtbare Fahrzeug war ein gepanzerter Streifenwagen, der für diese Ruhe sorgte.

„Hallo“, sagte der Chef der National Aeronautics and Space Administration. „Was bringt Sie her?“

„Ah, ich denke, das wissen Sie“, antwortete der Besucher.

„Aber das ist kaum die richtige Stunde für geschäftliche Besprechungen, Mr. Emett.“

„Ganz im Gegenteil, sie ist es. Ah ... Sie werden doch morgen im Kongreß sprechen, nicht wahr? Und Sie rechnen mit einer sehr harten Zeit, nicht wahr?“

Harleman zuckte zusammen. Emett nützte seinen Vorteil aus mit der Verbissenheit des Schwachen, der sich selbst aufgepeitscht hat: „Sie hoffen doch nur, daß Ihr Budget nicht weiter zusammengestutzt wird. Ihr ganzes Büro könnte entvölkert werden. Richtig? Nun, ich glaube, ich – äh – kann Ihnen helfen. Mr. Harleman, ich weiß, Sie halten mich für einen verschrobenen Kerl. Na, schön. Ich will nicht noch mal versuchen, Ihnen zu beweisen, daß meine Ideen an sich vernünftig sind. Aber mir scheint doch, äh, daß sie in der Politik sehr praktisch angewandt werden könnten. Wollen Sie meine Vorschläge hören?“

In Harleman klickte etwas. Dann schien etwas sein Rückgrat entlangzukrabbeln. „Wissen Sie“, sagt er, „Sie können da doch kaum etwas haben. Ich kann Ihnen gar nichts versprechen. Aber kommen Sie doch herein.“

Die Klimaanlage umfing ihn wie ein Segen, als er die Tür schloß. Er machte Emett mit seiner Frau bekannt, dann erklärte Harleman gewichtig: „Wir haben über eine vertrauliche Angelegenheit zu reden. Würdest du uns, bitte, Kaffee in mein Arbeitszimmer bringen?“

Vor dreißig Jahren hatte ein Schriftsteller in der *New Republic* den Kongreßabgeordneten Ashley Stanhope „Onkel Scrooge“ genannt. Dieses böse Wort blieb an ihm hängen. Er ging tatsächlich mit dem, was er des Steuerzahlers hartverdiente Dollars nannte, überaus sparsam um, falls es sich nicht gerade um immer lebenswichtige Dinge in seinem Wahlkreis handelte. Es dauerte nicht lange, da benützte er fröhlich diesen Spitznamen selbst. Nachdem er seines Alters wegen den Vorsitz im House Committee on Space and Science, also der Behörde für Raumfahrt und Wissenschaften, übernommen hatte, wurde dieses Amt allgemein „Murderers' Row“ genannt. Jeder gute Liberale dachte, manchmal sogar laut, darüber nach, wann er wohl endlich den Anstand aufbringe, zu sterben.

Junius Harleman schwitzte, obwohl der Raum, über den Stanhope herrschte, recht kühl war. Er war froh, daß es keine Zuschauer gab, nicht deshalb, weil diese Anhörung so geheim gewesen wäre, sondern weil Medien und Publikum gleicherweise im Moment uninteressiert waren. Die Männer um den langen Tisch sahen alle recht gelangweilt drein; alle, außer Stanhope natürlich. Onkel Scrooge sah eine Möglichkeit, eine staatliche Dienststelle zu vernichten.

Nachdem der Eid heruntergerasselt worden war, sprach der alte Mann. Von seinen Lippen tropften Magnolienblüten. „Willkommen, Sirs. Ich bin sicher, daß Sie's alle satt haben, jedes Jahr vor dieser Gruppe und anderen zu erscheinen. Das kann ich Ihnen nachfühlen. Wir wollen versuchen, die Sitzung kurz zu machen. In Ordnung?“

„Danke, Sir." Da zwei andere schon rauchten, wagte es auch Harleman, sich eine Zigarette anzuzünden. Er sog den Rauch in seine Lungen, und da fiel ihm ein, daß er für eine Krebsvorbeugungsinjektion fällig wäre. „Ich verstehe recht gut, daß die NASA ihre Pläne erklären und ihre Forderungen nach ausreichenden Mitteln rechtfertigen muß, genau wie jedes andere Büro auch. Ich bin bereit, dies zu tun."

„Schön. Das ist ja verdammt nett von Ihnen, Mr. Harleman." Stanhope legte die Finger seiner leberfleckigen Hände aneinander. Unter seinem Kinn wabbelten die Speckfalten. „Ich bin außerordentlich froh über eine solche Zusammenarbeit. Glauben Sie mir, das ist eine Seltenheit. Zu viele von diesen Bürokraten scheinen zu glauben, sie hätten ein von Gott verliehenes Recht auf ihren Bürostuhl und ihre Pläne."

„Sir, während meines ganzen Arbeitslebens war ich im Zivildienst", antwortete Harleman und fügte automatisch hinzu: „Meine Handlungen haben sich von jeher in vollem Umfang auf eine bedeutungs- und zweckvolle Diskussion ausgerichtet."

Stanhope hob eine buschige Braue. *Sie sind ein unfähiger Trottel,* schluckte er gerade noch hinunter, *und Zeuge ist dafür die Tatsache, daß Sie sich auf den Direktorposten der NASA manövrieren ließen, eine elende Sackgasse, in der keiner sein will und die ich ganz gerne zumauern würde.*

„Diskussion", sagte er, „jawohl. Ich denke, wir könnten heute ein wenig miteinander reden. Eine Konversation mit beiden Beinen auf der Erde", sagte er mit hörbaren Großbuchstaben. „Und ich glaube, es ist höchste Zeit, einmal über Grundsätzliches zu sprechen. Ich meine, Sir, den Grund, weshalb die NASA überhaupt fortgeführt werden soll."

„Mr. Vorsitzender", sagte der Mann aus Nebraska,

„Punkt der Tagesordnung. Hatte das Gesetz, das die Auflösung der übergroßen Anlagen in Houston und die Verlegung des Hauptquartiers nach Washington vorsieht, nicht ausdrücklich eine Verlängerung der Lebensdauer auf zwanzig Jahre bestimmt?"

„Ja, nun, natürlich, Mr. Bryan, das tat es sicher", schnurrte Stanhope. „Aber ein Gesetz kann abgeändert oder aufgehoben werden, nicht wahr? Und ich bin der Meinung, dieses Komitee sollte sich überlegen, ob nicht mehr Nachdruck auf den Teil ‚Wissenschaft' seiner Funktion gelegt werden solle und dafür weniger auf den ‚Raum'-teil."

Ich wußte doch, daß dies kommt, dachte Harleman und stemmte sich innerlich ein.

„Wir wollen doch offen sein, Sir", sagte Stanhope in seine Richtung. „Ihnen nützt es auch nichts, wenn man vorgibt, das Raumprogramm stecke nicht tief in Schwierigkeiten. Und nicht nur das Raumprogramm; die Russen, die Westeuropäer, die Asiatische Liga – alle zaudern. Bevor wir solche Dinge angehen wie das Budget, das Sie vorzuschlagen gedenken, könnten wir doch eine Stunde oder zwei darauf verwenden, uns zu fragen, wie wir in diese Situation geraten sind."

Damit Ihre Rede in die Zeitung kommt und Ihre Wähler sie mit der Post bekommen ... frankiert, wagte er nur zu denken, nicht zu sagen. Laut erwiderte er: „Ich stehe zu Ihren Diensten, Herr Kongreßabgeordneter. Mir liegt ebensoviel wie Ihnen an der Schaffung eines eindeutigen Brennpunkts bei den mehrfach miteinander verbundenen Problemkomplexen."

Stanhope lächelte wie ein Tiger. „Danke, Sir. Und jetzt nehmen wir einmal für vier bis fünf Minuten an, ich sei ein erklärter Feind Ihres Amtes. Sie wissen, es ist sehr leicht möglich, daß Mr. Ruysdale Kandidat bei der nächsten Präsidentenwahl ist, und es ist Ihnen ja bekannt, daß er in aller Offenheit für die Abschaffung der NASA spricht. Angenommen, ich nehme die Position von einem jener vielen Leute ein, die mit ihm übereinstimmen. Mr. Harleman, Sie müssen sich darüber klar sein, daß dies nur eine hypothetische Position ist. Nur für den Zweck gedacht, Ihre Gegenargumente zu hören, die, wie ich überzeugt bin, gut sein werden."

Sie sind in Wirklichkeit lausig, überlegte Harleman, *und Sie wissen es, und ich weiß es, und eigentlich will ich die NASA gar nicht retten, sondern nur meine eigene Karriere, und das wissen Sie, und ich weiß es auch.*

Für einen Augenblick trafen sich die Blicke der beiden Männer. Es war fast so etwas wie Telepathie. *Wenn wir die Sache in den nächsten drei oder vier Jahren durchstehen, können wir einander helfen, unsere Ziele zu erreichen. Sie können die weitere Entwicklung der Raumfahrt umbringen; ich kann den Direktorsposten in einer lebensfähigen Behörde bekommen. Aber dieses Durchstehen schließt einen rituellen Kampf mit ein.*

„Die Position, die Sie beschreiben, Herr Kongreßabgeordneter, ist mir bekannt", sagte er. „Natürlich betrachte ich sie als unhaltbar. Aber fahren Sie nur fort, wenn Sie wünschen, daß ich sie für Ihr Protokoll widerlege."

„Danke, Sir." Stanhope warf einen Blick auf ein vor ihm liegendes bekritzeltes Papier. „Wie Sie wissen, sind die Punkte sehr einfach.

Geben wir einmal zu, daß der ursprüngliche Antrieb für die verschiedenen nationalen Raumprogramme eine militärische und politische Rivalität war. Gut, das verblaßt jetzt allmählich, wenigstens für eine gewisse Zeit und gleichzeitig mit dem zwanzigsten Jahrhundert. Wir werden bald eintreten in ein ganz neues Jahrtausend mit seinen ganz speziellen Problemen. Diese Probleme sind so ernst, daß sie zum Teil verantwortlich sind für das Nachlassen der internationalen Spannungen. Jeder hat zu Hause genug zu tun mit Überbevölkerung, Armut, Unrast, Erschöpfung der Rohstoffquellen, Umweltverseuchung und zunehmender Verknappung chemischer Treibstoffe. Ich möchte bemerken, daß die Riesenraketen ziemlich viel zu dieser Verknappung und der Umweltverseuchung beigetragen haben. Und was haben wir dafür bekommen?"

Harleman holte tief Atem. Stanhope winkte ab. „Oh, ja", fuhr er fort, „Wettersatelliten, Nachrichtenrelais, Erkenntnisse in Biologie und Astronomie, in Astrophysik und planetaren Strukturen ... Sir, ich bin kein Trottel, als der ich von manchen Leuten bezeichnet werde. Die Segnungen sind mir bewußt. Aber ich weiß auch, daß wir längst über den Punkt hinaus sind, der den Einsatz, wenn auch nur in ganz geringem Rahmen, noch vertretbar erscheinen ließe.

Außer der Erde ist kein Ort bewohnbar ohne die kompliziertesten Lebenserhaltungssysteme. Keine natürlichen Rohstoffquellen da draußen sind die Transportkosten hierher auch nur annähernd wert. Jede von uns hinausgeschickte Expedition bringt weniger neues Wissen zurück. Und das, was sie mitbringt, ist immer weniger wichtig. Das Preisetikett, Sir, weist keine niedrigeren Zahlen auf, nein, Sir. Dazu habe ich die Aussage von mehr als einer Autorität. Wir sind ungefähr am Ende der Reihe, soweit es um die Verbesserung von Raketen geht. Ständig wird von Durchbrüchen geredet, aber der letzte war nur ein wiederverwendbarer Raketenantrieb, und das ist schon eine Generation her.

Wir wollen die nützlichen Programme wie Relais und

Monitoren nicht streichen. Aber die sind schon längst Standard geworden und unterstehen anderen Ämtern wie der Bundeskommission für das Nachrichtenwesen oder dem Wetterbüro. Und was bleibt für die NASA? Ein bißchen interplanetare Forschung. Der Luna-Stützpunkt, die Orbitalstationen – aber wenn wir andere Länder dazu bringen, die ihren zu schließen, und es sieht ganz so aus, als könnten wir das erreichen, dann machen wir auch die unseren zu und sparen Jahr für Jahr eine ganze Stange Geld.

Tatsache ist jedenfalls, daß uns der Raum – mit Ausnahme der unmittelbaren Nachbarschaft der Erde – viel zu teuer kommt und uns viel zu wenig bringt. Wir können uns das ganz einfach nicht mehr länger leisten bei den unzähligen heimischen Problemen, die alle nach einer Lösung schreien. Und nicht das kleinste Problem ist das des durchschnittlichen Steuerzahlers, daß ihm nach Abführung seiner Steuern noch Geld bleibt, daß er seine Kinder aufziehen kann.

Und, Mr. Harleman, wir wollen einmal unverblümt reden, vielleicht sogar unhöflich unverblümt, aber heute reden wir ja als Freunde miteinander, nicht wahr? Ist es nicht Tatsache, daß sogar das Personal der NASA darüber Bescheid weiß? Laufen sie nicht scharenweise weg? Nicht nur wegen der beschnittenen Geldmittel, sondern weil nichts mehr geblieben ist, das einen ehrgeizigen jungen Mann fesseln könnte?

Sollten wir nicht ein internationales Abkommen anstreben, um die ganze unnütze Balgerei auf Eis zu legen? Wollen Sie nicht zugeben, daß die NASA ihre eigene Nützlichkeit überlebt hat?"

Stanhope lehnte sich zurück, lächelte und wartete.

Harleman überlegte fieberhaft. Der alte Mann schüchterte ihn ein; auch die anderen taten es, besonders die

Liberalen wie der unverwandt starrende Thomasson von Massachusetts. Ihr Ziel, seine Behörde auszuhungern, war nicht die Einsparung von Geldern, sondern deren Verwendung für die Wohlfahrt. Das paßte Harleman durchaus – falls er einen anständigen Posten mit einem Teil dieses Geldes bekäme. Wenn er jetzt zu große Schwierigkeiten machte, hätte er dort das Nachsehen. Das war die eine Seite. Die andere war die, daß sie etwas für faul halten mußten, wenn ein Administrator nicht einen erbitterten Kampf um das von ihm geleitete Büro führte.

Er drückte umständlich seine Zigarette aus und gewann damit ein paar Sekunden; und noch ein paar weitere, als er redete und dabei seine Gedanken in Gefechtsordnung brachte.

„Mr. Vorsitzender, hochgeehrte Mitglieder dieses Komitees, ich möchte Ihnen meine Anerkennung aussprechen für die von Ihnen bewiesene Vorsicht wie auch für Ihr Entgegenkommen, das es mir ermöglicht, die polymorphen, ineinander vernetzten Zwischenbeziehungen soziologischer und humaner Art zu erhellen, aber auch die technologischen und wirtschaftlichen Zusammenhänge zu klären, die eine lebensfähige und nicht verfremdete Infrastruktur ermöglichen. Vielleicht ist das hier nicht das geeignete Gremium für multigraphische und quantitative wissenschaftliche und technische Präsentationen. Soweit ich die Situation überblicke, würde mir scheinen, daß die Ägide dieser sehr geehrten Gruppe auf die Schwierigkeiten äracharakteristischer Gebiete ausgerichtet ist, die eher in die Rubrik der grundlegenden philosophischen Rechtfertigung fallen, während wir gleichzeitig sehr besorgt sind, nicht den Überblick über die dringendsten Notwendigkeiten der aktionsorientierten Lenkung erfindungsfördernden Zustroms zu verlieren.“

Drei oder vier Männer rutschten unruhig auf ihren Stühlen herum und schauten auf ihre Uhren. Stanhope ließ gelangweilt die Lider fallen.

„Kurz gesagt", beendete Harleman sein Elaborat, indem er sich und den Moment genau abschätzte, „wir sind dabei, eine ganz neue Richtung einzuschlagen."

„Eine Richtung im Raum?" murmelte Thomasson.

„Keiner bestreitet, daß die NASA gewisse Möglichkeiten erschöpft hat." Für einen winzigen Augenblick flakkerte in Harleman der längst begrabene Traum auf, den er geträumt hatte, als Sputnik Eins wie ein Spuk aus der Dämmerung aufstieg und als der erste Mensch auf dem Mond landete. Er konnte nicht umhin, leise hinzuzufügen: „Gentlemen, es gibt eigentlich keinen Grund dafür. Hätten wir ein bißchen mehr Weitblick gehabt und ein bißchen härter gearbeitet, könnten wir mit den Werkzeugen, die wir hatten, zu einem Erfolg gekommen sein. Wir hätten größere und bessere Stationen in der Erdumlaufbahn bauen können; sie wären von einem wirklich kolonisierten Mond aus beliefert worden; wir hätten den Nuklear-Reaktor-Antrieb bis zu seinen Leistungsgrenzen weiterentwickeln können; es wäre möglich gewesen, unsere Riesenschiffe im Raum zusammenzubauen und sie dort zu behalten, so daß wir nicht diesen Planeten zu verseuchen und jedesmal die Schwerkraftschwelle zu überwinden brauchten. Wir hätten bis ans Ende des Sonnensystems gelangen können. Dann könnten wir jetzt schon an die Sterne denken. Vielleicht würden dann unsere jungen Leute nicht als Gangster und Radikalisten herumspielen. Sie hätten Besseres zu tun."

Bitterkeit färbte seine Worte, denn ihm fiel ein, wie er sich seinem eigenen Sohn entfremdet hatte. Aber er bemerkte, daß ihm das Interesse der anderen entglitt, so daß er eiligst zum Thema zurückkehrte:

„Nun ja, es ist egal. Wir sehen uns einer bestehenden Situation gegenüber. Wir brauchen einen ganz neuen Standpunkt, ein neues Herangehen an Probleme. Und ich glaube, wir haben einen gefunden."

Stanhope riß die Augen weit auf. „Nein, wirklich?" murmelte er. „Darf ich fragen, was es ist?"

„Ich schätze mich glücklich, es erklären zu können. Haben Sie je von Gyrogravitation gehört?"

Stanhope schüttelte seinen höckerigen Kopf. Carter aus Virginia sagte langsam: „Hat das vielleicht etwas mit der Atomtheorie zu tun?"

„Das ist richtig", antwortete Harleman. „Ich behaupte nicht, ich sei selbst Mathematiker, aber ich ließ mir von einem Wissenschaftler eine Erklärung für Laien geben. Sie entstand aus dem Bemühen, Relativität und Quantenmechanik miteinander zu vereinbaren. Diese beiden Zweige der Physik, beide unentbehrlich, waren sich in gewissen fundamentalen Fragen nicht einig. Ist Natur deterministisch oder nicht? Beschreibbar mit Differentialgleichungen? Nun, Sie mögen einmal gelesen haben, daß Einstein sagte, er könne nicht daran glauben, daß Gott mit der Welt Würfel spiele, während Heisenberg überzeugt war, Ursache und Wirkung seien nichts als nur die Statistik der großen Zahl, und Bohr schlug in seinem Komplementaritätsgrundsatz vor, beide Ansichten könnten richtig sein. Später baute er weiter auf den Werken von Leuten wie Dyson und Feinberg ..." Harleman sah sie schon wieder davontreiben. *Verdammt noch mal! Ich habe gestern zu viel Zeit mit Emett verbracht. Ich habe seinen Fachjargon mit allen Poren aufgesogen.*

„Es geht also, Gentlemen", fuhr er fort, „um Gleichungen wie jene von einem rotierenden Kraftfeld. Nach der neuesten Theorie werden Materie und Energie durch ihre

Eigenschaften aus den Gleichungen beschrieben. Die Schwerkraft miteingeschlossen."

Carter kam mit einem Ruck wieder in Sitzstellung. „Moment mal!" rief er. „Sie wollen doch nicht von Antigravitation reden? Zufällig weiß ich, was die Air Force in den letzten fünfzig Jahren auf diesem Gebiet getan hat. Es ist kein Geheimnis, daß sie absolute Nieten gezogen haben. Antigravitation gehört zu Hexen und Besenstielen. Den Mars könnte ich eher erreichen mit ... mit ... über eine astrale Projektion."

„Nicht Antigravitation, Sir", erklärte ihm Harleman. „Gyrogravitation."

„Ist doch nur ein anderes Etikett ..."

„Bitte, Sir. Ich hatte äußerst interessante Diskussionen mit einem Mr. Quentin Emett. Einige von Ihnen könnten schon von ihm gehört haben: ein unabhängiger Forscher ..."

„Das heißt, er hat seinen Doktor nicht geschafft", bemerkte Thomasson bissig.

„Nun ja, es stimmt, daß er keine Gewerkschaftskarte hat", gab Harleman zu und las ein bißchen Zustimmung in Stanhopes Augen. „Und die akademische Elite mag ihn nicht. Aber die akademische Elite ..." Er hob die Schultern und lächelte Stanhope an. *Riesige Beträge an Steuergeldern. Linke Professoren. Ungebändigte Studenten.* „Offen gestanden, er hätte mein Ohr wahrscheinlich nicht gefunden, wäre er nicht ein naher Verwandter von Senator Lamphier. Aber, Gentlemen, ich brauche Ihnen nicht zu versichern, der Senator betreibt keine Vetternwirtschaft." *Er betreibt sogar die größte am ganzen Capitol Hill, und das wissen Sie besser als ich. Aber Sie wissen auch recht gut, daß Sie gut beraten sind, wenn Sie sich an seine Schokoladenseite halten.* „Er hat selbst Mr. Emetts Qualifikationen überprüft, ehe er ihn zu mir schickte. Wir haben uns fast ein Jahr lang immer wieder miteinander unterhalten, und ich habe mich auch überzeugt.

Richtig, Mr. Emetts Ideen sind unorthodox. Er schlägt vor, einen Generator zu entwickeln, der mittels nuklearer Resonanzrotationen Felder schafft, die man gravitational, antigravitational oder pseudogravitational nennen kann, oder wie man sonst sagen will. Ich meine, ‚gyrogravitorisch' wäre vielleicht das beste Wort; aber wenn diese Forschungsarbeit genehmigt wird, läßt sich wohl ein besserer Name finden, wie zum Beispiel ‚Projekt Dyna-Thrust'."

Carter schniefte. „Und Sie machen also dann Ihre Raumschiffe gewichtslos und lassen sie einfach von der Erde wegschwimmen, was?"

„Nein, Sir." Emett hatte sehr sorgfältig mit Harleman geprobt. „Der Grundsatz von der Erhaltung von Energie und Momentum wird nicht vergewaltigt. In Wirklichkeit sollte ein Gyrogravitationsantrieb gegen die gesamte Masse des umgebenden Universums reagieren. Man wird noch immer Energie brauchen für den Start, die Beschleunigung und Richtungsänderungen. Aber diese Energie ist minimal. Es wird keine Energie mehr mit den Abgasen vergeudet. Auch die Kraftstation kann von Mindestgröße sein. Da man frei oder fast frei schweben kann, ist kein riesiger Motor nötig, um so schnell wie irgend möglich aufzusteigen. Jede Energiequelle wird genügen – Treibstoffzellen, Batterien, Nuklearreaktoren, ich glaube sogar Dampfmaschinen, wenn ich auch meine, daß als Nebenerzeugnis kleine, tragbare Fusionsanlagen gebaut werden. Ein Schiff wie dieses wäre zu fast hundert Prozent leistungsfähig, leise, umweltfreundlich, wirtschaftlich zu bauen und könnte nahezu überallhin reisen. Diese Fähigkeit käme zum Teil von Gyrogravitationsfeldern im Innern des Schiffes. Sie würden Gewicht erzeugen auch dann, wenn sich das Schiff im freien Fall befindet, wäre ein Kissen gegen Drücke bei der Beschleunigung, könnte Partikel von Sonnenstürmen abwehren, auch Meteoriten und ähnliche Dinge." Harleman steigerte sich ordentlich in seine Begeisterung hinein. „Kurz gesagt, die Gyrogravitation kann uns das gesamte Sonnensystem schenken."

„Zauberei auch", knurrte Carter. „Wenn wir nur wüßten, wie wir das hinkriegen."

Harleman wandte sich an alle, sprach aber in Wirklichkeit nur zu Stanhope: „Meine Meinung geht dahin, daß die Vereinigten Staaten nicht gut die riesigen Investitionen bei der NASA einfach abschreiben können, auf gar keinen Fall über Nacht. Die Forschung muß weitergehen. Ein Vorteil von Mr. Emetts Vorschlag sind die bescheidenen Kosten. Wenn wir das Projekt Dyna-Thrust durchziehen, wäre es denkbar, verschiedene andere Tätigkeiten zu beenden und so das Gesamtbudget zu senken, ohne das Gefühl zu haben, unsere Vorgänger zu verraten oder die Wissenschaft aufzugeben."

Telepathisch gemeint: *Geben Sie der NASA diese kühne Möglichkeit für zwei bis drei Jahre. Sie bietet die nötige Entschuldigung dafür, daß allmählich so ziemlich alles übrige ausgesondert wird. Wir wollen doch die Wähler nicht schockieren und unsere Karrieren gefährden, weil wir das Ende zu abrupt, zu grob herbeiführen.*

„Hm, ja, Mr. Carter", sagte Stanhope, „wir könnten uns vielleicht ein wenig mehr damit befassen. Mr. Harlemans Bericht hat kaum begonnen, und schon jetzt klingt er sehr interessant. Jawohl, sehr sogar, muß ich sagen."

Emett war mit seinen Hoffnungen nicht ganz allein. Genug Physiker von recht gutem Ruf räumten eine theoretische Erfolgsmöglichkeit ein, wenn auch selbstverständlich keine nützliche Wahrscheinlichkeit für mindestens die nächsten fünfhundert Jahre, daß die Idee mit Sicherheit als „erwägenswert“ beschrieben werden könne. Aber es standen genug Leute bereit, sich um eine Organisation zu bemühen. Das waren ja meistens Spezialisten, die sich ziemlich am Rand dieses Gebietes bewegten und wegen eines Raumantriebs recht skeptisch waren, aber gerne eine Grundforschung mit wertvoller Ausrüstung durchführen würden; oder graduierte Studenten, die verzweifelt nach Thesenmaterial suchten; oder Ingenieure, die keinen Spitzenjob hatten, aber gerne und mit Eifer und Tüchtigkeit dort arbeiteten, wo man sie bezahlte.

Harleman war stolz, als er diese Crew zusammengeholt hatte. Deshalb war er doppelt gekränkt, als Emett protestierte: „A-Aber so viele w-will ich ja gar nicht!“

„Wie bitte?“ Harleman glaubte, er hätte nicht richtig gehört.

„Ein – äh – kleines Team“, versuchte Emett zu erklären. „Ausgewählt – äh – natürlich von mir selbst. Nun, was wir brauchen, ist ja nicht viel; die Benützung verschiedener Einrichtungen wie Computerzeit und Zugang zu astroelektronischen Labors und … Jedenfalls, diese anderen Leute, die da herumrennen, v-verbrauchen nur meine Zeit damit, daß ich für sie Arbeit f-finden muß.“

„Ich verstehe.“ Harleman strich sich über die Wange und schaute über den Tisch zu dem kleinen Mann hinüber, der auf einem Besucherstuhl herumrutschte. „Ich fürchte aber, Sie verstehen nicht. Es überrascht mich, denn Ihr ursprünglicher Vorschlag, die NASA mit diesem Projekt noch eine Weile funktionsfähig zu erhalten, war ein überaus kluger Gedanke. Ich bin erstaunt, wie wenig Ihnen klar zu sein scheint, daß eine Regierungsstelle niemals zu viele Leute haben kann, die unter einem arbeiten.“

„Hier schon! Die Gyrogravitation ist – äh – heute ungefähr auf dem gleichen Stand, wie die Nuklearphysik etwa 1930 war ... Damals hätten sie gar keine Verwendung für ein Gigatron und die ganzen riesigen Einrichtungen, die dazugehören, gehabt; damals nicht. Nein."

„Oh, natürlich hätten sie, Mr. Emett. Nicht direkt vielleicht; doch als Mittel, um mehr Geld für die Arbeit herauszuholen, die sie tun wollten. Denken Sie doch mal nach. Die Regierungsangestellten sind auch Wähler, und sie halten viel besser zusammen als der Durchschnitt. Prestige und Einfluß stehen proportional zur Zahl." Harleman seufzte. „Ich denke, ich nehme mich besser der Sache an, bis ich für Sie einen passenden Subadministrator finde. Aber Sie müssen natürlich verstehen, daß Sie dann mit einem niedrigeren Titel und Gehalt zufrieden sein müssen."

„Das ist m-mir egal. Lassen Sie mich nur meine Arbeit t-tun."

Offensichtlich hatte die Natur Emett nur für eine einzige Sache konstruiert. Alles andere, wie zum Beispiel Essen, war reiner Zufall.

Das fiel Harleman erst später ein, als ähnliche Bemerkungen über Leute wie Oberth und von Braun gefallen waren. Er selbst war zu sehr beschäftigt mit Telefonanrufen, Aktennotizen, Interviews, Konferenzen und Organisationsschautafeln. Für eine Weile waren auch Presse und Fernsehen hinter ihm her. Aber Dyna-Thrust war keine besonders gute Geschichte – nur ein paar Männer pfuschten mit unverständlichen Kalkulationen und wenig spektakulären Experimenten herum. Nach den weihnachtlichen Kämpfen zwischen der People's Union für Righteous Excellence (PURE) und den Friends Upholding Closer Kinship (FUCK), die ihren blutigen Weg durch die Straßen mehrerer Städte nahmen, kehrten die Medien nie zur NASA zurück. Immer, wenn er sich ein paar Stunden stehlen konnte, hielt Harleman heimlich Ausschau nach einem Posten in einem anderen Amt für den Tag, da dieser hier abgebaut werden mußte.

So schenkte er den Fortschrittsberichten der Dyna-Thrust wenig Aufmerksamkeit. Sie waren langweilig und schwer zu lesen. Außerdem war ja die ganze Geschichte sowieso nur eine Nebenvorstellung. Andere Projekte wie Stormwind, Aldebaran und Paul Bunyan überlebten noch immer und waren größer, aufwendiger und auffallender. Es wurden sogar so viele neue vorgeschlagen, daß das Büro für Öffentlichkeitsarbeit mit dem Ausdenken von Namen nicht mehr recht nachkam. Eine riesige Organisation stirbt so langsam wie ein riesiger Rotholzbaum, der bis zum Ende vielleicht sogar noch wächst und neue Äste hervorbringt.

Harleman wußte, daß Emetts Gruppe einiges entdeckte. Er hoffte, diese Dinge könnten eine Erweiterung der Abteilung im nächsten Jahr rechtfertigen. Alles übrige war ihm egal, er hatte zuviel zu tun.

Bis der CIA-Mann kam ...

Das war im Februar. Schmutziger Schnee lag an den Randsteinen und auf Washingtons Straßen. Autos fuhren mit weichen spritzenden Geräuschen durch den Matsch. Die Luft war kalt und naß, an den Bäumen hing kein Blatt, der niedrige graue Himmel ließ nicht einen einzigen Stern ahnen. Harleman schüttelte sich bei dem Gedanken, jetzt hinaus zu müssen und überlegte sich schon eine Entschuldigung für ein Abendessen in der Stadt. Im Fernsehen kam wieder die Kreemi-Rich-Stunde. Er entschied schließlich, Marthas letzte Arztrechnung und sein Bankkonto ließen das nicht zu, und so kehrte er vom Fenster an seinen Schreibtisch zurück. Noch einmal ging er zur Vorbereitung seiner Budgetanforderung seine Daten durch. Das würde er auch im nächsten, im übernächsten und in den folgenden Jahren tun, und in acht Jahren ginge er ja in Pension ... Alfred Wheatley war angemeldet, und er war froh um den Besuch.

„Kommen Sie nur herein. Setzen Sie sich. Zigarette? Was kann ich für Sie tun?"

Er rechnete mit einer Routinesache. Die CIA hatte schon früher ein paarmal von ihm Auskünfte verlangt. Nie war etwas Ernstliches der Grund gewesen, keine Spionage, kein Unterwanderungsdrama, nichts als nur der Wunsch, im Bild zu sein, etwa über den fachlichen Stand in anderen Ländern. Er nahm an, die CIA müsse nur ihre Daseinsberechtigung unter Beweis stellen.

Wheatley unterschied sich von den früheren CIA-Vertretern. Körperlich glich er eher einem Anwalt oder Buchhalter oder einem kleineren Regierungsbeauftragten, doch seine Augen brannten. Er sprach mit hoher Stimme.

„Mr. Harleman, was wissen Sie über die Arbeit der Sowjets an der Gyrogravitation?"

„Was?" Harleman wurde sich klar, daß er offenen Mundes staunte. „Warum ... Nun, ich möchte sagen, sie sind so interessiert wie wir", wich er aus. „Wenn ich mich richtig erinnere, stammt ein Teil der Theorie von einem russischen Physiker. Aber natürlich ist mein Büro als solches nicht mehr an Geheiminformationen beteiligt." Er versuchte zu lachen. „Und die Russen bieten uns bestimmt keinen Blick in ihre Geheimnisse an. Wie sollten sie auch?"

„Aber einige Ihrer Leute müssen Kontakte unterhalten", erklärte Wheatley. „Wie auf dieser Konferenz in Bukarest vor ein paar Monaten, wo die Anwendung fortgeschrittener Physik auf die astronautische Forschung diskutiert wurde. Einige NASA-Leute waren dabei."

„Hm ... Ja, zweifellos. Wir versuchen mit ihnen gleichzuziehen ... Warum fragen Sie diese Leute nicht direkt?“

„Das ist schon geschehen. Aber, um klar zu reden, Mr. Harleman, ich bin eigentlich hier, um Sie vorab zu unterrichten, nicht umgekehrt. Nichts Geheimes ... noch nicht ... über das administrativ Vertrauliche hinaus. Jedoch wäre ein Leck beim jetzigen Stand der Dinge überaus unerwünscht.“ Wheatley sprach mit großem Nachdruck.

„Ich verstehe“, erwiderte Harleman, und das entsprach nach seinen Jahrzehnten im Regierungsamt der Wahrheit. Sein Herz ließ einen Schlag aus. Könnte es sein, daß ...?

Wheatley sagte: „Wir wissen, daß die Sowjets beträchtliche Anstrengungen auf dem Gebiet des Gyrogravitations-Antriebs unternehmen.“

Über Harleman explodierte die Glorie. Wie durch einen schimmernden Nebel und durch Engelschöre hörte er sich selbst antworten: „Ich bin nicht überrascht, wenn ich bedenke, daß die von mir begonnene und vorangetriebene Arbeit ganz offen in der Literatur besprochen wurde. Ihr Fortschritt hat meine Erwartungen übertroffen.“

„Wir wollen nicht, daß die Vereinigten Staaten zurückfallen.“

„Absolut nicht. Die erforderliche Ausdehnung der Infrastruktur verlangt ...“

... größere Geldzuweisungen! Mehr Personal! Größere Büros! Beförderungsmöglichkeiten für alle!

Der Gegenstand war nicht einmal ein Spielzeug. Er war zu häßlich und auch zu klein: ein paar Batterien, etliche kreuz und quer verdrahtete Stromkreise, einige weniger leicht erkennbare Apparate, die stümperhaft auf einer Masonitplatte befestigt waren. Er sah auf groteske Art unwirksam aus. Überschußenergie entwich mit schrillem Wimmern und einem gespenstisch bläulichen Schimmer, der die ganze Sache doppelt unwirklich erscheinen ließ.

Aber es stieg, dieses Ding, am Ende eines Haltestricks und zog an einer Feder mit einer Kraft, die 3,2mal seinem Gewicht entsprach.

„W-wir haben es geschafft", sagte Emett zu seiner Mannschaft. Tränen rollten ihm über das Gesicht.

„Ist aber noch eine ganze Menge Mechanik nötig, ehe man damit ein Raumfahrzeug vom Boden kriegt", warnte ihn ein Assistent.

Emett wischte die Worte weg, als seien sie lästige Fliegen. „Das können wir den Ingenieuren überlassen", erklärte er verächtlich. „Die wirkliche Arbeit haben wir getan."

Junius und Martha Harleman hätten es, fünf Jahre später, wirklich vorgezogen, eine Woche in ihrer alten Heimatstadt zu verbringen. Er hätte zum Fischen gehen können, falls er nicht gerade den Lions Club beeindrucken mußte, und sie hätte ihren früheren Bridgefreundinnen den Klatsch von Washington bringen können. Für den Kopf der NASA war es jedoch mehr oder weniger unerläßlich, daß er der ersten Internationalen Gyrogravitations-Konferenz beiwohnte. Das bedeutete auch ein paar Tage Abwesenheit vom Schreibtisch, die ihm nicht auf den Jahresurlaub angerechnet wurden. Paris hatten beide vorher noch nie besucht.

Unter den Wissenschaftlern fühlte er sich einsam und gelangweilt. Sie hielt es für rücksichtslos, daß die Angestellten in den Läden französisch sprachen. Beide waren froh, als sie zurückkehren konnten.

Trotzdem genossen sie ein paar Höhepunkte, wie zum Beispiel das Bankett. Martha weidete sich an den Kleidern und Juwelen, die sie sah. Und was Harleman betraf – nun, es geschah nicht alle Tage, daß er zwischen Nobelpreisträgern saß; der Mann war außerordentlich liebenswürdig, die Dame – das sagte er aber Martha nicht – sah blendend aus. Als dann die Toasts ausgebracht wurden, erhob sich der Leiter des russischen Projekts *und bediente sich der englischen Sprache!*

„... kann nicht geleugnet werden, daß der kürzliche sowjetische Triumph, der Flug der *Wladimir Drei* zum Mond und zurück mit dem Piloten Kapitän I. E. Novikow, es kann also nicht geleugnet werden, daß dieser Erfolg des großen sowjetischen Volkes seine Inspiration, wenn nicht Information bezog von den früheren Flügen der Amerikaner – äh – der amerikanischen Flüge. Wir vertrauen darauf, daß das große sowjetische Volk diese Inspiration durch die Flotte zurückbezahlt, die an diesem Abend auf eine historische Mission geschickt wurde – nicht zum Mars, nicht zur Venus, sondern zu den Monden Jupiters!"

Als sich die Erregung ein wenig gelegt hatte, fuhr er fort: „Wir vertrauen ferner darauf, daß die Bequemlichkeit und Wirtschaftlichkeit dieser Flüge schon beim jetzigen Stand der kosmonautischen Gyrogravitation die Völker von Westeuropa, Asien, ja Afrika und Lateinamerika, von Australien und allen Kontinenten, alle brüderlichen Völker ... wir hoffen, auch sie werden dazu angeregt, an der großartigen Eroberung des Sonnensystems durch die Menschheit teilzunehmen. Ich vertraue weiter darauf, daß mein amerikanischer Kollege, Mr. Garleman – äh – H-H-Harleman, dessen visionärem Weitblick die Welt so viel verdankt, mit mir zusammen einen Toast ausbringt, nicht auf eine Einzelperson, wieviel Ehren dem Premierminister Bogdanowitsch, dem Parteisekretär Kuropatkin und – äh – vielen anderen auch zustehen ... Nein, ich bitte meinen amerikanischen Kollegen, einen Toast auszubringen auf den Genius der Menschheit!"

Und Junius Harleman stand auf vor Gott und allen Anwesenden, hob sein Champagnerglas und erwiderte mit fester Stimme: „Auf den Genius der Menschheit! Möge er uns zu den Sternen tragen!"

Er schaute über den Tisch, direkt in die Augen seines Gegenübers, und wieder war es eine Art Telepathie: *Sie waren doch in der gleichen Klemme wie ich, oder nicht? Und Sie fanden auch den gleichen Ausweg, was? Das Argument eingeschlossen, daß, wenn unsere Seite an einem solchen Projekt arbeitete, die Ihre sich nicht davor drücken konnte, so irrsinnig es auch aussah.*

Keine Sorge. Ich halte den Mund, wenn Sie es auch tun.

Zwischenspiel 1

„Glaubst du wirklich, man habe das Schwerkraftgerät nur deshalb erfunden, weil ein paar ausgeblutete Bürokraten entschlossen waren, weiterzumachen?“ sagte Lindgren. „Das ist eine Wahrheit und keine gefährliche Desillusionierung. War es auch immer, seit Gray seine Forschungen aus dieser Periode veröffentlicht hat.“

„Ich spreche ja nicht von Kindern in der Asteroiden-Republik“, erwidert Conchita. „Schon im Schulalter haben sie so viele Kriegswirren und Kompromisse erlebt, daß es sie nicht mehr überraschen kann, wenn ihre Vorfahren keine Heiligen waren. Ich sorge mich um die Kinder hier, für die dieses Schiff die einzige unmittelbare Wirklichkeit ist.“

„Hm ... falls überhaupt, dann bin ich eher zu glauben bereit, daß es besonders wichtig ist, wie wir uns mit ihnen auseinandersetzen“, sagt Amspaugh vorsichtig. „Zum Beispiel, wenn sie nicht wissen, wie die Bürokratie arbeitet, könnten sie leicht in die gleiche Falle tappen wie die Erde.“

„Außerdem“, fügt Dworczyk hinzu, „hat sich die Republik ausdrücklich von dieser Art Regierung losgesagt, als sie unabhängig wurde. Die Kleinen finden in der Vorgeschichte ihrer Asteriten-Ahnen genug, auf das sie stolz sein können.“ McVeagh lacht leise. „Was ist denn da so lustig?“

„Der Gedanke an diese ungewaschenen, gierigen, aufrührerischen Felsratten – was würden die von einem halten, der sie zu edlen Träumern erklärt!“ McVeagh lachte laut heraus.

„Hoy, warte“, protestiere ich. „Du kannst auch zu weit in die falsche Richtung gehen. Keiner der Pioniere hätte überlebt, wenn sie nicht Mut, Intelligenz, gutes technisches Wissen, Durchstehvermögen und, jawohl, Sinn für Zusammenarbeit gehabt hätten, wo es nötig war. Sie gingen nicht alle nur von zu Hause weg, um ein materielles Vermögen zu machen. Ich habe alte Briefe und alte Bücher gelesen. Viele von ihnen wollten Raum finden, in dem sie leben und wachsen konnten, Freiheit, eine bessere Chance für die nächste Generation.“

„Der wirtschaftliche Antrieb war natürlich wichtig“, meint Lindgren. „Ohne ihn wäre eine Kolonisation niemals möglich gewesen. Die arme, ausgelaugte, überbevölkerte Erde konnte sich keine Unternehmen großen Ausmaßes leisten, die keine ausgezeichneten Aussichten auf hohe Profite hatten. Das Schwerkraftgerät machte den Raumflug billig, aber geschenkt kriegte man ihn auch nicht. Es waren die Asteroiden, die zählen.“

Ja, sage ich mir im Geist vor, *das ist richtig: nicht die inneren Planeten, sondern die fliegenden Berge des Gürtels, Tausende davon, die Mineralien zum Mitnehmen, Schwerkraft so schwach, daß die Beförderungskosten minimal wurden und auch kleine Unternehmer sie aufbringen konnten. Und Jupiter war der andere Faktor, der uns die Freiheit des Raumes gab.*

Das hatte man nicht vorgesehen. Die Vorhersagen zielten alle auf Luna, Mars, Venus, nicht auf nackte Felsen und einen giftigen Riesen. Aber Kolumbus hielt auch nach Indien Ausschau, als er Amerika entdeckte. Ich möchte wissen, welche Überraschungen zwischen den Sternen warten?

Lindgren hat kräftige Lungen und fährt fort: „Trotzdem, Freunde, ich brauche euch nicht zu schildern, wie hart und gefährlich diese frühen Zeiten waren, wenn auch mit der

Aussicht auf guten Profit. Man kann Leute in den Raum hinausschicken, wo sie endlose Jahre lang wie Mönche leben, den Tod in hundert ekligen Formen riskieren, und einige Länder haben das auch getan. Aber die Regierung von Nordamerika hatte diese Macht nicht. Außer dem Militär und, na ja, ich gebe zu, auch ein paar Träumern gab es nichts, was unsere Vorfahren anzog, wenn es nicht die Hoffnung auf schnellen Reichtum war.

Ich glaube nicht, daß ein ehrlicher Historiker die Habgier als Faktor übersehen kann."

„Dazu möchte ich eine Fußnote machen", wirft McVeagh ein. „Vielleicht war ein Teil dieser selbstsicheren Individualisten, mit denen wir Asteriten so angeben, nicht deshalb gekommen, weil niemand die fliegenden Steine wollte. Leute, denen einfach keine Wahl blieb. Verstreut über luftlose, eisige Weltchen, die Millionen von Kilometern voneinander entfernt waren, und wenn sie selbst nicht mit dem fertig werden konnten, was über sie hereinbrach, dann war das ihr Ende."

„Nun, ich meine, es kann keinen Schaden anrichten, wenn wir dem Ursprung unserer Institutionen nachspüren, solange diesen der Respekt nicht versagt wird", steuert Conchita bei. „Schließlich hat die natürliche Auslese über Generationen eine leistungsfähigere Rasse zur Folge gehabt."

„Hör auf damit!" schnieft Missy Blades. „Du solltest es besser wissen. Rassismus ist der Beweis der Minderwertigkeit. Eine überlegene Person braucht ihn nicht. Schau dir doch mal den Durchschnittsmann der *Astra* an."

„Ich hätte mich wohl genauer ausdrücken müssen", sagt Conchita. „Ich wollte verdeutlichen, daß unsere Lehrer und Lehrbücher das ansteuern sollten: Die Auslese erzeugte einen Menschentyp, der dem Raum besser angepaßt ist als der typische Erdling. Das trifft auf die zwei Lebensstile zu. Deshalb war die Revolution sowohl unvermeidlich als auch wünschenswert."

„Das haben ja die Scholaren tonnenweise durchgekaut", sagt Amspaugh. „Ich meine die Ursachen der Revolution. Ich bin dagegen, die Erziehung unserer Kinder in die Zwangsjacke einer einzigen Theorie zu stecken. Eher glaube ich, daß wir mehr erreichen, wenn wir frühere, ähnliche Ereignisse schildern, etwa die amerikanische Revolution, und damit stellen wir die unsere in die historische Umgebung."

„Aber die Ähnlichkeiten sind so oberflächlich und führen in die Irre", schlägt Conchita zurück.

„Nun, ja", gibt Amspaugh zu. „In mancher Beziehung war das ein einzigartiger Krieg, auch seinem Ursprung nach. Aber es gibt eine Menge Ähnlichkeiten mit anderen kolonialen Revolten ..."

„Ich weiß", sagt Lindgren. „Die Handelspolitik der Erde und so weiter." Er hält sich, genau wie Amspaugh, für einen interplanetaren Historiker. Die meisten ihrer Debatten sind gut. Ich gehe zur Bar und mixe mir einen Drink, höre aber genau zu, als der frühere Minenbesitzer mit kräftiger Stimme fortfährt:

„Was war dann die unmittelbare Ursache? Wann wurden sich die Asteriten darüber klar, daß sie Abkömmlinge verschiedener Erdennationen waren, gleichzeitig aber eine Nation aus eigenem Recht? Hier ist die Wurzel der Revolution. Sie läßt sich genau festlegen."

„Vorsicht, Metapher!" ruft jemand neben meinem Ellbogen. Ich drehe mich um und sehe Missy. Sie hat sich leise zu mir zurückgezogen und mischt sich einen Gin mit Bitter.

Ihr weißer Kopf wird von der Sichtluke eingerahmt, als wir zu den anderen zurückkehren. Sie zieht eine Zigarre aus der Tasche ihrer Jacke, zündet sie an ihrer Schuhsohle an und leistet ihren Beitrag zu der blauen Wolke in diesem Raum.

„Entschuldigt“, sagt sie. „Ich konnte nicht anders. Bitte, macht weiter.“ Ich hoffe, man sieht nun ein, daß sie ein Mensch ist, den man nie vergessen kann. Oh, natürlich, sie ist jetzt alt wie der Teufel, und ihr Wirken, ihr Mut und ihr Dulden machen die halbe Geschichte des *Schwertes* aus. Auf Ceres lag sie während des Krieges in einem Geschützturm, und danach war sie Maat der *Tyrifing* auf einer der ersten Saturnreisen, als die Menschen noch das Leben zwischen die Zähne nahmen, weil sie die Hände freihalten mußten. Ihre Söhne, Enkel und Großenkel füllten den Belt, den Asteroidengürtel, mit ihren wilden Abenteuern. Sie kann jeden normalen Mann unter den Tisch trinken. Aber sie ist auch eine von den wenigen wirklichen Damen, die ich in meinem ganzen Leben kannte.

„Schön.“ Lindgren lachte sie an. „Missy, du kennst doch meine Lieblingshypothese. Die Saat der Revolution wurde gelegt, als die Stationen sich selbst bewaffneten. Das war mehr als Machtpolitik, eher sah das schon nach einem gewissen Grad der Souveränität aus. Im Lauf der Jahre verdichtete sich die Bedeutung.“

„Korrekt.“ Orloff nickt mit seinem Kahlkopf. „Ich erinnere mich, wie meine Regierungskommission aus allen Poren rauchte, als unsere Stationsleiter zum erstenmal dieses Recht verlangten. Meine Vorgesetzten ahnten Schwierigkeiten voraus. Wenn aber die Stationen, die einem Land gehörten, Waffen in den Raum brachten, was konnten da die anderen tun?“

„Sie hätten zusammenhalten und sich weigern müssen, die Erlaubnis zu erteilen“, sagt Lindgren. „Ich meine, ihrer eigenen Interessen wegen.“

„Das versuchten sie doch“, erwidert Orloff. „Wieviele Mitteilungen gingen nur von unserem Büro nach Moskau! Und die der anderen Nationen taten auch nicht weniger als wir. Aber die Erde war weit weg, die Stationsbosse dagegen waren da. Umkehrung des Gesetzes vom politischen Druck.“

„Ich garantiere euch, es erwies sich als sehr wichtig, jede neue kleine Siedlung zu bewaffnen“, sagt Amspaugh. „Aber wirklich, dies war nicht mehr als der erste Ausdruck eines Asteriten-Nationalismus. Und die Ursprünge sind viel subtiler und verwickelter. Zum Beispiel ...“

„Irgendwo muß doch ein Schlüsselereignis zu finden sein“, beharrt Lindgren. „Ich sage, da war eines.“

Schweigen. Niemand scheint direkt zum Hauptthema der Diskussion zurückkehren zu wollen. Oder sind wir direkt zum Kern vorgestoßen? Missy starrt eine Weile in ihren Drink, dann hinaus zu den Sternen. Der Große Bär ist sichtbar. Ihre blassen Augen suchen den Polarstern, aber es ist die Erde, nicht mehr unsere Erde, und ich denke darüber nach, welche Erinnerungen sie mit ihr teilt. Sie reißt sich zusammen.

„Von dem soziologischen Ein und Aus weiß ich nichts“, sagt sie. „Ich weiß nur, daß sehr vieles geschah, und damals gab es gar kein Muster dafür. Wir wurstelten uns eben so gut wie nur möglich durch, und sehr gut war das nicht gerade. Aber ich kann eine dieser gewundenen Wurzeln für dich bezeichnen, Sigurd. Ich war dort, als die Frage der Bewaffnung der Stationen aufkam. Oder damals, bei dem Vorfall, der zu den gestellten Fragen führte.“

Wir alle hören ihr voll Aufmerksamkeit zu. Sie erzählt von der Vergangenheit nicht so oft, wie wir es gerne hätten. Dank unserer Altersbremse haben wir eine ganze Anzahl Leute an Bord, die diese Zeit vor mehr als hundert Jahren miterlebten. Meistens waren es ja nichtamerikanische Raumleute wie Orloff, oder Erdlinge wie Echevaray (wenn er auch jung ist), der später Bürger der Republik wurde. Keiner von uns war aber dem Kern der Dinge so nahe wie Missy.

Langsam breitet sich ein Lächeln über ihr Gesicht. Sie schaut über uns hinaus. „Ich habe", murmelt sie, „dort meinen Mann herausgeholt." Dann spricht sie schnell weiter, als wolle sie sich nicht an allzu vieles erinnern:

„Wollt ihr die Geschichte hören? Es war damals, als das *Schwert* gerade begann. Sie hatten sich selbst auf SSC 45 – ach, die Katalognummer ist ja gar nicht so wichtig – festgesetzt. Sword Enterprises nannten sie's nach Mike Blades Namen. Welchen hätte man sonst aus Jimmy Chung herauslocken sollen, obwohl er der Seniorpartner war? Der seine hätte geklungen wie ein Zusammenstoß mit einem Meteoriten. Der Fels wurde also ganz natürlich Sword genannt. Schwert.

Sie begannen mit einem geborgten Schuhband. Das war damals üblich. Natürlich, im Gürtel mußte ein solches Schuhband ziemlich lang sein, und die Finanzen wurden bis zum Zerreißpunkt angespannt. Die älteren Männer hier werden sich daran erinnern, was damals alles mit der Hand gemacht werden mußte, in Todesgefahr, weil Maschinen viel zu teuer waren. Aber trotz allem kamen sie voran. Die Station funktionierte, und sie waren bereit, mit den Geschäften anzufangen, als ..."

Der Schurke

Es war kein Zufall, daß das Jupiter-Schiff sich näherte, als das Kampfschiff kam. Der Bau hatte darauf Rücksicht genommen, daß das Schwert sich der Konjunktion mit dem königlichen Planeten nähern sollte, so daß ein direkter Pendelverkehr möglich wäre, sobald das chemische Werk mit der Arbeit begann. Wir brauchen uns nicht ins Gedächtnis zurückzurufen, wieviel Kampf und herzzerbrechende Arbeit nötig war, diesen Zeitplan einzuhalten. Und das Kampfschiff erschien deshalb, weil eine Station genau in dieser Umlaufbahn, die eben mit der Arbeit begann, so wichtig war, daß es sich lohnte, das ganze Sonnensystem zu durchqueren und durch viele Schichten der Bürokratie zu stoßen. Die Köpfe der kürzlich gewählten Regierung Nordamerikas wurden sich dessen mit einem Schlag bewußt.

Michael Blades war draußen und überwachte die Installation eines Rezeptors, als sein Ohrstöpsel summte. Er drückte sein Kinn an die Sprechplatte und schaltete auf Empfang. „Mike?" sagte Avis Pages Stimme. „Du wirst vorne gebraucht."

„Jetzt?" wandte er ein. „Und wofür?"

„Höflichkeitsbesuch von der NASS *Altair*. Du scheinst kein Verhältnis zur Zeit mehr zu haben, Junge."

„Was zum ... bei allen springenden blauen Blitzen redest du da? Wir haben doch unseren Höflichkeitsbesuch gehabt. Jimmy und ich, wir beide sind hinübergegangen, um unseren Kratzfuß zu machen, und der Konteradmiral war zum Dinner hier. Was willst du noch mehr?"

„Erinnerst du dich nicht? Es war nicht genug Platz da, um seine Offiziere einzuladen, und da hast du versprochen, sie später auf eine Führungstour mitzunehmen. Ich traf die Verabredung für die nächste Wache. Und die haben wir jetzt."

„Ja, natürlich, jetzt fällt mir's wieder ein. Jawohl. Hulse brachte eine Riesenflasche Champagner mit, und wenn man so lange nur aufbereitetes Wasser zu trinken hatte, ist's mit meiner Aufnahmefähigkeit nicht weit her. In mir glühte eine warme Kameradschaft, und ich bot ihm an ... Laß es Jimmy machen. Ich hab' zu tun."

„Die Gruppe ist viel zu groß, sagt er. Du mußt die Hälfte nehmen. Ihr Beiboot wird in dreißig Minuten andocken."

„Na, dann stell eben einen anderen dafür ab."

„Mike, das wäre unhöflich. Hast du vergessen, wie empfindlich die wegen ihres Ranges zu Hause sind?" Avis zögerte. „Wenn das stimmt, was ich glaube, dann könnten wir den guten Willen von hohem Flottenpersonal recht gut gebrauchen. Und von allen anderen einflußreichen Leuten, die in Sicht kommen."

Blades holte tief Atem. „Du bist viel zu auffallend gefühlvoll. Erinnere mich daran, daß ich dich feure, wenn ich meine ersten zehn Millionen habe."

„Und was tust du dann für die nächsten zehn?" meinte schnippisch seine Sekretärin-Abteilungsleiterin-Vertraute-Beraterin und so weiter.

„Nichts. Ich verschwende die ersten."

„Du meine Güte! Kann ich dabei helfen?"

„Ah ... bin gleich da." Blades schaltete ab. Sein Ohr war ganz heiß, wie so oft in letzter Zeit, wenn er mit Avis redete, und er ließ ein paar ganz fürchterliche, ausgewählte Flüche los.

„Ärger?" fragte Carlos Odónoju.

Blades stand einen Augenblick da und sah sich um, ehe er antwortete. Er befand sich am breiten Ende des *Schwertes,* das, grob gesagt, wie eine geköpfte Pyramide geformt war. Vor ihm und seinen paar Männern erstreckte sich ein Gelände von zerklüfteten, zackigen Felsen mit nachtschwarzen Schatten unter gleißenden Flutleuchten. Ein paar Kilometer weiter fiel der entferntere Horizont ab wie eine abgehackte Klippe. Dahinter kamen dann die Sterne, die sich in einer nie endenden Nacht drängten. Es wurde sehr still, als die Gruppe auf sein Wort wartete. Er konnte seinen eigenen Lungen, seinem Puls zuhören, die sehr laut im Raumanzug pochten und rasselten. Sogar ins Innere konnte er riechen, die Mischung aus Plastik, Sauerstoffzyklus-Chemikalien, Fleisch und Schweiß. Das Gefühl, mit dem Kopf nach unten an der Oberfläche zu hängen, kannte er recht gut, und seine Stiefel mit den Spezial-Greifsohlen hielten ihn gegen die geringe Spur Schwerkraft fest, die des Asteroiden Drehung erzeugte. Aber er wußte natürlich, daß die fledermausige Art des Stehens für einen Bauernbuben aus Oregon ein wenig spukhaft war.

Oregon lag jetzt schon ewig lange hinter ihm, nicht nur die Konservenfabrik, bei der er aufwuchs, sondern auch die Küste, an der er gefischt, und die Wälder, die er durchwandert hatte. Kein Verlust. Dort waren sowieso immer zu viele Touristen gewesen. Auf der Erde konnte man nie den Menschen aus dem Weg gehen. Kälte und Vakuum und nackter Fels, also der Gürtel, waren da viel besser.

Könnte Carlos vielleicht als Vormann übernehmen? Nein, beschloß Blades, noch nicht. Ein Gas-Rezeptor war ein sehr kompliziertes Stück der Ausrüstung. Carlos war gut mit den Händen. Alle von den ungefähr hundert Männern der Station mußten dies unbedingt sein. Aber er hatte diese Arbeit noch nicht oft genug getan.

„Ich muß weg“, sagte Blades. „Sichert das Zeug hier und meldet euch bei Buck Meyers drüben beim Dock. Alle.

Seine Crew baut einen neuen Rückstoßdamm, und das wißt ihr, glaube ich. Die haben schon Arbeit für euch. Bei der nächsten Wache sehe ich euch alle wieder hier.“

Er winkte. Daß er nominell der Besitzer der Hälfte dieser Anlage war, berechtigte ihn nicht zur Überheblichkeit, denn alle mußten hier zusammenhelfen – oder sterben. Er ging zur nächsten Schleuse mit dem Schritt des Raummanns, der immer einen Fuß auf dem Boden hat. Und seine Lebensleine hakte er erst aus, als er in der Kammer war.

Auf seinem Weg kam er über einen schmalen Grat, von dem aus er einen guten Blick auf die Ballone hatte, die an den bereits vollständigen Gasbehältern hingen. Die gefüllten sahen wie geisterhafte Monde aus. Die Gase des Jupiter, die das zähe Elastomer aufbliesen, ließen die Sterne noch recht gut erkennen, aber sie waren hoch genug gestiegen, um noch das Licht der versteckten Sonne aufzufangen und in ihrem Glanz zu schimmern. Die fast geleerten Ballone hingen wie dünne Schläuche da und strebten nach draußen. Zwei volle schwebten in einem langsamen Orbit an den Konstellationen vorbei. Sie warteten darauf, hereingeholt und angekoppelt zu werden, damit ihre Ladung in das stets hungrige chemische Werk der Station entleert werden konnte. Aber es gab noch nicht genug Möglichkeiten, sie alle miteinander zu verarbeiten, und die *Pallas Castle* würde bald mit neuen Ballonen ankommen. Blades fand, er brauche jetzt unbedingt ein paar neue Spezialflüche.

Als er die Luftschleuse hinter sich hatte, stieg er aus dem Raumanzug und hängte ihn zusammen mit den schweren Handschuhen weg, die ihn vor Erfrierungen schützten, wenn er den raumkalten Fels berührte. Nun war er geschmackvoll in einen Overall aus dem Überschuß der Flotte gekleidet und ging den Korridor entlang.

Der erste Teil der Grabungen im Asteroiden war nun fertig. Die meisten Passagen führten durch den Fels, die wenigsten waren Plastikröhren, die sich über die Oberfläche schlängelten. Bis jetzt waren die Gänge noch nicht beschichtet; sie waren Schächte mit einer Schnittfläche von zwei Metern im Quadrat und enthielten Türen, Ventilatorgitter und Fluoro-Schalttafeln. Thermoschlangen hatten sie nicht. War erst die Masse aus Nickeleisen ausreichend aufgewärmt, so blieb die von den Menschen und den Industrieanlagen abgegebene Wärme auch erhalten. In den dunklen, herausgeschlagenen Tunnels dröhnten die Maschinen. Hier und da hing das Poster eines Mädchens oder einer Erdenlandschaft. Geschäftig liefen Männer hin und her, trugen Werkzeug, Instrumente und Lebensmittel. Sie stammten aus zahlreichen Ländern, meistens waren es aber Nordamerikaner; mit der Zeit waren sie einander immer ähnlicher geworden. Sie hatten eine lederfarbene Haut und einen freischwingenden Schritt, und alle trugen bunte Coveralls.

„Mike ... Wie ist die Drehung? He, Mike, hast du die neueste Geschichte vom Marsianer und dem Bischof gehört? He, Mike, hast du eine Minute Zeit für mich? Wir haben hier Schwierigkeiten mit den Sammelleitungen an den Abscheidern ... He, Mike, warum hast du's so eilig? Sind deine Batterien überladen?“ Blades winkte allen Rufern ab, denn er hatte es eilig. Innen konnte man sich sehr schnell bewegen, denn je mehr man sich der Drehachse näherte, desto geringer wurde das an sich schon niedrige Gewicht. Aber vom Ende bei den Gasbehältern bis zum Wohnende des Asteroiden waren etliche Kilometer.

Er ratterte eine Leiter hinab und erreichte atemlos sein winziges, vollgepacktes Büro. Avis Page schaute von ihrer Arbeit auf und rümpfte ihre sommersprossige Nase. „Du solltest mal duschen, aber dafür ist jetzt keine Zeit mehr", sagte sie. „Hier, benütze meinen Antistinker." Sie warf im geschickt eine Spraypatrone zu. „Ich hab' dir deinen Anzug und dein Rasierzeug aus der Kabine geholt."

„Kann ich denn niemals für mich sein?" brummte er, doch er lachte in ihre Richtung. Sehr schön war sie gerade nicht, aber auch nicht häßlich, nur eben klein, brünett und unansehnlich, aber als Assistentin glich sie eher einer Supernova. Einmal würde sie für einen glücklichen Burschen eine fabelhafte Frau sein. Warum hatte sie die Lage hier eigentlich nicht ausgenützt und sich einen Mann geangelt? Ein Dutzend Frauen waren da, bis auf zwei verheiratete, und hundert Männer. Dieses Verhältnis war noch ungünstiger als die Norm im Asteroidengürtel. Natürlich gab es zuviel Arbeit, und jeder wußte, wie wichtig es war, gute Beziehungen zu allen zu haben, so daß Sex wenig Gelegenheit fand, das süße Köpfchen zu heben. Aber ...

Sie lächelte ihn so sanft an, daß es ihn fast störte. „Schnell", drängte sie, „deine Gäste werden bald hier sein. Du triffst sie in Jimmys Büro."

Blades duckte sich in den winzigen Waschraum. Er war auch nicht gerade ein Bildschirmheld, meinte er, als er sich Creme ins Gesicht schmierte: groß, häßlich, rothaarig. *Aber nicht so, daß man sich fürchten müßte, wenn man mir nachts in einer einsamen Gasse begegnet,* überlegte er befriedigt. Und in Aresopolis hatte es ein Gäßchen gegeben ... Wenn alles weiterhin glatt liefe, sobald sie sich der Konjunktion mit Mars näherten, könnte er schnell einmal hinüber zu der sündigen Gin-Stadt, um ein bißchen Urlaub zu machen. Längst überfällig ... Er rasierte sich die Stoppeln ab, schlüpfte aus dem Navy-Overall und kletterte in weiße Hosen, die zusammen mit der blauen Jacke mit dem hohen Kragen als festlicher Anzug genügen mußten.

An Avis' Tisch blieb er wieder stehen. „Was Neues von der *Pallas?*" fragte er.

„Nein", antwortete das Mädchen. „Aber sie müßte in zwei weiteren Wachen hier sein, wenn sie den Fahrplan einhält. Mike, du machst dir zu viele Sorgen."

„Einer muß es doch tun, und Jimmys buddhistisch-fatalistische Ruhe hab' ich nun einmal nicht."

„Die solltest du aber kultivieren. Sorge ist ansteckend. Ich sorge mich um dich."

„Nichts verhilft mir so schnell zu Magengeschwüren wie die Knappheit an Gas auf diesem Felsbrocken. Ah, und wenn Bill Mbolo wegen dieser Katalysatoren fragen sollte, solange ich weg bin, sagst du ihm ..." Er rasselte seine Anweisungen herunter und strebte zur Tür.

Chungs Büro war halbwegs um den Planetoiden herum, so daß immer der eine oder andere Chef im Notfall in der Nähe war. Nicht daß sie viel an ihren Schreibtischen saßen. Sie hatten zu wenig Leute und mechanisches Gerät und mußten immer wieder beim Bau mithelfen. Ab und zu sehnte sich Blades doch zurück zu seinen Tagen als Ingenieur bei Solar Metals: gute Bezahlung, interessante, wenn auch ein bißchen riskante Arbeit auf fliegenden Bergen und keine weitere Verantwortung. Aber die meisten Asteriten träumten davon, ihr eigener Boß zu werden.

Als er ankam, waren die Offiziere der *Altair* schon da, ungefähr zwanzig junge Männer in weißen Ausgehuniformen. Jimmy Chung, klein, gedrungen und ruhig, machte höfliche Konversation. „Ah, da ist er ja", sagte er. „Lieutenant Ziska und Gentlemen, das ist mein Partner Michael Blades. Mike, darf ich dich bekanntmachen ..."

Blades Aufmerksamkeit beschränkte sich auf Lieutenant Ziska. Er hörte kaum, daß sie führender Steuermann war, denn sie war – viel wichtiger! – groß, blond und blauäugig mit einem zauberhaften Grübchen, wenn sie lachte, und ihre Uniform füllte sie so aus, wie eine Cellini-Venus zweifellos einst die Gußform.

„Sehr angenehm, Sie kennenzulernen, Mr. Blades", sagte sie so, als meine sie das auch. Vielleicht tat sie's. Er schnappte nach Luft.

„Und Commander Liebknecht", sagte Chung aus einer Entfernung von vielen Lichtjahren. „Commander Liebknecht. Commander Liebknecht!"

„Oh, natürlich, 'tschuldigung!" Blades ließ Lieutenant Ziskas Hand voll widerstrebender Eile los. „Freut mich riesig, Commander Liebfrauenmilch."

Irgendwie brachte man die Vorstellung hinter sich. „Tut mir außerordentlich leid, daß wir so wenig gastfreundlich sein können", sagte Chung, „aber Sie sehen ja, wie eng es hier zugeht. Doch wenn Sie interessiert sind, können wir Sie gerne herumführen."

„Natürlich sind Sie interessiert", sagte Blades zu Lieutenant Ziska. „Ich zeige Ihnen einige Dinge, die ich mir selbst ausgedacht habe."

Chung sah ihn finster an. „Wir teilen wohl am besten die Gruppe auf und schlagen verschiedene Routen ein", meinte er. „Dann treffen wir uns wieder in der Messe zum Kaffee. Lieutenant Ziska, würden Sie ..."

„... gerne mit mir kommen? Ganz gewiß", sagte Blades.

Chungs Blick wurde mörderisch. „Ich dachte ...", begann er.

„Klar." Blades nickte heftig. „Du bist der Seniorpartner, also nimmst du die Gentlemen vom höchsten Rang. Kommen Sie. Wir fangen an. Darf ich?" Er bot der Steuerfrau den Arm. Sie lächelte und akzeptierte ihn. Er nahm an, daß acht oder zehn ihrer Kameraden ihnen folgten.

Auf der Veranda gab es den ersten Mißton. Sie hatten einen Blick auf die höhlenartigen Schlafräume geworfen, wo der größte Teil des Personals lebte; auf die Freizeitkuppel, die das Leben hier erträglich machte; die Küche, das Lazarett und die anderen Diensträume; auf die Hydroponiktanks und Hefezuchtbehälter, die den größten Teil der Nahrung der Station lieferten; auf die winzigen Kabinen für die leitenden Ingenieure und die Ehepaare. Ehe sie dieses Ende des Asteroiden verließen, nahm Blades seine Gruppe mit auf die Veranda. Das war eine Kuppel an der Oberfläche, beleuchtet und ausgestattet wie eine Offiziersmesse, die einen Blick auf den halben Himmel gestattete.

„Ohhh ...“, murmelte Ellen Ziska. Sie rückte etwas näher an Blades heran.

Der junge Lieutenant Commander Gilbertson warf ihr einen etwas scheelen Blick zu. „Du hast doch wirklich schon oft genug tief in den Raum geschaut“, sagte er.

„Durch eine Luke oder einen Helm.“ Ihre Augen schimmerten ganz groß im Zwielicht. „Aber niemals so.“

Die Sterne drängten sich zu Myriaden aneinander. Die Milchstraße funkelte wie ein Diamantband vor unendlicher Dunkelheit. Der Blick konnte ungehemmt in endlose Weiten schweifen, bis hin zum geheimnisvollen Andromeda-Nebel; Stille war hier nicht nur das Fehlen von Geräuschen, sondern eine majestätische Anwesenheit, das Brodeln der Sonnen.

„Na, und die Beobachtungsterrasse von Leyburg?“ bemerkte Gilbertson.

„Das war ganz anders“, erwiderte Ellen Ziska. „Dort war alles so sicher und zivilisiert. Hier ist man ja am Rand der Schöpfung.“

Blades verstand jetzt, warum Goddard House so lange gegen die Aufnahme weiblicher Offiziere auf Schiffen der Raumreederei gewesen war, obwohl sie zu Hause unter politischem Druck standen und die Russen es längst taten. Wie gut, daß sie endlich doch nachgegeben hatten! Wenn er sich nur jetzt als großartiger, romantischer Held darstellen könnte! Und wie lange würde die *Altair* bleiben? Dieser Aufenthalt erschien ihm schon ziemlich ausgedehnt für einen ganz gelegentlichen Besuch während einer Routine-Kreuzfahrt. Er mußte also sehr schnell arbeiten.

„Ja, wir sind hier ziemlich isoliert", sagte er. „Die Jupiter-Schiffe entladen eben ihre Ballone, nehmen die leeren auf und reisen ab, um die nächste Ladung abzuholen."

„Ich verstehe nicht, wie Sie hier eine Industrie aufbauen können, wenn Ihr Rohmaterial nur bei Konjunkturen ankommt", sagte Ellen.

„Wenn wir voll arbeiten, ist das schon anders", versicherte ihr Blades. „Dann machen wir so viel Geschäfte, daß wir für ständigen Nachschub sorgen können, und zwar geliefert aus jedem Depot, das zu irgendeiner Zeit dem Jupiter am nächsten ist."

„Sie haben das alles nur aufgebaut, um ... Gas zu verarbeiten?" wollte Gilbertson wissen. Blades wußte nicht, ob der junge Mann nur sarkastisch oder wirklich interessiert war. Erstaunlich eigentlich, wie unwissend die Erdlinge, selbst die von den Raumflotten, in solchen Dingen oft waren.

„Das Jupiter-Gas ist ungeheuer reich", erklärte er. „Hauptsächlich Wasserstoff und Helium natürlich, aber die Schöpfschiffe scheiden das zum größten Teil beim Aufnehmen schon aus. Der Rest ist Ammoniak, Wasser, Methan, ein Dutzend wichtiger organischer Stoffe, auch einige der verdammtesten, kompliziertesten metallischen Verbindungen, von denen man je gehört hat. Die brauchen wir als Basis einer chemosynthetischen Industrie, die unser Überleben garantiert, damit wir die Mineralien gewinnen können, die ja in erster Linie der Grund für die Kolonisierung des Gürtels waren." Er deutete in den Himmel hinaus. „Wenn wir erst richtig angelaufen sind, ziehen wir Siedlungen auf. Dieser Asteroid hat Gefährten und wartet auf Leute, die kommen und die Schätze abbauen. Heimatschiffe und Orbitalstationen werden gebaut. In zehn Jahren wird es hier, rund um das *Schwert* herum, eine kleine Stadt geben."

„So etwas ist früher schon vorgekommen", meinte der zugeknöpfte Commander Warburton von der Waffenkontrolle.

„Das wird jetzt noch viel öfter passieren", erklärte Blades begeistert. „Der Gürtel wird jetzt wachsen!" Er wandte sich an Ellen. „Das hier ist die richtige Front. Die Planeten ergeben niemals viel. Auf so riesigen Massen ist es sehr schwierig, für Menschen geeignete Bedingungen zu schaffen, viel leichter auf einem Klumpen wie dem hier. Und die Schwerkrafträume sind so tief. Selbst bei Einsatz von Atomenergie sind die Kosten für die Erschließung von Planeten viel zu hoch. Außerdem sind die gesuchten Mineralien unter Kilometern von Gestein begraben. Auf einem metallischen Asteroiden findet man fast alles, was man sucht, direkt unter den Füßen. Da gibt es keine Grenzen für das, was man tun kann."

„Aber Ihr eigener Energieverbrauch ...", wandte Gilbertson ein.

„Der ist kein Problem." Wie auf ein Stichwort brachte die Drehung des Weltchens die Sonne in Sicht. Winzig, aber unerträglich grell überflutete sie die Kuppel mit gleißendem Strahlen. Blades ließ die Blenden auf dieser Seite herab. Er deutete in die gegenüberliegende Richtung zu einigen Punkten ähnlicher Helligkeit, die plötzlich aufgetaucht waren.

„Hundertmeter-Parabolspiegel", erklärte er. „Leicht herzustellen. Man sprüht eine dünne Metallschicht auf einen Plastikrücken. Sie sind im Orbit um uns herum; jeder Spiegel ist mit einer kleinen Schwerkrafteinheit ausgerüstet, um den Antrieb zu kontrollieren und ihn direkt auf die Sonne ausgerichtet zu halten. Die gebündelte Strahlung lädt schwere Akkumulatoren auf, die wir dann einsammeln und als Kraftquelle für unsere ganze mobile Arbeit verwenden."

„Soll das heißen, daß Sie keinen Nuklearreaktor haben?" erkundigte sich Warburton.

Merkwürdig, wie sehr er sich dafür interessierte; Blades wunderte sich zwar, nickte aber. „Das ist richtig. Wir wollen keinen. Viel zu gefährlich für uns. Außerdem brauchen wir keinen. Selbst auf diese Entfernung von der Sonne, und sogar einige kleine Unvollkommenheiten miteingerechnet, liefert ein Spiegel mehr als fünfhundert Kilowatt, vierundzwanzig Stunden täglich, ein Jahr nach dem anderen und absolut kostenfrei."

„Hm. Ja." Warburtons magerer Kopf drehte sich langsam, um Blades mit einem berechnenden Blick zu mustern. „Ich hörte, das sei das normale Kraftsystem in Stationen dieses Typs. Aber wir wußten nicht, daß es auch bei Ihnen benützt wird."

Warum sollte euch das interessieren? dachte Blades.

Er schob ein leichtes Unbehagen von sich und führte Ellen zum Kuppelgeländer. „Vielleicht können wir Ihr Schiff sehen, Lieutenant ... äh ... Miß Ziska. Hier ist ein Teleskop. Lassen Sie mal sehen. Die Umlaufbahn müßte etwa so sein ..."

Er suchte, bis die *Altair* in sein Blickfeld kam. In dieser Entfernung wirkte der kugelige Umriß wie eine winzige, dunkel angemalte Mondsichel; aber er konnte den düsteren Umriß eines Geschützturms und einiger Raketenwerfer ausmachen. „Schauen Sie selbst“, lud er sie ein. Ihr Haar kitzelte ihn an der Nase. Es roch köstlich nach Sonne.

„Wie klein das Schiff doch aussieht“, bemerkte das Mädchen mit der gleichen Verwunderung wie vorher. „Und wie riesig ist es, wenn man an Bord ist.“

Groß, richtig, das wußte Blades, und bis zu den Lukenrändern mit nuklearem Höllenfeuer vollgepackt. Aber nicht massiv. Ein ziviles Raumschiff hatte eine Meteorpanzerung, doch die war gegen moderne Waffen ungefähr so widerstandsfähig wie nasser Schuhkarton; auf Kriegsschiffen wurde diese Panzerung aus Gründen besserer Beweglichkeit weggelassen. Der selbstversiegelnde Rumpf war aus dünnem Magnesium, und die äußere Schicht wurde von Zeit zu Zeit erneuert, da kosmischer Sand sie abrieb.

„Es überrascht mich gar nicht, daß wir im Orbit bleiben und nicht andocken“, bemerkte Ellen. „Wir hätten Ihr Radar auf die Hörner genommen und auf Ihrem Kontrollturm aufgesetzt.“

„Nicht gerade“, erwiderte Blades. „Unser Dock ist zwar erst halb fertig, aber groß genug, Sie aufzunehmen, wie Sie noch sehen werden. Vergessen Sie nicht, wir erwarten bald sehr viel Verkehr. Ich wunderte mich, weshalb Sie unser Angebot, es zu benützen, nicht annahmen.“

„Doktrin!“ schnarrte Warburton.

Die Sonne schien durch die Blenden und übergoß die Gesichter der Offiziere mit hellem Strahlen. Schauten da einige verblüfft drein? Machte der eine oder andere den Mund auf, als wolle er protestieren, um ihn eines warnenden Blickes wegen wieder zuzuklappen? An Blades Rückgrat kribbelte es. Er dachte: *Von einer solchen Doktrin habe ich noch nie gehört, am allerwenigsten dann, wenn ein nordamerikanisches Schiff zu einer nordamerikanischen Station kommt.*

„Ist ... Braut sich etwa eine internationale Krise zusammen?“ fragte er.

„Nein.“ Ellen richtete sich am Teleskop auf. „Ich würde sagen, die Beziehungen waren noch selten so gut wie im Moment. Weshalb fragen Sie?“

„Nun, der Grund, weshalb Ihr Kapitän nicht ...“

„Ach, ist doch egal“, unterbrach ihn Warburton. „Wenn Sie wollen, setzen wir lieber unsere Tour fort.“

Blades legte inzwischen sein Unbehagen für später weg. Er hätte sich sofort darüber den Kopf zerbrechen können, doch Ellen Ziskas Anwesenheit verhinderte das. Eine Art Pauli-Ausschließungs-Grundsatz. Man kann doch nicht zwei verschiedene Drehungen gleichzeitig haben, nicht wahr? Er reichte ihr wieder den Arm. „Gehen wir weiter zur Zentralkontrolle“, schlug er vor. „Die liegt genau hinter den Quartieren.“

„Wissen Sie, ich verstehe das einfach nicht“, sagte sie leise, „dieses Wunder, das Sie bewirkt haben. Nie war ich stolzer darauf, ein Mensch zu sein.“

„Ist dies Ihre erste lange Raumreise?“

„Ja. Bevor die neue Administration diese ganzen Posten neu besetzte, war ich in Port Colorado stationiert.“

„Das tat sie wirklich? Wieso?“

„Das weiß ich nicht. Das heißt, während des Wahlfeldzugs hat die Soziale Gerechtigkeitspartei viel über alte Offiziere gesprochen, die viel zu verknöchert seien, als daß sie wirkungsvoll eine moderne Politik betreiben könnten. Mir kam das ziemlich töricht vor.“

Warburton kniff die Lippen zusammen. „Ich glaube

nicht, daß es sich für diensttuende Offiziere gehört, in der Öffentlichkeit politische Fragen zu diskutieren", ratterte er wie ein Maschinengewehr.

Ellen wurde rot. „E-Entschuldigen Sie, Commander."

Blades ärgerte sich, ihretwegen natürlich. Er wußte nur nicht genau, weshalb. Was war sie denn für ihn? Wahrscheinlich würde er sie nie mehr sehen. Klar, ein höllisch attraktives Ziel, und nach so viel Zölibat war er recht verwundbar. Aber war sie denn wichtig?

Er wandte Warburton den Rücken und ihr den Blick zu und lenkte sie von ihrer Verlegenheit ab. „Sie kommen dann aus Colorado, Miß Ziska?"

„Oh, nein, aus Toronto."

„Wie kamen Sie zur Navy, wenn ich fragen darf?"

„Gott, das ist schwer zu sagen. Aber ich glaube, hauptsächlich deshalb, weil ich mich zu Hause so beengt fühlte. Wie in einem Taubenschlag. Die Welt erschien mir nur wie eine Ansammlung netter kleiner Fluglöcher."

„Ah. Hm. Genau wie hier. Ich kam mir auch wie eine viereckige Taube in einem runden Loch vor." Sie lachte. „Zum Glück ist der Raum viel zu groß für kleine Abteile."

Ihrer Zustimmung gebrach es an Schwung. Für sie mußte also die Flotte eine Enttäuschung sein. Das konnte sie aber vor ihren Kollegen nicht sagen.

Hm, wenn sie von denen wegkäme ... „Wie lange sind Sie hier?" fragte er. Sein Puls überschlug sich.

„Das hat man uns nicht gesagt."

„An den Raketenwerfern ist einiges zu tun", sagte Warburton. „Das läßt sich am besten hier erledigen, wo Werkstätten zur Verfügung stehen, falls wir sie brauchen sollten. Nicht daß ich das annehme ... Ich hoffe, wir beeinträchtigen dann nicht Ihre eigenen Arbeiten."

„Durchaus nicht." Blades strahlte Ellen an. „Oder, um

genauer zu sein, ich habe nichts gegen die Art von Beeinträchtigung."

Sie wurde rot, ihre Lider flatterten. Sie war sicher nicht oberflächlich, aber die Flottenvorschriften zwangen dem Personal beider Geschlechter eine unmenschliche Korrektheit auf. Nach Wochen in der Raumschwärze mußte es doch wie ein kräftiger Schuß Adrenalin wirken, wenn eine solche Frau einem Mann begegnete, der ihr Komplimente machen konnte, ohne vor ein Kriegsgericht gestellt zu werden. Das wurde ja immer besser!

„Sind Sie sicher?" fragte Warburton. „Zum Beispiel, sind wir dann nicht im Weg, wenn das nächste Schiff vom Jupiter kommt?"

„Das nähert sich an der gegenüberliegenden Seite des Asteroiden", erklärte Blades. „Und es bleibt nicht lange."

„Wie lange?"

„Eine Wache, so daß die Crew sich ein wenig bei denen von unserer Mannschaft erholen kann, die wachfrei sind. Es wäre ein wenig länger, wenn wir nicht zufällig einen leeren Ballon hätten. Es dauert aber nie lange. Der Jupiter ist ein schönes Stück weg, auch wenn man immer unter Schub reist. Da kann man keine Zeit verlieren."

„Und wann ist das nächste Schiff fällig?"

„Die *Pallas Castle* wird in der zweiten Wache von jetzt an erwartet."

„Aha. Zweite Wache." Warburtons Puritanergesicht war recht düster, als er weiterstelzte.

Blades hätte auch darüber nachgrübeln können, doch jemand wollte wissen, warum die Station eine Drehung für das Gewicht brauchte. Warum setze man nicht einen Innen-Feldgenerator ein, wie auf einem Schiff etwa? Blades erklärte geduldig, daß ein Emett, gerade ausreichend, um einen gleichmäßigen Zug durch ein Volumen so groß wie das *Schwert* zu erzeugen, ziemlich teuer sei. „Später, wenn wir etliche Tausender weiter sind ...“

„Rechnen Sie wirklich damit, reich zu werden?“ wollte Ellen wissen. Ihr Ton war voller Ehrfurcht. Kein Erdling hatte mehr eine solche Chance, oder nur die ganz großen Firmen. *„Persönlich* reich?“

“Das ist gar nicht anders möglich. Ich sage Ihnen, das hier ist Grenzland – etwas, das es seit den Konquistadoren nicht mehr gab. In den ersten paar Jahren hätten wir mit Leichtigkeit weggewischt werden können, finanziell und körperlich, durch tausend Zufälle oder Unfälle. Aber jetzt sind wir dafür schon zu weit voran. Wir haben es geschafft, Jimmy und ich.“

„Was werden Sie dann mit Ihrem Reichtum anfangen?“

„Leben wie ein Sultan alter Zeiten“, erwiderte Blades und lachte breit. „Hauptsächlich aber werden wir zu neuen Dingen weitergehen. Es müßte so vieles getan werden. Nicht einfach nur neue Asteroiden-Minen. Wir brauchen Farmen, Holz, Parks, Fahrgast- und Frachtschiffe, alle erdenklichen Arten von Maschinen. Ich würde gerne versuchen, etwas von dem gefrorenen Wasser im Saturn-System zu bekommen. Alles in allem sehe ich noch kein Ende des Jobs. Es ist nicht gut, in allem von der Erde abhängig zu sein. Zu teuer, zu sehr dem Zufall ausgeliefert. Der Gürtel muß vollkommen autark werden.“

„Mit einem netten Profit für Sword Enterprises“, spöttelte Gilbertson.

„Nun, selbstverständlich. Haben wir denn da kein Recht darauf?“

„Ja. Aber nicht in dem Ausmaß, das die Firmen im Gürtel offensichtlich erwarten. Sie bedienen sich doch nur natürlicher Hilfsmittel, die rechtlich gesehen den Menschen gehören und der Gesellschaft zugute kommen müssen.“

„Ha! Diese Gesellschaft hat doch beim *Schwert* gar nichts getan! Das waren Jimmy und ich und unsere Jungs. Keine Gesellschaft hat hier Nickeleisen ausgebuddelt und Steinstürme durchgestanden. Das waren wir."

„Lassen Sie doch die Politik sein", schnappte Warburton. Es war aber in erster Linie Ellens betrübte Miene, die Blades zum Schweigen brachte.

Alle waren erleichtert, als sie bei der Zentralkontrolle ankamen. Das war eine Vielfalt von Kuppeln und Räumen, die mit Ausrüstungsgegenständen vollgestopft waren, und selbst Blades wußte nicht, was alles es da gab. Die Computer waren Chungs Sache, nicht die seine. Er konnte also lange nicht alle von Warburtons Fragen beantworten.

Allgemein konnte er es natürlich. Das *Schwert* wirbelte durch die Raumleere mit einer Ladung gebrechlicher Menschen und komplizierter Gegenstände, und deshalb mußte es gleichzeitig Maschine, Ökologie und vereinheitlichte Organismen sein. Alles mußte sich genau zusammenfügen. Eine Panne im thermodynamischen Gleichgewicht, eine Fehlberechnung der benötigten Lieferungen, ein paar Spiegel, die aus dem äußeren Orbit irgendwie herausgerissen wurden, konnten Unheil bedeuten. Die Reinigungs- und Syntheseanlagen des chemischen Betriebs waren schon jetzt viel zu umfangreich, als daß sie ein menschlicher Geist in ihrem ganzen Umfang begreifen konnte, und noch immer wuchsen sie. Selbst dort, wo Menschen hätten arbeiten können, war die Automation billiger, zuverlässiger, weniger lebensgefährdend. Das Computersystem in der Zentralkontrolle war nicht nur das Gehirn vom *Schwert,* sondern auch Nerven und Herz.

„Ganz und gar im Gefrierverfahren, nicht wahr?" fragte Warburton. „Das scheint bei allen Stationen üblich zu sein. Warum?"

„Für uns ist das der billigste Typ“, antwortete Blades. „Hier ist es kein Problem, flüssiges Helium in Vorrat zu halten.“

Warburtons Blick verriet ganz besonderes Interesse. „Cryotronische Systeme sind sehr leicht verwundbar durch magnetische und Strahlungseinflüsse.“

„Das ist ein Grund, weshalb wir hier kein Atomkraftwerk haben. So weit von der Sonne entfernt bekommen wir nicht so viel an Emission, daß wir uns Sorgen machen müßten. Die Asteroidenmasse schirmt das bißchen ab, das ankommen kann. Ich weiß, auf Schiffen wird das TIMM-System verwendet, aber schon die Anfangskosten liegen hier sehr viel höher, als wir anlegen wollen.“

„Was ist TIMM?“ fragte der Kaplan der *Altair*.

„Thermal integriert und mikrominiaturisiert“, erklärte Ellen kurz. „Ultraminiaturisierte Keramik-Metall-versiegelte Vakuumrohre, die von thermionischen Generatoren ausgehen. Sie sind immun gegen Gammastrahlen und magnetische Pulse, leicht gegen Partikelstrahlung abzuschirmen und sehr wirtschaftlich.“ Sie lachte. „Erzählen Sie mir nur nicht, im Leviticus gebe es davon nichts, Padre!“

„Sehr schön für den Autopiloten eines Schiffes“, meinte Blades. „Aber, wie ich schon sagte, wir brauchen uns keine Sorgen über strahlende oder magnetische Anlagen zu machen. Uns macht es nichts aus, wenn wir uns ein wenig ausbreiten, und aus Gründen thermaler Leistung wollen wir sogar etwas Hitze verschwenden.“

„Mit anderen Worten, die Leistung hängt von dem ab, was Sie damit erreichen wollen“, entgegnete Ellen. Sie wurde nun wieder ernst und musterte ihn eine Weile. „Die gleiche Person, die vor Jahren einen Pickel schwang, beschäftigt sich jetzt mit so wundervollen Dingen ...“ Da vergaß er all seine Sorgen.

Später, als das Beiboot abgelegt und Chung ihn in sein Büro gerufen hatte, erinnerte er sich daran. Avis kam auch. Als sie eintrat, wollte sie wissen, weshalb man sie geholt hatte.

„Du hast doch im vorigen Jahr deine Leute auf der Erde besucht", sagte Chung. „Keiner von der Station war nach dir dort."

„Was kann ich euch erzählen?"

„Das weiß ich nicht genau. Vielleicht den Hintergrund. Das Gefühl, dort zu sein. Wir vom Gürtel wissen ja nicht, was dort vorgeht. Die Funknachrichten tröpfeln ja höchstens herein. Und außerdem hast du im kleinen Finger mehr Vernunft als der Ire in seinem ganzen Kupferkopf."

Sie saßen in den fast schwerelosen Spinnwebstühlen an Chungs Schreibtisch. Blades nahm seine Pfeife heraus und stopfte sie mit der Tabakration des Tages. Verträumt dachte er: *Wäre es nicht großartig, wenn diese alte Briar plötzlich Aladins Lampe wäre, und der Rauch verdichtete sich zu einer blonden Kanadierin ...*

„Willst du jetzt endlich aufwachen?" bellte Chung.

„Hä?" Blades erschrak. „Oh. Klar. Was ist los? Du siehst aus wie ein Fisch am Freitag."

„Vielleicht hab' ich auch Grund dazu. Hast du bei deiner Gruppe etwas Ungewöhnliches bemerkt?"

„Ja. Wirklich."

„Was?"

„Es ist ungefähr hundertfünfundsiebzig Zentimeter hoch, hat gelbes Haar, blaue Augen und Kurven ..."

„Mike, hör auf damit!" fuhr ihn Avis an. „Das ist eine ernste Angelegenheit."

„Stimmt. Ein paar Wachen später wird sie abreisen."

Das Mädchen biß sich auf die Lippe. „Du bist viel zu alt für dieses Mondkalb, und das weißt du auch."

„Stimmt auch. Ich fühle mich eher wie ein Bulle.“ Blades machte auf dem Schreibtisch tappende Bewegungen.

„Du, eine Dame ist anwesend“, mahnte ihn Chung.

Blades sah, daß Avis ziemlich blaß geworden war. „Entschuldige“, platzte er heraus. „Ich dachte nie ... Ich meine, du bist mir immer vorgekommen wie ...“

„... einer der Jungs“, beendete sie den Satz ziemlich barsch. „Klar. Vergiß es. Und was ist das Problem, Jimmy?“

Chung faltete die Hände und schaute sie an. „Ich kann es nicht genau definieren“, antwortete er bedachtsam. „Vielleicht bin ich nur ein bißchen raumdösig geworden. Aber als wir mit Admiral Hulse sprachen, hattest du da nicht den Eindruck von ... Mißtrauen? Hattest du nicht auch das Gefühl, er beobachtete und bohrte in jeder Minute, die wir zusammen waren?“

„Von der fröhlichen Sorte ist er bestimmt nicht.“ Blades nickte. „Steif wie die Molasse auf Pluto. Aber ich vermute, das ist seine Natur.“

Chung schüttelte den Kopf. „Nein, das war keine normale Zurückhaltung. Du hast doch gehört, wie ich von der Zeit erzählte, da ich mit dem nordamerikanischen technischen Vertreter auf Vesta war, als der Vertrag ausgehandelt wurde.“

„Ja, die Geschichte hab' ich oft genug gehört“, sagte Avis trocken.

„Vergiß nicht, das war genau nach dem Europa-Zwischenfall. Wir waren einem unerklärten Raumkrieg sehr nahe, und es wäre eine scheußliche Sache geworden. Ja, wir waren nahe daran. Jeder Delegierte ging geladen und gespannt zu den Konferenzen.“

„Hulse hat dieselbe Art.“

Sie schwiegen eine ganze Weile. „Ja, wenn ich mir's so

überlege“, warf Blades ein, „er hat schon etliche recht merkwürdige Fragen gestellt. Dann und wann drehte er die Unterhaltung in eine andere Richtung, so daß er den Aufbau unserer Anlage, die Notfalldoktrin und so weiter herauskriegen konnte. Es ist mir nicht besonders aufgefallen.“

„Mir auch nicht“, gab Chung zu. „Einzeln und für sich gesehen hat es nichts zu bedeuten, aber diese Besucher heute ... Sicher, die meisten von ihnen haben bisher noch nichts vermutet. Aber dieser Liebknecht. Warum war er gar so interessiert an unserer Zentral-Kontrolle? Sie ist weder neu noch geheim. Und doch fragte er dauernd nach Einzelheiten wie Schildfaktor der Mauern und so weiter.“

„Auch Commander Warburton“, erinnerte sich Blades. „Und er wollte auch genau wissen, wann die *Pallas* ankommen und wie lange sie bleiben wird ... Hm. Ja, und ob wir eine Radioverbindung mit draußen haben, etwa mit Ceres oder der nächsten Kommissionsbasis ...“

„Hast du ihm gesagt, daß wir keine haben?“ fragte Avis scharf.

„Ja. Hätte ich das nicht tun sollen?“

„Es macht nicht viel aus“, erklärte Chung resigniert. „Sie gingen alles sehr genau durch, und sie haben bestimmt gesehen, was wir haben und was noch nicht installiert ist.“ Er lehnte sich vorwärts. „Warum hängen sie noch immer herum? Man erzählte mir eine Geschichte, sie müßten ein Raketensystem überholen.“

„Mir auch“, sagte Blades.

„Aber ein Job ist doch dann nicht komplett, solange er nicht getestet ist. Und man feuert keinen Testschuß, nicht einmal eine Platzpatrone, wenn man so nahe an einer Station ist. Was könnte da nicht richtig gelaufen sein? Ich kann mir nicht vorstellen, daß ein Schiff die Erdumlaufbahn verläßt und auf eine lange Kreuzfahrt geht, ohne sich zu überzeugen, daß alles in Ordnung ist. Sie haben keine Meteoriten, keine sonstigen Schwierigkeiten unterwegs erwähnt. Und warum arbeiten sie hier? Die Flottenwerften sind auf Ceres. Wir können ihnen nicht mit Material, Werkzeugen oder Arbeit aushelfen, jedenfalls nicht nennenswert."

Blades runzelte die Brauen. Seine eigenen, noch nicht recht geformten Zweifel schoben sich in den Vordergrund, und das war doppelt unangenehm, nachdem er an Ellen Ziska gedacht hatte. „Sie sagten mir, die internationale Lage zu Hause sei okay", bemerkte er.

Avis nickte. „Was wir mit der Post an Nachrichten bekommen, scheint das zu beweisen", meinte er. „Warum also dieses Herumgerede? Jimmy, du ängstigst mich."

„Ich mich auch", gab Chung zu.

Blades schüttelte sich und protestierte: „Verdammt noch mal, das sind doch unsere eigenen Landsleute! Und wir befassen uns mit einem gesetzlichen Geschäft. Warum sollten sie uns etwas antun wollen?"

„Vielleicht kann Avis ein wenig Licht in die Sache bringen", deutete Chung an.

Das Mädchen verschränkte die Finger. „Nicht ich, denn ich bin keine Politikerin."

„Aber du warst vor noch nicht sehr langer Zeit zu Hause. Du hast mit den Leuten gesprochen, Zeitungen gelesen, 3V gesehen. Kannst du uns nicht wenigstens einen Eindruck vermitteln?"

„Nein ... Nun, natürlich, die ersten Kanonen des Wahlfeldzugs wurden schon abgeschossen. Die Soziale Gerechtigkeitspartei redete sehr viel über ... oh, mir erschien es so lächerlich, daß ich gar nicht recht aufpaßte."

„Sie sprachen doch davon, wie die Regierung Milliarden und Milliarden Dollar in den Raum pumpte, während in Amerikas Hinterhof die Not der Übervölkerung um Hilfe schrie", sagte Chung. „Das wissen sogar wir im Gürtel. Wir wissen, daß die Subventionen beschnitten werden sollen, da die von der SG nun daran sind. Und?"

„Wir brauchen ja keine Subventionen mehr", sagte Blades. „Natürlich wären sie eine große Hilfe, aber wir kommen nötigenfalls auch ohne sie zurecht. Mir ist das sogar lieber. Je weniger Regierungsgelder wir haben, desto weniger Regierungskontrolle müssen wir hinnehmen."

„Klar", sagte Avis. „Da war aber noch viel mehr daran. Die SGs beklagten sich über die geringen Renditen aus den Investitionen. Es kommen zu wenig Mineralien zur Erde zurück."

„Beim Jupiter!" rief Blades, „was erwarten die denn? Erst müssen wir doch unsere Betriebe aufbauen."

„Einige sagten sogar, es sei nie genug herauszuholen. Bei der derzeitigen Finanzpolitik würde der Gürtel nur für seine eigene Ausdehnung arbeiten, die gesamte Produktion für sich selbst behalten und nur das exportieren, was man hier, tröpfchenweise, entbehren kann. Ich mußte verschiedenen Freunden meiner Eltern erklären, daß ich kein sozial verantwortungsloser Kapitalist sei."

„Ist das alles an Informationen?" wollte Chung wissen.

„Ich glaube schon. Alles war so undeutlich. Keine dramatischen Ereignisse. Mehr eine Atmosphäre als etwas Konkretes."

„Jedenfalls bestätigst du meinen eigenen Eindruck", sagte Chung. Blades hörte aufmerksam zu, als sein Partner zusammenfaßte:

„Unsere Leute zu Hause haben sich gegen Privatunternehmen gewandt. Ein Firmenungeheuer wie Systemic Developments ist aber kaum als Privatunternehmen zu bezeichnen! Der neue Präsident und der Kongreß teilen diese allgemeine Ansicht. Wir müssen damit rechnen, daß sie sich in neuen Gesetzen und Verordnungen niederschlägt. Aber was hat dies zu tun mit einem Kriegsschiff, das ein paar hundert Kilometer von uns entfernt parkt?“

„Wenn die Regierung nicht will, daß sich die Asteriten weiter entwickeln ...“ Blades biß auf seinen Pfeifenstiel. „Sie müssen doch wissen, daß wir hier eine Kaviarmine haben. Wir werden die einzige Stadt in diesem ganzen Abschnitt sein.“

„Aber wir sind noch ein Baby“, wandte Avis ein. „Wir werden noch jahrelang unwichtig sein. Wer kümmert sich schon groß um ein Baby?“

„Und Amerikaner sind wir auch“, fügte Chung hinzu. „Wäre dies ein fremdes Schiff, wäre die Sache anders ... Moment mal! Könnten sie vielleicht daran denken, hier einen neuen Stützpunkt einzurichten?“

„Die Konvention erlaubt das nicht“, stellte Blades fest.

„Verträge können immer wieder neu verhandelt und sogar aufgekündigt werden. Aber erst muß man in aller Stille nachforschen und herausfinden, ob es überhaupt lohnt.“

„Ho, das brächte feines Geld!“

„Und feine Bürokraten krabbeln aus jedem Ablageschrank“, bemerkte Chung grimmig. „Nein, vielen Dank. Wir werden jeden derartigen Versuch bis zum letzten Rechtsanwalt bekämpfen. In unserer Konzession haben wir eine gute Grundlage. Falls sie auf Ceres eine Klage versuchen, wie ich vermute, bekommen wir auch ein verständnisvolles Gericht.“

„Außer sie bringen einen Erdenrichter herein“, warnte Avis.

„Ja, das ist natürlich möglich. Und sie könnten das ohne Vorwarnung für uns tun. Wir müssen das also vorher herausfinden, damit wir uns vorbereiten können. Besteht eine

Möglichkeit, den einen oder anderen von diesen Offizieren anzuzapfen?"

„Ich fürchte, nein", sagte Avis. „Die paar, die etwas wissen, werden auf dem Schiff zurückgehalten."

„Wir könnten sie ja einzeln hierher einladen", schlug Blades vor. „Ich habe nämlich schon eine Verabredung mit Lieutenant Ziska."

„Waaas?" Avis fiel die Kinnlade herab.

„Jawohl", bestätigte Blades ruhig. „Ende der nächsten Wache, so daß sie die Ankunft der *Pallas* beobachten kann. Ich soll sie mit einem Scooter abholen. Ein sehr romantisches Fahrzeug ist ja dieser Schlitten nicht." Er blies einen dicken Rauchring. „Jimmy, kannst du dann nicht für kurze Zeit alle von der Veranda verscheuchen? Weißt du, Sternenlicht, Alleinsein, leise Musik auf der Flöte – wer weiß, was ich da herausfinden könnte?"

„Von *ihr* kriegst du bestimmt nichts heraus", fauchte Avis. „Keine Geheimnisse, nichts."

„Trotzdem freue ich mich auf den Versuch. Komm, Freund, sag's denen. Ich tu dasselbe auch mal für dich."

„Für mich scheint es keine solchen Gelegenheiten zu geben", stöhnte Chung.

„Ach, laß ihn doch mit der Selbstmordblonden 'rumspielen", rief Avis wütend. „Wir anderen haben zu arbeiten. Ich ... Jimmy, ich sag' dir was. Wir essen heute nicht in der Messe. Ich hole unsere Rationen und mache uns was ganz Feines in deiner Kabine."

Ein Scooter war wirklich nicht das ideale Fahrzeug eines Ritters für den Transport seiner Dame. Das war eigentlich kaum mehr als ein Schrank mit drei Sätteln auf einer akkubetriebenen Schwerkraftmaschine, die ausreichte, etwas von einem Asteroiden abzuheben und sich mit geringer Beschleunigung fortzubewegen. Navigationsinstrumente gab es nicht. Man stellte die Radar-Gravitationssensoren des Autopiloten auf das Zielobjekt ein, und man kam dort an und wich sogar unterwegs etwaigem vorüberfliegendem Raumschutt aus. Man mußte aber den Entfernungsanzeiger im Auge behalten und rechtzeitig den Bremsschalter umlegen. War der Autopilot abgestellt, waren auch freie Manöver möglich, aber das war ziemlich gefährlich, wenn man nicht fast genau über dem Zielort war. Das stereoskopische Sehen ließ bei mehr als sechs oder sieben Metern nach, und der menschliche Organismus ist nicht darauf eingerichtet, kosmische Geschwindigkeiten abzuschätzen.

Ellen war trotzdem entzückt. „Das ist ja wie ein Traum“, murmelte ihre Stimme in Blades Ohrstöpsel. „Das ganze Universum um uns herum. Ich könnte fast ausgreifen und Sterne pflücken.“

„Sie müssen auf der Akademie in Raumanzügen mit Antrieb trainiert haben“, sagte er, weil ihm nichts Romantisches einfiel.

„Ja, aber das ist doch nicht dasselbe! Wir mußten immer in der Nähe von Lunas Nachtseite bleiben, damit wir vor Solarpartikeln sicher waren, und da wurde ja immer ein großer Happen Himmel herausgebissen. Und dann war alles so ... reguliert und diszipliniert. Wir taten, was wir tun mußten, und das war's dann. Hier fühle ich mich frei. Sie können sich gar nicht vorstellen, wie frei ... Benützen Sie dieses Maschinchen oft?“ fügte sie hastig hinzu.

„Nun ja, wir haben ungefähr zwanzig von diesen Schlitten in der Station. Sie sind überaus praktisch zum Herumflitzen mit einer Ladung. Oder zu den Spiegeln hinaus, um die Akkumulatoren auszuwechseln, oder zu den anderen Felsen im Haufen, wo wir einige Erze graben, die das

Schwert nicht hat. Diese Art Arbeit." Blades hätte sie viel lieber hinter sich auf einem Motorschweber gehabt, wo sie sich bei ihm festhalten mußte, wenn sie durch eine Frühlingslandschaft bummelten. Er war froh, als sie die vordere Luftschleuse erreichten und absteigen mußten.

Noch froher war er, als sie die Anzüge abgelegt hatten. Lieutenant Ziska sah in Ausgehuniform betäubend aus, aber Ellen in Zivil mit einer hauchdünnen, tief ausgeschnittenen Bluse und hautengen Hosen war eine Wasserstoffbombe. Er hätte sich vor Glück am liebsten überkugelt, doch er beschränkte sich darauf, zu sagen: „Willkommen." Aber ihre Hand hielt er länger als unbedingt nötig.

Schüchtern lächelnd reichte sie ihm ein Päckchen. „Das ließ ich mir geben, ehe ich drüben ging", sagte sie. „Ich dachte mir, Ihr Leben hier ist so bescheiden ..."

„Eine halbe Flasche Sandeman", sagte er verträumt. „Nein, ich sage nicht, Sie hätten das nicht tun sollen, aber ich stelle fest, daß Sie ein süßes Mädchen sind."

„Nein, wirklich." Sie wurde rot. „Wir haben Ihnen soviel Mühe gemacht."

„Das knacken wir gleich", sagte er. „Die *Pallas* hat sich zwar gemeldet, aber sie wird noch für einige Zeit nicht zu sehen sein."

Sie gingen zur Veranda und nahmen unterwegs ein paar Gläser mit. Jimmy, Gott segne ihn, hatte die anderen verscheucht, wie erbeten. *Ich hoffe, Avis kocht ihm feine Cordon Bleus,* dachte er. *Nettes Mädchen, diese Avis, wenn sie nur aufhören wollte, mich – was? – zu bemuttern?* Er vergaß sie, denn Ellen saß neben ihm am Geländer.

Die Milchstraße glühte in ihren Augen und ließ ihr Haar wie überzuckert erscheinen. Blades goß den Port überaus zeremoniös ein und hob sein Glas. „Auf eine häufige Rückkehr", sagte er.

Ihre Freude schrumpfte eine Spur. „Ich weiß nicht, ob ich darauf trinken sollte. Es ist unwahrscheinlich, daß wir je zurückkommen."

„Trinken Sie trotzdem darauf. Kling, klang, Gloria!" Die Gläser klirrten aneinander. „Schließlich ist dies ja nicht das ganze Universum. Wir beide kommen herum. Kann ich Sie auf Luna sehen?"

„Vielleicht."

Er überlegte, ob er vielleicht zu stürmisch vorging. Sie sah nicht recht behaglich drein. „Oh, natürlich", sagte er, „wenn nichts anderes, dann war dies eine großartige Pause für uns in dieser Eintönigkeit. Ich wünsche der Flotte wirklich nichts Böses, aber wenn sich Schwierigkeiten ergeben haben sollten, bin ich froh, daß es hier war."

„Ja ..."

„Wie gehen die Reparaturen voran? Langsam, hoffe ich."

„Ich weiß es nicht."

„Als Quartiermeister und Steuermann sollten Sie das aber wissen."

„Es wurden keine Lieferungen empfangen."

Blades versteifte sich.

„Was ist los?" fragte Ellen besorgt.

„Hä?" *Ein feiner Verschwörer bin ich, wenn sie mir meine Gefühle vom Gesicht abliest!* „Nichts, nichts. Mir kam es nur ein wenig seltsam vor, daß keine Ersatzgeräte aufgenommen wurden."

„Ich hörte, die Arbeit besteht nur in einigen Verbesserungen an Einstellungen von Geräten."

„Das hätte aber sehr viel schneller gehen müssen."

„Bitte", sagte sie unglücklich. „Wir wollen nicht darüber reden. Ich meine, es gibt solche Dinge wie Sicherheitsvorschriften."

Blades gab in dieser Richtung auf. Aber Chungs Idee war es wert, ein bißchen zu bohren. „Klar", sagte er. „Entschuldigung, ich wollte wirklich nicht neugierig sein." Er nippte an seinem Glas und suchte hektisch nach passenden Worten. Ein schönes Mädchen, ein goldener Wein ... Und umgekehrt auch. Warum sollte er dies nicht einfach genießen? Mußte er sich wirklich den Kopf zergrübeln über etwas, das vermutlich höchstens ein harmloses Rätselchen war? Eine Scherzfrage? Ja. Man konnte doch Erholung mit dem Geschäft verbinden.

„Erlauben Sie mir wenigstens ein paar Tagträume", sagte er und beugte sich ihr entgegen. „Die Flotte wird hier einen neuen Stützpunkt errichten, und die *Altair* wird damit beauftragt."

„Nein, dieser Tagtraum!" Sie lachte und war froh, daß er wieder zu einem harmlosen Flirt zurückgekehrt war. „Haben Sie je von der Vesta-Konvention gehört?"

„Verträge können abgeändert werden", erklärte Blades.

„Wozu sollten wir einen Extrastützpunkt brauchen? Besonders weil doch die Regierung plant, riesige Summen für die öffentliche Wohlfahrt auszugeben. Sicher hat man nicht die Absicht, auch noch ein Wettrüsten zu veranstalten."

Blades nickte. *Jimmys Ahnung scheint ziemlich dünn zu sein, und jetzt ist sie wohl ganz verflogen,* dachte er und zuckte die Schultern. „Mein Partner und ich hätten es, ganz abgesehen von unseren Vorrechten, auch nicht gerne gehabt. Nicht daß wir keine Patrioten wären, aber da gibt es eine Menge anderer ausgezeichneter Stützpunkte, und wir würden uns hier lieber mit einer Regierungsagentur zufriedengeben."

„Kann man das denn heute?"

„Oh, natürlich. Wir haben eine ganz neue Art von Konzession, als private Partnerschaft nämlich. Soviel ich weiß, ist es die erste derartige Konzession im Gürtel, obwohl es natürlich bald mehr geben wird. Die Bank von Ceres hat uns finanziert. Wir haben nicht einen Nickel Staatsgeld gebraucht."

„Ist das denn möglich?"

„Gerade noch. Ich bin kein Wirtschaftler, aber ich sehe schon, wie das geht. Geld, das sind Waren und Arbeit. Beides war hier sehr knapp bisher. Regierungszuschüsse glichen die Lücken aus, und wir konnten von der Erde kaufen. Aber jetzt haben die Asteriten eine ausreichende Bevölkerung und Industrie, so daß sie selbst eigene geringe Kapitalüberschüsse haben, die in solche Projekte gesteckt werden."

„Offen gestanden, mich überrascht es trotzdem, daß zwei Männer ein solches Darlehen bekommen. Es muß doch sehr groß sein. Hätte die Bank das Geld nicht lieber einer Firma leihen sollen?"

„Um die Wahrheit zu sagen, wir haben Freunde, die für uns an ein paar Schnüren zogen. Das geschah sogar teils aus ideologischen Gründen. Viele Asteriten würden gerne mehr hiesige Unternehmen sehen, die keinem auf der Erde verpflichtet sind. Nur so können wir wachsen. Andernfalls werden unsere Profite, das heißt, unsere Nettoproduktion, zum Nutzen des Mutterlands versickern."

„Nun ja", meinte Ellen ein wenig gekränkt, „das war der ganze Grund für die Errichtung von Asteroidenkolonien. Sie können von uns nicht erwarten, daß wir auf unsere eigenen enormen Kosten Betriebe errichten – das hätten wir zu Hause auch tun können –, um nichts davon zu haben als ein ‚Dankeschön'."

„Keine Angst, wir werden alles mit Zinsen zurückzahlen", erwiderte Blades. „Aber was wir aus und mit unserer

Arbeit darüber hinaus hier machen, sollte bei uns bleiben."

Jetzt wurde sie ungehaltener. „Eine Einstellung wie die Ihre hat ja die Wähler veranlaßt, die Kandidaten der Sozialen Gerechtigkeit zu wählen."

„Hübscher Name", überlegte Blades. „Wer kann eine soziale Gerechtigkeit sein? Aber wissen Sie, ich denke, ich gehe selbst in die Politik. Ich werde die Nordamerikanische Mutterschaftspartei organisieren."

„Sie wären nicht so frivol, wenn Sie sehen müßten, wie die Leute dort leben."

„So schlimm wie hier? Puh!"

„Schlimm genug. Und Sie bleiben ja nicht ewig an diese Bedingungen gebunden. Erst vor ein paar Stunden haben Sie geprahlt mit den Millionen, die Sie hier verdienen wollen."

„Millionen und Millionen, wenn meine Kraft aushält", feixte Blades und dachte an die Gasse in Aresopolis. Aber er meinte, dies war damals, und jetzt war Ellen, und was als eine kleine, vielversprechende Party begonnen hatte, wurde nun zu ekligem Streit über Politik.

„Wir wollen doch nicht streiten", bat er. „Wir sind nach verschiedenen Richtungen hin orientiert, und wir machen einander damit verrückt. Reden wir doch lieber über die nächste gemeinsame Flasche ... vielleicht im Coq d'Or in Paris? Oder Morraine's in New York?"

Sie beruhigte sich wieder, doch sie sah immer noch besorgt drein. „Sie haben recht, wir sind sehr verschieden", sagte sie leise. „Isoliert sein, leben und arbeiten unter Bedingungen, die wir uns auf der Erde kaum vorstellen können – und Sie können sich auch nicht in unsere Probleme hineindenken ... Ja, ihr werdet hier ganz andere Menschen. Ich hoffe, es wird niemals so weit kommen, daß ... Nein. Darüber will ich nicht nachdenken." Sie trank ihr Glas aus und hielt es ihm hin, damit er nachfülle. „Schön, Sir. Wann werden Sie in Paris sein?“

Eine kurze, sehr erfreuliche Zeit verging noch, dann kam die *Pallas Castle;* sie verspäteten sich etwas zum Anlegemanöver, doch sie beeilten sich auch nicht sonderlich. Blades bot ihr seinen Arm an, und sie lehnte nicht ab. Es war ein wenig schuljungenhaft, doch er war inzwischen widerstrebend zur Erkenntnis gekommen, daß trotz seiner unehrenhaften Absichten die Affäre nie über das Schulbubenhafte hinausgehen würde. Versuchen wollte er es natürlich.

Als sie durch die Abteilung für Aufbereitung und Synthese glitten – die ja die Hälfte des Asteroiden füllte –, war der Lärm der Pumpen und Regler so laut, daß ihre Knochen vibrierten. Ellen deutete auf eines der Rohre, die den Korridor überspannten. „Verarbeiten Sie wirklich immer solche Mengen?“ fragte sie über allen Krach hinweg.

„Nein. Habe ich das vorher nicht erklärt? Das Rohr ist deshalb so dick, weil es so schwer gepanzert ist.“

„Aber warum diese Panzerung? Ist der Druck so hoch?“

„Teilweise. Auch innen ist das Rohr beschichtet. Jupitergas ist höllisch reaktiv bei Raumtemperatur. Besonders die metallischen Bestandteile. Das Zeug ist in jeder Beziehung ein Hexengebräu. Ist es natürlich erst einmal raffiniert, haben wir weniger Schwierigkeiten. Dieses Rohr hier enthält das Rohmaterial.“

Sie ließen den Lärm hinter sich und gingen weiter zur Kontrollkuppel am Rezeptorenende. Die beiden Männer, die hier Dienst taten, schauten nur kurz auf, dann beugten sie sich wieder über ihre Instrumente. Radiostimmen spielten ein Stakkato in der Luft. Blades führte Ellen zu einer Beobachtungsluke.

Sie holte tief Atem. Draußen fiel der wie abgehackt aussehende Grund weg zu den Sternen, zum Raum. Vor

den Sternen hing das ovale Gebilde des Schiffes, beschienen von der unsichtbaren Sonne, ein Riese selbst auf diese Entfernung, doch auf Zwergengröße reduziert von dem Ballon, den es im Schlepptau hatte. Da diese riesige Blase die Neigung hatte, sich mühselig zu drehen, rannen Regenbogenschimmer darüber, versteckten und enthüllten immer wieder die Konstellationen. Hier, an der Achse des Asteroiden, gab es gar kein Gewicht, und man bewegte sich mit der Geschmeidigkeit wie unter Wasser, fast entkörperlicht.
„Oh, ein Märchen“, sagte Ellen und seufzte.

Vier Funken blitzten heraus aus den Bootsblasen am Rumpf. „Das sind Bagger- oder Schöpfschiffe“, erklärte ihr Blades. „Sie nehmen die Ladung auf und sind sehr leicht zu manövrieren. Das Mutterschiff parkt seine Ladung hier im Orbit, während die Jungs eine andere hereinbringen. Wir haben immer noch nicht soviel Verarbeitungsraum, daß wir mit den Lieferungen Schritt halten können.“

„Wieviel Schöpfschiffe gibt es?“

„Zwanzig. Für diesen Job braucht man aber nicht mehr als vier. Sie sind unglaublich stark. Das müssen sie auch, wenn sie aus der Umlaufbahn in die Jupiter-Atmosphäre tauchen, sich mit Gas vollrammen und dann wieder zurückkommen. Da sind sie ja.“

Die *Pallas Castle* schob die große Kugel, die sie vom Jupiter hergeschleppt hatte, in den „Stall“-pfad, der vom Computer der Zentral-Kontrolle festgelegt worden war. Die Schöpfschiffe, winzig im Vergleich nur mit dem Mutterschiff, legten am anderen Ballon an, als dieser herantrieb. Energie ergoß sich in ihre Antriebsfelder. In einer Spirale gingen sie nach unten, transparente Kugel und vier Raumschiffe verschwanden hinter dem Horizont. Die *Pallas* beendete ihre eigene Aufgabe, löste die Schleppstangen und strebte dem Dock entgegen.

Der zweite Ballon erhob sich wieder wie ein riesiger Glasmond auf der anderen *Schwert*-Seite. Und er wurde immer noch größer, je näher er kam. Diese ungeheure Masse war nicht leicht zu behandeln, doch die Bremskurve wirkte fast beschämend glatt. Später konnte sie die Schöpfschiffe genauer sehen; sie hatten Ähnlichkeit mit lang ausgezogenen Tränentropfen; im abgestumpften vorderen Ende gähnten die Aufnahmetore, und die Baldachine der Cockpits erhoben sich nur eine Kleinigkeit darüber.

Die Männer in der Kuppel ratterten Anweisungen. Der Ballon schaukelte schwerfällig zu dem einen freien Behälter. Eine Konstruktion, die einem Drehkran glich, ließ ein Kabelende frei, das himmelwärts ausfuhr. Dann wurde einiges getan, das Ellen in dem trügerischen Licht nicht genau beobachten konnte; die vier Schiffchen hatten jedenfalls selbst alle einen Mechanismus, mit dem ihre Schleppvorrichtung am Kabel befestigt wurde.

Sie warfen nicht sofort los, sondern setzten das Schleppen noch etwas fort, um den Aufprall der Zentrifugalkraft ein wenig zu lindern. Trotzdem ging ein leichtes Schütteln durch die Kuppel, als das Tau aufgenommen wurde. Dann war der Job getan. Die Schöpfschiffe legten ab und flitzten zum Mutterschiff zurück. Der Ballon wurde nach innen gedrängt, einige Männer in Raumanzügen kamen heran, um die Ventile zum Ankoppeln vorzubereiten.

„Und später", erklärte Blades in die Stille hinein, „wird diese Ladung Nahrung, Gewebe, Vitryl, Plastiboard, Reagenzmaterial, Treibstoff und eine Menge anderer Dinge sein. Dafür sind wir hier."

„Etwas so Wundervolles habe ich noch nie gesehen", sagte Ellen ganz hingerissen, und er legte einen Arm um ihre Taille.

In diesem Moment plärrte die Sprechanlage: „Achtung!

Achtung! Dringend! Alle Mann auf die Notstationen! Blades, schleunigst zu Chungs Büro! Alle Mann auf Notstationen!"

Blades rannte schon, ehe noch die Sirene zu heulen begonnen hatte.

Konteradmiral Barclay Hulse war höchstpersönlich erschienen. Er stand da wie bei einer Parade, wie ein Turm vor Chung. Der Asterit war zornrot. Avis Page kauerte entsetzt in einer Ecke.

Blades stürmte durch die Tür und bremste knapp vor dem Zusammenstoß. „Was ist denn los?" keuchte er.

„Eine Menge!" schnaubte Chung. „Diese unglaublichen, hirnlosen und blödsinnigen Affen ..." Ihm brach die Stimme. *Wenn Chung wütend wird, dann bedeutet das schon etwas!*

Hulse nagelte Blades mit einem Blick fest. „Guten Tag, Sir", schnarrte er. „Ich habe einen bedauerlichen Unfall zu melden, der es erforderlich macht, die Station zu evakuieren. Vorübergehend, hoffe ich."

„Hä?"

„Wie ich schon Mr. Chung und Miß Page erklärte, ist uns ein Atomgeschoß entkommen. Explodiert es, wird die Strahlung tödlich sein, selbst im Herzen der Asteroiden."

„Was ... was ...?" konnte Blades nur stottern.

„Zum Glück ist die *Pallas Castle* hier. Sie kann die ganze Mannschaft aufnehmen und sie in sichere Entfernung bringen, während wir nach diesem Geschoß suchen."

„Wie, zum Teufel?"

Hulse erlaubte sich einen Blick der Erbitterung. „Ich muß mich offensichtlich wiederholen. Schön. Sie wissen, wir hatten an unseren Abschußvorrichtungen einige neue Einstellungen vorzunehmen. Was Sie nicht wissen, war der Grund. Unter den gegebenen Umständen halte ich es für erlaubt, Ihnen zu sagen, daß einige von ihnen ein ganz neues, streng geheimes Kontrollsystem haben. Eine unserer Aufgaben auf dieser Kreuzfahrt war es, Feldtests durchzuführen. Nun, es stellte sich heraus, daß das System noch voll … hm … Motten ist. Der Waffenmeister hat unendlichen Ärger damit, und den ganzen Weg von der Erde her mußte er daran herumpfuschen.

Vor einer halben Stunde nun, als Commander Warburton den Zusammenbau vervollständigte – niedrigere Ränge sind in den Testtürmen nicht zugelassen –, passierte etwas. Ich kann Ihnen nicht sagen, was ich vermute, aber wenn Sie sich vorstellen wollen, daß ein Relais klemmte, so kommt das wohl einigermaßen an die Tatsache heran. Eine Rakete ging hinaus. Kein Übungsgeschoß, sondern das echte Ding. Und die Auslösung aktiviert automatisch den scharfen Zünder."

Diese Mitteilung war wie ein Hammerschlag. Blades fluchte fürchterlich. Unter den Armen brach ihm der Schweiß aus und tropfte an den Rippen entlang.

„So etwas war natürlich nie erwartet worden", fuhr Hulse fort. „Das ist ein verheerendes Unglück, und die Konstrukteure dieses Systems bekommen natürlich nie mehr einen Auftrag. Aber wie die Dinge nun einmal liegen, bekamen wir das Ding auch nicht auf unseren Radarschirm, und bald war es auch zu weit entfernt für eine Suchaktion mit dem Schwerkraftpuls. Der Schubvektor ist unbekannt. Das Projektil kann jetzt praktisch überall sein.

Nun, Flottengeschosse sind so programmiert, daß sie ihre Beschleunigung umkehren, wenn sie innerhalb einer gegebenen Zeit kein Ziel treffen. Dieses Geschoß sollte in weniger als sechs Stunden zurück sein. Wenn es zuerst unser Schiff entdeckt, ist alles in Ordnung. Es hat einen optischen Erkennungsstromkreis, der jedes nordamerikanische

Kriegsschiff dem Typ nach identifizieren kann, den Sprengkopf unschädlich macht und das Geschoß sicher zurücksteuert. Aber kommt es vorher einer anderen Masse auf fünfzig Kilometer in die Nähe – etwa diesem Asteroiden oder einem Felsbrocken aus dem Haufen, wird es detonieren. Wir tun natürlich, was uns möglich ist, um das zu verhindern, aber der Raum ist groß. Sie müssen also Ihre Leute in eine sichere Entfernung bringen. Natürlich können Sie auch nach einer Explosion zurückkommen. Im Vakuum gibt es ja keine Erschütterung, und die Feuerkugel reicht nicht bis hierher. Grundsätzlich ist das nämlich eine antipersönliche Waffe. Aber Sie dürfen sich nicht im Radius der tödlichen Strahlung aufhalten."

„Den Teufel können wir zurückkommen!" schrie Avis.

„Verzeihung?" sagte Hulse.

„Sie Dummkopf! Wissen Sie denn nicht, daß wir eine cryotronische Zentralkontrolle haben?"

Hulse blinzelte nicht einmal. „So ist es", erwiderte er ungerührt. „Das hatte ich ganz vergessen."

Blades knirschte: „Schön. Wir haben es jedenfalls nicht vergessen. Wenn dieses verdammte Ding losgeht, wird die Gammastrahlung die vielen Minoritäts-Träger in den Transistoren so hinaufstoßen, daß die Kristalle vom Typ *p* reagieren wie die vom Typ *n* und umgekehrt, wenn auch nur für ein paar Mikrosekunden, doch das genügt, daß alles gleichzeitig durchschlägt! Die Computerbanken und das Programmdatensystem wird so verstümmelt, daß keine Hoffnung besteht, das jemals wieder in Ordnung bringen zu können."

„Der magnetische Puls auch", sagte Chung. „Das Plasma der Feuerkugel wird voll sein mit Inhomogenitäten, die sich mit einigen Prozent der Lichtgeschwindigkeit bewegen. Trifft der elektromagnetische Ausstoß unsere magnetischen Kerneinheiten, so werden die von einer Super- in eine Normal-Konduktion umgewandelt. Gleiche Wirkung, totaler Computer-Gedächtnisverlust. Wir haben nicht genug Abschirmmöglichkeiten! Ihr TIMM-System kann einen solchen Schlag verdauen, das unsere nicht."

„Das ist überaus bedauerlich", sagte Hulse. „Sie müssen alles noch einmal programmieren."

„Noch einmal programmieren? Was?" fuhr Avis auf. Sie hatte Tränen in den Augen. „Wir haben Ihnen doch gesagt, was unser chemisches Werk verarbeitet. Wir können es nicht so kurzfristig schließen. Es geht durch. Es gibt Soda-Explosionen, Wasserstoff- und organische Verdichtungen, und dann bleibt n-n-nichts als n-n-nur ein Ruinenfeld!"

Hulse gab keinen Zentimeter nach. „Ich möchte mich tausendmal entschuldigen. Falls tatsächlicher Schaden entsteht, wird die Regierung Sie zweifellos entschädigen. Und natürlich wird mein Schiff alles liefern, was nötig ist, damit die *Pallas Castle* Sie zum nächsten Kommissionsstützpunkt bringen kann. Im Moment bleibt mir jedoch nichts übrig, als Sie zu evakuieren und zu hoffen, daß es uns gelingt, die Rakete abzufangen."

Blades ballte die Fäuste. Plötzlich begriff er. „Hier wird es kein Abfangen geben!" schrie er. „Und das war kein Unfall!"

Hulse tat einen Schritt zurück und richtete sich noch steifer auf. „Regen Sie sich nicht so auf!" riet er.

„Sie von Läusen angefressener, aufgeblasener Eierfresser! Für wie blöd halten Sie uns? Für so blöd wie Ihre Bosse von der SG? Beim Himmel, wir bleiben! Dann sehen Sie erst mal, ob Sie den Nerv haben, hundert Menschen umzubringen!"

„Mike ... Mike ..." Avis packte seinen Arm.

Hulse wandte sich an Chung. „Diesen unziemlichen

Ausbruch werde ich übersehen“, sagte er. „Aber mit Rücksicht auf meine Verantwortung und meine Verpflichtung gegenüber der Verfassung, stelle ich hiermit diesen Asteroiden unter Kriegsrecht. Innerhalb von vier Stunden werden Sie Ihr gesamtes Personal an Bord der *Pallas Castle* haben und sich in einer Entfernung von mindestens tausend Kilometern halten, andernfalls werden Sie verhaftet und vor Gericht gestellt. Ich muß nun auf mein Schiff zurückkehren und die Operationen einleiten. Die *Altair* wird den Radiokontakt mit Ihnen aufrechterhalten. Guten Tag.“ Er verbeugte sich knapp, drehte sich auf dem Absatz um und klackte zum Raum hinaus.

Blades wollte ihm noch nachrennen. Chung hielt seinen freien Arm fest. Er und Avis mußten ihn zurückhalten. Er fluchte die Luft blau, bis Ellen hereinkam.

„Ich konnte mit Ihnen nicht Schritt halten, Mike“, keuchte sie. „Was ist denn hier los?“

Da war Blades plötzlich ohne jede Kraft. Er ließ sich auf einen Stuhl fallen und schlug die Hände vor sein Gesicht.

Chung erklärte mit ein paar barschen Worten. „Ohhh“, ächzte Ellen. Sie ging zu Blades und legte ihm die Hände auf die Schultern. „Mein armer Mike!“

Dann schaute sie die anderen an. „Ich müßte mich natürlich wieder auf dem Schiff melden“, sagte sie, „aber das kann ich nicht, ehe es beschleunigt. Ich muß also bei Ihnen bis danach bleiben. Miß Page, wir haben ungefähr eine halbe Flasche Wein auf der Veranda gelassen. Ich denke, es wäre eine gute Idee, wenn Sie sie holen würden.“

Avis stellte ihre Stacheln auf. „Und warum nicht Sie?“

„Das ist jetzt nicht die Zeit für persönliche Empfindlichkeiten“, sagte Chung. „Geh, Avis. Du kannst dir einstweilen überlegen, was wir an Unterlagen mitnehmen sollten. Ich muß die Evakuierung organisieren. Und Miß Ziska, nun, ich meine, jemand müßte Mike aus seiner Depression herausholen."

„Sie?" heulte Avis und rannte hinaus.

Chung setzte sich und schaltete sein Sprechgerät auf Telefonzentrale. „Ich möchte Captain Janichevski an Bord der *Pallas* haben", befahl er. „Hallo, Adam? Wegen dieses Generalalarms ..."

Blades hob sein hageres Gesicht und schaute Ellen an. „Sie sehen besser zu, daß Sie zusammen mit den Frauen und den Männern abhauen, die nicht hierbleiben wollen", sagte er. „Aber ich denke, die meisten wollen das Risiko eingehen. Sie arbeiten ja auf Gewinnanteil, also verlieren sie zu viel, wenn die Station ruiniert wird."

„Was meinen Sie?"

„Es ist ein Spiel, aber ich kann nicht glauben, daß Hulses Befehle auch Morde einschließen. Wenn genug von uns hier aushalten, wird er das Ding einfangen müssen. Dessen Flugbahn kennt er haargenau."

„Du hast vergessen, daß wir unter Kriegsrecht stehen", erinnerte ihn Chung. „Wenn wir nicht freiwillig gehen, kommt er mit seinen Bullen und zwingt uns mit Waffengewalt dazu. Wir haben keine Wahl. Er hat es uns ja gesagt."

„Ich verstehe nicht", bemerkte Ellen ein wenig unsicher.

Chung ging zum Sprechgerät zurück. Blades kramte seine Pfeife heraus und rollte sie leer zwischen den Händen. „Dieses Projektil wurde absichtlich abgeschossen", sagte er.

„Was? Nein. Sie sind verrückt! Das ist ausgeschlossen!"

„Mir ist klar, daß Sie davon nichts wußten. Nur drei oder vier Offiziere haben es erfahren. Das wurde in aller Heimlichkeit getan, weil es sonst einen Skandal gibt, vielleicht sogar eine Absetzung. Aber es ist noch immer Sabotage."

Sie wich zurück. „Das ist doch absolut unvernünftig."

„Ihre eigene Geschichte ist unvernünftig. Sie ist lächerlich. Ein neues Raketensystem wird zu Feldversuchen nicht direkt in den Gürtel hinausgeschickt, ehe es näher an der Heimat erprobt wurde, um die ärgsten Mucken herauszukriegen. Ein Geschoß mit Sprengkopf wird nicht einfach so irgendwo in der Nähe eines Unverantwortlichen aufgehoben und unter seiner Aufsicht gelassen. Das Testschiff hängt auch nicht bei einer Zivilstation herum, während der Waffenmeister herumpfuscht. Und Hulse, Warburton, Liebknecht, die drei haben so genau über jede Einzelheit Bescheid wissen wollen, wie strahlungssicher wir sind."

„Das kann ich nicht glauben. Keiner glaubt das."

„Zu Hause nicht. Die Verbindung zur Erde ist so dürftig und meistens verstümmelt. Das Publikum wird nur erfahren, daß es einen Unfall gegeben hat. Wer kümmert sich schon einen Pfifferling um Einzelheiten? Nicht einmal vor einem Asteroiden-Gericht können wir etwas beweisen. Die Flotte wird sagen, ‚Geheiminformation!', und damit wäre doch der ganze Prozeß schon erledigt. Klar, es wird einen Untersuchungsausschuß geben, aber der ist aus Flottenoffizieren zusammengesetzt. Vielleicht sind das sogar ehrenwerte Männer. Aber wem werden sie glauben? Ihrem vereidigten Kollegen – oder dem Zorn eines Asteriten-Trottels?"

„Mike, ich weiß, das ist furchtbar für Sie, aber Sie nehmen es sich viel zu sehr zu Herzen." Ellen legte eine Hand auf die seine. „Angenommen, es kommt zum Schlimmsten. Sie werden für Ihre Verluste entschädigt."

„Ja. Im Rahmen der persönlichen Investitionen. Die Bank von Ceres hat so ziemlich alles Geld, das hineingepumpt wurde. Wir rechneten nicht damit, sie in den nächsten zehn Jahren auszahlen zu müssen. Sie oder ihre Rückversicherung wird die Entschädigung bekommen. Und

nach diesem Fiasko gibt sie uns nie mehr ein neues Darlehen. Sie rückten es schon beim erstenmal nur zögernd heraus. Ich möchte meinen, Systemic Developments wird Ihnen ein hübsches Angebot zur Übernahme unseres Betriebs machen."

Ellen wurde rot. Sie stampfte mit dem Fuß. „Sie reden wie ein Paranoiker. Glauben Sie wirklich, die Regierung von Nordamerika würde ein Kriegsschiff herausschicken, um Ihnen hier übel mitzuspielen?"

„Nicht die ganze Regierung. Dazu sind doch nur ein paar Männer in den richtigen Positionen nötig. Ich weiß nicht, ob Hulse bestochen oder in die Sache hineingeredet wurde. Aber vielleicht hielt er das Mitmachen für seine Pflicht. Er ist der Typ dazu."

„Eine Pflicht – ein nordamerikanisches Geschäft zu vernichten?"

Chung war gerade mit seinem Gespräch fertig und antwortete: „Keine Dauerzerstörung, Miß Ziska. Wie Mike meinte, wird sicher eine Firma das *Schwert* erben und die Schäden reparieren. Aber ein privates, reines Asteriten-Geschäft ... Ja, ich fürchte, Mike hat recht. Wir sind das Ziel."

„Aber in Dreiteufelsnamen, warum?"

„Aus den edelsten Motiven natürlich", schniefte Chung voll Bitterkeit. „Sie wissen ja, was die Soziale Gerechtigkeitspartei vom Privatkapitalismus hält. Und noch wichtiger: Das *Schwert* ist das erste Unternehmen im Asteroidengürtel, das nicht an Mutter Erdes Schürzenzipfel hängt. Wir sind keinem Menschen dort verpflichtet. Wir können unsere Güter dorthin verkaufen, wohin wir wollen. Es ist doch bekannt, daß es den Asteriten in den Fingern juckt, ihre eigene, autarke Industrie aufzubauen. Von Gefühlen einmal ganz abgesehen, aber im Gürtel können wir viel mehr verdienen als zu Hause, besonders wenn man die Transportkosten durch den Schwerkraftwall der Erde berücksichtigt. Also machen wir die meisten Geschäfte doch hier draußen.

Unsere Lizenz kann nicht widerrufen werden. Erst müßten sehr viele Gesetze abgeändert oder aufgehoben werden, und das ist politisch unmöglich. In Nordamerika gibt es noch viele individualistische Gefühle, zum Beweis die Tatsache, daß Geschäfte noch immer gegründet werden und die SGler einen sehr harten Wahlkampf führen mußten, um durchzukommen. Was die neue Regierung will, gleicht der Politik Englands gegenüber Amerika im achtzehnten Jahrhundert. Die Kolonien als Rohstofflieferanten behalten und als Absatzmarkt für Industriegüter, aber um Gottes willen nur keine Entwicklung einer eigenen Industrie zulassen! Man kann das selbstverständlich nicht offen aussprechen, aber man kann dafür sorgen, daß sich die Situation natürlich entwickelt.

Nur ... das *Schwert* wird offensichtlich gedeihen und sich nach jeder Richtung hin ausdehnen. Wird es uns gestattet, unsere Profite zum weiteren Ausbau zu verwenden, werden wir zum Kern unabhängiger Asteriten-Unternehmen. Andererseits, wenn wir durch einen unglücklichen Zufall ausgelöscht werden, gibt es auch keinen solchen Kern. Es bedarf dann nur einer kleinen Abänderung der Bankengesetze, um anderen die Lust zum Anfang zu nehmen."

„Ich glaube sogar, Hulse ist davon überzeugt, daß er seine patriotische Pflicht erfüllt", sagte Blades. „Er will Nordamerika unsere natürlichen Hilfsquellen zugänglich machen, vielleicht auf lange Sicht sogar unseren Untertanengehorsam garantieren. Zu schlimm, wenn er das nur mit Sabotage erreichen kann, aber schlaflose Nächte hat er deswegen nicht."

„Nein!“ schrie Ellen.

Chung sackte in seinem Stuhl zusammen. „Wir sind ganz schön in der Falle“, sagte er. „Ich sehe keinen Ausweg. Mike, glaubst du, daß du jetzt was tun kannst? Du könntest Gruppenführer für die Evakuierung aufstellen ...“

Blades sprang auf. „Ich kann kämpfen!“ knurrte er.

„Womit denn? Mit Dosenöffnern?“

„Du meinst, wir sollen uns einfach fügen und alles kaputtgehen lassen?“

Avis kam zurück. Sie drückte Blades die Flasche in die Hand. „Da hast du“, sagte sie abweisend.

Er hielt sie Ellen hin. „Da, nehmen Sie einen Schluck“, lud er sie ein.

„Nicht mit Ihnen, Sie ... Sie Umstürzler!“

Avis sah wesentlich freundlicher drein und nahm die Flasche. „Auf unseren Sieg denn“, sagte sie, trank und reichte sie an Blades weiter.

Er trank. Doch der Wein war viel zu edel, und er entdeckte, daß er ihn richtig genoß, als er ihm die Kehle hinablief. *Warum reden die Menschen eigentlich immer so verächtlich vom Mut des Betrunkenen? Die Holländer, von denen man dabei ausgeht, haben wahren Mut bewiesen. Sie kämpften sich frei von Spanien und frei vom Ozean. Wenn die Franzosen oder die Deutschen kamen, machten sie ihren Feind, die See, zu ihrem Verbündeten ...*

Die Flasche entfiel ihm. Sie hatte bei der geringen Fallgeschwindigkeit den Boden noch nicht erreicht, als Avis sie rettete. „Gib mir das, du großer Tolpatsch!“ rief sie. Mit der freien Hand griff sie nach seinem Arm. „Mike, wir geben nicht auf, was immer auch passiert“, versicherte sie.

Blades starrte noch immer über sie hinaus. Er öffnete und schloß seine Fäuste. Sein rasselnder Atem füllte den Raum mit Geräusch. Chung schaute sich verstört um. Ellen beobachtete die Szene in wachsendem Entsetzen. Avis' Augen funkelten.

„O heilige rauchende Zigarre", flüsterte Blades schließlich. „Ich glaube, wir können das Ding schaukeln."

Captain Janichevski schreckte zurück. „Du bist ja von Sinnen!"

„Möglich", sagte Blades. „Feiner Spaß, was?"

„Das kannst du nicht tun."

„Versuchen können wir's."

„Weißt du, wovon du sprichst? Aufstand, das ist es. Fast so was wie Piraterie. Selbst wenn dein Plan durchführbar wäre, dann würdest du die nächsten zehn Jahre in der Rehabilitation schwitzen. Mindestens."

„Vielleicht. Aber vorausgesetzt, die Sache kommt je vor Gericht. Wird es aber nicht."

„Das meinst du. Von mir verlangst du, daß ich bei einem Verbrechen mittun soll, und gegen meine Besitzer ... soll ich auch ..." Janichevski schüttelte den Kopf. „Tut mir leid, Mike. Dieses Durcheinander tut mir selbst unendlich leid. Aber ich will nicht mithelfen, die Sache noch zu verschlimmern."

„Mit anderen Worten", erwiderte Blades, „du willst lieber bei einer Sabotage mithelfen. Ich schlage dir nur eine Handlung berechtigter Selbstverteidigung vor."

„Falls es überhaupt eine Verschwörung zur Vernichtung dieser Station gibt."

„Adam, du bist doch ein alter Raumhase. Du weißt, wie die Flotte operiert. Kannst du die Geschichte schlucken, eine Rakete sei durch Zufall davongerauscht?"

Janichevski biß sich auf die Lippe. Die Geräusche von außen her füllten die Kapitänskabine – Stimmen, Schritte, das Surren von Maschinen, das Schlagen von Türen –, als sich die *Pallas Castle* reisefertig machte. Blades wartete.

„Du kannst recht haben“, gab Janichevski schließlich zu, fühlte sich aber recht unbehaglich. „Aber warum dieser Hulse seine Karriere aufs Spiel setzen sollte ...“

„Das tut er ja nicht. Er wird nur für die zu Hause zum Sündenbock umfrisiert. Darauf kannst du dich verlassen. Ebenso wie eine Firma, die für eine Weile keine Militäraufträge mehr bekommt, aber von anderer Seite um so dickere Verträge. Ich bin lange genug im System und weiß, wie das läuft.“

„Aber wenn du nichts hast ... falls dies ein ehrlicher Pfusch wird ... dann begehst du einen Verrat.“

„Ja. Das Risiko gehe ich ein.“

„Ich nicht. Nein. Ich hab' eine Familie“, sagte Janichevski.

Blades musterte ihn. „Wenn die SG mit diesem Trick durchkommt – was meinst du, welches Leben deine Familie in zehn Jahren führt? Wir sind dann nicht nur die Oberklassenkulis im Gürtel, sondern auch mit Hand und Fuß an eine kurzsichtige Regierung gebunden; und können wir da Fortschritte machen? Auch andere Länder haben hier Kolonien, und einige davon geben ihren Leuten schon recht freie Hand, viel mehr, als wir sie haben. Willst du etwa, daß die Asiaten, die Russen oder selbst die Europäer den Gürtel mit allen Asteroiden übernehmen?“

„Ich kann keine Politik treiben.“

„Mit anderen Worten, Mama weiß es am besten. Glauben, gehorchen, alles tun, was ein paar Bürokraten auskochen, die nie über Luna hinausgekommen sind. Ist das dein Begriff von Staatsbürgertum?“

„Du verstehst es glänzend, dich herauszureden!“ fuhr Janichevski auf.

„Klar. Ich bin ja kein Idealist. Aber auch kein Sklave.“ Blades zögerte. „Adam, wir beide sind viel zu lange Freunde, als daß ich bei dir eine Bestechung versuchen würde. Wenn es aber zum Schlimmsten kommt, dann werden wir dich ... irgendwie ... decken. Sollten wir dagegen gewinnen, dann werden wir bald Kapitäne für unsere eigenen Schiffe anheuern, und du kriegst das beste Angebot, das je einem Raummann gemacht wurde.“

„Nein. Verschwinde. Ich habe zu arbeiten.“

Blades stemmte sich ein. „Das wollte ich nicht sagen. Aber ich habe schon einige von meinen Männern informiert. Die sind genauso aufgebracht wie ich. Sie warten im Terminal. Ein Schraubenzieher oder eine Laserlampe sind ganz schöne Waffen. Wir können Gewalt anwenden. Damit bist du gesetzlich entlastet. Aber mit so vielen Zeugen um uns herum wirst du später Klagen gegen uns einbringen wollen.“

Janichevski begann zu schwitzen.

„Wir werden verurteilt“, sagte Blades. „Aber es war's wert.“

„Ist das wirklich so wichtig für dich?“

„Ja. Ich bin kein Kreuzritter. Aber das ist eine grundsätzliche Angelegenheit.“

Janichevski starrte den großen Rotschopf lange an. Plötzlich versteifte er sich. „Okay. Unter diesen Umständen und nur unter diesen mache ich mit.“

Blades stemmte sich in die Höhe. Vor Erleichterung war er einem Zusammenbruch nahe. „Feiner Kerl!“ krächzte er.

„Aber ich will nicht, daß meine Offiziere oder Mannschaften damit zu tun haben.“

„Ist doch nicht nötig“, erwiderte Blades schnell. „Du brauchst nur den Befehl zu geben, daß meine Jungs Zugang zu den Schöpfschiffen haben. Sie können die Ausrüstung hineinbringen, die Boote zu den vollen Ballons bringen und sie sogar ankoppeln."

Janichevskis Ängste waren verschwunden, als er seine Entscheidung getroffen hatte. Gewisse Zweifel blieben jedoch. „Das ist ein sehr heikler Job."

„Ich habe auch tüchtige Männer. Dazu gehört nicht viel. Weniger als zu einem Eintauchen in die Jupiter-Atmosphäre."

„Schön. Okay. Ich nehme dein Wort für ihre Tüchtigkeit. Aber angenommen, die *Altair* bemerkt die herumschwirrenden Boote?"

„Die ist schon einige hundert Kilometer weit weg und beschreibt jetzt eine Suchrunde. Ich habe gewiß nicht die Absicht, die Flotte meines eigenen Landes zu schädigen, aber ich wette, diese Suchkurve ist garantiert nicht dazu bestimmt, das fehlende Projektil rechtzeitig zu finden. Sie werden die *Pallas* sehen, wenn sie wegfliegt; und unsere Leute sind an Bord, aber ein gelegentlicher Beobachter kann feinere Details auch nicht ausmachen."

„Auch da muß ich mich auf dein Wort verlassen. Wie kann ich sonst noch helfen?"

„Du kannst nichts tun, was du nicht schon getan hast. Die Piratentaktik kannst du mir überlassen. Ich gehe jetzt besser zurück." Blades streckte ihm die Hand entgegen. „Adam, ich weiß nicht, wie ich dir danken soll."

Janichevski erwiderte den Händedruck. „Keine Ursache für Dank. Du hast mich ja sozusagen verschleppt." Er grinste breit. „Aber ich muß zugeben, es tut mir nicht sehr leid."

Blades verließ ihn. Seine Leute fand er im Terminal, zwei Dutzend Ingenieure und Felsraben, die sich eng aneinanderdrängten.

„Und, wie steht's?“ rief Carlos Odónoju.

„Freie Bahn“, erwiderte Blades. „Geht nur an Bord.“

„Gut. Fein. Ich wollte schon immer mal was Gemeines und Zerstörerisches tun“, sagte Odónoju lachend.

„Die Idee ist die, daß wir Zerstörung vermeiden“, erinnerte ihn Blades und ging weiter zum Büro.

Avis begegnete ihm in Korridor vier. Ihr Sommersprossengesicht wirkte finster. „He, Mike, warte mal“, bat sie ihn leise. „Hast du La Ziska gesehen?“

„Die Lieutnantin? Nein. Ich hab' sie doch bei dir gelassen, erinnerst du dich? Ich dachte, du könntest sie vielleicht beruhigen.“

„Nein. Die war irrsinnig wütend. Ein Banditenpack hat sie uns geheißen und ... aber dann fing sie zu weinen an. Schien völlig zusammenzubrechen. Ich brachte sie in deine Kabine und kehrte zu Jimmy zurück, um ihm zu helfen. Als ich mal vor einer Minute nachschaute, war sie weg.“

„Was? Wo?“

„Wie soll ich das wissen? Aber dieses Teufelsweib ist zu allem fähig, wenn sie uns die Chancen verderben kann.“

„Du bist nicht fair. Sie hat ja schließlich einen Eid geleistet.“

„Na, schön“, meinte Avis nachgiebig. „Ich will sie, weiß Gott, nicht daran hindern, ihre Pflicht zu erfüllen. Später schreibt sie dir vielleicht mal einen Brief. Der wird dir im Knast ungeheuer viel helfen.“

„Was kann sie schon tun?“ wandte Blades ein, doch er hatte das Gefühl, damit pfeife er nur im dunklen Keller. „Ohne einen Schlitten kann sie vom Asteroiden nicht wegkommen, und Sams Leute arbeiten schon an allen.“

„Gibt es denn keine andere Möglichkeit mehr? Den Radioschuppen?“

„Dort macht ein Mann Dienst. Der kommt nicht in Frage.“ Blades tätschelte den Arm des Mädchens.

„Okay. Ich geh’ zurück an die Arbeit ... Aber ich bin froh, wenn das alles vorüber ist, Mike!“

Als er in ihre verzweifelten braunen Augen schaute, hätte er gerne sehr impulsiv deren Besitzerin geküßt. Aber nein, er hatte zu viel anderes zu tun. Später vielleicht. Er wies mit dem Daumen nach oben. „Weitermachen!“

Zu schade, das mit Ellen, überlegte er, als er weiterging zu seinem Büro. *Welch eine schreckliche Verschwendung, sich einen Menschen, der so aussieht, zum Dauerfeind machen zu müssen! Aber, verdammt noch mal, Avis hat recht. Es ist nicht sicher, sie hier frei herumlaufen zu lassen. Der Radioschuppen? Sparks gehört nicht zu denen, die in den Plan eingeweiht wurden und die Geschichte kennen. Sie könnte ...*

Blades erfand ein paar neue Flüche, wirbelte herum und rannte.

Sein Weg war frei. Die meisten Männer befanden sich noch in ihren Unterkünften und machten sich abmarschbereit. Er kam mit langen Sprüngen vorwärts, wie sie nur die niedere Schwerkraft erlaubten.

Der Radioschuppen wuchs neben der Veranda aus dem Gestein. Die Tür ließ sich nicht öffnen. Blades hatte böse Ahnungen. Er trat ein paar Schritte in den Korridor zurück und griff an. Es war ja nur eine Tür aus Plastiboard.

Es gab einen heftigen Aufprall, er stöhnte und flog mit einer tauben Schulter weg. Für die Cops im 3V war es immer so leicht!

Keine Zeit, eine feine Art gewaltsamen Eindringens auszuklügeln. Immer wieder warf er sich gegen die Tür, wenn das auch bis in die Knochen hinein schmerzte. Endlich gab sie splitternd nach, er torkelte hinein, fing sich an einer Instrumentenkonsole, fand wieder sein Gleichgewicht – und da fiel ihm die Kinnlade herab.

Der Funker lag auf dem Boden und fluchte vor sich hin. Er war mit der eigenen Jacke und den eigenen Hosen kunstgerecht verschnürt worden, und damit enthüllte sich seine Vorliebe für dunkelbraune Unterhosen mit Zebrastreifen. Eine Beule ließ sich am Hinterkopf erkennen, ein Hammer lag daneben. Ellen mußte das Werkzeug irgendwo gestohlen haben und war mit dem Ding hinter dem Rücken hereingekommen. Der Funker hatte keinen Grund, ihr zu mißtrauen.

Sie hatte den Funkersessel nicht verlassen, als die Tür zerbrach. Nur ein Trägerstrahl verband das *Schwert* mit der *Altair*. Sie fummelte unbeirrt mit Schaltern und Skalen herum, versuchte die richtige Einstellung zu finden und das Schiff zu rufen.

„Gott sei Lob und Dank! Das Funken haben Sie also nicht gelernt", würgte Blades heraus. „Das ist auch ein Spezialsystem für große Reichweiten ... Jetzt kommen Sie mit."

Sie weigerte sich wenig damenhaft, dies zu tun.

Theoretisch hätte Blades das folgende Herumbalgen genossen, doch er war in nicht besonders guter Form. Sie war aber noch viel schlechter dran, als er sie am Boden hatte.

„Okay", keuchte er. „Kommen Sie jetzt ruhig mit?"

Sie würdigte ihn keiner Antwort, außer er nahm ihren Schlag auf seine Nase als Absage. Er mußte um Hilfe rufen, um sie an Bord des Schiffes zu schleppen.

„*Pallas Castle* ruft NASS *Altair*. Bitte kommen, *Altair!*"

Das große rundliche Ding schwang frei im Raum unter Millionen kalter Sterne. Der Asteroid war schon außer Sicht. Ein Funkstrahl zuckte über die Leere. Innen kauerten die Crew und hundert Flüchtlinge. Die Luft war zum Schneiden dick von ihrem Atem, ihrem Schweiß.

Blades und Chung saßen am Transmitter und spürten den Zug des Innenfelds. Irdisches Normalgewicht verlangsamte jede Bewegung. Die enge Kabine war zum Ersticken winzig. *Wir haben uns erstaunlich schnell wieder daran gewöhnt. Unsere Körper wenigstens. Aber unsere Seelen, für immer an die Erde gekettet – nein,* überlegte Blades.

Der Bildschirm wurde hell. „NASS *Altair* bestätigt *Pallas Castle*", meldete sich die uniformierte Gestalt.

„Okay, Charlie, geh hinaus und laß keinen anderen 'reinkommen", befahl Chung dem eigenen Funker.

Der Raummann warf ihm einen fragenden Blick zu, gehorchte aber. „Ich möchte berichten, daß die Evakuierung des *Schwertes* nun abgeschlossen ist", berichtete Chung förmlich.

„Sehr gut, Sir", erwiderte der Flottenmann. „Ich benachrichtige meine Vorgesetzten."

„Moment noch, unterbrechen Sie noch nicht. Wir müssen mit Ihrem Kapitän sprechen."

„Sir? Ich verbinde Sie mit ..."

„Keinen Ihrer verdammten kleinen Kommandanten", unterbrach ihn Blades. „Ich will Konteradmiral Hulse direkt, bißchen dalli, sonst freß ich das auf, was er von Ihnen noch ungekaut übrig läßt, verstanden? Dies ist ein ganz dringender Fall. Ich muß ihn vor einer bevorstehenden Gefahr warnen, mit der nur er sich befassen kann."

Der andere schaute entsetzt drein, erkannte erst Chungs offensichtliche Erschöpfung, danach das schwarze Auge, die Quetschungen, Kratzer und Bisse, die Blades Visage schmückten. „Sir, ich stelle die Botschaft sofort durch Kanal Rot, Sir.“ Der Schirm wurde dunkel.

„Das wär's also“, sagte Chung. „Mich interessiert nur, wie zur Zeit die Verpflegung im Knast ist.“

„Soll ich reden?“ fragte Blades. Chung war nicht für so hektische Zeiten konstruiert, als die sich die letzten Stunden herausgestellt hatten; er war praktisch zu einem Knötchen zusammengeschmolzen. Blades dagegen fühlte sich in ungeheuer gehobener Stimmung. Einen guten Kampf hatte er von jeher geliebt.

„Klar“, sagte Chung und zog eine zerknitterte Zigarette aus der Tasche. Bald füllte sich die Kabine mit Rauch. „Du hast viel mehr Grobheit in dir als ich.“

Dann erschien Hulse auf dem Schirm, steif wie sein Posten auf der Brücke. „Guten Tag, Gentlemen“, sagte er. „Was gibt es?“

„Eine Menge“, antwortete Blades. „Schicken Sie alle hinaus und lassen Sie Ihr Schiff kurze Zeit frei im Orbit. Und versiegeln Sie Ihre Stromkreise.“

Hulse wurde dunkel im Gesicht. „Für wen halten Sie sich?“

„Hm. Auf meinem Geburtsschein steht, daß ich Michael Joseph Blades heiße. Ich habe ein paar Nachrichten für Sie wegen dieses äußerst geheimen Spielzeugs, von dem Sie uns erzählt haben. Sie wollen doch nicht, daß unberechtigte Personen mithören.“

Hulse lehnte sich vorwärts, bis er durch den Schirm zu fallen drohte. „Was soll das heißen von einer Gefahr?“

„Tatsache. Die *Altair* ist in größter Gefahr, in Fetzchen zerblasen zu werden.“

„Mann, sind Sie verrückt geworden? Geben Sie mir den Kapitän der *Pallas*.“

„In sehr kleine Fetzchen."

Hulse kniff die Lippen zusammen. „Na, schön. Ich höre Ihnen kurze Zeit zu. Aber es wird gut sein, wenn es sich lohnt."

Er gab Befehle. Blades kratzte sich den Rücken, während er darauf wartete, daß sich die Brücke leerte, und überlegte dabei, ob er wohl in absehbarer Zeit mit einer Dusche rechnen könne.

„Erledigt", sagte Hulse. „Geben Sie Ihren Bericht."

Blades warf einen Blick auf die Anzeigetafel. „Admiral, Ihren Stromkreis haben Sie noch nicht versiegelt."

Hulse zischte ein paar wütende Worte, fügte sich aber. „Werden Sie jetzt endlich reden?" knurrte er.

„Klar. Diese Geheimtuerei ist zu Ihrem eigenen Schutz. Sonst riskieren Sie nämlich das Kriegsgericht."

Hulse schluckte sichtlich eine sehr böse Antwort hinab.

„Okay. Jetzt kommt es." Blades ertrug den glühenden Blick des anderen, wenn ihm dabei auch fast die Augäpfel schmorten. „Wir beschlossen, Mr. Chung und ich, daß Abschußanlagen, die ein so heilloses Durcheinander sind wie die Ihre, eine Bedrohung für Navigation und öffentliche Sicherheit sind. Wenn Sie Ihre eigenen Atomwaffen nicht unter Kontrolle halten können, sollten Sie überhaupt nicht frei herumlaufen. Unsere Konzession gibt uns örtliche Autorität als Friedensrichter. Infolgedessen und so weiter haben wir gewisse Vorsichtsmaßnahmen angeordnet. Falls also Ihr Sprengstoff losgeht, tut es mir leid, Ihnen sagen zu müssen, daß die NASS *Altair* zerstört wird."

„Sind Sie ... Haben Sie ..." Da gerann Hulse sichtlich. „Bitte, erklären Sie das", sagte er tonlos.

„Sicher", antwortete Blades. „Die Station hat keine Waffen, aber die menschliche Rasse kann so etwas ausgleichen. Wir haben veranlaßt, daß die Schöpfschiffe, die zu diesem Schiff gehören, mit Jupiter-Gas zu einem Maximaldruck beladen werden. Wenn Ihre Rakete losgeht, tauchen diese Schöpfschiffe auf Sie hinab."

Über Hulses schockierte Miene flackerte so etwas wie Belustigung. „Betrachten Sie das ernstlich als Waffe?"

„Ganz ernstlich. Lassen Sie mich erklären. Die Schiffe sind nun im freien Orbit, über einen weiten Raum verstreut. Niemand ist dort an Bord. Aber an Bord eines jeden Schiffes ist ein Autopilot, der aus einem Schlitten ausgebaut und zu den Antriebskontrollen montiert wurde. Jeder Autopilot hat die Sensoren auf Ihr Schiff ausgerichtet. Sie können gar nicht schnell genug manövrieren, als daß Sie Radarstrahlen und Massedetektoren abschütteln könnten. Sie sind das Zielobjekt, und diesen idiotischen Computern können Sie ja nicht erzählen, daß sie bremsen sollen, wenn sie sich Ihnen nähern.

Natürlich erfolgt die Annäherung jetzt noch nicht. In jeden Schlittenkreislauf wurde ein Schalter eingebaut, der offen blieb. Nur die Meteor-Ausweicheinheiten sind im Moment in Tätigkeit. Wenn also jemand versuchen sollte, an diesen Schöpfschiffen längsseits zu gehen, so wird er sofort entdeckt, und das Schiff weicht aus. Vergessen Sie nicht, ein solches Schöpfschiff hat nicht viel Masse, aber starke Maschinen, die nötig sind, wenn man in Jupiters Schwerkraftwall eintaucht oder ihn verlassen will. Diese Schiffchen sind schneller und beschleunigen weit besser als Ihr Schiff und das unsere, auch als eines Ihrer Boote, und sie können auch Ihren Projektilen ausweichen. Die können Sie nicht fangen."

„Und was soll diese ganze Posse bedeuten?" fauchte Hulse.

„Ich sagte, die Autopiloten seien im Moment noch ausgeschaltet, soweit es um das Ziel geht. Aber jeder dieser

Schalter ist mit zwei anderen Einheiten zusammengeschaltet. Das eine Gerät ist die Sensorbox. Wenn Sie sich über eine gewisse Entfernung hinaus zurückziehen, schließt sich der Schalter. Das heißt, die Autopiloten werden angedreht, wenn Sie versuchen, über die Reichweite des auf Sie jetzt eingestellten Funkstrahls hinauszugehen. Das andere Gerät, das wir in jedes Boot einbauten, ist ein ganz ordinärer Strahlungsmesser, von dem zwei auf einen Dollar gehen. Wenn irgendwo eine Atomwaffe im Umkreis von tausend Kilometern losgeht, schließen sich die Schalter ebenfalls. In jedem Fall wird das Schöpfschiff auf Sie hinabstoßen.

Sie könnten vielleicht ein paar mit Raketen ausschalten, ehe sie zuschlagen. Zweifellos können Sie mit Ihren Laserkanonen Löcher hineinschießen. Aber das nützt Ihnen nichts, wenn Sie nicht zufällig lebenswichtige Teile treffen. Niemand ist an Bord, der getötet werden könnte. In so kurzer Zeit geht nicht einmal viel Gas verloren.

Zusammenfassend, mein Freund, also dies: Wenn diese angeblich durchgegangene Rakete explodiert, wird Ihr Schiff von zehn bis zwanzig Schöpfschiffen getroffen, und jedes davon ist bis zum Platzen vollgepackt mit konzentriertem Jupiter-Gas. Ihre dünne Hülle wird durchstoßen, aber da sie schon über jeden Sicherheitsgrad hinaus vollgepackt sind, wird der Aufprall den Rumpf aufreißen, und die Jupiter-Luft strömt aus. Wissen Sie, was die mit Gegenständen aus Magnesium und dergleichen tut?

Sie können vielleicht Ihre Crew retten, in die Rettungsboote gehen und den Kommissionsstützpunkt erreichen. Aber Ihr hübsches Kriegsschiffchen ist ganz kaputt. Ist Ihnen das ein Spielchen wert?“

„Sie sind total übergeschnappt! Ein solches Ding auslassen ...“

„Oh, nein! Nicht auf die Dauer. Auf jedem Boot gibt es

mehr als einen Schalter, der mit dem Meteoriten-Ausweichgerät verbunden und von einer kleinen Batterie kontrolliert ist. Wenn diese Batterien erschöpft sind, das dauert etwa zwanzig Stunden, werden die Autopiloten völlig abgeschaltet. Dann können wir die Schöpfschiffe mit Radar erfassen und hereinholen. Und Sie können dann sehen, daß Sie wegkommen."

„Glauben Sie auch nur einen Augenblick, daß Ihre phantastische Einbildung, Sie würden legal handeln, vor Gericht akzeptiert wird?"

„Nein, wahrscheinlich nicht. Aber das ist auch nicht nötig. Sie können offenbar nicht einen Menschen zwingen, das von Ihnen gesponnene Garn zu schlucken, falls *eine zweite Rakete* losgeht. Und da die erste ihren Zweck nicht erfüllt hat, werden Ihre Bosse nicht wollen, daß diese Sache an die Öffentlichkeit kommt. Sie gerieten in eine unbeschreibliche Verlegenheit, und das hätte alles keinen Zweck, außer daß man sich an Jimmy und mir rächen würde. Das hat aber wenig Sinn, denn das *Schwert* ist immer noch Privatbesitz. Admiral, ehe Sie sich den Mund in Fransen reden, setzen Sie sich lieber noch mal mit der Erde in Verbindung. Dort wird man Ihnen sagen, daß beide Parteien dieses Streites besser jede gesetzliche und juristische Maßnahme vergessen, denn verlieren würden beide.

Ich fürchte also, es bleibt Ihnen nichts anderes übrig, als daß Sie diese Rakete finden, ehe sie losgeht."

„Und Sie? Wie sehen Ihre Alternativen aus?" Hulse war ganz grau geworden im Gesicht, aber noch immer sprach er überaus selbstbewußt.

Blades grinste ihn breit an. „Keine Alternativen. Wir haben unsere Brücken hinter uns verbrannt. Wir können jetzt wegen dieser Schöpfschiffe gar nichts tun, also hat es keinen Zweck, uns Angst einjagen zu wollen, uns zu verhaften oder was Ihnen sonst noch einfällt. Was wir taten, ist die Errichtung einer automatischen Abschreckung."

„Gegen … einen Versuch … Gegen einen Sabotageversuch, den es nur in Ihrer Einbildung gibt!"

Blades zuckte die Schultern. „Dieses Argument zieht nicht mehr. Ich glaube, die Rakete wurde absichtlich abgeschossen. Sonst hätten wir nämlich nicht das getan, was wir taten. Aber es hat keinen Sinn mehr, Vorwürfe zu machen und etwas abzuleugnen. Sie sollten besser das Ding zurückholen."

Hulse straffte die Schultern. „Wie soll ich wissen, daß Sie die Wahrheit sagen?"

„Nun, Sie können einen Mann zur Station schicken. Er wird die ausgeschlachteten Schlitten finden. Und dann schicken Sie einen anderen her zur *Pallas*. Er wird entdekken, daß die Schöpfschiffe weg sind. Ich habe auch einige Aufnahmen von den installierten Autopiloten gemacht und von den Schiffen, die zum Treiben abgelassen wurden. Nun, fangen Sie doch an damit! Aber ich möchte Sie daran erinnern, daß es für Sie umso besser ist, je weniger Leute von dieser kleinen Intrige wissen."

Hulse machte den Mund auf und klappte ihn wieder zu. Er schaute von einer Seite zur anderen und schrumpfte dann merklich zusammen. „Na, schön", behauptete er. „Ich kann kein Kriegsschiff des Verbandes riskieren. Natürlich, wir müssen eine Weile im Raum warten, da der Ausreißer noch ein Stück weiter entfernt ist, als Ihre Verzögerungseinrichtung der *Altair* zu gehen erlaubt."

„Das macht mir nichts aus."

„Ich werde die ganze Geschichte meinen Vorgesetzten zu Hause berichten – natürlich inoffiziell."

„Gut. Sie sollen nämlich wissen, daß wir Asteriten Zähne haben."

„In Ordnung. Ende."

„Moment noch", sagte Chung. „Wir haben noch jemanden von Ihrem Personal an Bord, Lieutenant Ziska. Können Sie ein Boot für Sie 'rüberschicken?"

„Sie hat nicht mit uns zusammengearbeitet", fügte Blades hinzu. „Die Beweise ihrer Loyalität lassen sich leicht an meiner Schnauze erkennen."

„Gutes Mädchen!" rief Hulse böse. „Ja, ich sende ein Boot. Ende."

Der Schirm wurde dunkel. Chung und Blades taten einen tiefen, keuchenden Atemzug. Eine ganze Weile saßen sie zitternd da, ehe Chung sich rührte. „Dieses Stinktier hat doch so gut wie alles zugegeben", knurrte er.

„Natürlich", sagte Blades. „Aber der macht uns keinen Ärger mehr."

Chung drückte seine Zigarette aus. Beide nahmen allmählich wieder ihre gewohnte Haltung an. „In den nächsten paar Jahren könnten sie vielleicht noch ein paar Versuche machen." Er runzelte die Brauen. „Ich denke, wir sollten die Station doch bewaffnen. Ein paar Laserkanonen, falls nicht mehr. Wir können sagen, die sind zu unserem Schutz gedacht für einen möglichen Kriegsfall. Aber unsere eigene Regierung wird uns in Zukunft mit Samthandschuhen anfassen."

„Du kannst dich deshalb ja an die Kommission wenden." Blades gähnte und streckte sich, um seine Muskeln zu lokkern. „Besser ist, wenn du noch viele andere Besitzer und Verwalter veranlassen kannst, unsere Eingabe zu unterschreiben." Er stand auf, denn nun mußte er wieder an das Geschäft denken. „Warum gibst du Adam nicht gleich die gute Nachricht durch?"

„Wohin gehst du?"

„Zu Ellen. Ihr sagen, daß der Kampf vorüber ist."

„Gilt das auch für sie?“

„Das will ich ja herausfinden. Ich hoffe, dazu brauche ich keine bewaffnete Eskorte.“ Blades verließ die winzige Zelle, stieg über den Funker weg und ging hinaus in den verlassenen Korridor.

Die Kabine, die man ihr zugewiesen hatte, lag am Ende des Ganges und war von außen her abgesperrt. Der Schlüssel hing magnetisch am Schott. Blades sperrte die Tür auf und klopfte daran.

„Wer ist da?“ rief sie.

„Ich“, antwortete er. „Darf ich eintreten?“

„Wenn es unbedingt sein muß“, erwiderte sie eisig.

Er öffnete die Tür und trat ein. Das Deckenlicht schimmerte auf ihrem Haar und ließ Schatten um ihre Gestalt spielen. Sein Herz klopfte wie irr. „Sie ... äh ... können jetzt 'rauskommen, alles ist okay“, sagte er ein bißchen verlegen.

Sie musterte ihn nur mit ihren gletscherblauen Augen.

„Ist keinem was geschehen, außer Sparks und mir, und wir sind nicht übermäßig böse deswegen. Wollen wir die ganze Episode vergessen?“ schlug er vor.

„Wenn Sie wollen.“

„Ellen“, flehte er, „ich mußte doch das tun, was mir richtig erschien.“

„Ich auch.“

Was sollte er dazu noch sagen?

„Ich nehme an, man bringt mich auf mein eigenes Schiff zurück.“ Er nickte. „Wenn Sie mich entschuldigen wollen, ich muß mich etwas darauf vorbereiten, so gut ich kann. Guten Tag. Mr. Blades.“

„Und was hat das schon genützt?“ maulte er und schlug die Tür zu.

Avis stand draußen vor dem vollgepackten Salon. Sie

rannte ihm entgegen. Er hob die Brauen und stieß den Daumen nach unten. Da strahlte sie über das ganze Sommersprossengesicht. „Mike!“ schrie sie, „ich bin so glücklich!“

Was blieb einem Gentleman übrig, als sie in die Arme zu nehmen und sie halb zu zerquetschen? Er wurde viel fröhlicher, als er dies tat. Sie war doch ein recht niedliches Persönchen, und sie sah wirklich nicht schlecht aus.

Zwischenspiel 2

„Schön“, sagt Amspaugh. „Das wäre also die Geschichte aus erster Hand. Sehr interessant. Ich hab’ sie noch nie vorher gehört.“

„Nein. Wahrscheinlich ist sie auch nie in einen offiziellen Bericht geraten“, sagt Missy. „Es war nur davon die Rede, daß es fast ein Unglück gegeben hätte, daß die Station versuchte, Gegengeschosse improvisiert aus den Schöpfschiffen abzufeuern, aber die schnelle Reaktion der NASS *Altair* habe die Lage gerettet. Der Kapitän wurde lobend erwähnt. Ich glaube aber nicht, daß er je befördert wurde.“

„Warum hast du später die Tatsachen nicht an die Öffentlichkeit gebracht?“ fragt Lindgren. „Als die Revolution begann. Das wäre eine gute Propaganda gewesen.“

„Unsinn“, sagt Missy. „Seither hatte sich zu viel ereignet. Außerdem wollte es keiner von uns, weder Mike, Jimmy noch ich, daß die Stimmung so billig angeheizt wurde. Wir wußten ja, daß die Asteriden keine Engelchen mit rosigem Po waren, und die Leute weiter der Sonne zu nur ein Teufelspack. Auf beiden Seiten gab es Recht und Unrecht. Im Krieg taten wir, was wir konnten, und haßten jede Minute davon, und als er vorüber war, machten wir zwei Kisten Champagner locker und luden so viele Erdlinge ein, wie wir zur Party bekommen konnten. Sie nahmen viel Liebe für uns mit nach Hause.“

Wieder herrscht eine Weile Stille. Sie nimmt einen langen Schluck aus ihrem Glas und schaut hinaus zu den Sternen.

„Ja“, sagt Lindgren schließlich. „Ich glaube, das war das Schlimmste. Gegen die eigenen Leute kämpfen.“

„Ich war in dieser Beziehung etwas besser dran als viele andere“, gibt Missy zu. „Ich hatte mich schon so lange vorher festgelegt, daß ich fast ausschließlich an den Gürtel gebunden war. Zwanzig Jahre sind Zeit genug, um neue Wurzeln zu treiben, und die hatte ich, ehe die Revolution begann.“

„Ich glaube, das Ideal, das verlorene amerikanische Ideal persönlicher Freiheit brauchte so lange, um wachsen zu können“, bemerkt Conchita.

Missy erschrickt erst, dann lacht sie. „Meine Liebe, ich versichere dir, die Revolution war alles in allem für keinen irgendwie großartig. Sie richtete sich gegen überhöhte Steuern und übertriebene Vorschriften. Hätten sich die Transportmöglichkeiten nicht verbessert und hätte der Handel sich so ausgedehnt, wie er es tat, hätten wir wahrscheinlich immer noch zu wenig Bürokraten und Prüfer und ähnlich Überflüssiges gehabt, uns zu peinigen, bis wir rebellierten.“ Sie zieht nachdenklich an ihrer Zigarre. „Und außerdem möchte ich wirklich nicht gerne, daß ihr meine Generation, die damals die Republik gründete, als glitzernde Helden seht. Wir waren auch nicht nur die Felsratten, von denen Clin sprach. Viele von uns waren es. Du meine Güte, was könnte ich alles über einige meiner Kampfgefährten um die Befreiung erzählen! Und der Rest war auf seine eigene Art all zu menschlich.“

„Du auch?“ ruft Orloff amüsiert.

„Sicher“, meint sie lächelnd. „Meine Leute waren entsetzt über mein Benehmen. Ich brauchte nach dem *Altair*-Zwischenfall nur sechs Monate, um alles durchzudenken, meine Bestallung abzugeben und das nächste Schiff zu nehmen, das zum Gürtel reiste. In ihren Augen war ich eine elende Schlampe, die eine gute, ehrenvolle Karriere hinwarf, und ihr wißt ja, daß sie recht hatten. Aber ihr denkt doch hoffentlich nicht, ich hätte mir einen Mann wie Mike entwischen lassen?“

Sag es mit Blumen

Die *Whiskey Johnny* war achtzehn Stunden von Sam entfernt, als ihr Radar ein anderes Schiff aufzeichnete. Ein natürliches Objekt, ein Meteorit oder ein durch den Gürtel torkelnder Asteroid, selbst ein Komet, der aus der Unendlichkeit kam, hatte nie einen solchen Vektor, ein solches Verhältnis von Masse und Größe, wie es der Computer ausdruckte. Und das Schiff konnte kaum etwas anderes sein als nordamerikanisch: also feindlich.

Der Pilot war ein Fachmann im Fluchen, und die Obszönitäten schwirrten nur so im winzigen Cockpit herum. Er fragte Entfernung und Geschwindigkeit bei kürzester Annäherung ab, als seien die Tasten unter seinen Fingern Nasen in einer Kneipenrauferei. Die Antwort war deprimierend. Das hieß also für ihn, daß er seine Beschleunigung fortsetzte. Ginge er frei ... Ja, besser schon. Das feindliche Schiff war groß, wie das Radar meldete, und unter Schub, so daß es, auf ihn bezogen, an Geschwindigkeit gewann.

Damit er nicht so leicht entdeckt werden konnte, schaltete er die Emetts ab und drosselte seinen Atomgenerator auf ein Minimum. Das Schöpfschiff war der Anziehung der Sonne unterworfen, die klein und gleißend an Steuerbord stand. Der Kurs verlief ziemlich gerade. Er hatte nun genug Geschwindigkeit erreicht, um in eine flache Hyperbel einzuschwingen, die ihn aus dem Sonnensystem hinaustragen würde, falls er den Kurs nicht abänderte. Jetzt war er im freien Fall.

Das war nicht nur sein Schiff, sondern auch der Pilot, seit

er die inneren Feldgeneratoren abgeschaltet hatte. Er schwebte in seinem Sitzharnisch in einer so tiefen und plötzlichen Stille, daß er sein Blut in den Adern rauschen hörte. Automatisch schaltete sich ein Ventilator ein, damit die frische Luft an ihm vorbeistreichen konnte, aber dessen Summen unterstrich nur die Stille. Er spähte hinaus durch die Luke, ob er das patrouillierende Kriegsschiff der Erde sehen könne. Das konnte er natürlich nicht, bei diesen Entfernungen. In der Schwärze draußen drängten sich die Sterne, winterlich kalt und ohne zu blinken. Die Milchstraße gürtete das Universum mit Diamantenstaub. Riesig gleißte der Jupiter, gar nicht so sehr viele Astronomische Einheiten von Backbord entfernt.

Mit dem nackten Auge konnte er keine Asteroiden entdecken. Die drängten sich viel weiter hinten zusammen, etwa in der Umgebung von Sam. Pallas, wohin die *Whiskey Johnny* unterwegs war, lag noch Stunden vor ihm, selbst bei der hohen Beschleunigung, deren ein Schöpfschiff fähig war. Und der Rest des Gürtels – nun, das sind viele tausend Weltchen, Millionen von Meteoriten, doch der Raum ist ungeheuer weit, und so waren sie sehr dünn gesät.

Der Pilot fischte eine Zigarre aus seiner Brusttasche. Bald war die Luft im Cockpit so dick wie auf der Venus und fast ebenso giftig. Ihm machte das nichts aus. Die Hälfte seiner vierzig Erdenjahre hatte er mit Graben und Bauen auf nackten Felsen verbracht, wo nur die Zähesten auf ein Überleben hoffen konnten. Sein Gesicht war so zerklüftet, daß die Narben ganz natürlich wirkten. Sein ausgefranster Overall war oben ein Stück offen und enthüllte einen Brustkasten wie ein Faß. Durch das Haar schimmerte eine riesige Tätowierung in ungeheuer schlechtem Geschmack, nämlich einen Kometen, der gleichzeitig eine Flagge war. Die nackte Frau, die auf seinem rechten Bizeps tanzte, war noch etwas geschmackloser. Der rasierte linke Unterarm wies ein Muster aus Rosen und Lilien auf, das erst kürzlich in seine Haut geritzt worden war.

Er schnaufte heftig. Das Warten war eine schreckliche Anstrengung. Er versuchte an angenehmere Dinge als einen Krieg zu denken. Etwa an den Bummel auf Sam, kurz bevor er seine Reise antrat. Dieses Schwingending war viel zu gut gewesen. Etliche Mädchen ... jawohl ... und danach kreuzte Billy Kirk auf und hatte in jeder Faust eine Flasche. Dann war alles Mattscheibe, bis er mit Vulkanen in seinem Kopf und diesem komischen Gemüse auf seinem Unterarm aufwachte. Warum hatten sie bloß dieses Muster ausgesucht?

In Pallas würde er schon einen Doktor finden, der das Zeug wieder wegmachte. Und eine Menge zu trinken und Frauen, die wild waren wie Teufel. Die Kolonisten hatten genug Schiffe, um ihre Hauptstadt und die Lieferrouten zu verteidigen. Sonst konnten sie nur Festungen wie Sam halten. Aber sie waren verstreut über Millionen von Kilometern, auf ein paar hundert Asteroiden; die Schiffe waren mit tödlichem Geschick bemannt. Allmählich machten sie ihre früheren Herren weich. Auf der Erde spielten die Diplomaten in verschiedenen Hauptstädten ihre Intrigen. Andere Nationen würden Druck auf Nordamerika ausüben. Später einmal würde die Republik frei sein, um ihren eigenen Weg zu gehen.

Aber in diesem hochgestochenen Rahmen dachte der Pilot nicht. Er hatte es nur satt, Steuern zu bezahlen, um eine Bürokratie zu erhalten, die nur daran interessiert war, alles in seinem ganzen Leben zu regulieren.

Sein Radio summte. Ein Anruf auf dem Universalband.

„Hah!" knurrte er. „Auf den Trick fall' ich nicht herein, du Angeber. Du kannst senden, ich dreh' meinen Empfänger auf, und das merkst du dann schon." Er machte sich daran, diesem Amerikaner genau zu erklären, was er mit seinem Sender tun könne.

Aber ... Moment mal. Das Signal kam viel zu kräftig herein. Entweder war das Kriegsschiff schon ziemlich nahe herangekommen, oder es schickte einen Maserstrahl. Schweiß lief ihm über die Haut. Er machte sich an seinen Instrumenten zu schaffen.

Beide Möglichkeiten stimmten. Das Schiff hatte einen Strahl an seinem Schiff festgemacht, und es näherte sich schnell zum Rendezvous.

Also hatten ihn die Radarstrahlen längst entdeckt und nie mehr verloren.

Ging nicht anders, er mußte antworten. Er legte einen Schalter um. „Schöpfschiff *Whiskey Johnny* erhält Anruf", meldete er sich mit seinem Baß.

„NASS *Chicago* sendet. Machen Sie sich bereit, die Geschwindigkeit anzugleichen."

„Was soll das sein, bei allen doppelblauen Höllen? Ich kümmere mich nur um mein Geschäft."

„Das bezweifle ich", antwortete eine schleppende texanische Stimme. „Sie sind von Sam und reisen nach Pallas. Machen Sie sich nicht die Mühe, es abzuleugnen. Wir haben recht gute Daten von Ihrem Kurs. Sie sind also ein Kurier."

„Sie haben ja Ihr bißchen nicht vorhandenen Verstand verloren", erwiderte der Asterit beißend.

„Was anderes sollten Sie sonst sein, Söhnchen, in einem so kleinen, schnellen Bootchen? Hören Sie, versuchen Sie gar nicht erst, Ihre Missionsunterlagen zu vernichten. Wir sind nahe genug, um alles zu registrieren, was Sie aus einer Luftschleuse flattern lassen. Von diesem Augenblick an sind Sie Kriegsgefangener und der Disziplin unterworfen."

Kirk warnte mich doch vor Narcoquizzes. Und wenn ich weiterhin behaupte, ein Zivilist zu sein, erschießen sie mich als Spion.

„Identifizieren Sie sich", forderte die Stimme.

„Lieutenant Robert Flowers, Space Force der Asteroiden-Republik", schnappte der Pilot.

Kurz und verbissen überlegte er, ob er nicht die Flucht riskieren sollte. Ein großes Schiff konnte er auf jeden Fall mit seiner Beschleunigung hinter sich lassen, und vielleicht konnte er sogar einem Projektil entwischen. Aber nein. Der Sprengkopf brauchte gar nicht so nah zu explodieren, damit ihn die Strahlung tötete. Oder eine Laserkanone nahm seinen Kurs auf und fraß sich durch zu seiner Maschine. Flowers fluchte noch etwas mehr und stülpte sich seine zerknautschte Offiziersmütze auf den Kopf, so daß er, gesetzlich gesehen, in Uniform war.

„Nun, ihr Rebellen nennt das eine Republik", sagte der Texaner. „Okay. Klopfen Sie mal diese Instruktionen hier in Ihren Autopiloten. Und dann können Sie sich meinetwegen zurücklehnen. Ich denke mir, Sie werden für eine ganze Weile eingesperrt."

Der Kreuzer war ein riesiges Ei und schimmerte matt im grellen Sonnenlicht des Raumes. Wie Dinosaurierhälse schauten die Nahwaffen in den Türmen aus, und die Raketenöffnungen gähnten wie Mäuler. Das Schöpfschiff sah winzig klein aus, als es herankam.

„Antrieb abschalten", wurde ihm befohlen. Sie gingen nicht das Risiko eines selbstmörderischen Fluchtversuchs ein.

Flowers gehorchte. Er schob sich eine frische Zigarre zwischen die Zähne und qualmte ordentlich.

Ein Schwerkraftstrahl zog ihn heran, eine Bootsluke öffnete sich. Er fühlte den leichten Schock und hörte das Klirren, als die *Whiskey Johnny* auf den Schlitten genommen wurde. Nun umschloß ihn Stahl. Die Luft pfiff an ihm vorbei. Vier Blaujacken erschienen und winkten ihn heraus. Er schob das Dach zurück, das er bereits entsiegelt hatte, und sprang heraus. Dicker Rauch aus seinem Mund umwölkte das vorderste Gesicht. Der Mann keuchte und taumelte.

„Na, genügt schon, Sie Spaßvogel", sagte der diensttuende Fähnrich. „Geben Sie mir das."

„Hä?" rief Flowers. „Darf man da jetzt nicht mal mehr rauchen?"

„Dann nicht, wenn ich nein sage." Der Fähnrich entriß die Zigarre den Lippen des Gefangenen, warf sie auf das Deck und zerstampfte sie. „Durchsuchen, Justus. Iwasaki, die Unterlagen abnehmen."

Flowers fügte sich. *Diese ganzen jungen Hunde könnte ich mit einem Schlag mattsetzen, und gefallen tät's mir auch noch, aber die Handwaffen sind doch ein bißchen zuviel,* überlegte er.

Iwasaki war im Cockpit und hob einen kleinen Stahlbehälter heraus. „Könnte es das sein, Sir?"

„Ich nehme an. Wirf." Der Fähnrich fing den Zylinder auf. „Commander Ulstad wird es schon wissen. Aber das ganze Boot gründlich durchsuchen und alles berichten, was dir ungewöhnlich erscheint. Die anderen kommen mit mir."

Schweigend gingen sie die endlosen, kahlen Korridore entlang. Die Männer der Crew, an denen sie vorbeikamen, schauten Flowers an, die meisten ohne die Feindseligkeit des Fähnrichs. Das war, alles in allem, ein Gentlemen-Krieg, und die Asteriten hatten in Nordamerika viele Sympathisanten. Die Kolonisten waren ja auch überwiegend Amerikaner, und bei der Rebellion ging es um jene persönliche Freiheit, von der man zu Hause so viel redete.

Vielleicht war der Fähnrich nur deshalb so feindselig, weil er zu seinem Mädchen wollte.

Ein Murmeln ging durch das Metall, ein leichtes Schütteln fügte sich zu dem ständigen und gleichmäßigen einen *g* des inneren Feldes. Das Schiff war wieder unter Schwerkraft und kehrte zu seinem Patrouillenorbit zurück.

Am Ende des Spaziergangs wurde Flowers durch eine Tür geschoben. Er befand sich nun in einem kleinen Büro. Es war sparsam möbliert, ordentlich im besten Flottenstil, aber hier und da klebte am Schott eine hübsche Erdenansicht, und auf dem Schreibtisch standen Bilder von Frau und Kindern. Der Mann hinter dem Tisch war sehr schlank, hoch aufgerichtet, grau an den Schläfen, sogar einigermaßen freundlich.

Aber neben seiner Kabine lag ein Vernehmungslabor.

Der Fähnrich salutierte. „Melde mich mit Gefangenem, Sir. Er hatte dies an Bord seines Bootes."

„Lassen Sie mich sehen." Commander Ulstad, denn der mußte er sein, und ganz bestimmt gehörte er dem Geheimdienst an, griff nach dem Zylinder. Er schraubte den Deckel ab und schüttelte eine Rolle aus glänzendem Plastikmaterial heraus. Das breitete er auf seinem Tisch aus und besah sich die glatte Oberfläche.

„Ja, offensichtlich seine Meldungen", murmelte er. „Magnetisch, was sonst?" Er stand auf und ging in sein Labor. Flowers sah, wie er die Rolle in ein Sichtgerät fädelte. Die Maschine klickte leise vor sich hin. Ein Schirm zeigte Punkte, Linien, Kurven.

Flowers wußte annähernd, wie das System arbeitete, nämlich ähnlich wie ein altmodisches Tonbandgerät. Das sichtbare Muster der Mitteilung wurde kodiert in eine Reihe magnetischer Pulse, die ein entsprechendes Muster auf Eisenpartikel übertrugen; diese Partikel waren in das Plastik eingebettet. Natürlich entzifferte man für militärische Zwecke erst die Mitteilung, dann schaltete man einen Zerhacker oder Verwürfler in den Aufnahmestromkreis ein. Das Ergebnis war nicht zu sehen, und nur mit einem Entzerrer beim Playback ließ es sich herausholen.

Ulstad runzelte die Brauen und stellte neu ein. Da wußte Flowers: *Er will das Ding projizieren. Verdammt und zugenäht! Irgendwie haben sie Wind gekriegt von unserem Verwürflermuster!*

Der Offizier versuchte es mit verschiedenen anderen Geräten. Völlig unsinnige Bilder feixten ihn an. Flowers sank auf einen Stuhl. Ein langes, glückliches Grinsen breitete sich um seinen Mund aus. Die Republik war also endlich gescheit geworden und hatte einen neuen Kode entwickelt. Großartig!

„Hm." Ulstad kam zurück. Seine Stimme klang kaum aufgeregt. „Wir scheinen da einen ziemlich dicken Fisch gefangen zu haben." Er drückte auf seine Sprechgerätstaste. „Commander Ulstad hier. Geben Sie mir Captain Thomas."

Er setzte sich und hielt ein Päckchen Zigaretten in der Hand. „Wollen Sie rauchen, Lieutenant Flowers?" lud er ihn ein.

Der Asterit feixte den Fähnrich an, der unter der Tür stand, die Posten neben ihm. „Na, Kumpel, und das hier?" sagte er, und zum Commander, „danke."

Ulstad schaltete ein Aufnahmegerät ein. „Sie verstehen, ich muß Ihnen einige Fragen stellen", sagte er. „Bitte, nennen Sie Ihren richtigen Namen, den Rang und die Seriennummer."

„Robert Henry Flowers, Space Force-Lieutenant, Nummer ... ah, an dieses verdammte Ding kann ich mich nie erinnern.“ Er las sie von seinem Armbandkennzeichen ab. Das war auch so etwas, das er sofort in einen zur Sonne führenden Orbit werfen wollte, sobald der Krieg vorüber war und er wieder er selbst sein konnte.

Ulstad lächelte. „Sie sehen aber gar nicht so aus, als würden Sie Flowers heißen.“

„Ja, weiß ich. Daher habe ich ja auch die dicke Nase und so. Aber Sie sollten erst die anderen Stromer sehen. Ich mag's nicht gern, wenn man mich deshalb immer hänselt.“

„Das werden Sie hier nicht. Wir haben die Absicht, Sie mit dem Respekt zu behandeln, der einem Offizier zukommt.“ Das Sprechgerät summte. „Entschuldigen Sie bitte.“

Der Kapitän des Kreuzers sprach. „Ja, Commander, Sie wünschen?“

„Wegen dieses Kuriers, den wir eben gefangen haben, Sir“, antwortete Ulstad. „Ich kann seine Meldungen nicht entziffern. Das heißt, der Feind hat also schon wieder seinen Verwürflerkode geändert und sicher auch die Ziffern.“

„Und?“

„Deshalb, Sir, ist sich der Feind vermutlich darüber klar, daß wir den letzten Kodesatz geknackt haben. Die Leute ändern ihren Kode nicht häufig oder leicht, wenn Nachrichten über bestimmte Vereinbarungen über so lange Kommunikationslinien zu schicken sind. Unser Generalhauptquartier muß dies also erfahren. Zweitens muß diese besondere Meldung so schnell wie möglich zur Analyse weitergegeben werden. Ich schlage deshalb respektvollst vor, daß wir sofort einen Eilkurier zum Luna-Stützpunkt abschicken.“

„Hm. Hm", brummte der Kapitän. „Gefällt mir nicht. Zu viele Fregatten der Asteriten spuken da herum."

„Dann müssen wir wohl mit einem Schiff Rendezvous machen und damit diese Botschaft weitersenden."

„Commander, wir haben für solche Dinge kaum ein Schiff zur Verfügung ... Aber dies ist wichtig. Ich werde mich, sobald es unsere Position erlaubt, mit CINCOBELT in Verbindung setzen, um zu sehen, was die für uns tun können."

„Danke, Sir." Ulstad schaltete das Sprechgerät ab.

Sein Blick kehrte zu Flowers zurück, der sich versteift hatte, und nickte. „Ja. Beim Stützpunkt Luna haben wir Computer, die jedes Verwürflermuster entschlüsseln können, die jeden Kode knacken. Es ist nicht sehr leicht, muß ich zugeben. Sie haben in Ihrer Kodeabteilung ein paar höllisch gute Leute. Aber die Maschinen können immer die Antwort ausspuken, nur mit ihrer elektronischen Geduld."

Flowers erinnerte sich einiger Bemerkungen, die er mitangehört hatte, als man ihn zum Briefing holte. Er hatte da nicht besonders aufgepaßt. Aber ... Hm. Der Asteriten-Geheimdienst mußte die Wahrheit vermuten. In letzter Zeit hatte es einiges Kommen und Gehen gegeben, Kuriere brachten Geheimnachrichten von Pallas nach Sam und auch zu anderen republikanischen Zentren. Nur die oberen Ränge wußten, was dies zu bedeuten hatte. Eine Warnung?

Seine Nachdenklichkeit verschwand in einem Anfall von Gekränktheit. Für die Nordamerikaner war der Raum nicht zu riesig, sie konnten sehr wirksam jene Plätze blokkieren, die für eine Eroberung zu gut bewaffnet waren. Die meisten Boote kamen trotzdem durch. Warum mußte ausgerechnet das seine so viel Pech haben?

„Ich nehme an, Sie haben keine Ahnung, welche Mitteilung Sie zu überbringen haben", sagte Ulstad.

„Glauben Sie etwa, ich sag's Ihnen, wenn ich's weiß?" knurrte Flowers.

„Ja, unter Drogen und Gehirnanregung", meinte Ulstad.

„Na, das weiß ich nicht."

„Wir werden es herausfinden."

„Ihr rostzerfressenen Mutanten!"

„Bitte ..." Ulstad winkte einem Posten ab, der eifrig einen Schritt vorgetreten war. Sein eigener Ton blieb verbindlich. „Dieser Prozeß schadet nichts und tut nicht weh. Wir kämpfen in diesem Krieg nach der Genfer Konvention, genau wie Ihre Leute auch. Aber wir gehen davon aus, daß wir einen Aufstand unterdrücken. Damit steht uns das Recht zu, Polizeiverfahren anzuwenden. Das tun Ihre Vernehmungsoffiziere auch mit unseren Leuten, jedoch ohne unser gesetzliches Recht."

Flowers drückte seine Zigarette aus und schnippte den Stummel in einen Abfallbehälter. „Diese Wortspielereien können Sie sich in den Hals stopfen", sagte er. „Fangen Sie endlich mit Ihrer dreckigen Arbeit an, damit ich wieder hier rauskomme."

„Warum haben Sie's denn gar so eilig, Lieutenant? Sie werden noch ein paar Stunden an Bord dieses Schiffes sein, bis wir Sie einem Versorgungsschiff übergeben können. Das geht aber nicht weiter als bis nach Vesta, wo Sie den Krieg in einem Gefangenenlager abwarten werden. Langweiliger Ort. Wir tun aber unser Bestes, um Sie wenigstens auf diesem Schiff glücklich zu machen. Kühlen Sie Ihre Motoren ab. Genießen Sie unsere Gastfreundschaft. Hätten Sie gerne Kaffee?"

Flowers schluckte seine Wut hinunter. Ulstad versuchte sicher, ihn völlig zu entwaffnen, doch er schien ein edles Herz zu haben. „Lieber was zu trinken", sagte er.

„Tut mir leid. Ich auch. Aber die Vorschriften." Ulstad

kreuzte die Füße und lehnte sich zurück. „Wir wollen ein wenig miteinander bekannt werden. Schon immer hat es mich interessiert, einem Kolonisten zu begegnen. Sie sind doch nicht hier draußen geboren?“

Flowers hatte nicht die Absicht, militärische Geheimnisse zu verraten; er kannte auch keine. Aber wenn man miteinander schwatzte, schob man die Vernehmung unter Narkose hinaus. „Brooklyn“, sagte er. „Mit achtzehn in den Raum gegangen. Hm. Und meine Eltern leben noch. Sie wissen doch nichts von ihnen, oder?“

„Fürchte nein. Ich selbst komme aus Wisconsin. Ihren Leuten geht es aber sicher gut. Die Regierung rächt sich an keinem, der zufällig Rebellenverwandte hat, solange sie ihre eigene Nase sauber halten.“ Ulstad zündete eine frische Zigarette an. „Wir sind nicht die Ungeheuer, wie es überhitzte Propagandisten von uns behaupten. Unsere Gesellschaft ist in Wirklichkeit viel wohlwollender als die Ihre.“

„Ja. So wohlwollend, daß ich mich fast erdrückt fühle, wenn ich mal einen Besuch daheim mache.“

„Nun, die Auffassungen sind eben verschieden. Im Zivilleben waren Sie aber ganz bestimmt kein Jupitertaucher, nicht wahr?“

„Nein, ein Felsrabe. Bauleiter, wenn Sie's unbedingt wissen wollen. Wir benützen die Schöpfschiffe nur deshalb als Kurierboote, weil sie schnell sind. Für diese Art Job sind aber die regulären Piloten zu gut. Die kapern lieber feindliche Kriegsschiffe.“

„Wie klar ich mir darüber bin.“ Ulstad seufzte. „Und doch wundere ich mich, daß Sie nicht mehr Meldungen direkt über Maser schicken.“

Da klappte Flowers seine Muschel zu.

Ulstad lachte. „Na, gut. Ich werde es Ihnen sagen. Erstens, unsere Seite hat viel zu gute Möglichkeiten, einen solchen Strahl abzufangen. Und offensichtlich vermutet Ihr Geheimdienst, daß wir Ihre Kryptogramme knacken können. Ein Kurier flitzt von der ekliptischen Ebene weg und hat vielleicht eine sichere Reise. Zweitens, wenn wir unsere echten Ziffern benützen, und Sie verlassen sich zu viel auf Radio, könnten wir Botschaften an Ihre Kommandeure irreleiten." Er zuckte die Schultern. „Natürlich, das Kuriersystem benötigt viele Einheiten, die man anderswo viel besser einsetzen könnte. Aber dafür hat unsere Flotte sehr viel Patrouillendienst zu leisten, so daß sich das wieder einigermaßen ausgleicht."

„Nicht ganz", schnappte Flowers. „Besonders nach der letzten Schlacht."

„Ah, Sie meinen das Scharmützel bei Sam? Waren Sie dort?"

„Klar war ich dort, Sie Schlafhaube."

„In welcher Eigenschaft?"

Flowers bremste ab. „Egal. Es reicht, daß ihr Senge bezogen habt."

„Wir hätten wenigstens gerne gewußt, was mit jenen von unseren Schiffen passierte, die sich nie zurückmeldeten. Wurden alle vernichtet?"

„Das nehme ich an."

Ulstad beugte sich über den Tisch. „Selbst wenn Sie es nicht offiziell gehört haben, aber inoffiziell doch sicher. Ich bin interessiert. Ein Neffe auf der *Vega.*"

„Tut mir leid, da kann ich Ihnen nicht helfen."

„Das werden wir schon noch herausfinden."

„Fangen Sie doch an."

„Na, schön, Lieutenant." Ulstad stand auf. „Bitte sehr?"

Flowers spannte sich innerlich; alles in ihm rebellierte. Aber er warf einen Blick nach rückwärts und sah, daß der

Fähnrich nur allzu glücklich wäre, wenn er Gewalt anwenden dürfte.

Flowers stand auf. „Besuchen Sie mich mal nach dem Krieg", lud er ihn ein. „Ich kenne da ein paar Hintergäßchen, in denen sich kein Cop sehen läßt."

„Kann leicht sein", meinte der Fähnrich.

„Junger Mann, Haltung, bitte sehr", mahnte Ulstad. Er ging voran ins Labor. „Wenn Sie sich bitte auf die Couch legen würden, Lieutenant..."

Die Narkoseinjektion wirkte sehr bald, und Flowers tauchte spiralenförmig in eine von Stimmen erfüllte Dunkelheit.

Danach lag er da mit geschlossenen Augen und ließ Willen und Kraft langsam zurückkriechen. Er mußte sich schneller als üblich erholen, denn er hörte Ulstad sagen wie über einen schwarzen Golf:

„Nichts Nennenswertes. Er ist das, was zu sein er behauptet, eine große, dumme Felskrähe, die normalerweise einen Bautrupp anführt. Ich vermute, sie haben ihn deshalb weggeschickt, weil er keine Informationen hat. Und ich hoffe, der arme Teufel wird im Gefangenenlager nicht stockverrückt, bei so kümmerlichen inneren Reserven."

„Und was tun wir jetzt hier mit ihm, Sir?"

„Sperren Sie ihn in eine Reservekabine. In fünf Stunden machen wir Kontakt mit dem Transporter."

„Dann braucht er von uns also nur eine Mahlzeit. Informieren Sie den Koch. Reguläre Messezeit ist okay, in drei Stunden also." Ulstad lachte leise. „Vielleicht tu ich ihm unrecht, wenn ich ihn einen ungebildeten Flegel nannte. So wie er in der Narkose geflucht hat, war das reinste Poesie!"

Nur eine Koje gab es, sonst war die Kabine leer; winzig,

ohne jede Bequemlichkeit. Sie zitterte von der Energie des Schiffes und umgab Flowers wie ein Roboterleib. Das war sein erster Gedanke, als er sich wieder ins Bewußtsein zurückkämpfte.

Dann tobte sein Puls wie irr. Er wußte, daß Hände seinen Kopf vom Deck hoben. Keuchend holte er Atem, sein Schweiß tränkte seinen Overall. Angstreflexe verwandelten das Universum in ein einziges Entsetzen. Er konnte nicht klar sehen, erkannte aber eine Blaujacke. Der Mann hockte auf den Fersen und hob seinen Kopf an.

„Pete, schalt das Sprechgerät an!“ sagte der Nordamerikaner. „Ruf den Doktor. Aber schnell!“

Flowers versuchte zu sprechen, doch in seiner schmerzenden Kehle rasselte es nur.

Der andere Posten, den er nicht sehen konnte, berichtete: „Sir, der Gefangene. Wir hörten ihn rufen, dann stürzen. Er war bewußtlos, als wir die Tür aufmachten. Kam wohl ein paar Minuten später zu sich, aber er fühlt sich kalt an und hat einen Herzschlag, der ihm die Rippen sprengen kann.“

„Möglicher Herzanfall“, kam es aus dem Sprechgerät. „Tragt ihn zum Lazarett. Ich bin gleich dort.“

Flowers versuchte sich in den Armen der jungen Männer zu entspannen und seinen keuchenden Atem unter Kontrolle zu bringen. Das war nicht leicht. Als sie ihn auf den Untersuchungstisch unter die Instrumente mit den Glotzaugen legten, mußte er sein Rückgrat zwingen, sich locker auszurichten.

Der Arzt war ein kleiner, dicker Mann, der ihn mit geschickten Fingern abtastete, während er Fragen stellte. „Brustschmerzen? Atemlosigkeit? Hatten Sie je vorher einen Herzanfall?“ Er bedeutete einem Sanitäter, er solle Elektroden anlegen.

„Nein, nein. Mir tut alles weh, aber ...“

„Kardiogramm normal, abgesehen von beschleunigtem Puls“, las der Arzt vom EKG ab. „Enzephalogramm ... hm, schwer zu sagen. Nicht epilepsieverdächtig, vielleicht nur übermäßige Aufregung. Neurogramm zeigt niedere Schmerzwelle. Collins, nehmen Sie eine Blutprobe.“ Er tastete noch genauer Bauch, Brust und Hals ab. „Mein Gott, woher haben Sie nur diese Tätowierungen?“ fragte er, und da wurde sein Blick plötzlich schärfer. „Hier, unter dem Kinn, eine Rötung. Tut die weh?“

„Ah, nein“, flüsterte Flowers.

„Was ist Ihnen denn passiert?“

„Weiß ich nicht. Mir war plötzlich schlecht. Da bin ich umgekippt.“

Ein Apparat für chemische Analyse rülpste und stieß einen Papierstreifen aus. Der Sanitäter riß ihn ab. „Blut pH ziemlich niedrig, Sir“, las er. „Alles sonst negativ.“

„Hm ...“ Der Arzt rieb sich das Kinn. „Mehr können wir nicht tun, als eine Röntgenaufnahme machen. Ein Kriegsschiff ist nicht so gut ausgestattet wie eine Klinik.“ Er nickte Flowers zu. „Keine Angst. In ungefähr einer halben Stunde kommen Sie auf ein anderes Schiff, und soviel ich weiß, geht das direkt nach Vesta. Das Lager hat ein gutes Lazarett. Aber Sie sehen schon ein bißchen besser aus.“

„Was ... kann das ... gewesen sein?“ fragte Flowers mühsam.

„Ich vermute eine allergische Reaktion auf etwas, das Sie gegessen haben. Das kann den Vagusnerv überreizen und diese Symptome hervorrufen. Ihr Asteriten seht ja sowieso nur selten ordentliche Erdennahrung, und unsere Flotte ist stolz auf die Ernährung der Leute. Ich werde mal sehen, was Sie zu essen bekommen haben, auch die Gewürze und so, ich gebe Ihnen dann eine Liste. Vermeiden Sie diese

Dinge, bis der Schuldige entlarvt ist, dann haben Sie keine Schwierigkeiten mehr."

Flowers legte sich zurück, während die Röntgenaufnahmen gemacht wurden. Auch die waren negativ. Der Arzt sagte, er könne bleiben, wo er jetzt sei, bis man ihn auf das andere Schiff bringe. Er schaute zur Decke hinauf und konzentrierte sich auf sein Wohlergehen.

Die *Chicago* kam in den Orbit und hielt ihre Emetts an. Der Arzt kam mit einer Liste zurück. „Sie sehen jetzt aber viel besser aus, und Atem und Puls sind nahezu normal", stellte er fest. „Meinen Sie, Sie können gehen?"

„Versuchen werd ich's." Flowers setzte sich auf. Langsam schwang er die Beine vom Tisch, stellte die Füße auf das Deck und richtete sich auf. Er torkelte. Er beugte sich über den Tisch, ließ den Kopf so tief wie möglich hängen und flüsterte: „Mir wird schwindlig."

„Okay. Wir bringen Sie auf einer Trage hinüber", sagte einer der Posten. „Der Kapitän hat angeordnet, Sie so schnell wie möglich wegzubringen, damit das Schiff seine Reise endlich fortsetzen kann."

Flowers hätte diesen Transport sehr genossen, wäre die innerliche Spannung nicht allzu übermächtig geworden.

An der Luftschleuse warteten zwei bewaffnete Posten. „Was, zum Teufel!" rief der Mann rechts.

Ein Träger erklärte. Der andere tat, als spucke er. „Mit einem Rebellen geht ihr aber furchtbar sanft um."

„Reg dich ab, Joe", sagte sein Kamerad. „Die sind keine schlechten Burschen. Teufel, wenn wir denen ein wenig Vernunft eingebleut haben, denk ich auch daran, den Dienst zu quittieren und im Gürtel draußen zu leben."

Joe gebrauchte ein sehr schlimmes Wort, nahm aber das Ende der Trage; sie gingen durch einen Schlauchtunnel in das Boot. Wie Flowers vermutet hatte, war es nur eine Gig mit einer einzigen Kabine, wo der Pilot am vorderen Ende saß. Der Frachter lag in einigen Kilometern Entfernung. Durch eine Luke erspähte er die plumpe Form vor den Konstellationen.

Seine neuen Bewacher setzten die Trage im Mittelgang zwischen den Sitzen ab, versiegelten die Luftschleuse und schoben den Verbindungsschlauch zusammen. Der Pilot ließ seine Finger über ein paar Knöpfe spielen, und das Boot glitt glatt weg von der *Chicago*. Die Blaujacken nahmen ihren Platz links und rechts von ihrem Gefangenen ein.

„Na, wie fühlen Sie sich?“ fragte der nette Mann.

„Wie eine junge Katze vor dem Kriegsgericht“, flüsterte Flowers.

Der Mann lachte, sein Kamerad sah sauer drein.

„Ich möchte ein bißchen aufsitzen, wenn Sie mir helfen“, bat Flowers.

„Sollten Sie das?“

„Hm. Ich meine, ich könnte vielleicht Ihr Schiff unter eigener Kraft betreten, aber ich muß wohl vorher üben.“

„Okay. Joe, hilf mir.“

Beide Posten bückten sich tief über den liegenden Mann. Flowers legte jedem einen Arm um den Hals. Seine Gorillaarme schlugen die beiden Schädel aneinander.

Sie taumelten halb betäubt, Blut lief ihnen von den Schädeln. Flowers entriß einem den Revolver und sprang in den Mittelgang.

„Hände hoch, oder ich schieße“, rief er. Und zum Piloten: „Antrieb aus. Sofort. Und heraus aus dem Stuhl.“

Flüche ionisierten die Atmosphäre. Er grinste breit. „Ich bin ein verzweifelter Mann“, sagte er. „Ich weiß nicht, ob ich dich nicht wegputzen soll. Vielleicht tu ich's. Raus.“

Der Pilot gehorchte. Flowers ging ihm im Mittelgang

entgegen. Der andere hatte die Hände in der Luft, sein Bauch war ungeschützt. Flowers' Faust traf den Solarplexus. Als der Pilot sich zusammenkrümmte, versorgte ihn Flowers auch noch am Kinn. Da kippte er um.

Der Mann namens Joe griff nach seiner Waffe. Er war ein bißchen langsam, und Flowers legte ihn schlafen. Er bedauerte es sehr, daß er das mit dem anderen, der so freundlich gewesen war, auch tun mußte. Ehe sie wieder zu sich kommen konnten, verschnürte er alle drei mit ihren Gürteln und Hemden und band sie an ihren Stühlen fest.

Der Radiosummer spielte verrückt. Flowers tat einen Satz zum Pilotenbrett und ließ den Empfangsschalter klikken. „Was ist da drüben los?" bellte eine Stimme.

„Hören Sie mal", sagte Flowers. „Hier spricht der Asterit. Ich habe Ihre Männer als Gefangene. Sie sind fast wie neu. Aber ich will nach Hause. Klar, Sie können mich aufhalten, wenn Sie dieses Boot zerstören. Aber das kostet Sie drei nordamerikanische Leben, weil ich keine Raumanzüge ausgebe. Schlechtes Geschäft für Sie. Sagen Sie lieber ‚gute Reise' zu mir."

Worte quakten. Flowers benützte die Zeit, um die Gig herumzuschwingen und einen allgemeinen Kurs nach Pallas festzulegen. Später konnte er ihn dann ganz genau berechnen. Jetzt wollte er nur so schnell wie möglich einige Entfernung zwischen sich und die Kanonen der *Chicago* bringen.

Seine Opfer erwachten. Er zwang sie zum Sprechen, damit alle wußten, daß sie am Leben waren. Kreuzer und Frachter wurden winziger und für das unbewaffnete Auge allmählich unsichtbar. Um sie herum funkelten die Sterne.

Ulstads Stimme übersprang die vielen Kilometer, kühl und fast amüsiert.

„Ich weiß nicht recht, Lieutenant, ob wir einen Mann

von Ihren Fähigkeiten entwischen lassen sollten. Ist meine Schuld. Ich hielt Sie für einen primitiven Arbeiter. Ich hätte daran denken müssen, daß dumme, primitive Leute im Raum nicht überleben."

Flowers schluckte. „Commander, ich bin kein Preis. Aber Sie haben hier drei gute Männer. Tut mir leid, daß ich ein bißchen grob mit ihnen umgehen mußte, aber ich werde sie so anständig wie möglich behandeln."

„Wie ist Ihnen diese Kaperung denn gelungen?"

„Das sag' ich Ihnen nach dem Krieg."

Jetzt lachte Ulstad laut. „Na, schön. Da uns nichts übrigbliebe, als auf unsere eigenen Männer zu schießen, hat Captain Thomas beschlossen, Sie laufenzulassen. Schließlich haben wir ja Ihre Meldung, und die ist wichtig. Ich bin so unmilitärisch, dies zu sagen, aber: viel Glück."

„Ihnen auch", antwortete Flowers ein bißchen gerührt.

Er unterbrach die Verbindung und konzentrierte sich auf die Instrumente.

Die Revolutionäre hatten so wenig Männer, daß auch etliche Frauen hohe Ränge einnahmen. Colonel Adler vom Geheimdienst war unter ihnen. In Uniform und mit kurz geschnittenem Haar erinnerte sie kaum an die Operndiva, die einmal die Hauptstädte der Erde bezaubert hatte. Aber Ihr Waffenrock konnte nicht alle Kurven ausbügeln, und Flowers war in mancher Beziehung ein sehr beeinflußbarer Mann.

Er lehnte sich im Drehstuhl zurück, genoß seine Zigarre und versuchte bescheiden zu sein. „Ah, es war leicht, die Krankheit zu simulieren", sagte er. „Ich zählte die Zeit, bis ich wußte, das Transferboot würde in Kürze da sein."

„Wie zählten Sie?" fragte sie.

„Ich hab' im Kopf Lieder gesungen. Das hab' ich vor Jahren geübt. Ist manchmal sehr nützlich, zu wissen, wie lange man zur Ballade von der Eskimo Nell braucht. Ach, egal, Ma'am. Jedenfalls fing ich an, furchtbar schnell zu atmen. Tut man das eine Weile, kriegt man die irrsten Symptome zusammen. Als meine Körperchemie einigermaßen durcheinander war, tat ich einen Schrei und drückte meine Halsschlagader, bis ich weg war."

„Das kostet aber Mut", murmelte sie, „wenn Angst ein Teil eines Syndroms ist."

„Das sagen Sie, ich nicht. Natürlich konnte ich vorher nicht wissen, ob ich damit wegkomme. Der Doktor hätte ja vielleicht die Ursache erkennen können. Aber er hielt mich für einen unwissenden Tölpel, und deshalb kam er nie auf die Idee, ich könnte simulieren. Klar, ich war bald wieder da, ließ mir's aber nicht anmerken, daß ich schnell wieder zu Kräften kam. Ich hoffte auf eine Chance, etwas tun zu können, weil sie bei einem Kranken doch nicht so aufpaßten. Ich hatte eben Glück."

Colonel Adler trommelte mit den Fingern auf ihren Schreibtisch und schaute hinaus durch die Sichtluke. Pallas Town lag geschäftig unter einem schwarzen, sternenbestickten Himmel. Die Schwerkraftfelder gaben Erdengewicht und hielten die Atmosphäre, aber sie war ziemlich dünn, und der Raum glitzerte durch, kalt und unendlich. Sie wandte sich wieder zu Flowers zurück. „Warum sind Sie hierher gekommen? Sam war doch näher."

„Ah, sehen Sie, ich stellte mir vor, das Generalhauptquartier sollte so schnell wie möglich von diesen feindlichen Kodeknackern erfahren."

„Die wissen das schon, und Ihr Vernehmungsoffizier glaubte das auch. Außerdem hätte diese Information auch von Sam aus geschickt werden können, zusammen mit einem Duplikat Ihrer ursprünglichen Meldung."

Flowers wurde rot. Er hatte damit gerechnet, wie ein

Held behandelt zu werden. „Da hab' ich dann also einen Fehler gemacht. Na, ich bin eben kein Profi."

Sie lächelte. „Vielleicht irrten Sie doch nicht, Lieutenant. Aber kommen Sie, das werden wir gleich erfahren. Ich gewähre Ihnen deshalb auch gleich Urlaub. Den haben Sie verdient."

Flowers verschluckte fast seine Zigarre. „Wieso? Sie wollen mit Narco ...?"

Sie nickte. „Tiefenprüfung."

„Wofür das?"

„Dienstvorschrift in solchen Fällen. Wir müssen auf jeden Fall sicher sein, daß der Feind sich keines schmutzigen Tricks bedient und posthypnotische Anweisungen erteilt. Ich mache diese Tiefenprüfung selbst, und persönliche Dinge, die eventuell dabei herauskommen, gehen niemals über mich hinaus."

„Sie? Ha! Ich meine ... Schauen Sie, ich spiel' da schon mit, wenn es unbedingt sein muß, aber nicht mit einer Dame!"

Die Dame lachte leise. „Ich bin wesentlich älter und habe mehr vom Universum gesehen, als Sie vielleicht glauben. Sie werden mich in keiner Weise erschüttern können. Kommen Sie jetzt mit. Das ist ein Befehl."

Als er wieder aufwachte, entdeckte er, daß sie ihn sehr nachdenklich musterte. Ihre Wangen waren leicht gerötet.

„Was's los?" nuschelte er.

„Ich machte eine Entdeckung. Ich bin noch zu erschüttern."

Zorn peitschte ihn in volles Bewußtsein zurück. Er setzte sich auf. „Mein Privatleben gehört mir", knurrte er. „Ist das vielleicht keine der Ideen, für die wir kämpfen? Und jetzt, mit Ihrer freundlichen Erlaubnis, Ma'am, möchte ich hier 'raus."

„Bitte.“ Ihre Hand flatterte ebenso, wie ihre Wimpern es taten. „Ich glaubte nicht, daß mich noch etwas erschüttern könnte. Es war eine köstliche Überraschung. Sie erwähnten faszinierende ... nun, ich möchte nur sagen, ich habe ab achtzehn Uhr frei, besitze ein paar Zivilkleider, und wenn Sie mich unbedingt irgendwo treffen wollen ...“

Nach dem Unabhängigkeitskrieg platzte der Handel aus allen Nähten, am meisten auf Pallas. Immer, wenn er dorthin kam, und das war oft der Fall, da sein Baugeschäft viele Rücksprachen mit Leuten dort nötig machte, meinte Flowers, es gebe schon wieder doppelt so viel Leute und Krach wie beim letztenmal. Eine kleine Kneipe in der Nähe der Raumdocks veränderte sich jedoch nicht. Man konnte in einer Nische sitzen, und das unter einem Stereo-Wandbild vom Saturn, ein ehrliches Bier trinken und sich ungestört unterhalten.

„Ich sehe schon, du hast deine Tätowierungen geändert“, bemerkte Ulstad.

Flowers besah sich seinen linken Unterarm, nackt in einem strahlendweißen Sporthemd, und brummte. „Ja. Die. Sogar bald, nachdem ich euch entwischt bin. Einer Dame, mit der ich eine Weile ging, hat das Muster nicht gefallen. Ich fand's ja auch noch nie schön, also ließ ich's wegmachen. Es ist zwar sentimental, davon zu reden, aber ich hatte Gründe, den Adler zu ersetzen. Symbol der Freundschaft mit dem Mutterland und all der Quatsch, hä?“

„Ja. Ich bin froh, daß du so denkst.“ Ulstad nahm einen Schluck Tuborg. „Ich freue mich, daß ich dich endlich aufstöbern konnte, um zu erfahren, wie du von uns weggekommen bist. Das ist eine Geschichte!“

Flowers grinste breit. „Die ganze Geschichte erfuhr ich auch erst nach dem Krieg."

Ulstad spitzte die Ohren. „Na, mach schon."

„Das ist jetzt kein Geheimnis mehr, sonst hätte ich's selbst nicht erfahren. Aber die Mitteilung, die ich bei mir hatte – wurde die überhaupt je entziffert?"

„Nein. Wir meinten schließlich, es sei eine Blindmitteilung, und wir wollten keine wertvolle Computerzeit mehr daran verschwenden."

„Korrekt. War auch irgendein wahlloses Muster. Ein paar von unseren Kurieren trugen ähnliches Zeug eine ganze Weile herum. Es war ja sicher, daß mindestens ein Mann einmal in Gefangenschaft käme, und der verwirrte euch dann damit. Der Mann war zufällig ich."

Ulstad runzelte die Brauen. „Armselige Strategie. Ihr hattet doch gar nicht so viele Schiffe für einen einzigen Trick übrig."

„Nein. Natürlich nicht. Aber siehst du, die Mitteilungen wurden schon geschickt."

„Was? Wie in Dreiteu ..."

Flowers trank sein Bier aus und rief nach einem frischen. Während er wartete, steckte er sich eine Zigarre in den Mund. „Diese Tätowierung auf meinem Arm", sagte er. „Ich weiß nur, daß ich total blau war. In meinem Suff, dachte ich, hätte ich das verdammte Zeug verlangt, mich aber danach nie daran erinnern können. In Wirklichkeit waren meine Drinks gepanscht worden.

Die Mitteilung war sehr wichtig. In einem Kampf vor Sam hatten sie die *Vega* geschnappt. Das weißt du ja. Und später wirst du ja erfahren haben, daß man einen Blick in das Kodebuch geworfen hat. Pallas mußte der Schlüssel mitgeteilt werden, aber wir konnten nicht riskieren, daß ein Maserstrahl abgefangen wurde."

„Ganz bestimmt nicht.“ Ulstad schnitt eine Grimasse. „Erst ein paar Unglücke später ist uns aufgegangen, was da passiert war.“

„Dieser Kode war in meiner Tätowierung“, erklärte Flowers. „In einem solchen Bild gibt es etliche tausend Punkte. Für einige davon kann man eine Nadel mit einer Spezialfarbe benützen, Standardfarbe, ohne Unterschied zu den anderen, nur mit ein paar Eisenatomen. Damit kann man dann alles schreiben, was man will. Man legt den Arm unter ein Sichtgerät, wenn man in Narkose ist und nicht quatschen kann, und damit hat sich's dann.“

Das Bier kam, und er trank seinen Krug gleich halb leer. „Ich hätte mir, glaube ich, gar nicht die Mühe zu machen brauchen, euch zu entwischen. Unser Oberkommando hätte mich beim nächsten Gefangenenaustausch wieder bekommen. Aber ich brachte natürlich die Information schneller zum Hauptquartier und ersparte mir selbst eine böse Zeit.“

Ulstad pfiff leise. Nach einer Weile bemerkte er mit einem kleinen Schuß Bosheit: „Erinnerst du dich? Ich erzählte dir, ich hätte einen Neffen auf der *Vega.* Stimmt gar nicht. Ich wollte dich nur ein bißchen weicher stimmen.“

Flowers zuckte erst zusammen, dann lachte er schallend, hob seinen Krug und sagte: „Weißt du, einen Mann wie dich könnte ich in meinem Geschäft recht gut gebrauchen.“

„Könnte auch ein ganz schöner Spaß sein“, meinte Ulstad. Und die beiden Krüge berührten sich.

Zwischenspiel 3

„Ahem“, räuspert sich Amspaugh. „Wir sollten wohl allmählich wieder zum Geschäft kommen. Die Mehrheit scheint der Meinung zu sein, daß es so harmlos wie wünschenswert ist für unsere Schulen, unsere Vorfahren als – äh – gewöhnliche, fehlbare Menschen hinzustellen.“

„Den angemessenen Anteil an Schurken, Raufbolden und Faulpelzen nicht zu vergessen“, meinte McVeagh.

„Nein“, widerspricht ihm Amspaugh. „Ich glaube, du lehnst dich zu weit zurück, Colin. Wir können zugeben, daß die Geschichte eine Schattenseite aufweist, ohne zu behaupten, es sei die einzige, oder daß die gute Seite nicht am wichtigsten ist. Die Gründungsväter waren ehrenwerte Männer und Staatsmänner; die Verfassung der Asteroiden-Republik ist eines der edelsten Dokumente, die je geschrieben wurden.“

„Warum nicht?“ wirft McVeagh bedächtig ein. „Sie ist doch größtenteils abgeschrieben von der Originalverfassung der Vereinigten Staaten.“

„Und was soll falsch daran sein, wenn wir das beste verfügbare Modell benützen?“ fragt Lindgren. „Und sie haben sie schöpferisch angepaßt. Diese Anpassungen glichen mehr aus als die körperlichen, sozialen, technologischen oder wirtschaftlichen Unterschiede zwischen Erde und Asteroidengürtel. Sie zogen ihre Lehren aus der Geschichte und gewährleisteten, daß die Tochterrepublik nicht von der gleichen Unfreiheit verkrustet wird wie das Mutterland.“

„Keine Sorge", sagt McVeagh, „künftige Generationen werden neue Möglichkeiten finden, dicke Knoten hineinzubringen."

„Ich würde es nicht behaupten, noch lehren, daß die Verfassung perfekt ist." Orloff hebt eine dünne Hand. „Bitte! Laßt mich weiterreden. Vergeßt nicht, ich wurde nicht auf amerikanischen Asteroiden geboren, ich war auch nicht in ihre Revolution verwickelt, ich kam erst später von den sowjetischen Kolonien. Ich wählte meine Nationalität. Das heißt jedoch nicht, daß ich keine liebevolle Kritik anzubringen hätte. Kein Menschenwerk ist ohne Fehler. Mir scheint, die übertriebene Freiheitlichkeit der Republik neigte dazu, Individuen hervorzubringen, die zu selbstsüchtig, zu materialistisch, zu wenig besorgt um das Wohl der Gesellschaft im ganzen sind. Können wir das hier auf der *Astra* nicht besser machen?"

„Ich könnte mir nicht vorstellen, daß wir an Bord Platz haben für einen unregulierten Kapitalismus", sagt Lindgren. „Mir würde es aber gar nicht passen, würde sich hier ausgesprochener Sozialismus entwickeln. Nicht einfach deshalb, weil er erstickend ist. Ich denke, er entmutigt die Kreativität, die dieses Schiff braucht, um auf lange Sicht überleben zu können. Schaut euch doch an, welche Fortschritte die Asteriten machten, wie schnell und erstaunlich, als sie erst einmal frei waren. Erfindung, Ausbeutung, Bau ... Und das war nur deshalb möglich, weil sie als Individuen frei wurden. Die Mitglieder des Gürtels, die weiter der Regierung der Erde unterstanden, schafften es lange nicht so ausgezeichnet."

„Teilweise kam das daher", wirft Missy trocken ein, „daß wir, die undankbaren Kinder, nicht mehr viel von unserem Reichtum zur Erde schickten. Dies wiederum lockte die fähigsten – und gierigsten – Kolonisten an."

Conchita wird ungeduldig: „Wie immer das auch sein mag, wir können aber die Tatsache nicht leugnen, daß unsere Vorfahren tatsächlich fähig waren und sich damit die Freiheit verdienten. Jene, die wohlhabend wurden, verdienten ihren Reichtum auch, weil sie ihn durch ihre persönlichen Anstrengungen schufen."

„Schön und gut", murmelt Missy, „ich erinnere mich einiger Grundstücksspekulanten, Kredithaie, Winkelbanken, Lasterbarone und Hochstapler, die reich endeten." Und nüchtern: „Und einiger verdammt guter Männer, die verarmt starben oder niemals die Chance hatten, reich zu werden, weil sie zu jung starben."

„Ich meinte das natürlich statistisch."

„Ja, darüber bin ich mir klar. Aber eine Statistik kann einen ziemlich in die Irre führen, wenn man nicht alles weiß, was dahinter steckt. Im ganzen gesehen ist das richtig, die Republik erlebte eine brillante Zeit. Trotzdem zweifle ich daran, daß alles kühler wirtschaftlicher Berechnung zu verdanken ist, und wir wissen ja auch, daß Hilfsbereitschaft und Uneigennützigkeit sehr dünn gesät waren. Ich selbst habe erlebt, wievieles sich einfach nur so ereignete, weil man darüber stolperte. Niemand war erstaunter über das, was dabei herauskam, als jene, die es direkt anging."

„Wie die Entwicklung der Schwerkraftmaschine?" fragt der bisher so schweigsame Echevaray.

„Ich wollte eigentlich eher betonen, daß ein freier Unternehmer nicht automatisch auch ein prophetisches Genie sein muß, das Kontrolle über die Ereignisse hat", sagt Missy. „Kennt ihr, zum Beispiel, die Affäre Odysseus? Zufällig erfuhr ich sie. Könnt ihr es ertragen, wenn ich euch noch eine Geschichte erzähle? Sie war nämlich im Grund die Ursache, daß wir heute zu den Sternen unterwegs sind. Und doch ... gleichzeitig ..." Sie lacht.

Bummel mit einem Spieler

Avis' jüngster Knabe, Tommy, rannte den Garten entlang. Die Pfade wanden sich um blühende Hecken. In seiner Eile übersprang er sie, denn er wollte in gerader Linie zum Lake Circe. Er machte ganz schöne Sprünge, wenn auch das Schwerkraftfeld auf Odysseus nur drei Vierteln der irdischen Schwerkraft entsprach, also von den Touristen besonders genossen wurde. Für sein Alter war er jedoch sehr tatendurstig, denn er war kaum ein Jahr alt. Natürlich war dies ein lokales Jahr. Die Umlaufperioden sind bei den Asteroiden recht unterschiedlich, so daß die Kolonisten nichts anderes tun konnten, als sich an den alten Kalender zu halten. Natürlich versagten Tommys Eltern dem Jungen nicht die zehn Geburtstagsfeiern und Weihnachtsfeste, die er erlebt hatte. „Mom!" schrie er. „Das Schiff kommt!"

Sie wollte ihn schon daran erinnern, daß sie Verstümmelungen des guten alten Wortes „Mutter" nicht liebte, doch er kam so schnell und so glücklich heran; sein Haar flog in der leichten Brise; jeden Tag glich er seinem Vater immer noch mehr. „Welches Schiff?" fragte sie. „Seit der Krieg vorbei ist, kommen ja ziemlich viele."

„D-das Nordamerika- Schiff. Von der Regierung. Haben eben 'reingemasert. Dad sagt mir, ich soll dich suchen. Er will, daß du ihm hilfst, sie abzuholen. Ich dachte mir, daß du hier bist!" Tommy straffte sich vor männlichem Verantwortungsbewußtsein, und am liebsten hätte sie sich hingekniet, um ihn fest an sich zu drücken.

Das würde er ihr jedoch nie verzeihen, denn Jack Herbert, der Aufseher des Bautrupps und seiner großen Maschinen, stand in seinem Overall dabei und sah zu. Avis sagte daher ernst: „Ich danke dir. Ich komme sofort mit."

„Was soll das schon wieder heißen, Mrs. Bell?" fragte Herbert mit einer Spur von Gehässigkeit in der Stimme. Wie die meisten von seiner Gruppe war er hier zu Hause und daher noch nordamerikanischer Bürger. Diese Leute waren nicht ganz zufrieden mit einem Friedensvertrag, der dem Mutterland den Besitz der führenden Asteroiden aus der Troja-Gruppe zusprach.

„Eine Kommission", erklärte Avis. „Das heißt, nicht nur wieder ein paar Inspektoren vom Büro des Vizegouverneurs ..."

„Hektor-Inspektoren!" rief Tommy.

Avis schüttelte den Kopf. Hektor war der Sitz der regionalen Kolonialregierung, aber ihr wäre lieber gewesen, ihr Sohn hätte nicht die spöttischen Limericks gehört, die ihr Mann darüber gedichtet hatte. „Nicht einmal von Vesta", sagte sie und meinte damit die Hauptstadt aller verbliebenen nordamerikanischen Territorien im Gürtel. „Washington. Eine Sonderkommission, wie ich höre."

Herbert legte die Stirn in Falten und zerrte an seinem blonden Bart. „Weshalb denn?"

Avis ließ ihren Blick schweifen. Ihr kam es plötzlich weniger warm vor, und sie bemerkte deutlich, wie dunkel der Himmel war.

Diese leichte Dämmerung herrschte immer. Die künstliche Atmosphäre wurde von Schwerkraftmaschinen festgehalten; bei diesen nach der Erde geformten Asteroiden konnte sie am Boden fast so dicht sein wie die irdische, wenn auch natürlich nicht annähernd so hoch, und das Licht streute sie auch nicht so gut. Die Sonne war auch sehr fern. Im Troja-Haufen war sie fünfmal so weit entfernt und nur noch ein strahlender Funken, der weniger als vier Prozent des Lichtes abgab, das die Erde empfängt. Das menschliche Auge ist anpassungsfähig, und so erschien diese Dämmerung nicht düster. Doch der Himmel von Odysseus war von einem tiefen Schwarzblau, an dem die helleren Sterne sogar bei Tag sichtbar waren.

Sie hatte das Gefühl, die endlose, umgebende Nacht habe den Asteroiden berührt. Sie hielt sich vor: *Ich war ein Feigling. Ich wußte, daß Don sich Sorgen machte, doch er plaudert ja nie etwas aus, und so sagte ich mir, das wird nur ein gewöhnlicher offizieller Besuch sein. Und ich versteckte mich im Vergnügen der Gartenarbeit.*

Nach der Verzweiflung des Krieges war das wirklich ein Vergnügen. Isoliert in ihrer unglaublichen Entfernung und mit nur dann und wann einem Besucher, hatten sich die Siedler des Troja-Haufens hauptsächlich mit dem Überleben befaßt. Donald Bells Sympathie gehörte eigentlich mehr der Republik, wenn er auch im Grund unpolitisch war. Er hätte vielleicht mit Lieferungen helfen können, wenn er schon nicht kämpfte, aber es gab keine Raumschiffe, die ihn an Ort und Stelle brachten, nur ein paar zusammengeflickte Schlitten und Flitzer, in denen ein paar todesmutige Männer die wichtigsten Dinge von einem Asteroiden zum andern schleppten. Bell verwandelte seine Parkanlagen und Gärten in Miniaturfarmen, ließ seine Läden, Theater, Restaurants und halbfertigen Fabriken modern und machte sich daran, so viele Menschen wie möglich zu füttern. Eine Destillerie behielt er. Aus der bekam er Brandy als Nebenprodukt seiner Weingärten. Aber, verdammt noch mal, der hatte geholfen, die Leute bei Verstand zu halten!

Handel und Verkehr nahmen ständig zu, die Wasserwerke waren wieder im Geschäft und dehnten sich weiter aus, und frische Einwanderer und alte Veteranen kamen an, um den natürlichen Reichtum der Gruppe zu plündern. Dingdong Enterprises waren zu ihren ursprünglichen Unternehmungen zurückgekehrt. Wiederaufbau und Neues gingen im gleichen Schritt. Um Avis raschelte das Laub, Blumenbeete waren hellbunte Farbflecke im Rasen, Brunnen plätscherten, und feine Düfte erfüllten die Luft. Über einer Trauerweide sah sie das Hotel; das war ein echter Wolkenkratzer, und die Dachkuppel griff so hoch in die dünne Atmosphäre, daß die Tänzer einen phantastischen Ausblick hatten. Auf dem kleinen schimmernden See schaukelten ein paar Kanus lässig am Zoo-Inselchen Aeaea vorüber, und dahinter war Baulärm; das Kasino näherte sich der Vollendung.

Dafür haben wir unglaublich hart gearbeitet, und jetzt könnten wir alles verlieren, überlegte Avis.

Da fiel ihr ein, daß Herbert noch auf eine Antwort wartete. „Oh. Warum sollte eine Spezialdelegation kommen? Nun, wir machen wieder gute Profite. Vielleicht eine Steuerschätzung oder so ..."

„Könnte mehr sein", meinte der Aufseher. „Wenn Ihr Mann nämlich mit den Anteilkäufen an den Wasserwerken so weitermacht wie bisher, dann gehört ihm bald der ganze Planetoid. Die Regierung mag das vielleicht nicht. Sie wissen ja, auf der Erde glauben sie daran, daß einer nicht viel größer als die anderen werden sollte."

„Vielleicht", antwortete Avis. *Wenn es nur nichts Schlimmeres ist! Wir brauchen gar nicht mehr Geld, als wir verdienen. Sicher, es wäre nett, nicht nur für Don und die Kinder und für mich. Wir könnten hier draußen so vieles tun, das getan werden müßte. Lebenswichtig ist das Geldverdienen für uns nicht. Sollen sie uns doch verbieten, weiter in der Industrie zu investieren. Das können wir ertragen. Wenn sie uns aber das wegnehmen, was wir miteinander aufgebaut haben ...*

„Ich gehe jetzt besser“, sagte sie und zwang sich zur Heiterkeit. „Über die Idee der Hall of Alkinous sprechen wir später, Jack, sobald ich frei bin. Inzwischen ...“

„Klar, ich finde für die Buben genug zu tun.“ Herbert sah ihr nach. Sie mußte doch bald fünfzig Standardjahre zählen, aber diese Antialterungsbehandlung hatte bei ihr ausgezeichnet angeschlagen. Sie blieb zierlich, behielt ihren federnden Schritt, und das Haar fiel ihr dunkel auf die Schultern. Eine Schönheit war sie nicht, doch man sah sie gerne an, besonders dann, wenn Begeisterung sie erhellte.

„Wohin gehen Sie, Mr. Herbert? Kann ich mitkommen?“

Der Aufseher schaute hinab zum kleinen Sohn seines Chefs. Die Schule war für diesen „Sommer“ zu Ende. Er lächelte. „Nun, ich meine, wir könnten mal bei der Dozercrew nachschauen.“

Sie gingen am Ufer des Sees entlang. Wellchen platschten auf dem weißen Sand.

„Mr. Herbert?“

„Ja?“

„Warum ist denn das Wasser so wichtig?“

Der Mann schaute den Jungen erstaunt an. „Du trinkst es. Du brauchst es zum Waschen. Du bekommst fast deinen ganzen Sauerstoff davon, wenn man terraformt. Du kannst keine Industrie ohne Wasser aufbauen.“

„Ich weiß“, antwortete Tommy. „Und den Behältereffekt kenne ich auch. Wasserstoffgas kann man so nicht leicht transportieren, unter Druck nämlich. Das leckt immer zwischen den Tankatomen heraus, oder man braucht eine Menge von crie ... cryonischem Zeug, damit es flüssig bleibt. Aber Hydrogen braucht man für die Fusionsenergie. Also bringt man das Wasser dorthin, wo es gebraucht wird, knackt die Moleküle und verwendet den Sauerstoff für etwas anderes."

„Jetzt haben wir Elementarwissenschaften betrieben, und nun kannst du mir vielleicht sagen, warum das Wasser nicht wichtig sein sollte."

Tommy wurde rot. „Natürlich ist es wichtig. Ich meine doch das Wasser hier. Das Eis, das aus dem Berg geholt wird, von dem Daddy immer Anteile kauft. Wir sind doch weit weg von anderen Orten, und hier kann man keine Sonnensegel verwenden. Warum kriegen wir das Wasser nicht von den näheren Asteroiden? Oder kochen es richtig aus den Felsen?"

„Ah, ich verstehe." Herberts Respekt vor seinem kleinen Gefährten stieg. Die Frage war sehr klug und verriet großes wirtschaftliches Verständnis. „Du meinst, du wunderst dich darüber, wie es sich auszahlen kann, auf Odysseus Eis auszugraben und das Wasser über den Gürtel zu liefern. Wir sind am Ende einer langen Lieferstrecke in einer Umlaufbahn, aus der sich plumpe Frachter nicht leicht herausmanövrieren lassen. Nun, es zahlt sich schon aus. Sie haben nicht viele Asteroiden wie den hier gefunden, mit einem Eiskern und reichen Adern. Es ist billiger, diese Lager abzubauen und zusätzliche Frachtkosten zu bezahlen, als es auf sonnennahen Asteroiden zusammenzubetteln oder mit großem Energieaufwand und teuren Geräten das Wasser aus Mineralien herauszuziehen."

„Warum gehen sie nicht einfach zum Jupiter? Der ist auch nicht weiter von der Sonne weg als wir. Mein Planetologielehrer sagt, in seiner Luft und auf den großen Monden ist viel Eis."

„Ah, hm. Die Himmelstaucher vom Jupiter sind hinter

viel wertvolleren Materialien her. Und die Monde sind in einem viel tieferen Schwerkraftgraben als wir. Sie sind auch viel zu groß für eine Terraformierung, und das hieße, wir hätten unheimlich viel ausgefallene Lebenserhaltungsgeräte einzusetzen und Prämiengehälter zu zahlen. Nein, hier sitzen wir recht gut." Wieder zupfte Herbert an seinem Bart. „Viel zu gut vielleicht. Wir haben die Aufmerksamkeit Washingtons angezogen, und es gibt Menschen, die sind nicht nur gierig nach Geld." Er zuckte die Schultern. „Ich kann ja immer auswandern."

Auf dieser kleinen, unregelmäßigen und andeutungsweise kugeligen Welt – längster Durchmesser 230 Kilometer – gab sich niemand mit privaten Bodenfahrzeugen ab. Man konnte ja überallhin mit einem Roller kommen, aber normalerweise benützte man das Schienenauto. In der Nähe von Lake Circe gab es eine Haltestelle. Die war, wie die meisten Gebäude im Gebiet von Dingdong, an den klassischen Stil angelehnt und von einem Garten umgeben. Wie fast alle Bauten auf nahezu allen Planetoiden, die man bewohnbar gemacht hatte, war es sehr leicht und hatte große Türen und Fenster. Man brauchte kaum Wetterschutz, denn der dünne Gasmantel erzeugte fast immer mildes Wetter. Die Temperaturen waren fast ständig balsamisch, denn sie lagen zwischen Gewächshauseffekt und Abfallwärme der Atomkraftwerke. Für den unwahrscheinlichen Fall, daß ein großer Meteorit einschlug oder gar ein Raumschiff außer Kontrolle geriet, gab das Computerradar dem gefährdeten Abschnitt eine frühzeitige Warnung durch.

Kaum war Avis an der Station angekommen, fuhr ein Wagen heran. Sie winkte ihn zum Halten. Ein Signal lief nach beiden Seiten die Schienen entlang, so daß die anderen Wagen ihr Tempo regulieren konnten. Sie bestieg die halbrunde Kabine und setzte sich, ohne das Verdeck zu schließen. Auf dem Instrumentenbrett drückte sie den Knopf *Raum Terminal.* Der Wagen fuhr weich an und beschleunigte, so daß bald der Wind an der vorderen Windschutzscheibe vorbeipfiff.

Avis lehnte sich zurück und schaute in den Freizeitpark hinaus, an den sich ein Wohngebiet anschloß. Es war sauber, aber doch ziemlich zusammengewürfelt. Die Siedler im Troja-Haufen waren die gleichen Individualisten wie die anderen, die der Republik zugefallen waren.

Ein paar Kilometer weiter stürzte sich der Wagen in die Nacht. Erst achtete Avis nicht darauf, denn Lampen schufen einen künstlichen Tag für das Industrieviertel, durch das sie nun kamen. Die Kolonisten achteten meistens nicht auf die schnelle Rotation ihrer winzigen Welten und hielten sich an einen Vierundzwanzigstundentag. Dann kam der Wagen an eine Weiche, von der aus er weiterraste in ein noch unentwickeltes Gebiet. Das Land bestand hier aus nackten, zerklüfteten Hügeln und grotesken Felsformationen. Das meiste davon versteckte sich in der Dunkelheit. Da aber kein Menschenwerk im Weg war, konnte Avis immer, wenn sie über einen Bergrücken fuhren, den schwarzen, bestürzend nahen Horizont sehen. Die Sterne schwangen sich heraus und standen dann über ihr. Sie leuchteten so klar und scharf wie in den Winternächten des irdischen Nordens. Sie erinnerte sich gut. Wie lange das schon zurücklag!

Sie machte keinen Versuch, Hektor, Achilles, Nestor, Agamemnon oder Ajax, den größten Planetoiden aus dem Troja-Haufen, zu finden. Deren Schwankungen machten es unmöglich, sie mit dem nackten Auge zu verfolgen. Jupiter

einer Arbeit zu bleiben, und dagegen meine … nun ja, meine unterdrückten Erinnerungen an Mike, die mich streng, übervorsichtig und manchmal schrill ihm gegenüber machten; und oft genug habe ich mich auf seine Kosten viel zu sehr mit den Kindern beschäftigt … Diese Erinnerungen waren ohne Selbstvorwürfe. Avis Page war für sie schon längst ebenso eine Fremde geworden wie die frühe Avis Bell. Nachdem Don sich ein wenig hatte zähmen lassen und sie etwas liberaler geworden war …

Er war wirklich da, und davor verblaßten diese Gedanken. Er war groß, dunkel, schlank, fast immer lächelnd, immer voll Charme und mit einer Spur jenes Akzents aus New Orleans, der die Erinnerung an ihre Mädchenzeit weckte. Er sah elegant aus in Schwarz mit weißen Spitzen, diskretem Goldschmuck, Diamantringen und silbernen Schuhkappen, viel zu gut, um wahr zu sein.

„Verzeih, wenn ich unterbrach, Dave“, sagte er und hielt ihre Finger dabei fest. „Bitte, sprich weiter.“

„Nun, an sich habe ich ja wenig zu sagen“, erklärte Bürgermeister Pirelli. Sehr fröhlich war sein Ton nicht. „Mein Büro hat außer dieser kurzfristigen Mitteilung nichts bekommen.“ Bitterkeit klang aus seiner Stimme: „Der Präsident hat eine Kommission auf den Weg geschickt, um die Bedingungen der trojanischen Kolonie zu untersuchen und wünschenswerte Veränderungen vorzuschlagen … Nicht mal die Namen. Das ist eine offene Beleidigung.“

„Sie scheinen schon genau zu wissen, was sie mit uns anfangen wollen“, knurrte Pete Xenopoulos, „und denen ist es verdammt egal, wie uns zumute ist.“

„Ladies und Gentlemen, wir wollen uns doch keinen Ärger borgen“, riet Bell. „Die Zinsen wären zu hoch. Wir wollen erst leise und sehr verbindlich sprechen und mehr zuhören als reden. Statt zu streiten, werden wir nur darauf hinweisen, wie für uns die Sache aussieht. Ich meine außerdem, wir bringen sie, wie geplant, im Hotel unter, laden sie aber einzeln und nacheinander in unsere Häuser ein und geben ihnen eine individuelle große Tour. Das kann nicht schaden, und wir könnten uns ein paar Freunde machen."

„Hm ... Vielleicht", meinte Roth, Besitzer der größten Maschinenfirma der Gemeinde. „Wir können es ja versuchen. Aber in diesem Fall, Don und Avis, übernehmt ihr beide am besten die Anführer. Ihr könnt viel besser mit ihnen umgehen als irgendeiner von uns, und ..."

„Und der Anführer ist vermutlich auch der abscheulichste Kerl von allen. Wir dagegen sind am besten daran gewöhnt, mit schwierigen Kunden umzugehen, was?" Bell strich sich seinen Bart. „Ja, ich denke, das ist so."

Die Lautsprecher kündigten die Ankunft des Schiffes an, das in wenigen Tagen eine riesige Entfernung zurückgelegt hatte und nun förmlich aus dem Himmel plumpste.

Das Haus der Bells stand oben auf dem Mount Ida, wo die Luft zu dünn zum Atmen war. Man fuhr mit dem Lift geradeaus durch den Fels nach oben und kam heraus in einem luftdicht versiegelten Komplex von Räumen, Teichen und Wintergärten in den buntesten Farben. Am spektakulärsten war sicherlich das Wohnzimmer. Es war ungeheuer geräumig. Die Möbel waren ebenso importiert wie der Hartholzboden, im Zentralkamin aus Kupferblech brannte ein echtes Feuer aus synthetischen Holzkloben, und als Dach diente eine Vitrylkuppel, die in Hüfthöhe begann.

Schaute man oben in die eine Richtung, so sah man die Heiterkeit und zerbrechliche Schönheit von Dingdong, in der anderen Richtung konnte man die Eisminen, Maschinen, Gebäude und endlose Energie ausmachen. Sonst überall sah man steil zu einem Land abfallende Felsen, das noch dunkel, ohne Leben und unerschlossen war. War die Sonne zufällig einmal weg, wie in diesem Moment, so war jeder Fleck oben mit Sternen bestickt, und Milchstraße, Sternennebel und Schwestergalaxien waren funkelnde Bänder und Haufen.

Der Butler stellte Kaffee und Getränke auf einen Tisch, der aus einem einzigen riesigen Quarzkristall herausgeschnitzt war. Die drei Leute nahmen ihre Plätze in Armstühlen ein, und er verließ sie auf weichen Katzenpfoten. Die leise, unaufdringliche Hintergrundmusik störte die Unterhaltung nicht.

„Zigarre?“ bot der Gastgeber an und reichte einen silbernen Humidor hinüber.

„Nein, danke“, sagte James Harker. Seine Stimme war nicht gerade steif, auch nicht seine Haltung, doch er erweckte diesen Eindruck. „Aber rauchen Sie selbst, wenn Sie wollen.“

„Danke. Haben Sie das Dinner genossen?“

„Nun ja, natürlich. Entschuldigen Sie, Mrs. Bell. Ich hätte mein Vergnügen darüber vorher zum Ausdruck bringen sollen. Offen gestanden, in dieser Region hätte ich keine solche Feinschmeckermahlzeit erwartet. Sie sind eine erlesene Köchin.“

Avis mochte den Gast nicht, doch sie überwand diese Abneigung und lächelte. „In Wirklichkeit ist das mein Koch.“

„Sie scheinen ziemlich viel Personal zu haben“, bemerkte Harker. Bell zuckte die Schultern. „Ungefähr ein Dutzend Leute, mit Rücksicht auf die Größe des Hauses. Und dann haben wir viele Einladungen.“ Er lehnte sich zurück und blies eine blaue Rauchwolke aus.

„Zu Hause haben wir kaum mehr irgendwo lebende Diener“, sagte Harker. „Kaum irgendwo auf der Erde, meine ich.“

„Trotz der vielen Arbeitslosen?“ fragte Avis.

Harker runzelte die Brauen. Wie ein Puritaner sah er nicht aus. Seine Kleider waren in Farbe und Schnitt zurückhaltend, aber aus sehr gutem Material, und sein Gesicht, das sein mittleres Alter verriet, erschien aufgedunsen und unbestimmbar, bis man das kräftige Kinn und die harten Augen bemerkte. Er war unverbindlich höflich gewesen, als die Bells ihn herumführten. Der Leiter der vom Präsidenten geschickten Überprüfungskommission konnte aber sein Mißvergnügen über den zur Schau gestellten Luxus nicht verbergen.

„Amerikaner betrachten traditionsgemäß diese Art Arbeit als degradierend“, bemerkte er.

„Nun, wir im Raum haben eine Tradition anderer Art entwickelt“, erklärte Bell in seiner etwas gedehnten Sprechweise. „Das war damals nötig, als die Menschen sich ihrer Hände bedienen mußten, weil sie keine Maschinen hatten oder keine für einen bestimmten Job geeigneten. Der Mensch, dieses Allzweckgerät, mußte selbst anpacken. Und dann müssen Sie die Sache so sehen: Die Pioniere mußten sich ganz und gar selbst versorgen können, sonst starben sie. Sie mußten einander helfen, sonst starben sie. Also entwickelten sie mehr oder weniger bewußt die Ansicht, wenn es einem gut gehe, habe er die moralische Verpflichtung, für weniger Glückliche Arbeit zu finden. Man entwürdigte sich nicht, wenn man eine solche Arbeit annahm, denn jeder zweckvolle Handgriff trug ja zu allgemeinen Verbesserungen bei. Die Würdelosigkeit wäre im Parasitentum zu finden gewesen.“

„Sie haben also keine Arbeitslosen?“ fragte Harker.

„Oh, einige natürlich schon“, antwortete Bell. „Ein paar mit einem allzu großen Handikap, und das sind heutzutage im Zeitalter der Prothesen und Nachwachsmaßnahmen in der Hauptsache mentale Fälle. Unsere Überlegungen zur öffentlichen Hilfe sind die gleichen wie die unserer unabhängigen Nachbarn. Man hilft jedem Menschen, der es verdient, in den Sattel, aber nicht mehr. Sagen wir etwa einer Witwe mit kleinen Kindern, die sie zu versorgen hat, ohne Hilfe von Verwandten. Aber solche Fälle sind selten, denn die meisten Familien sind groß und halten eng zusammen.“ Er nahm einen Schluck Drambuie. „Mr. Harker, ich will nicht behaupten, wir seien Heilige. Wir sind alles andere als das. Wir haben auf unsere blinde, ungeschickte menschliche Art Institutionen entwickelt, die unseren Bedürfnissen dienen. Mehr nicht.“

„Sie werden mir meine sehr offene Sprache verzeihen“, sagte der Mann aus Washington. „Ich bin nicht überzeugt, daß sie Ihren Bedürfnissen dienen, wenigstens nicht mehr oder nicht mehr lange. Und ganz gewiß sind Sie, alles in allem, unproduktiv für das Land.“ Die Art, wie er seine Kaffeetasse an den Mund hob, zeigte seine übergroße Spannung.

„Hm, ja, nun ist ja die Soziale Gerechtigkeitspartei wieder an der Macht ...“

Die Säure in Bells Stimme entging Harker nicht. „Sir“, antwortete er, „und natürlich auch Madame, Sie sind beide intelligente, gut informierte Leute. Sie mögen für die Opposition gestimmt haben, aber Sie müssen wissen, daß die SGs deshalb gewannen, weil sie den Willen des Volkes zum Ausdruck bringen.“

„Die Reaktion auf den Fehlschlag“, sagte Avis. „Wir wollen doch ehrlich sein. Trotz aller gesichtswahrenden Formeln schlagen die Asteriten die Amerikaner.“

„Wenn Sie es so ausdrücken wollen“, erwiderte Harker gekränkt. „Ich neige dazu, die Diplomaten höher einzuschätzen als die Leute von der Flotte. Asiaten, Russen, sogar Europäer hatten gar nichts dagegen, daß die Nordamerikaner ihre besten Raumbesitzungen verloren. Es bedurfte nicht viel, sie zur Ausübung von Druck zu überreden ... Es wird ihnen aber leid tun, wenn das Beispiel Schule macht. Außerdem gibt dieses Spiel längst nichts mehr her. Zu vieles war viel zu teuer und längst überfällig zu Hause. Und darum geht es der SG. Das Land muß neu aufgebaut werden, erst innen, dann in seinen Auslandsbeziehungen. Wir müssen unsere Stellung als Macht erster Klasse zurückgewinnen.“

Ein langes Schweigen folgt.

„Noch Kaffee?“ Avis hob die Kanne.

„Ja, danke sehr. Er ist gut.“

„Kona“, erklärte Avis. „Von unserer eigenen Versuchspflanzung.“

„Sie waren sehr großzügig zu mir“, sagte Harker. „Ich würde mich fast schuldig fühlen, wenn ... Ich würde es, wenn nicht jeder von uns schon eine größere Schuld hätte: daß wir genießen, während andere arm sind.“

„Wenn sie sich nicht so übereifrig vermehrt hätten, ginge es ihnen heute besser“, sagte Bell, noch immer sehr mild im Ton.

„Vielleicht“, gab Harker zu. „Aber wir sehen uns einer Tatsache gegenüber, keinem Vielleicht.“

„Ich meine doch, in Nordamerika ist kein Mensch verhungert.“

„Nein, gewiß nicht. Wenn jedoch ein Mensch an einen ständig steigenden Lebensstandard gewöhnt ist, und plötzlich geht es nicht mehr weiter aufwärts, sondern scharf nach unten, dann ist das eine unbillige Härte und ein Grund zu größter Sorge. Sie haben vielleicht im 3V die Wiederaufführungen der Märsche und Aufstände gesehen, aber glauben Sie mir, die unterscheiden sich gewaltig von der Wirklichkeit. Dann müssen wir auch konventionelle politische Kräfte mit einrechnen. Die Unzufriedenen verfügen über die Mehrheit der Stimmen."

Bell rauchte nachdenklich und fragte dann fast leichthin: „Was meinen Sie, daß getan werden müßte?"

„Der Krieg war sehr kostspielig", erwiderte Harker. „Wir haben die meisten Asteroiden verloren mit ihren Rohstoffen und Steueraufkommen, und damit wird der Krieg nachträglich noch teuer. Wir müssen zusammen helfen, das mobilisieren, was übrig blieb, unsere Bemühungen organisieren – im Raum ebenso wie auf der Erde."

„Zweifellos. Ich überlegte nur, was speziell Sie vorhaben. Vielleicht sollten wir hier Ihnen ein paar Ideen anbieten."

„Das ist einer der Gründe und Aufgaben meiner Kommission." Harker blühte vor Eifer nahezu auf. „Sie sind sich ja darüber klar, daß meine Gruppe auf Tatsachen aus ist. Unser Bericht wird ein wichtiges Element sein, wenn wir zu einer Entscheidung kommen und neue Gesetze erlassen. Aber wir wollen auch die Wünsche Ihrer Landsleute hier erfahren."

„Hm ... Ungefähr eine Million amerikanischer Asteriten, dreihundertfünfzig Millionen Amerikaner zu Hause ... Ich zweifle daran, daß unsere Wünsche auch nur ein Schnippelchen mit Butter bestreichen könnten. Selbst wenn ich mir die Entfernungen überlege, glaube ich, Ihre Empfehlungen werden sehr schwer wiegen." Bell holte tief Atem. „Ich weiß selbstverständlich, daß Sie noch lange nicht alles gesehen und mit viel zu wenigen Leuten auf Odysseus gesprochen haben, vom Rest des Haufens ganz zu schweigen. Bitte, denken Sie nicht, ich möchte Sie veranlassen, sich sofort festzulegen. Aber Sie alle müssen doch vor Ihrer Abreise eine Menge Material über uns studiert haben. Sie leben ja auch im Zentrum der Dinge, deshalb müssen Sie auch viel besser wissen als wir, die wir sozusagen am Ende der Welt leben, wie die Politik aussehen müßte." Bell füllte sein Brandyglas wieder nach. „Ich würde zu gerne wissen, womit wir zu rechnen haben."

„Ja. Natürlich." Harker musterte seine eigenen Knie. „Es ist schwer zu sagen, nachdem Sie so gastfreundlich waren."

„Ich stelle mir vor, daß Sie selbst keine Politik machen. Ich bitte Sie nur um eine Prognose."

„Nun, dann also." Harker straffte sich und schaute seinen Gastgebern in die Augen. *Er ist ein Mann,* gab Avis für sich selbst zu. Sie verkrampfte die Hände so ineinander, daß ihre Fingerspitzen schmerzten. „Ich fürchte, es wird Ihnen wenig gefallen, was Sie zu hören bekommen. Lassen Sie mich damit anfangen, daß niemand Sie ruinieren will. Das möchte ich unterstreichen. Der Präsident und der Kongreß sind sich darin einig, daß jeder Lohn dem Dienst an der Öffentlichkeit angemessen sein soll – natürlich innerhalb anständiger Grenzen."

Und wer entscheidet, wo diese Grenzen liegen? dachte Avis.

„Sie, Mr. Bell, haben bewiesen, daß Sie sehr wertvolle Dienste leisten können. Es ist ganz einfach eine Frage, wie man für Ihre außerordentlichen Talente einen sozial nützlichen Platz findet."

„Danke für das Kompliment", sagte Bell lächelnd.

Ein wenig entspannter fuhr Harker fort: „In besseren Zeiten könnten Sie mit dem weitermachen, was Sie tun. Ich leugne nicht, daß – ah – Ihre Unterhaltungsindustrie das

Leben freundlicher gestaltet, wenn ich auch sagen muß ...“ – er kniff die Lippen zu einem Strich zusammen –, „Spielen und gewisse andere Dinge ... Aber lassen wir das im Moment. Es geht darum, daß in einer Zeit der Krise ...“

... wenn es im Mutterland nicht mehr genug 3V-Geräte, Klimaanlagen und Maschinen gibt, die all jene Arbeit tun, die alle jene entwürdigend finden, die von öffentlicher Unterstützung leben ...

„... keine Frivolitäten und noch weniger richtige Laster erlaubt werden können. Ich erhebe keine Anschuldigungen, Mr. Bell. Aber so sieht doch Ihr Unternehmen aus in einer Entfernung von vier oder fünf Astronomischen Einheiten. Und offen gesagt, meine persönliche Meinung ... Nun, für einen Bruchteil der Arbeit und Rohstoffe, die in Ihrem Park stecken, könnten wir eine Bandschau in jedes Heim dieses ganzen Haufens liefern, die gleichen Shows, die gleichen Nummern, die man auf der Erde hat. Können Sie mir folgen?“

Avis unterdrückte einen Fluch und erhob sich halb. Bell winkte ab, fing ihren Blick auf und schüttelte kaum merklich den Kopf. Er wandte sich völlig ruhig und liebenswürdig an Harker: „Mit anderen Worten, Sie sind der Meinung, die Dingdong Enterprises müßten geschlossen werden. Das werden Sie in Ihrem Bericht empfehlen, und man wird sich mit Sicherheit an Ihre Empfehlung halten.“

„Man wird von Ihnen nicht verlangen, daß Sie über Nacht liquidieren“, entgegnete Harker, „außer vielleicht bestimmte Teile, die ich erwähnte. Man wird Ihnen Zeit lassen, Ihre Holdings abzustoßen. Ich schlage dafür vor, Sie investieren weiter in den Wasserwerken. Natürlich erscheint es möglich, daß der Kongreß persönliche Einkommen und Vermögen gesetzlich belastet. Aber für Sie läuft ja vieles als Geschäftsausgaben.“

„Zweifellos.“ Bell strich seinen Bart. „Sie würden aber besser mit kleinen Leuten, Arbeitern und Alltagsmenschen sprechen. Die Trojaner sind ein bißchen grob, und das heißt, daß man ringsumher um das Überleben zu kämpfen hat, nur hier nicht. Ich sage, Erholung, Dampfablassen und Laster und Frivolität, wenn Sie so wollen, sind die Notwendigkeiten des Lebens hier.“

„Ich sprach doch von einem bekömmlichen Band-Unterhaltungsprogramm.“

„Ich überlege mir folgendes: Wenn ein Mann oder eine Frau so viel Mut hat und hier für eine bessere Zukunft schuftet – wird dann ein ‚bekömmliches Unterhaltungsband‘ von der Erde, das schon längst in die Mottenkiste gehört, deren Freizeit ausfüllen? Da sehe ich eine ganze Menge Ärger voraus.“

„Ich mache ja die Politik nicht“, sagte Harker.

Avis konnte sich nicht mehr zurückhalten. „Aber Sie können doch wenigstens zuhören!“ rief sie. „Sie können nach Hause gehen und denen dort die Wahrheit sagen. Was ist mit unserer ökologischen Forschung zum Beispiel? Ist denn die gar nichts wert?“

„Verzeihung?“ fragte Harker.

Avis konnte im Moment nicht sprechen, weil sie zu heftig atmete, denn sie sah ihr ganzes Universum in sich zusammenfallen. *Was wird aus Don werden? Er kann nicht in einem Büro sitzen und mit blöden Nummern herumspielen, egal, was die gekostet haben. Er ist ein Kriegsroß, kein Pfluggaul. Was unsere Ehe rettete, was vor allem ihn rettete, was noch viel wichtiger ist, war dies, daß wir Glanz, Glitzer und Fröhlichkeit als richtige Firma aufzogen, so daß er das Gefühl haben konnte, er wird immer gebraucht. Oh, Gott, der du mit der Welt Würfel spielst, hilf uns!*

Aber ihr Mann blieb so kühl, als sitze er an einem Spieltisch mit einem kaputten Flush in der Hand. „Eine Nebensache, aber sehr interessant. Ich wollte Ihnen die Anlage morgen zeigen. Vor einiger Zeit haben mich einige Wissenschaftler dazu überredet, und ich bin sehr froh, daß sie's taten. Die Idee ist die, daß wir über die selbsterhaltenden Ökologien wie Erde und dergleichen theoretisieren. Aber die Erde ist viel zu groß. Wir können Luft und dergleichen in Raumschiffen und Kuppelstützpunkten aufbereiten, wir können mit biologischen Abfällen als Dünger Pflanzen kultivieren, aber es geht ja nicht alles Material zurück in die Aufbereitung. Spurenprodukte wie Azeton häufen sich an, langsam zwar, aber ständig. Oh, und Dinge wie abgeschnittene Fingernägel, Hautschuppen, holzige Pflanzenteile – kommen Sie mit? Die Erde ist doch ein ganzer Planet. Sie kann all diese Abfälle aufnehmen und sie vielleicht in Jahrhunderten aufbrechen und abbauen. Das kann ein Schiff nicht. Bis jetzt kann es auch kein terrageformter Asteroid. Der Reinigungsjob muß künstlich vollendet werden."

„Und?"

„Solange ich diese Gärten und Pflanzungen und dergleichen baue und erhalte, können die Wissenschaftler auch experimentieren. Wie ist die Mindestgröße für ein völlig ausgewogenes Biosystem? Das könnte auch für die Erde nützlich werden, wie in Kolonien etwa auf dem Meeresboden, wenn wir die Antwort finden."

Harker schüttelte den Kopf. „Es tut mir leid, aber ich kann Ihnen gleich sagen, Mr. Bell, daß dieses Argument nicht zieht. Wird das fragliche Problem sehr dringend, kann die Regierung die ganzen Forschungen durchführen. Wir brauchen unsere Raumhilfsmittel jetzt! Und das Eis von Odysseus wird eine riesige Hilfe bei deren Entwicklung sein. Wir müssen die Produktion wesentlich steigern."

„Meinen Sie damit, daß alles andere aufzugeben ist?"

flüsterte Avis. „Jeder Grashalm, jede Blume, jeder Wald, den wir gepflanzt haben, wohin Sie gehen können, wenn Sie allein sein wollen im Grünen – sollen wir nichts haben als diese häßlichen Industriegebäude?“

„Sie übertreiben.“

„Nein. Ich übertreibe nicht. Ich komme selbst von der Erde, und ich war dort auf Besuch. Sie sind auf dem Weg zu dieser Hölle schon sehr weit gekommen. Müssen Sie uns nun unbedingt mitziehen?“

„Unser Gast ...“, versuchte Bell sie zu unterbrechen.

Sie konnte nicht anders, es barst aus ihr heraus: „Warum haben uns die Asteriten nur nicht in ihre Republik aufgenommen?“

„Beide Seiten einigten sich auf das, was sie bekommen konnten“, erinnerte Bell sie.

„Nur Odysseus. Sie hätten sich doch etwas anderes einhandeln können. Einen Erzklumpen für Odysseus. Alle Beteiligten wären viel glücklicher.“

„Entschuldigen Sie meine Frau“, bat Bell. „Sie regt sich zu sehr auf.“

Erstaunlich war, daß er lächelte. „Ich verstehe. Es bedarf keiner Entschuldigung. Ich weiß zufällig, daß bei der Friedenskonferenz gerade dieser Vorschlag gemacht wurde.“

„Was?“ riefen beide Bells gleichzeitig.

„Kurz und informativ. Ich war als Sekretär dabei. Ich konnte der Sache nie recht auf den Grund gehen, weil, wie ein republikanischer Delegierter erklärte, daraus ernsthafte Schwierigkeiten hätten entstehen können.“

Avis lehnte sich verzweifelt zurück. Bell versuchte die Atmosphäre zu klären mit einer Diskussion über unpersönliche Dinge. „Fahren Sie doch fort“, bat er. „Es interessiert mich. Ich erinnere mich, das von der Konvention von Vesta aufgestellte Gesetz der Souveränität erklärte schon lange vor dem Krieg, daß der Besitz eines Raumkörpers der Nationalität zusteht, die dort zuerst landet oder bei Space Control Central einen Anspruch darauf anmeldet, falls es nicht zu anderen Vereinbarungen kommt wie etwa Verkauf.“

„Richtig“, bestätigte Harker. „Aber wie läßt sich ein Asteroid, einer von unzähligen Tausenden, identifizieren? Doch nur durch seine Umlaufbahn. Das tut das Gesetz. Und die Mitglieder der trojanischen Gruppe haben den gleichen Orbit. So ist man aus gesetzlichen Gründen übereingekommen, um Haarspalterdebatten zu vermeiden. Jede Seite wünschte ausdrücklich ein Ende aller Feindseligkeiten noch viel mehr als eine Enklave im Raum der anderen. So wird also ausdrücklich der Troja-Haufen in seiner Gesamtheit als ein einziger Körper betrachtet.“ Er lächelte. „Ich hoffe, wir Nordamerikaner können bei unseren Familienkabbeleien auch so vernünftig sein.“

Den Teufel können wir! hätte Avis am liebsten geschrien. *Dann nicht, wenn ein Angehöriger der Familie allen alles wegnehmen will!*

Ein paar Tage später, als die Kommission weitergereist war, fand im Haus auf dem Mount Ida eine neue Zusammenkunft statt. Die Teilnehmerzahl war größer, und so wurde sie in einem goldgetäfelten Konferenzraum abgehalten. Es waren nur Freunde da, und sie tranken Bier in riesigen Mengen. Es waren auch ausschließlich Leute, deren Arbeit und Wagemut Odysseus zum Leben erweckt hatte, und sie redeten in zornigen Worten. Auch ein Fluch kam hin und wieder vor, wenn auch ein milder, denn auch ein paar Frauen waren da, und die Asteriten-Kolonisten bevorzugten das altmodische Wort ‚Damen‘.

Und, überlegte Avis, die neben ihrem Mann saß, *sie kennen auch noch die Bedeutung des Wortes Demokratie. Oh, in den Staaten wird es auch noch verwendet; sie bedienen sich seiner, bis der letzte Rest dieser Bedeutung abgerieben ist. Aber zum Schluß bleibt der Kollektivismus, egal unter welchem Namen, übrig. Jemand schafft sich damit eine Karriere, daß er von den anderen besser weiß, was ihnen gut tut, als die es selbst wissen. Wie kann er einen da im Herzen oder in seinem Benehmen respektieren?*

Jack Herbert saß an dem langen Tisch so stolz wie Reuben Roth oder David Pirelli. Vielleicht hatten die beiden mehr Geld als er, und Pirelli war sogar der Bürgermeister wie auch der größte Aktionär der H_2Odysseus Corporation, aber ohne sein Geschick wären sie doch nicht zurechtgekommen. Alle wußten das. Herbert war kein Sprecher der „Arbeiter", Richard Buytenstuyl keiner für die „Technologen" oder Farmer Pete Xenopoulos für die „Bauern". Bell hatte sie gebeten, die Meinung ihrer Kollegen zu erfragen, aber sein Grund für ihre Anwesenheit war doch in erster Linie der, daß er von ihrer Urteilskraft sehr viel hielt.

„Natürlich hat diese Konferenz keinen offiziellen Charakter", erklärte Pirelli. „Ich glaube sogar, wir würden besser diese ganze Sache vertraulich behandeln und nur sagen, wir hatten eine Party."

„Eher eine Totenwache", bemerkte Herbert.

„Vielleicht nicht." Pirelli wandte sich an Bell. „Don, willst du die Sache übernehmen?" er setzte sich.

Bell stand auf. „Die Idee ist die, daß wir die Erfahrungen unserer verschiedenen Begegnungen mit den Föderierten vergleichen und was wir glauben, wie sich diese Sache voraussichtlich entwickelt, wie die Leute darüber denken, was wir tun könnten. Mit dem Chef, James Harker, habe ich mich sogar ein wenig ... angefreundet. Pete, schau nicht gar so schockiert drein. Er ist kein übler Bursche, nur ein Mann, der seine Pflicht so tut, wie er sie sieht, und vielleicht hat er sogar vom Standpunkt des Mutterlands aus recht. Das Problem ist offensichtlich dieses: Unser Mutterland ist dieser Asteroid, nicht ein Kontinent, den viele von uns überhaupt nie gesehen haben.

Er warnte mich jedoch mehrfach, daß eine Umgruppierung hier unvermeidlich ist. Die neue Regierung muß sehr schnell etwas vorweisen, und es wird ihnen nützen, wenn sie Odysseus bis an die Grenze des Möglichen ausbeuten. Sie brauchen unser Wasser, um es zu Projekten sonstwo im Raum zu transportieren, für Minenzwecke in erster Linie; nicht zum Entwickeln und Erhalten, sondern nur zum Ausgraben und Wegbringen. Was sie von dem Wasser nicht selbst verbrauchen, verkaufen sie weiter oder tauschen es gegen Valuta ein. Unsere kleine Welt wird also zu einem unfruchtbaren Felsen werden. Nur der Wasserüberfluß ermöglichte es uns, das üppige Grün zu schaffen und zu erhalten, das wir haben.

Ich sage nicht, dies sei unbedingt schlecht. Wir sind auch Nordamerikaner und haben staatsbürgerliche Verpflichtungen. Mein Lieblingsgeschäft wird eingestellt werden, und ich werde daran verlieren, doch mich zerbricht das nicht. Die Wasserwerke werden noch jahrelang Hochkonjunktur haben. Die meisten Odysseer können dicke Gehälter oder Profite erwarten.

Harker drängte mich, und durch mich uns alle, diese Veränderung sofort zu planen und sie freiwillig vorzunehmen. Es wird ungefähr ein Jahr dauern, bis die parlamentarische Voraussetzung geschaffen und die Verwaltungsmaschinerie aufgestellt werden kann. Wenn wir den Fall bis zum Obersten Gerichtshof durchkämpfen und uns nach einem verlorenen Prozeß dahinschleppen, können wir die

Sache noch etwa fünf Jahre hinausschieben, aber am Ende wären wir doch gezwungen, den Forderungen zu entsprechen, vielleicht sogar über Zwangsmaßnahmen, und dann würde man uns unpatriotische Reaktionäre nennen, die kein Mitgefühl haben und keine Zugeständnisse machen können, und viele von uns müßten ihren Besitz losschlagen für ein Zehntel seines Wertes. Andererseits könnten wir, falls wir mittun und die Initiative ergreifen, sogar gewinnen. Wenn ich mich nicht übereilen muß, kann ich in der Republik einen angemessenen Preis für meine Dingdong-Einrichtungen bekommen. Ich könnte mein Land an die Wasserwerke verkaufen und weitere Anteile erwerben. Jeder von euch weiß selbst, wie er sich in seinem besonderen Fall aus der Affäre ziehen kann."

„Nein, du kannst es nicht!" rief Avis neben ihm. „Oder bringt es ein Mann fertig, sich selbst auszuplündern?"

„Bitte, Liebling", flüsterte ihr Bell zu, und Jack Herbert wurde rot.

„Nein, ich könnte es nicht", sagte Bell zu den anderen. „Ich würde verkaufen, aber ich würde auch zur Republik überwechseln. Vielleicht bin ich für einen neuen Anfang schon ein bißchen alt, aber so alt bin ich auch noch nicht, als daß ich einfach dasitzen und das hinnehmen könnte, was sie vorhaben. Aber das war jetzt meine ganz persönliche Ansicht. Ich habe mein Sprüchlein aufgesagt, jetzt sind andere an der Reihe."

Länger als eine Stunde wurde heftig debattiert. Ausnahmslos alle fühlten sich in ihrer persönlichen Würde gekränkt. Pirelli, der am meisten verdienen würde, erklärte: „Wenn ich filzig reich werden will, und das will ich, dann kann ich mich umstellen. Es gibt eine Menge luftloser Felsen, auf denen Metalle zu finden sind. Odysseus ist meine Heimat. Ich will verdammt sein, wenn ich meine

Heimat erst in ein Armenhaus und dann in einen ausgedörrten Leichnam verwandeln würde."

Herbert: „Ihr solltet uns gehört haben; mindestens hundert waren wir, und wir haben uns heiser geschrien über diese Erdenratte, die in Agate Hall zu uns gesprochen hat. Er plapperte über Jobs und Gehälter, und als wir ihn fragten, wo wir die Gehälter ausgeben sollten, quasselte er etwas über Verbrauchsgüter. Oh, Judas, als ob wir nicht wüßten, wie es im Raum zugeht! Wir versuchten ihm zu sagen: hier haben wir eine schöne kleine Welt. Ob er denn schon anderswo gewesen sei, wo man nicht das Geld habe für eine Terraformierung? Ob er sich vorstellen könne, immer nur in einem Schiff, einem Raumanzug, in einer Kuppel zu leben, immer, und der Tod ist nur ein paar Zentimeter weiter draußen, bei Dunkelheit und nacktem Stein? Er quakte etwas vom Spiel und von anderen Lastern, und einer fragte ihn dann, was ein Bursche, der monatelang draußen in der Raumschwärze war, denn tun wolle. ‚Gesunden Sport treiben und saubere Unterhaltung suchen', hat er da geantwortet, aber er wurde von der Plattform gebuht." Er schluckte heftig. „Entschuldigung, ich ließ mich hinreißen. Mr. Bell, Sie können nicht gehen mit all dem Spaß, den Sie uns besorgen, mit all dem Grünzeug, aber wenn Sie gehen, dann geh' ich auch, und ich kenn eine Menge Burschen, die mitkommen."

„Vielleicht bin ich voreingenommen", antwortete Bell, „aber ich meine auch, diese Aktion könnte die Gans töten, die goldene Eier legt. Es ist ja nicht so, als seien wir direkt mitten im Gürtel mit vielen guten Plätzen in Reichweite. Ohne Dingdong oder etwas dergleichen kann, glaube ich, im amerikanischen Troja-Haufen keine Arbeitskraft herangeholt werden, oder nur zu ungeheuer hohen Löhnen." Er seufzte. „Was können wir tun?"

„Es ihnen sagen", drängte Xenopoulos. „Schick Männer nach Washington. Organisiere eine Lobby."

„Ich fürchte, so einfach ist das nicht." Bell zündete sich eine Zigarette an und winkte dem Butler, er solle frisches Bier bringen. „Die Leute glauben nicht den Tatsachen, sondern das, was sie gerne glauben wollen, bis schließlich die Tatsachen die Geduld verlieren und mit einer Katastrophe zuschlagen. Ich habe meinen Finger nicht am Puls des Staates, aber von Zeit zu Zeit war ich dort, ich habe Freunde dort, wir korrespondieren, ich lese viel. Die Flut eines puritanischen Kollektivismus wird von Jahr zu Jahr höher. Wenn wir nicht mittun, sind wir die unpatriotischen Taugenichtse, die bestraft werden müssen."

„Zum Teufel! Wir und unpatriotisch!" explodierte Buytenstuyl. „Ich hab' im Krieg meine Pflicht getan, aber ein Land, das mir überhaupt kein Recht mehr zuspricht, kann nicht mehr länger mein Vaterland sein."

Auf seine schulmeisterliche Art sagte Roth: „Eine Gruppe aus entterritorialisierten Technikern und Politikern, die aus einer Gesellschaft von mobilen, auswechselbaren und praktisch nicht unterscheidbaren menschlichen Einheiten besteht, kann notwendigerweise nicht verstehen, daß die Loyalität eines Mannes mit einer wirklichen Heimat dieser gehört."

„Und welche Hoffnung bleibt uns noch?" flehte Xenopoulos.

„Ich sage euch was." Buytenstuyl lehnte sich über den Tisch. „Sie reden von Demokratie, bis ich das Wort nicht mehr hören kann. Okay. Sollen sie ihre Demokratie haben. Wir wollen abstimmen. Ich wette zehn zu eins, daß mindestens drei Viertel der Odysseer lieber zur Republik wollen, haben sie erst einmal erfahren, was Washington mit ihnen vorhat."

Pirelli war dagegen. „Hat doch keinen Sinn, Dick. Ich würde sogar mit einem höheren Prozentsatz rechnen, aber auch hundert Prozent wären zu wenig." Er hob eine Hand. „Nein, nichts sagen. Ein Abfall brächte unnötiges Blutvergießen mit sich. Eine einzige Flotteneinheit könnte es beenden, aber die Republik würde nicht helfen. Odysseus ist wertvoll, jawohl, aber durch den Friedensvertrag sind wir amerikanisch, und für keinen ist es wertvoll genug, darüber einen Krieg zu beginnen."

Avis kämpfte gegen Tränen. „Hat sich noch keiner von euch gewünscht, keiner von den gewöhnlichen Leuten, die nichts wollen, als in Frieden ihren Garten bestellen, hat sich n-noch keiner gew-wünscht, er k-könnte sich einfach w-wegstehlen, aber m-mit unseren Gärten, ganz h-heimlich bei Nacht, um uns irgendwo zu v-verstecken, wo kein Politiker, kein General, kein Beamter und kein Mob uns f-finden kann? W-was sollten sie dann tun, w-wenn k-keiner mehr d-da ist, dessen L-leben sie verpfuschen können?"

„Man brauchte trotzdem eine Regierung, eine Verteidigung, einen Zivildienst und alles, was du zurücklassen würdest", sagte Pirelli erstaunlich sanft.

Bell umfaßte die Hand seiner Frau. „Sie hat da etwas", erklärte er. „Ich habe früher jede freie Minute gespielt, und ganz möchte ich dem Spiel auch jetzt nicht abschwören. Aber wenn für mich ein Spiel zu viel wird – nicht nur eine Pechsträhne, denn dafür habe ich zu viel sportlichen Instinkt, sondern wenn der Einsatz vernünftig hoch wird, oder ich habe das Gefühl, betrogen zu werden –, dann ziehe ich mich zurück und suche mir ein anderes Spiel, aber mein Geld nehme ich mit. Unser Problem heute ist das, daß sich jeder von uns einzeln zurückziehen kann, aber Odysseus ist eine so große Anlage, gefühlsmäßig noch mehr als finanziell, so daß es hart ist, zu sehen, wie wir ..."

Da entfiel die Zigarette seinen Fingern, und für eine volle Minute starrte er eine Vision an. Im Raum wurde es sehr still. *„Oder könnten wir vielleicht doch?"* flüsterte er.

Hunderte von Personen können nicht gemeinsam eine Verschwörung aufziehen. Die Statistik garantiert dafür, daß jemand aus dieser Zahl ein Verräter oder ein Plappermaul sein wird. In der folgenden Zeit fühlte sich Avis gehetzt von der Befürchtung, einer von den etwa zwanzig, die Bell und seine Freunde ausgewählt hatten, könnte sie betrügen. Es wurde immer schwieriger, das Alltagsleben weiterzumachen. Nach einiger Zeit schluckte sie mehr Beruhigungspillen, als sie zu zählen wagte.

Bell blieb unbesorgt, wie es einem Spieler zukommt. „Wir brauchen keine Angst zu haben, entdeckt zu werden", versicherte er ihr. „Es gibt ja kaum etwas zu entdekken. Darum geht es ja."

„Unsere Gruppe hat Geheimbesprechungen, nicht nur mit Amerikanern, sondern auch mit Vertretern der Republik, einer fremden Macht."

„Nun, Vertraulichkeit ist bis jetzt noch nicht verboten."

Sie machte Fäuste. „Don, ich habe im Gesetz nachgelesen. Verschwörung ist ein Verbrechen, selbst wenn es nur eine Verschwörung zu einem Delikt ist. Und wir planen doch, um ehrlich zu sein, einen Verrat."

„Wirklich? Eine hübsche Idee." Bell lachte leise. „Ich habe das schon mit einem sehr einflußreichen und gescheiten Anwalt aus unserer Kabale besprochen. Er meint, wir hätten gar nichts Ungesetzliches im Sinn. Verrat? Wir wollen keinen Krieg auf die Vereinigten Staaten von Nordamerika herabbeschwören, und sie haben Frieden mit der Republik. Wir bieten keinem Feind Trost und Hilfe. Diebstahl? Keinem Menschen wird etwas weggenommen. Vergiß nicht, die Konvention von Vesta ist als Vertrag eines der obersten Landesgesetze, und man könnte, wenn es darum geht, jede unserer Handlungen als streng gesetzlich bezeichnen." Er tätschelte ihre Schulter. „Ich rechne ja gar nicht damit, daß diese Sache je vor ein Strafgericht kommt. Vor ein internationales Tribunal schon eher. Und wäre das nicht ein riesiges Hurra?"

„Aber wenn sie unsere Absichten herausfinden ..."

Bell zuckte die Schultern. „Wird nicht leicht zu beweisen sein, daß wir andere Absichten als die angekündigten haben. Sollte jemand in unserem Projekt gewisse andere Möglichkeiten sehen und Maßnahmen ergreifen, dann haben wir eben unsere Wette verloren."

Alles verloren, dachte Avis.

Sie straffte sich. *Meine Pflicht ist es, meines Mannes Partnerin zu sein, nicht seine Last,* sagte sie zu sich selbst, lächelte und strich ihrem Mann über die Wange. „Klar, mein Herzblatt", sagte sie zu ihm. „Ich bin nur eine alte Schwarzseherin. Was möchtest du heute zum Dinner?"

Nachher nahm sie noch eine Beruhigungspille.

Aber das Übliche nützt sich noch mehr ab als Jugend und Tagträume, höhlt aber auch die Angst aus. Man kann nicht endlos lange hochgespannt sein, wenn man auf die Kinder aufpassen und den Haushalt besorgen muß, Gäste zu empfangen und Listen vorzubereiten hat für Dinge, die von außerhalb des Planetoiden besorgt werden müssen, wenn man sich mit Rechnungen herumschlägt, in zivilen Wohlfahrtseinrichtungen Wache halten und den Bridgeklub besuchen muß, oder ein Mutantenunkraut entdeckt, das Attila im Blumenbeet spielt, wenn man sich Sorgen macht um den wilden Freund der älteren Tochter, wenn man Farben harmonisch zusammenzustellen hat, lesen, essen, trinken, lieben, schlafen soll ... und nichts geschieht.

Die Magnaten von Odysseus waren sich über den Plan

einig und unterschrieben die Eingabe. Der Vizegouverneur von Hektor gab seine Genehmigung und schickte sie mit einer positiven Empfehlung an die Erde weiter. Er gehörte zu den wenigen, die von der wahren Absicht unterrichtet waren. Er hatte sie akzeptiert, denn er machte sich Sorgen um seine anderen Asteroiden, falls man ihnen ihre Freizeiteinrichtungen striche. Nachdem die Kommission ihre Sitzungen abgehalten hatte und viel Papierkrieg geführt worden war, hieß Washington den Vorschlag gut. James Harker schrieb an die Odysseer einen offenen Brief und sagte ihnen, wie erfreut er sei über ihre konstruktive Haltung.

Die durchschnittlichen Odysseer beklagten sich jedoch bitter, und wenige wanderten aus. Aber man konnte sie nicht in das Geheimnis einweihen.

Es wurde lediglich angekündigt:

„Es ist lebenswichtig für uns, unsere Eisminen zur vollen Leistungsfähigkeit zu entwickeln. Die Regierung verfolgt Pläne, die riesiger Wassermengen bedürfen. Es ist unsere Pflicht, bei dem mitzuhelfen, was unsere Regierung für das Beste hält. Ein Hauptfaktor für die zurückhaltende Ausbeutung unserer Minen war unsere trojanische Position. Da sie dynamisch stabil ist, brauchen Raumschiffe extra Antriebskraft, um diese Region zu verlassen. Die neuen Lastschiffe mit den Sonnensegeln können das nicht, da sie keinen Treibstoff haben. Sie sind aber das kommende Beförderungsmittel für unverderbliche Güter. Die einzige kreative Antwort auf dieses Dilemma ist es, Odysseus selbst zu verlagern.

Richtig, eine beträchtliche Menge des heimischen Wasserstoffs wird für die benötigte Fusionsenergie für dieses riesige Projekt erforderlich sein. Aber die Kostenanalyse zeigt, daß die Frachtraten, auf die Dauer gesehen, mehr als kompensiert werden; und inzwischen haben wir einen äußerst aufnahmefähigen Markt für Sauerstoff und andere Nebenprodukte.

Ja, der geplante Orbit wird Odysseus veranlassen, den Haufen zu verlassen. Aber das wird noch lange nicht geschehen. Eine so große Masse läßt sich nicht sehr schnell beschleunigen. Die Berechnungen zeigen, daß mehr als ein Erdenjahr erforderlich ist, um uns aus dem trojanischen Haufen hinauszumanövrieren. Danach werden weitere Manöver den Asteroiden zurückbringen in den gleichen Orbit wie Jupiter, aber führend mit ungefähr siebzig statt früher sechzig Grad. Damit ist Odysseus nicht zu weit von den alten Kameraden entfernt und kann leicht in einem Motorraumfahrzeug besucht werden. Die neue Umlaufbahn wird auch nicht wesentlich unstabil sein. Tausende von Jahren an Störungen werden nötig sein, um sie entscheidend zu verändern.

Es wird uns dann möglich sein, freie Sonnenenergie zum Transport unseres Wassers auf unsere Märkte zu verwenden. Die Allgemeinheit hat sich damit jenen Teil des Wassers gesichert, der sonst in die Treibstofftanks gegangen wäre.

Mit Rücksicht auf diese weitsichtige Zusammenarbeit mit der Regierung und auf die Tatsache, daß wir viele Arbeiter von außen heranholen müssen, sind die Behörden damit einverstanden, daß der Freizeitkomplex so lange weiterbetrieben werden kann, wie die Operationen zur Durchführung des Projekts andauern."

Das besänftigte eine ganze Anzahl von Trojanern wenigstens vorübergehend.

Der Alltag ging weiter. Nichts Übereiltes geschah. Dafür gab es nicht nur rein menschliche Gründe; der Umfang dieses Unternehmens war zu riesig. Es war eine alltägliche Sache, eine Schwerkraftmaschine auf einen Meteoriten zu setzen und ihn dorthin zu bringen, wo die Einrichtungen zum Abbau seines Erzes bestanden. Aber Odysseus war ungeheuer viel größer als ein solcher Meteorit, so daß nicht einmal die kümmerliche Terraformierung genug Hitze durch die Masse schickte, um den Eiskern abzutauen. Das Antriebssystem mußte von Grund auf geplant und ausprobiert werden. Allein damit war man mindestens ein Jahr beschäftigt. Die Zeit wäre noch viel länger gewesen, hätte man nicht die modernen Computer und die maßstäblichen Vergrößerungsmethoden gehabt. Aber Avis war der Meinung, jeder, der mit dem Finger auf ein solches Projekt zu zeigen vermochte, konnte es inzwischen tun.

Doch allmählich hörte sie auf, sich zu ängstigen. Es kamen immer mehr Touristen, die es nicht erwarten konnten, den Fortgang dieser aufsehenerregenden Konstruktion zu beobachten, und sie hatte mit Dingdong alle Hände voll zu tun. Sie selbst war fasziniert, wenn sie den Fortschritt bei den Antriebseinheiten sah, und sie hielt sie für sehr schön, als sie fertig waren.

Es war reiner Zufall, daß die Aktivierung mit dem vierten (terrestrischen) Jahrestag der entscheidenden, stürmischen Zusammenkunft in ihrem Haus zusammenfiel. Die damals Anwesenden standen heute unter den Würdenträgern, die das flaggengeschmückte Podium zierten. Sie sahen ebenso aufgeregt und glücklich drein wie alle anderen. Auch Avis war sehr gehobener Stimmung und drückte ihres Mannes Hand; ungeduldig wartete sie auf das Ende der Reden und Zeremonien. Sie wartete darauf, daß der Gouverneur den Schalter umlegte.

Er tat es auch.

Avis schaute über den Paradegrund und sah das Grasland scharf wegfallen, bis es dem pflaumendunklen Himmel begegnete. Links von ihr erhob sich ein Wäldchen, bei dessen Pflanzung sie selbst mitgeholfen hatte. Dessen Blätter raschelten nun in der sanften, kühlen Brise und fingen die winzige Sonne in einem Spiel von Licht und Schatten auf. Rechts von ihr schob sich ein zerklüfteter Zacken aus Urgestein über den Horizont. Sie blickte geradeaus. Die Gebäude, der Kontrollturm, die Pumpstationen und Lagertanks waren nicht so häßlich wie die zusammengestoppelten Hütten, die für die Minenbetriebe ausreichten, denn sie hatten die klaren Umrisse eines Raum- oder Schöpfschiffes, bei denen jede Kontur notwendig war. Allein hätten all diese Dinge in ihrer schlanken Zierlichkeit sehr hübsch und winzig ausgesehen; ihr Höhepunkt, den sie umgaben, war jedoch die atemberaubende Höhe eines riesigen Emett, dessen Antriebszylinder sie nicht sehen konnte, weil der Turmunterbau schon ungeheuer hoch in die Luft reichte.

Ein Rumpeln begann, leise, doch bis in die Knochen gehend. Kräfte, deren teilweises Ausströmen in die Atmosphäre nicht ganz verhindert werden konnte, griffen aus und begannen eine sanfte zyklonische Bewegung. Die Menschen nahmen sie nur als wisperndes Rippeln im Laub wahr, in einem leichten Wind im Haar, und alles schien zu singen: *Unterwegs nach draußen!*

Die Hochrufe waren fröhlich und laut, von der unwiderstehlichen Musik der Energie aber zu einem Flüstern reduziert. Es machte ja nichts aus. Tief eingebettete Fusionsgeneratoren verwandelten pro Sekunde fast ein Kilogramm Materie in Energie. Man hatte Proton-Metall-Reaktoren, die wohl weniger leistungsfähig waren, aber dafür die Rohstoffquellen des Asteroiden schonten. Gerade die Treibstoffmaschinerie gehörte zu den ehrgeizigsten Leistungen der Menschheit in ihrer ganzen Geschichte. Trotzdem war das kleine Odysseus so massiv, daß kein Instrument eine Veränderung auf seinem Pfad registriert hätte.

Noch nicht. Aber der Schub der Gyrogravitationskräfte würde weitergehen, immer weiter. Er war raffiniert abgestimmt mit den Anziehungskräften von Sonne und Planeten. In einem Erdenjahr mußte der Asteroid aus dem trojanischen Graben herauskommen. Danach war das Manövrieren leichter. Es dauerte auch dann noch einige Jahre, bis ein Zielorbit erreicht war, aber die Arbeit wäre dann getan, und getan hatte sie der Mensch.

Avis dachte plötzlich: *Egal, wie unsere privaten Pläne herauskommen. Etwas viel Größeres als wir wurde heute geboren.*

Bald legten sich die Geräusche und auch der Luftzug. Die Rotation hatte bewirkt, daß der Antrieb etwas zu weit von der gewünschten Richtung abwich. Er stellte sich automatisch ab. Ein anderer, irgendwo auf dem Äquator eingebaut, übernahm die Arbeit.

Die Zuschauer zerstreuten sich. Avis zog Donald Bell zur Seite. Hand in Hand gingen sie weg, fühlten sich wieder jung, bis sie im Wäldchen standen. Kühles, schattiges Grün, duftend und vor Leben wispernd, versteckte sie.

„Du weinst ja“, sagte er und zog sie an sich. „Was ist los?“

„Nichts. Nichts. Nur ...“ Sie verbarg ihr Gesicht an seiner Brust. Ein Teil von ihr bemerkte mit sinnlichem Vergnügen, wie kräftig und elastisch seine Muskeln noch waren. „Ich bin so glücklich.“

„Ich auch.“ Er hielt sie mit einem Arm fest, die andere Hand zauste ihr Haar. „Sieht ganz so aus, als könnten wir es schaffen.“

„Vielleicht. Ich hoffe es. Für dich, mein Schatz. Aber siehst du nicht, wir haben heute das erste Sternenschiff auf den Weg gebracht.“

„Hm?“ Er überlegte kurz. „Ja. Ich glaube, du hast

recht", sagte er, wenn auch mehr zu sich selbst. „Wir wissen jetzt, daß Odysseus größer als nötig ist für eine ausgewogene Ökologie. Und ein Riesenschiff hätte natürlich nicht annähernd soviel Masse. Es wäre innen hauptsächlich hohl. Wenn wir einen größeren Asteroiden in Bewegung setzen können, darauf eine Weile leben, den üblichen Verkehr aufnehmen und abgeben, dann können wir das noch sehr viel besser mit einem Schiff machen ..." Die Sonne ging unter. Er schaute am Laubwerk vorbei in den Himmel. „Unsere Enkelkinder könnten vielleicht gehen ..."

„Und du, Don, hattest zuerst diesen Gedanken."

„Ich?" Sein Lachen vibrierte durch ihren Körper. „Tut mir leid. Du weißt verdammt genau, daß ich an etwas so Ausgefallenes nicht dachte. Mein wirkliches Projekt ist noch gar nicht fertig."

Das war es, als Odysseus endgültig den Troja-Haufen verlassen hatte. An einem vorbestimmten Tag landete ein Schiff der Asteroiden-Republik. Andere gingen in eine Umlaufbahn, und auch Kriegsschiffe waren darunter. Inzwischen meldete ein Vertreter auf der Erde einen Anspruch an.

Diplomaten in allen Ländern standen bereit. Noten waren für sie zur Überreichung vorbereitet worden, Ansprachen hatte man entworfen und Handelsvorschläge warteten schon sehr lange. Nordamerika war wie betäubt, zögerte und hatte auch schon verloren. Hätte es nämlich ernstlich mit Krieg gedroht, hätten sich die Asteriten zurückgezogen. So trompeteten sie hinaus, daß sie sich gegen jede „Aggression" zur Wehr setzen würden, aber bereit seien, den Fall vor den Weltgerichtshof zu bringen.

Dort blieben sie, vollkommen wahrheitsgetreu, dabei,

(a) daß die Souveränität über einen Asteroiden bestimmt werde von der ersten Landung und dem angemeldeten Anspruch; (b) daß Asteroiden gesetzlich nach ihren Orbitalelementen bestimmt werden; (c) daß Mitglieder einer trojanischen Gruppe zum Zweck dieser Bestimmung zusammengefaßt worden waren; (d) daß Odysseus keine trojanische Umlaufbahn mehr habe; (e) daß kein Nordamerikaner einen frischen Anspruch mehr angemeldet habe. Damit dies nicht als Spitzfindigkeit gewertet werde (wenn dieses Wort auch nicht unbedingt unehrenhafte Absichten voraussetzt), wies der Sprecher der Asteriten auf das Ergebnis einer von neutraler Seite überwachten Abstimmung hin. Sie ergebe eine überwältigende Mehrheit von Odysseern, die es vorzögen, sich der Republik anzuschließen.

Drei Jahre dauerte das Geraufe und das Verhandeln. Mittlerweile hatte die Republik voll Besitz ergriffen. Gesellschaftlich-soziale Veränderungen fanden statt. Sie konnten nicht so leicht rückgängig gemacht werden. Die Gespräche hinter der Bühne verliefen verbindlicher als die in der Öffentlichkeit, und die Verhandler der Asteriten schlugen vor, die Amerikaner mögen sich doch an die Geschichte von Regionen erinnern, die in der Vergangenheit „vorübergehend“ von Kommunisten oder Israelis im zwanzigsten, von Engländern oder Amerikanern im neunzehnten Jahrhundert besetzt waren. Wäre es nicht rundum besser, ein *fait accompli,* verbunden mit vorteilhaften Handelsabkommen, zu akzeptieren?

Am Ende behielten die Asteriten recht. Natürlich war ihre freiheitlich eingestellte Regierung entzückt, Dingdong Enterprises auf ihrem fröhlichen Weg weitergehen zu lassen.

Der Unterzeichnung des Vertrages folgte ein großartiges

Bankett auf Odysseus. Nach den vielen Gängen, den Toasts, den nicht endenwollenden Reden zogen sich verschiedene Teilnehmer ins Haus am Mount Ida zu einer intimen Feier zurück. Einmal zog der Präsident der Republik Donald Bell zur Seite. „Würden Sie mir etwas verraten?“ fragte er.

„Vielleicht.“ Bells Blick war freundlich, aber wachsam.

„Sie wissen, ich bin neu gewählt. Die ganze Regierung ist neu. Wie konnten Sie, da Sie ja über Dekaden planen mußten, so sicher sein, daß wir einem geheimen Übereinkommen zwischen Ihnen und unseren Vorgängern folgen würden?“

„Sir, die Wahrscheinlichkeiten sprachen dafür. Der Charakter der Asteriten läßt vermuten, daß jede Gruppe, egal welcher Clique sie sonst angehören mag, rasch und kühn nach jedem sich bietenden Vorteil greift, und das ist die Souveränität über Odysseus jedenfalls.“ Bell lachte breit. „Natürlich gab es Risiken, aber meine Freunde und ich gingen sie ein. Im alten Land entmutigen sie die Habgier; die Wette, daß sie weniger schnell ein Doppelspiel ahnen würden als die Menschen hier draußen, stand für uns gut. Sonst hätte ich einen solchen Kraftakt bei der Republik nicht ausprobiert.“

„Hoffentlich nicht!“ Der andere runzelte die Brauen. „Trotzdem ... Ich kann nicht gerade behaupten, daß mir diese Philosophie gefällt. Ich meine, sicher hat ein Mensch noch viel wichtigere Triebe als ... als ... Begehrlichkeit, verdammt noch mal!“

„Sir, darüber möchte ich weder so noch anders streiten. Wenn Sie mich jetzt entschuldigen würden ...“ Bell zog sich vom Präsidenten zurück und fand seinen Weg durch die Gäste. Das Orchester stimmte gerade einen Tanz an, und er wollte Avis finden.

Zwischenspiel 4

„Na, schön“, sagt Lindgren. „Immer schon habe ich ein heimliches Einvernehmen zwischen unserer Regierung und den obersten Odysseern vermutet, aber nun ist es zum erstenmal auch zugegeben worden.“

„Warum hätten sie's auch nicht zugeben sollen?“ frage ich. „Mindestens nachdem sie sichere Bürger der Republik waren.“

„Könnte doch ein bißchen schwierig für sie sein, die nordamerikanischen Staaten zu besuchen oder sogar mit ihnen Geschäfte zu machen“, meint McVeagh.

„Und Regierungen geben kaum jemals zu, daß sie Schurken sind“, bemerkt Dworczyk. „Eine revolutionäre Regierung könnte die, die sie hinauswarf, der schlimmsten Dinge bezichtigen, aber eine, die legitim nachfolgte, kann das nicht tun. Tut sie's doch, dann muß sie entweder zugeben, daß sie die Früchte ihres schlechten Benehmens genießt, oder sie muß diese zurückgeben.“

„Ich wüßte von keinem Revolutionsregime, das je etwas zurückgab, das es vorher verschlungen hat“, wendet McVeagh ein. „Ganz im Gegenteil. Sie neigen eher dazu, sich von anderer Leute Eigentum einen gewaltigen Happen abzubeißen.“

„Würdest du dies auch von der Asteroiden-Republik sagen?“ wirft Conchita ein.

„Nun, natürlich, wenigstens in ihren jungen und unbekümmerten Tagen. Als Beweis der Fall Odysseus.“

Conchita hat darauf keine Antwort und begnügt sich mit

einem leichten Schniefen. Echevaray spricht ein wenig abseits mit Missy. „Darf ich mir die Frage erlauben, wer dir diese Geschichte erzählt hat?"

„Oh, Avis Bell", antwortet sie, und er schaut sie erstaunt an. Sie lacht. „Wenig später sind wir einander wieder begegnet, als das *Schwert* seine Operationen auf ihre Welt ausdehnte. Es dauerte nicht lange, dann waren unsere Familien die besten Freunde." Sie geht einen Augenblick weg von uns, weit zurück in eine andere Zeit. Ich habe gute Ohren und höre sie daher flüstern: „Sie war ein liebes Wesen, diese Avis, genau wie unsere Männer ..." Ich wollte, ich hätte es nicht gehört.

Es ist eine Erleichterung, als Amspaugh sich gründlich räuspert. „Wir beschäftigen uns aber doch wieder besser mit unserer Aufgabe", schlägt er vor. „Ich glaube nicht, daß wir deinen Bericht in unseren offiziellen Geschichtsunterricht aufnehmen sollten, Missy."

Sie kommt zurück. „Nein, nein."

„Warum nicht?" will McVeagh wissen. „Hast du Angst, du könntest damit die Moral der Jungen verderben?"

„Ja, aber nicht so, wie du dir das vorstellst, Colin", sagt Lindgren. „Das ist doch Hörensagen und keine Dokumentation. Wir müssen uns an einen gewissen wissenschaftlichen Standard halten, denn der ist ein Grundstein des Wissens und der Technologie."

Ich werfe ein: „Ein Grundstein mit fliegenden Fahnen?" Mich kitzelt ein Lachen.

„Wir scheinen uns am Rand eines Übereinkommens zu bewegen", meint Orloff. „Keine Heuchelei in unseren Lehrbüchern; nur die reine Wahrheit, soweit wir sie erkennen und beschreiben können. Wir überlegen noch immer, wieviel von der ganzen Wahrheit aufgenommen werden sollte."

„Entschuldigt mich“, wirft Conchita ein, „ich halte natürlich nichts von frommen Betrügereien. Aber die Wahrheit ist mehr als Begehrlichkeit und Pfusch und das Gesetz des geringsten Widerstandes. Sie ist auch Hoffnung, Träume, Streben und Abenteuer.“ Sie beschreibt mit der Hand einen weiten Bogen, der die Konstellationen umfaßt, denen wir entgegeneilen. Ihre Augen glänzen wie die Sterne. „Das sind wir, hier und jetzt, lebendig – später ist es die menschliche Rasse, die in das Universum vorstößt!“

„Würde einer von uns das leugnen, hätte er nicht unterschrieben“, erwidert Orloff ruhig. „Aber darum geht es ja gar nicht. Ich sprach von einem notwendigen Vorspiel für eine neue Ebene der Revolution und der Forderung, daß wir erkennen müssen, was es war und wie es sich auf spätere Ereignisse auswirkt. Der Mensch ist nicht weniger Mensch, weil er vom Affen abstammt. Aber er kann sich nie selbst verstehen, wenn er nicht seine Vorfahren akzeptiert. Und er kann sich auch der Naturgesetze nicht bedienen, ehe er sie entdeckt und zugibt, daß er an sie gebunden ist.“

„Was hat das mit unserem Thema zu tun?“

„Das hat es, meine liebe junge Dame. Die Gesetze der historischen Entwicklung sind gleichzeitig auch Naturgesetze. Bis zum neunzehnten Jahrhundert hat kein Mensch ernstlich an eine Raumfahrt gedacht, denn erst dann wurde die Möglichkeit offensichtlich. Es konnte auch gar nichts getan werden, weil die nötige Technologie und das Geld fehlten. Als man dies hatte, war auch der Wille da, Technologie und Reichtum so einzusetzen, daß die Planeten erreicht werden konnten. Die Möglichkeit dazu mußte aber vor dem Willen kommen. Ich denke, das sollten wir den Kindern klarmachen, daß die Gesellschaft Schritt für Schritt ihren Ehrgeiz schafft und verwirklicht.“

„Ganz bin ich da nicht einer Meinung mit dir", erklärt Amspaugh. „Zugegeben, ein Staat, in unserem Fall die Republik, konnte ein so riesiges Projekt wie das Sternenschiff gar nicht beginnen, ehe er dazu in der Lage war. Das ist eine Tautologie. Aber was machte die Republik dazu fähig? Was verbesserte die Technologie und schuf den Reichtum? Woher kamen Arbeit, Forschung und Entwicklung? Nicht Visionäre konnten das alles tun, keine vage, vergöttlichte Gesellschaft. Dies alles war das Ergebnis der Arbeit vieler Einzelpersonen, in der Regel gar nicht besonders bemerkenswerter, die sich den harten Notwendigkeiten ihres Alltagslebens stellten und dieses Leben lebenswert machten. Mit diesem Prozeß konnten sie gar nicht anders als die Republik groß machen."

Lindgren rutscht auf seinem Sitz herum. „Freunde", sagt er, „mir scheint, ihr seht den Wald vor lauter Bäumen nicht. Conchita meint, die Zivilisation geht von hier nach dort, weil ein paar kühne, einfallsreiche Führer die Ziele übertrieben haben. Ivan denkt, und das führe ich auf seinen russischen Hintergrund zurück, die Ziele würden uns mehr oder weniger automatisch zufliegen, wenn wir unsere Fähigkeiten steigern. Und unser verehrter Präsident", er nickt scherzhaft Amspaugh zu, „denkt, von seinem kapitalistischen Hintergrund ausgehend, Fähigkeiten und Ziele seien gleichermaßen das Ergebnis dessen, was furchtlos arbeitende Individualisten aus ihrer persönlichen Bestimmung machen. Man könnte dies auch die Markttheorie des Fortschritts nennen."

„Und wie ist dann deine Meinung?" will McVeagh wissen.

Lindgren schüttelt den Kopf. „Ich habe keine Theorie. Ich bin ja nur ein alter Felsrabe, der ins Geschäft ging. Vielleicht lese ich nur meine begrenzte Lebenserfahrung in das hinein, was ich an Geschichte studiert habe. Aber mir scheint, daß die Dinge einfach geschehen. Allgemeine Regeln kann ich da nicht entdecken. Das gilt auch für dich, Colin. Verdammt noch mal, es gab doch eine ganze Menge wichtiger Ereignisse und ganze Perioden, da Ideale mehr zählten als Habgier oder Angst; und die Idealisten waren nicht immer die Irrenden."

Er atmet tief aus. „Und zur großen Entwicklungszeit der Raumfahrt", fährt er fort. „Ich sah damals nichts Romantisches darin; Aufregung jede Menge, ganz sicher, aber keine strahlende Romantik, und ebenso wenig sehe ich rückschauend Automatik oder Meisterpläne. Wir sind eine wild zusammengewürfelte Gruppe unterschiedlichster Menschen, jeder schlägt seine eigene Richtung ein, die er meistens selbst nicht vorgesehen hat. Wären wir nicht so unterschiedliche Leute, so würde sich die Summe unserer Zuwendung an ein Ziel wesentlich von dem unterscheiden, als was sie sich erwies. Sehr wenige, wenn überhaupt jemand, hatten den Reichtum als einfaches Ziel. Sie waren nur hinter Brot und Butter her in der Hoffnung, es möge auch ein Klecks Marmelade drauf sein. Was sie darüber hinaus erwerben würden, war Glück. Oh, und was die harten Notwendigkeiten des Lebens angeht – klar, Joe! Du stellst dir doch sicher nicht vor, daß sie sich diese wünschten. Sie hatten nur keine Wahl, das ist alles."

Was gibst du mir, wenn wir uns wiedersehn?

K-B2.

Q-K7. „Schach“, sagte Roy Pearson.

Captain Elias Ben Judah fluchte nicht, weil dies gegen seine Grundsätze verstieß. Aber sein Kommentar war heftig genug. „Zweites elendes Schach nacheinander“, sagte er, als er den schwarzen König auf Kt3 schob.

„Und das dritte“, erklärte sein Operationsdirektor mit einem Kichern, das wie Pergamentrascheln klang. Die weiße Dame sprang in seiner künstlichen Hand auf Q8.

„Meinst du das auch wirklich?“ fragte Ben Judah erstaunt. Er war ein Mann mittlerer Größe, fünfzig Erdenjahre alt; seine Haare waren grau, die Augen braun und sanft in einem Gesicht, das ein wenig schlaff war vor Müdigkeit. Die blaue Uniform der Jupiter Company paßte ihm gut. Rang- und Dienstabzeichen und die Bänder früherer Auszeichnungen leuchteten unter der fluoreszierenden Decke seiner Kabine. Sie war viel gemütlicher als die meisten dieser Kabinen. Neben den üblichen Bildern von Frau und Kindern hatte er ein Bücherregal, keine Mikrospulen, sondern richtige, altmodische Bücher, weil es ihm Freude machte, Einbände und Schriftbilder zu studieren. In einer Ecke hatte er eine kleine Werkbank, auf der ein halb vollendetes Modell eines Segelschiffs stand.

Pearsons entstellte Züge verzogen sich zu einer Grimasse. „Ich tu’s“, schnappte er. „Willst du aufgeben?“ Er war klein und gebeugt, fünf Jahre jünger als der Kapitän, doch er sah zehn Jahre älter aus, nicht nur deshalb, weil ein ansehnlicher Teil von ihm Prothese war.

„Ganz bestimmt nicht." R X Q.

„Das dachte ich mir, weißt du", sagte Pearson. Sein Läufer rutschte über das Brett und vereinnahmte die schwarze Dame. „Schach – und matt."

Ben Judah studierte das Brett einen Augenblick lang, dann seufzte er. „Richtig. Gutes Spiel."

„Vor einigen Zügen hättest du mich haben können", sagte Pearson. „Als ..."

„Egal." Ben Judah stand auf und ging schwer unter dem inneren Gyrogravitationsfeld zu seinem Kleiderschrank. Dabei stopfte er sich eine alte Pfeife. „Ich fürchte, ich kann mich nicht auf Schach konzentrieren. Ständig denke ich über die Piloten nach."

Pearson musterte ihn aus zusammengekniffenen Augen. „Das solltest du nicht tun."

„Muß ich. Ich bin der Kapitän."

„Nicht in ihrem Fall. Da bin's ich."

„Du?" Ben Judah schwang sich gekränkt herum. Dies war sein erster Jupiter-Tauchflug, und er gab zu, daß er noch vieles nicht wußte. Aber ...

„Du bist der Kapitän des Mutterschiffs", sagte Pearson. „Aber jetzt sind wir im Orbit. Nur die Schöpfschiffe stehen unter Beschleunigung. Und deren Operationen überwache ich. Sie sind nach den Gesetzen der Republik meine Verantwortung. Du wirst noch entdecken, daß es etwas ganz anderes ist, für die Jupiter Company zu arbeiten, als interplanetare Handelsreisen zu machen."

Ben Judah entspannte sich. „Das brauchst du mir nicht zu erzählen", bemerkte er mit einem etwas zittrigen Lachen. „Alles im Asteroidengürtel, dem Belt, ist ganz anders. Ich beneide dich nicht, wenn du deine Wildkatzen unter Kontrolle haben willst.“ Er wurde wieder nüchtern. „Was mich stört – ich bin jetzt wirklich hier, und das ist keine Textbuchaufgabe mehr; ich *fühle,* um was es geht, und da überlege ich mir, ob ich überhaupt hätte kommen sollen, um immer wieder die Männer hinauszuschicken in ihren möglichen Tod, während wir hier sicher herumsitzen.“

„Es wird ihnen nichts befohlen“, erinnerte ihn Pearson. „Jeder Pilot kann sich vor jedem Flitzer weigern. Wenn er das natürlich öfter tut, wird er gefeuert. Wir können uns keinen Ballast leisten.“

„Ich weiß, ich weiß. Und doch, ihr Asteriten seid besessene Sparer.“ Der Kapitän hob eine Hand, um des Direktors Antwort abzuwehren. „Ich bin mir dessen bewußt, wie knapp ihr kalkulieren müßt. Aber in eurer Haltung liegt eine gewisse … Unbarmherzigkeit. Ihr scheint oft zu denken, eine Maschine sei wertvoller als ein Menschenleben.“

„Das ist es auch, wenn andere Menschenleben davon abhängen.“ Pearson musterte ihn. Er selbst war sehr introvertiert, und so kannte er den neuen Skipper noch nicht besonders gut. „Warum bist du überhaupt zum Belt gekommen?“

Ben Judah hob die Schultern. „Ich näherte mich dem Alter der Zwangspensionierung. Die Erde ist mir viel zu vollgestopft. Außerdem ist der Raum mein Geschäft, und da bin ich auch am liebsten. JupeCo bot mir ein gutes Gehalt an. Und das Heimschiff für meine Familie ist ein ausgemachter Luxus. Ich persönlich kann mich nicht beklagen. Aber manchmal kann ich nicht umhin, zu überlegen, ob ich meine Kinder als Asteriten aufwachsen lassen will.“

Er legte einen Schalter an seinem Schirm herum. Er wurde dunkel wie draußen der Raum, mit unzähligen frostigen Sternen und – Jupiter. Der Planet hing ungeheuer groß und nah vor ihm, bernsteinfarben mit vielfarbenen, zahlreichen Bändern, die teilweise von Stürmen überdeckt wurden, von denen jeder die Erde verschluckt hätte, und der Rote Punkt glühte wie eine Holzkohle. Ein Mond kam eben an diesem entsetzlichen Horizont in Sicht. Er sah safrangelb aus.

„Lebende Menschen, die in diesen Hexenkessel tauchen", sagte Ben Judah leise. Das Surren der Ventilatoren untermalte seine Worte, als wolle ihm das Schiff etwas erzählen.

„Und es ist doch nicht nötig. Diese Operationen könnten automatisiert werden."

„Damit müßte das in jedes Schöpfschiff hineingesteckte Kapital verdoppelt werden", sagte Pearson. „Und die Verlustrate würde um geschätzte fünfundzwanzig Prozent steigen. Zu viele unvorhergesehene Dinge können da unten schiefgehen. Ein Autopilot kann innerhalb seiner programmierten Grenzen funktionieren. Ein Mann kann viel mehr tun. Manchmal kann er sogar sein Schiff auch bei Schwierigkeiten zurückbringen."

„Manchmal." Ben Judahs Hände griffen automatisch nach seiner Pfeife. Er stopfte sie fertig, hielt einen Zünder an den Tabak und tat ein paar nervöse Züge.

„Wir haben mehr Bewerbungen qualifizierter Leute, als wir annehmen können", sagte Pearson. „Bezahlung. Prestige. Und die meisten tun die Arbeit ausgesprochen gern."

„Vielleicht habe ich deshalb Angst", sagte Ben Judah. In einem Winkel seines Geistes bemerkte er, daß sein Englisch, bisher Oxford mit Israel-Akzent, allmählich den Belt-Dialekt annahm. Die Bürger der jungen Asteroiden-Republik kamen aus den verschiedensten Nationen, aber die Nordamerikaner waren im Übergewicht und drückten allem ihren Stempel aus Sprache und Gewohnheiten auf. „Wenn meine Söhne erwachsen sind, könnten sie vielleicht auch eine solche Tätigkeit anstreben."

Masterpilot Thomas Hashimoto lenkte sein Schiff vom Mutterschiff weg mit der Geschicklichkeit, die von seiner jahrelangen Tätigkeit als Testpilot auf der Erde herrührte. Seine Handgriffe am Kontrollbrett tat er fast im Unterbewußtsein. Seine Aufmerksamkeit galt dem, was er vor sich sah.

Sein Herz klopfte. *Ich habe Angst,* versicherte er sich selbst. *Kann ich gar nicht. Und besser ist's, ich hab' keine. Das ist auch nicht gefährlicher als das, was ich zu Hause getan habe. Es ist nur so, daß ich alles dort machte.*

„Kurs klar", sagte die Radiostimme des Abfertigers. Statik knatterte. Keine Modulationstricks konnten die Interferenzen der elektrischen Stürme des Jupiter ausschalten. „Gute Arbeit, Tom."

„Roger", antwortete Hashimoto, mechanische Antwort auf ein rituelles Lebewohl. „Danke und Ende." Seine Augen hingen an den Instrumentennadeln, seine Finger hüpften über Schalter und Knöpfe. Der Computer klickte und murmelte. Sonst war es still im Cockpit, und er hörte den Puls seines Blutes laut in seinen Ohren. Er wurde sich seines Raumanzugs bewußt, der ihn in einem kräftigen Gummigriff hatte. Helm und Handschuhe hatte er noch nicht an, die kamen erst im Notfall daran. Seine Nüstern nahmen den Geruch des Maschinenöls auf und den nach Ozon, den eine wiederaufbereitete Luft in geschlossenen Räumen immer hat. Für eine Minute oder auch zwei hatte er im freien Fall die Schwerelosigkeit gefühlt. Schöpfschiffe verschwendeten keine Masse an innere Feldgeneratoren.

Aber hier gab es kein Gefühl der Traumähnlichkeit, wie er es früher gekannt hatte. Der Sitzharnisch hatte ihn zu fest im Griff.

Der Computer gab ihm seine Vektoren, und er setzte Schub ein. Der Nuklearreaktor hinter ihm arbeitete lautlos, aber die Emetts des Schwerkraftgenerators surrten laut genug und ließen sich auch durch das Strahlungsschott nicht überhören, das das Maschinenabteil sicherte. Der Feldantrieb griff nach dem Gespinst einer Beziehung, das die Menschen „Raum" nennen. Die Beschleunigung drückte Hashimoto in den Sitz zurück. *Mary Girl* tat einen Satz jupiterwärts.

Nun hatte er etwas Zeit zum Nachdenken. Die Annäherung unter Autopilot war die schlimmste Zeit. Später verlangte der Kampf mit der Atmosphäre alles von ihm, und noch später war dann die Kameraderie des Schiffes. Jetzt konnte er nur den Jupiter beobachten, der immer größer wurde, um schließlich den ganzen Himmel auszufüllen. Bis er selbst zum Himmel wurde.

Schlimm ist, daß ich so nahe dem Ende meines Vertrags bin, überlegte er. *Ich zählte die Tage und die einzelnen Missionen nicht, als ich diesen Job begann. Aber jetzt habe ich doch nur noch ein paar Monate ...*

Drei Jahre!

So lange hätte er ja wirklich nicht im Belt bleiben müssen, soweit es um seine Frau ging. Sie wünschte sich verzweifelt Kinder, und ihr zarter Körper konnte keines austragen, wenn sie nicht die ganze Schwangerschaft fast unter Gewichtslosigkeit verbrachte; und medizinische Einrichtungen für solche Bedingungen existierten nur in der Asteroiden-Republik. Kein Land der Erde hätte Geld für ein mit Schwerkraftapparaten ausgerüstetes Spital oder eines in einer Umlaufbahn bereitgestellt. Alles, was zum Bevölkerungswachstum irgendwie auch nur sehr gering beitrug, war viel zu unpopulär. Hashimoto war sehr froh gewesen, als er einen Kontrakt mit JupeCo schließen und daher hier sein konnte. Zwei gesunde Kinder waren sehr viel. Jetzt wollten sie gerne nach Hause gehen.

Aber JupeCo bestand auf einem Minimum von drei Dienstjahren, und wenn er die Arbeit früher aufgab, verlor er seinen Bonus, der die Hälfte seines Gesamtgehalts ausmachte. Das konnte er sich nicht leisten. In Nordamerika wären solche Verträge unmöglich gewesen. Aber als die Asteriten ihren Unabhängigkeitskrieg gewonnen hatten, gingen sie ihre eigenen Wege.

Es waren nicht die Hashimotos. Zu genau erinnerte er sich, wie die untergehende Sonne die Nebel der Bucht von San Franzisko berührte und sie zu einer Schale aus purem Gold machte, wie bunt die Gärten waren, wie die Bäume rauschten, die um sein Haus in den Hügeln von Marin County standen, wie die Menschen sich bewegten, miteinander sprachen und Freunde wurden nach den vom langen Gebrauch schon ein wenig fadenscheinigen Regeln. Die Asteriten waren ebenso rauh und nackt wie ihre fliegenden Berge.

Den Jupiter fürchtete er nicht, wenn der ihn auch töten konnte. Jeder Raumflitzer zu Hause konnte das tun. Aber es wäre entsetzlich, zu sterben, ohne noch einmal in dem Haus geschlafen zu haben, das seinem Großvater gehört hatte, ohne noch einmal über den elastischen Boden der Erde gegangen zu sein, den Erdenwind auf seinem Gesicht gefühlt zu haben.

Oder ohne zu sehen, wie Marys Kinder in ihr Erbe hineinwuchsen.

Abschalten, du hast zu arbeiten, befahl er seinem Geist.

Das Schöpfschiff dröhnte dumpf. Durch das niedrige,

dicke, durchsichtige Dach schaute er zur breiten, geschweiften Nase vor. Wenn er sich den Hals verdrehte, konnte er auch zum konischen Heck schauen. Das Metall schimmerte blau im Licht, das der Jupiter über ihn ausgoß. Das offene Maul im Bug konnte er nicht sehen, das der Leere entgegengähnte, doch er konnte es sich vorstellen. Oft genug hatte er dem Überwachungspersonal zugesehen, um sicherzugehen, daß die fälligen Überholungen aller zugänglichen Teile sehr genau vorgenommen wurden. *Mary Girl* wurde mit den Jahren älter, genau wie die Taucher auch, doch sehr alt wurden sie nicht. Sie hatte *Star Pup* geheißen, als er sie übernahm, aber jeder Pilot hatte das Recht, sein Schiff nach Belieben zu benennen. Hashimoto vertraute sein Leben nie der Vernunft eines anderen an. Die meisten seiner Kameraden taten es, aber die Schöpfschiffpiloten gefielen sich auch häufig in der Rolle von Teufelskerlen, die er insgeheim für kindisch hielt.

Es waren aber gute Kumpels, das mußte er zugeben, und die ganze Bande würde er sehr vermissen. Auf der Erde würde er sich vieler Streiche und herzlichen Lachens erinnern.

Und beim Herrn aller Asteroiden, das war etwas, das man dem Jupiter selbst stehlen und sich später damit brüsten konnte!

Weiter dröhnte das Schiff.

Später füllte der Planet sein ganzes Gesichtsfeld aus. Aber da war es schon kein Planet mehr, der da am Himmel hing; jetzt war es eine Welt. Nicht voraus, sondern unten. Wolkenfelder erstreckten sich endlos in vielen Lagen unter ihm, kochend, goldüberhaucht, mit roten und braunen Streifen, grünen und blauen oder freien Radikalen. Über Heck sah er einen kontinentgroßen Fleck aus Dunkelheit, der ein Sturm war, und da änderte er seinen Kurs. Die

Bremswirkung griff zornig nach ihm und noch mehr die Anziehungskraft des Planeten, die dreimal so hoch war wie die der Erde. Seine Muskeln stemmten sich dagegen. Der erste dünne Schwall gespaltener Luft drang zu ihm durch. Das Schiff schüttelte sich.

Er schaltete den Autopiloten aus und stürzte sich mit Handbedienung nach unten. Der Lärm wuchs, bis er zum rollenden, brüllenden Donner wurde, der seine Zähne zum Klirren brachte und sein Gehirn im Schädel durchschüttelte. Das Schiff, das mit mehrfacher Schallgeschwindigkeit flog, wurde nicht vom Sturm herumgeworfen, sondern von den gewaltigen Lufttaschen, die ihn auf und ab, hin und her schleuderten, bis das Metall ächzte. In einer Wolkenbank überfiel ihn tiefste Dunkelheit. Er kam unten heraus, schaute hinauf und sah die unabsehbare Kilometer lang sich auftürmenden Massen, hoch wie Gebirge; und Blitze zuckten über die blauschwarzen Höhlenmäuler, über steile, schieferartige Klippen und vor einem höllenroten Himmel. Ein Ammoniaksturm drosch kurz auf ihn ein, und der Rumpf dröhnte vom Trommeln eines gigantischen Gifthagels. Dann war er durch, aber noch immer mußte er weiter hinunter.

Plötzlich war er so tief, daß das Sonnenlicht seine Augen nicht mehr erreichte. Er flog durch heulende Dunkelheit. Jetzt war er nicht mehr Tom Hashimoto, Ehemann, Vater, nordamerikanischer Bürger, eingeschriebener Konservativer, Tennisspieler, Biertrinker, Zigarettenraucher und begeisterter Krimileser und was sonst ein Mensch noch alles sein kann. Er und das Schiff waren eins und beraubten eine Welt, die zurückschlug.

Die Instrumente, Laternen in undurchdringlicher Dunkelheit, sagten ihm, er sei nun tief genug. Er fing sein Schiff ab und ließ den Schalter des Schöpftors einschnappen. Die

Atmosphäre pfiff nicht mehr durch das offene Rohr des Rumpfes, denn dieses Rohr war jetzt hinten geschlossen. Der Schock eines Aufpralls drückte ihn in den Sitzgurt. Das Schiff bäumte sich auf und ächzte. Er nahm den Antrieb weg und ließ die Atmosphäre bremsen.

Diese Luft bestand vorwiegend aus Wasserstoff und Helium, war aber sehr reich an Methan, Ammoniak, Kohlendioxid und Wasserdampf; weniger reich an Äthylen, Benzenen, Formaldehyd und einem Dutzend anderer organischer Stoffe, trotzdem war alles im Überfluß da. So tief unten war nichts herausgefroren. Hier wirkte der Gewächshauseffekt. Die Oberfläche des Jupiter war warm genug für Ozeane ähnlich denen der Erde. Kein Mensch hatte sie je gesehen. Das Gewicht der Atmosphäre hätte jeden Rumpf zu Stanniol zerdrückt. Selbst in dieser Höhe raste die *Mary Girl* durch einen Druck von einem Mehrfachen irdischer Meeresküsten.

Die Gase wurden rein durch die Geschwindigkeit in das offene Bugmaul gerammt und ergossen sich dann durch eine engere Kehle. Der Wind beim Durchgang wirkte als Ionisator und magnetischer Abscheider. Wasserstoff und Helium wurden abgeleitet in eine Ablaßvorrichtung und nach hinten ausgeworfen. Natürlich gingen da auch ein paar andere Gase mit, aber dort, woher sie kamen, gab es noch viel mehr davon. Eine angereicherte Mischung raste durch grobe Ablaßventile in die Hecktanks.

Das erforderte nicht viel Zeit, und es war auch nicht die Zeit der größten Gefahr, wenn es auch schon Schiffe gegeben hatte, die aufbrachen, wenn das Metall einen Fehler hatte und dem Druck nicht standhielt. Die meisten jener, die umgekommen waren, hatte das Eintauchen umgebracht, und auch der Aufstieg war nicht ungefährlich. Steinstürme, Blitze, Hagelstürme, Ultraschallwellen, chemische Ätzbestandteile und andere, weniger bekannte Fallen konnte man umgehen. Wurde der Pilot aber ohnmächtig und verlor für ein paar Minuten die Kontrolle über sein Schiff, verschlang ihn der Jupiter.

Eine Nadel kroch über die Marke Voll. Das Aufnahmetor öffnete sich wieder, die Tankventile schlossen sich. Hashimoto schwang die Nase des Schiffes dem unsichtbaren Himmel entgegen und gab dem Feldantrieb Schub.

Dann war er wieder draußen im Sonnenlicht, in einer sturmgelben Dämmerung, die ihm nichts zeigte als ein vom Wind zerklüftetes Wolkenwrack – und da begann seine Maschine auszusetzen.

Masterpilot Charles de Gaulle d'Andilly näherte sich singend dem Mutterschiff. Das war eine Tauchfahrt gewesen! Noch hatte er sich nicht von dem Trudeln und Taumeln in einer Höllenschwärze erholt, als er eine Drift nach oben erwischte, die ihn in Sicherheit brachte. In seinem Raumanzug wurde der Coverall naß vom Schweiß. Er brauchte unbedingt etwas zu trinken. Trinken war die eine von zwei Gelegenheiten, da jede Zelle eines Männerleibes absolut lebendig war, und zum Jupiter nahm man keine Frau mit.

Wenn er nach Ceres zurückkehrte, würde er sich dafür schon entschädigen. Nur wenige Mädchen konnten der Uniform und dem Ruf eines Schöpferpiloten widerstehen; besonders dann war der Widerstand zwecklos, wenn Charles de Gaulle d'Andilly diese Uniform trug.

... Dans le jardin d' mon père
Les lilas sont fleuris.
Tous les oiseaux du monde
Y viennent fair' leur nid.
Auprès de ma blonde
Qu'il fait bon, fait bon, fait bon ...

Sein Radio summte. Er legte den Schalter um. „*Vesta Castle* ruft, Schiff entdeckt..." Die Stimme des Abfertigers gab Koordinaten, die ihm galten. „Kommen, bitte."

„*Mignonne* an *Vesta Castle*", sagte d'Andilly. „Alles okay."

„Hallo, Chuck. Wie war der Trip?"

„Rauh. Später werde ich dir meine Erfahrungen genau schildern. Da aber ich es bin, gab es keine unüberwindlichen Probleme. Gib mir also einen Leitstrahl für die Entladung."

„Roger." Kartesianische Achsen flackerten in der Kugel eines Signalteleskops. D'Andilly erkannte den Punkt, der sein eigenes Schiff war, und hängte sich daran ein. Die Annäherung mußte unter persönlicher Kontrolle erfolgen, denn die Jupiter-Interferenzen wirkten viel zu störend. Trotzdem brauchte er dazu nur einen Winkel seines Bewußtseins, denn nach einem Hinabtauchen auf den Jupiter war der Kursangleich im Raum nur ein Kinderspiel.

Auprès de ma blonde
Qu'il fait bon dormir!

Seine Gedanken eilten zurück zu einer gewissen Blondine, die dafür verantwortlich war, daß er vor Jahren das United European Space Corps verlassen hatte. Er gab ihr keine Schuld. Er hätte es wirklich besser wissen und nicht mit der Tochter des Kommandierenden Offiziers herumspielen sollen. Aber sie war eine so große Versuchung gewesen. Vielleicht könnte er sie suchen, wenn er sich aus diesem Geschäft zurückziehen mußte? Für Männer über etwa fünfunddreißig war das Jupitertauchen nichts. Aber sicher war sie inzwischen verheiratet. Nun, es gab ja viele andere. Und es wäre schön, wieder einmal am Seineufer dahinzuschlendern, in einem Café an den Champs-Elysées einen Apéritif zu trinken und zivilisiert zu essen, ehe man in die Oper ging. Er hatte ja nicht die Absicht, für immer im Belt zu bleiben. Mit seinem angesammelten Gehalt konnte er sich in ein kleines, gutes Geschäft auf der Erde einkaufen und wie ein Gentleman leben.

Es tat ihm nicht leid um die Zeit hier draußen. Meistens wenigstens war es ein großartiger Spaß gewesen.

Die *Vesta Castle* wuchs vor seinen Augen, ein riesiges Metallei mit sanft glühenden Luken. Die glatte Kurve wurde unterbrochen von Türmen, Luftschleusen und Bootsblasen. Ihre Umlaufbahn hatte sie nahe an die Endlinie des Jupiter gebracht, so daß die zusammengeschrumpfte Sonne hart an der vernebelten Krümmung des Planeten gleißte, aber es war noch genug Licht. Schatten lagen scharf über dem Rumpf. Das Schiff war groß, erschien aber zwergenhaft neben dem Ballon, der am Heck angekoppelt war. Und der würde seinen derzeitigen Radius mindestens verdoppeln, ehe man ihn für voll erklärte.

D'Andilly schob sich näher an den Gassack heran. Er konnte durch ihn die Sterne sehen. Der Plastifilm mußte dünn sein, um Masse zu sparen. Er machte sich keine Sorgen um einen Riß, falls er ihn streifte. Dieses Elastomer war unglaublich zäh und konnte sogar kleine Meteoriten abprallen lassen. Aber man konnte nur allzu leicht mit dem Schiff-Ballon-Spiel beginnen, dann gab es gleichzeitige

Drehungen um drei Achsen, und es war ein höllischer Job, mit dem eigenen Schwung zurechtzukommen.

Mit leichtem Schub, so daß er überhaupt kein nennenswertes Gewicht spürte, glich er seine Geschwindigkeit an. Ein Radar an des Ballons Hauptventil schaute ihn an. Er folgte dem Strahl bis auf ein paar Meter vor dem Ziel. Ein Schlauch schob sich aus dem Bug der *Mignonne*; die Düse wurde von einem winzigen Schwerkraftgerätchen angetrieben und richtete sich auf das Ventil aus. Es wurde angekoppelt. Die Piloten der beiden Schiffe glichen die winzige Rotation aus.

Pumpen dröhnten pochend und zwangen die Ladung des Schöpfschiffs in den Ballon. Viel dehnte sich die Kugel nicht aus. Eine Ladung war nur ein winziger Bruchteil seiner Aufnahmefähigkeit. D'Andilly hielt immer die verschiedenen Kräfte im Gleichgewicht und das ganze System im Orbit.

Als er sein Gas abgeladen hatte, ließ er den Schlauch auskoppeln, damit er zurückgezogen werden konnte. Dann schlüpfte er glatt zu der ihm zugewiesenen Blase am Mutterschiff. So weit draußen im Raum brauchte man kaum einmal hydromagnetische Schirme gegen die Partikelstrahlung von der Sonne, also waren Annäherung und Kontakt einfach. Als er Harnisch und Anzug ablegte, wurden die letzten Momentum-Berichtigungen vorgenommen. Der Ballon wartete ruhig auf die nächste Ankunft.

D'Andilly hatte jetzt zwanzig Stunden frei bis zum nächsten Tauchflug.

Pfeifend kletterte er durch die miteinander verbundenen Luftschleusen in die *Vesta Castle*. Zwei Männer vom Pflegedienst warteten im Verbindungsgang, um seine Ausrüstung zu säubern. Danach wurde sein Schiff überprüft, doch darum brauchte er sich nicht zu kümmern. Man stelle sich einen so trübseligen Job vor! Er winkte den technischen Affen einen eher mitleidigen als herablassenden Gruß zu und lief weiter zu den Wohnräumen der Piloten. Er war ein kleiner, stämmiger Mann; das braune Haar war sorgfältig gewellt, der Bart sauber gestutzt, und seine blauen Augen blitzten keck im hakennasigen Gesicht.

Ulrich von Raaben, ein großer, blonder, eckiger Bursche, kam gerade aus den Duschräumen, als d'Andilly eintrat. „Hu, du stinkst ja wie ein ungereinigter Brauereibehälter!" rief er, bemerkte aber, wie die Unterkleidung des Franzosen aussah, die dieser auszuziehen begann. „War's sehr schlimm da unten?" fragte er.

„Ich bin in einen nicht beobachteten Sturm geraten", berichtete er so lässig wie er konnte.

Von Raaben versteifte sich. „Da müssen wir aber wirklich mit den Wetterfröschen ein ernstes Wort reden."

„Oh, natürlich berichte ich die Sache. Aber man kann ihnen keine Schuld geben. Er muß schneller als normal aus den Tiefen aufgestiegen sein. Unsere Meteorologen können so tief hinab nichts beobachten."

„Eine zyklonische Störung entsteht nicht grundlos. Die Gesamtbedingungen müßten ja wirklich einen Hinweis geben, mindestens darauf verweisen, daß so etwas passieren kann. Wenn sie uns sagen, daß eine bestimmte Region ruhig erscheint, und sie ist es dann nicht, so müssen sie schon eine stichhaltige Erklärung dafür abgeben."

D'Andilly legte den Kopf schief. „Du bist unglaublich preußisch. Wo bist du geboren? In Milwaukee?" Von Raaben wurde rot. D'Andilly klatschte ihm lachend auf den Rücken. „Macht nichts, *mon vieux*. Für einen Boche bist du ein recht angenehmer Kamerad."

Er duckte sich unter die Dusche und genoß das heiße Wasser. Dies war eines der zahlreichen Vorrechte der

Schöpfschiff-Piloten; dazu kamen noch Einzelkabinen, ein exklusiver Freizeitraum, ein Platz in der Offiziersmesse, hohe Bezahlung und eine großartige Uniform, die man nach eigenem Geschmack abwandeln konnte. Zum Ausgleich dafür hatte man pro Erdenjahr eine gewisse Anzahl von Tauchflügen in die Jupiter-Atmosphäre zu machen.

Man mußte jung und ziemlich abenteuerlustig sein, um einen solchen Handel abzuschließen. Vernünftigere Männer, sogar bei den Asteriten, bevorzugten eine bessere Chance, ein hohes Alter zu erreichen. Kein Wunder, daß die Piloten der Schöpfschiffe in ihrer Freizeit dazu neigten, über alle Stränge zu schlagen. *So wie ich ...*

Natürlich gibt es auch Ausnahmen. Wie der arme Tom Hashimoto. Ich sollte ihn einmal mitnehmen, wenn wir nach Ceres kommen und ihm die richtigen Möglichkeiten zeigen, den aufgestauten Druck abzulassen. Aber nein, er ist viel zu sehr verheiratet.

In seiner Kabine schlüpfte d'Andilly in einen Hausanzug, und anschließend ging er in den Freizeitraum. Dort fand er von Raaben mit der zerknautschten und adlergeschmückten Soldatenmütze weit auf den Hinterkopf geschoben; er spielte Rommé mit Bill Wisner. Letzterer liebte bunte Kleider und laute Geschichten und war einer der wenigen geborenen Asteriten an Bord. Es gab noch immer mehr Zuwanderer als Geburten, aber die Bevölkerung der Republik nahm ständig zu.

„Hallo“, sagte Wisner. „Ich höre, du hast schlechtes Wetter gehabt.“

„Ja. Das berichte ich besser gleich, bevor noch einer in diese Region taucht.“ D'Andilly besah sich die Gläser auf dem Tisch und ging zum Barschrank. „Sind wir heute hier die einzigen?“

„Die einzigen Taucher, ja“, antwortete von Raaben in

seiner genauen Art. „Ich glaube, für die nächsten Stunden ist keiner mehr fällig.“ Die Schöpfschiffe arbeiteten nach einem lockeren Plan. Keiner entlud gerne nur bei Sternenlicht. Jene, die gerade einen Flitzer hinter sich hatten, gingen in einen Parkorbit und machten Rendezvous, wenn die *Vesta Castle* wieder im Sonnenschein lag.

„Dann bleibt mehr für uns.“ D'Andilly goß sich einen steifen Drink ein, trank aus und nippte genießerisch an einem zweiten. „Ah! Welch ein Glück, daß der Kognak reicht. Wenn wir auf das Zeug von den Asteroiden angewiesen sind, ist es höchste Zeit, nach Ceres zu kommen, und mir ist's dann egal, ob der Ballon voll ist oder nicht.“

„Oh, das Kometenblut ist doch gar nicht so schlecht“, meinte Wisner.

„Für einen vielleicht, dessen Kehle schon von Kindheit an damit ausgebrannt wurde. Eure Drinks sind ein ausgezeichneter Grund für mich, nicht im Belt zu bleiben, wenn man mich als Taucher abserviert.“

„Solltest du aber schon tun, Chuck“, meinte der patriotische Wisner. „Klar, das Leben ist rauh und gefährlich, aber wenn man ein bißchen Glück hat, kann man sein Glück machen. Und kein Bürokrat steuert einem das meiste weg und schreibt dir gleichzeitig vor, wie du den kümmerlichen Rest verjubeln kannst.“

„Richtig. Ich bewundere den Pioniergeist. An Reichtum, Ruhm und Macht bin ich nicht übermäßig interessiert. Es gibt so viele andere Dinge zu tun.“

„Wenn man lange genug lebt.“ Von Raaben hob sein Glas. „Jedenfalls Prost!“

„Mögen wir alle Frauen lieben, denen wir gefallen“, sagte Wisner, „und allen Frauen gefallen, die wir lieben.“

D'Andilly wollte etwas ähnlich Traditionelles vorschlagen, als die Notrufe kamen.

Der Wachraum wurde auch für Einsatzbesprechungen und Konferenzen benützt. Captain Ben Judah schaute den langen grünen Tisch entlang. Rechts von ihm saß Roy Pearson, links der Chefingenieur, andere wachfreie Offiziere anschließend. Aber die drei Schöpfschiffpiloten am anderen Tischende waren es, deren Blicken er begegnen mußte.

Ihm war übel. Er bekam kaum die Worte aus seiner Kehle:

„Gentlemen, wir haben einen Hilferuf erhalten. Hashimoto ist unten."

Dem folgenden Schweigen war nichts hinzuzufügen. Aber Wisner verlor alle Farbe, und von Raaben nahm langsam seine Mütze ab.

„Noch nicht ganz unten", fuhr Ben Judah fort. „Seine Maschine streikte, aber nicht allzuplötzlich. Als sie sich schlecht zu benehmen begann, stieg er so hoch er konnte und warf sich selbst in eine Umlaufbahn. Auf die Art waren wir in der Lage, seinen Hilferuf aufzufangen. Er war über den Quellen der atmosphärischen Interferenzen, aber es war noch schlimm genug."

D'Andilly erhob sich halb. „Bei Gott, warum sitzen wir noch hier herum? Ich kann ihn selbst holen."

„Ja, wenn wir im klaren Raum wären", sagte Ben Judah. „Aber so weit kam er nicht. Wo er ist, hat er noch immer etwas Gas. Reibungswiderstand. Er beschreibt eine Spirale nach innen."

„Wie schnell?" bellte von Raaben.

„Das läßt sich nur schätzen. Wir kennen seine ungefähre Höhe aus der Orbitalgeschwindigkeit, errechnet aus der Dopplerabweichung seines Signals. Das sind dreißig-eins-Punkt-fünf Kilometer pro Sekunde, im gleichen Sinn wie unser eigener Kurs. Auf der Grundlage der durchschnittlichen Relation Dichte/Höhe in der Jupiter-Atmosphäre schließen die Wetterfrösche, daß er... in fünf bis sechs Stunden ... zu brennen anfangen müßte."

„Keine Aussicht, daß Stuart oder Dykstra oder einer von den anderen helfen könnte?" fragte Wisner.

„Wir haben versucht, sie zu alarmieren", sagte Ben Judah. „Kein Glück, wie erwartet." Nur ein scharfer, gezielter Strahl konnte eine erkennbare Mitteilung vom Mutterschiff zu einem Schöpfschiff durchbringen, wenn es tief im Funkchaos der Jupiter-Atmosphäre war. Und die genaue Position eines solchen Schiffes war nie bekannt, denn sie änderte sich ständig und unvorhersehbar. Im klaren Raum war ein Funkruf auch über beträchtliche Entfernungen zu empfangen, aber die Parkorbits jener, die mit ihren vollen Ladungen auf die Tagseite warteten, waren exzentrische Ellipsen, die den Kreis des Mutterschiffs am Raumzeitpunkt des Meetings schnitten. Nun lag der Jupiter dazwischen, eine Mauer, die jeden Ruf abschmetterte. Wenn nicht einer der Männer aus irgendeinem Grund einen Funkruf abgeben wollte, gab es keine Möglichkeit, mit einem von ihnen Verbindung aufzunehmen.

„Wir könnten ja selbst beschleunigen zur Tagseite, bis wir einen Funkspruch absetzen können, nicht wahr?" meinte der Ingenieur.

„Lächerlich", schnaubte Pearson. „Klar, wir könnten. Aber sie sind alle weit draußen, viel weiter als wir jetzt sind. Wäre reine Zeitverschwendung."

„Dann ist es also unser Problem", sagte Wisner. „Nun, ich sehe nicht ein, warum das ein unlösbares Problem sein sollte. Zum Teufel, selbst mit einem *g* kommt ein Schöpfschiff von hier in zwei Stunden bis zum atmosphärischen Rand. Mal sehen ... Wenn der Notruf vor ein paar Minuten eingegangen ist, dann muß er ja noch auf unserer Seite des alten Jupe sein, und seine Zeit beträgt dann ungefähr drei

Stunden. Man gewinnt nicht viel, wenn man über eine so kurze Distanz in eine hochbeschleunigte Kurve flitzt; man muß ja auch bremsen. Ein bißchen nur, gewinnt man. Ja, ich glaube, ich könnte ihn in ungefähr zwei Stunden treffen. Drei Stunden höchstens, wenn man den Geschwindigkeitsausgleich und so weiter rechnet... Klar, es geht. Angenommen, ich starte in einer halben Stunde von jetzt an mit fünf *g* und habe eine Computerkurve. So lange brauche ich, bis ich fertig bin. Muß mich ein bißchen stimulieren und Gravanol..."

„Nein, ich werde gehen", sagte d'Andilly, und „Nein, ich", rief von Raaben. Alle standen auf.

„Setzen!" bellte Pearson.

Die Männer schauten ihn an, verständnislos, voll Widerwillen. Der Direktor kniff die Lippen zusammen. „Und was genau schlagen Sie vor zu tun?"

„Geschwindigkeiten angleichen, Luftschleusen andocken und ihn an Bord nehmen", erklärte d'Andilly. „*Voilà!*"

„Leicht im Raum", meinte Pearson. „Aber sind Sie sich darüber klar, daß er in der Atmosphäre ist?"

„Sehr dünne Atmosphäre in der Höhe", sagte der Ingenieur. „Fast ein Vakuum."

„Bis zu der Zeit, da ein Schiff ankommt, ist er in dichterer Atmosphäre", wandte Pearson ein.

„Wenn er noch fünf Stunden hat, bis er auf eine solche Dichte trifft, die Metall verflüchtigt", warf d'Andilly ein, „wird sie in drei Stunden noch nicht zu dicht sein für ein Schöpfschiff bei Orbitalgeschwindigkeit, die der Rumpf ja aushält."

„Nein. Ich sage Ihnen, das geht nicht."

D'Andilly wurde rot. „Nun ja, vielleicht nicht. Aber versuchen müssen wir's. Oder wir hören auf, uns selbst Menschen zu nennen."

„Sehr dramatisch“, höhnte Pearson. „Zu schade, daß die physikalischen Gesetze nicht freundlicher gesinnt sind.“

„Was meinen Sie damit?“

„Schauen Sie, ich gebe zu, daß der Luftwiderstand dort, wo er sich jetzt befindet, schwach ist. Wenn wir nur einen der Männer erreichen könnten, die jetzt tauchen, dann wäre die Rettung nicht so schwierig. Aber wenn Sie ihn erreichen können, wird er so tief unten sein, daß es viel schlechter ist, sehr viel sogar. Oh, es ist sicher noch die Dichte der oberen Atmosphäre oder weniger. Aerodynamische Kräfte tendieren ja dazu, den Rumpf am Schweben zu halten, und sie verhindern so einen plötzlichen Sturz in die Vernichtung.

Aber... mit guten dreißig KPS ist diese dünne Luft ungefähr ähnlich einem Erdenwind von mehr als Hurrikanstärke. Am glatten, stromlinienförmigen Rumpf mit dem offenen Tor findet er wenig Widerstand; deshalb sind sie ja so konstruiert. Aber wie öffnet eine Schraubenmaschine eine Luftschleuse gegen einen solchen Druck? Wie kann ein Schlauch ausgefahren und gesichert werden? Sie erreichen nämlich nichts als nur so viele Turbulenzen, daß Ihr eigenes Schiff sich außer Kontrolle dreht.“

D’Andilly sank auf seinen Stuhl zurück.

„Dann doch besser Greifer am Rumpf befestigen und alles mit nach Hause bringen“, meinte von Raaben.

„Auch das geht nicht, aus den gleichen Gründen übrigens. Das Greiferfeld kann nichts festhalten, wenn es nicht innerhalb von Zentimetern an Metall herankommt. Sonst könnte man das Ding im Raum gar nicht dirigieren. In einem solchen Wind sind Sie nie in der Lage, es in Kontakt zu schwingen.“

„Sind Sie da ganz sicher?“ fragte Wisner.

„Ziemlich sicher“, erwiderte Pearson.

„Das heißt, Sie sind nicht hundertprozentig sicher. Das kann man auch bei den vielen Unbekannten in dieser Gleichung gar nicht sein. Okay. Wir werden sehen. Ich persönlich glaube, daß wir drei unter uns durchaus in der Lage sind, eine Klaue oder zwei an ihm festzumachen."

„Nein. Sie werden nur gegeneinander geschleudert. Einen Selbstmord halte ich nicht für heroisch."

„Sie können es nur nicht verstehen, nicht wahr?" sagte Wisner leise. „Tom Hashimoto ist einer von uns."

„Nein, nicht wirklich. Er hat nicht vor, seinen Kontrakt zu erneuern."

„Na, und? Ich habe viel zu oft sein Bier getrunken. Seine Frau ist ein phantastisch süßes Mädchen. Glauben Sie, ich könnte nach Ceres zurückkehren und ihr sagen, daß wir nicht einmal den Versuch machten, ihren Mann zu retten?"

„Wenn Sie sich dann besser fühlen", erklärte Pearson kalt, „werde ich eben den Befehl erteilen. Sie bleiben hier."

„Tu chameau pouilleux", flüsterte d'Andilly. Er sprang auf und äußerte laut einen unmißverständlichen Wunsch für des Direktors Freizeit. „Los, Freunde, fangen wir an", sagte er.

„Setzen!" brüllte Pearson. An seiner Schläfe klopfte eine Ader über der Plastik, die seine rechte Wange ersetzte. „Oder wollen Sie wegen Meuterei vor Gericht gestellt werden?"

„Monsieur le capitaine." D'Andilly wandte sich an Ben Judah. „Ich appelliere an Sie."

„Ich... nein, ich bin kein Taucher", krächzte der Israeli. Auf seiner Stirn glitzerte Schweiß. „Ich kann nicht gegen einen Mann angehen, der sich in dieser Sache besser auskennt als ich."

D'Andilly spuckte auf den Boden. „Er ist selbst kein Taucher."

Von Raaben zupfte am Ärmel seines Kameraden. „Setz dich doch, Charles. Benimm dich. So geht das nicht.“ Er zog d’Andilly auf den Stuhl zurück, schaute Pearson fest an und sagte:

„Vielleicht kennen Sie die Bedeutung des Wortes Moral nicht. Ich habe eine Geschichte über die Briten in einem ihrer Kriege mit meinen Vorfahren gehört. Ihre Armee wurde auf dem Kontinent geschlagen und mußte evakuiert werden, oder sie kam in Gefangenschaft. Die Männer wurden vor Dünkirchen auf die Schiffe gebracht. Danach wurde den Flottenkommandeuren, deren Kriegsschiffe die Hilfe leisteten, die ihnen überhaupt möglich war, der Vorwurf gemacht, sie hätten zuviel riskiert. Hätten wir unsere eigenen Kriegsschiffe und die schwere Artillerie auf die Meerenge eingeschossen, oder wäre ein Sturm aufgekommen, hätte die ganze Flotte verloren werden können. Ich werde Ihnen sagen, was er geantwortet hat. ‚In vier oder fünf Jahren können wir eine neue Flotte aufbauen. Aber es würde dreihundert Jahre dauern, eine neue Tradition zu schaffen.‘“

Pearson senkte den Blick. Er starrte lange seine künstliche Hand an, die unbeweglich auf dem Tisch lag. Endlich sagte er: „Aber ich weiß es. Ich war ja selbst Raumpilot. Nicht bei den Tauchschiffen, nein, sondern bei Forschungsflügen, als Prospektor, und das ist auch nicht ungefährlich. In einem Steinhaufen. Einige gute Freunde von mir starben bei der gleichen Kollision, die mich verstümmelte. Mir gelang es, in ein intaktes Abteil zu gelangen. Allein. Aber ich wäre auch bald gestorben, wenn die Überlebenden nicht Kopf und Kragen riskiert hätten, um den ganzen Schutthaufen nach Verletzten abzusuchen.

Aber... das war eine Doktrin. Das Schiff war ein Totalverlust. Nichts mehr wurde riskiert außer Männern, die sterben mußten, wenn sie nicht in vereintem Bemühen einen ausreichenden Unterschlupf schaffen konnten, bis Hilfe kam. Dieser Fall liegt anders. Sie müssen die Werte multiplizieren, die gewonnen oder verloren werden durch die Möglichkeit von Erfolg oder Mißerfolg. Drei Schiffe und drei Männer einer hohen Aussicht auf Vernichtung aussetzen, um ein einziges Schiff und einen einzigen Mann zu retten, wenn es nur eine äußerst geringe Chance für diese Rettung gibt... Nein, das ist unwirtschaftlich."

„Unwirtschaftlich?" explodierte d'Andilly.

„Das sagte ich", antwortete Pearson. Stahl lag in seiner Stimme. „Wir haben nur eine Basis dafür, die Kosten für den Bau und die Ausstattung eines Schiffes, für die Ausbildung und Ausrüstung eines Mannes.

Wisner, Sie sind geborener Asterit, und von Raaben ist einer seit Jahren. Aber für Sie, Pilot d'Andilly, muß ich wohl die Tatsachen durchbuchstabieren. Sie werden gehalten wie Kampfhähne, weil es die einzige Art ist, diesen Job für Männer attraktiv zu machen. Deshalb, nehme ich an, haben Sie keine Ahnung, wie riskant wir Asteriten leben. Können Sie sich vorstellen, was es heißt, aus einem luftlosen Steinbrocken einen Lebensunterhalt zu beziehen? Klar, sie sind reich an Metallen; Atomkraft ist billig, und die Sonnenenergie kostet nichts. Aber was gibt es da sonst noch? Warum räubern wir den Jupiter unter so immensen Kosten, wenn wir nicht diese Gase brauchten als Grundlage für chemische Synthese, für unsere ganze chemische Industrie, die für uns das Überleben bedeutet?

Okay. Es ist kaum möglich, daß drei zusammenarbeitende Schiffe einen Greifer an Hashimotos Schiff anbringen und ihn in den klaren Raum schleppen können. Ich glaube nicht, daß sie's können, doch ich gebe eine sehr geringe Möglichkeit zu. Wenn Sie dieses Kunststück vollbringen, wird jeder Junge auf jedem Asteroiden sich Ihretwegen heiser brüllen, jedes Mädchen wird Ihnen in die Arme fallen, und jeder Mann wird Sie verfluchen, weil Sie ein Pack gefährlicher Idioten sind. Jede Operation, die ein so gefährliches Spiel treibt, wird bald zusammenbrechen, und diese Operationen brauchen wir, weil sonst die ganze Republik stirbt.

Verstehen Sie jetzt?"

D'Andillys Blick zuckte von einem Piloten zum anderen. Von Raabens Gesicht sah wie geronnen aus, Wisners Finger hatten sich ineinander verbissen wie Schlangen. Beide nickten.

Nach einiger Zeit drehte sich Pearson zu Ben Judah um. Der Kapitän stand unbeweglich, an das Schott gelehnt da. „Haben wir noch Kontakt mit Hashimoto?" fragte der Direktor.

„Ich glaube", brummte Ben Judah.

„Dann schlage ich vor, in den Funkraum zurückzukehren und ihm den Trost zuzusprechen, den wir ihm geben können. Und er hat einen Religionsgenossen an Bord ..." Pearson hob seine Prothesenhand, ließ sie aber gleich wieder fallen, und sie klapperte so laut auf den Tisch, daß er selbst erschrak.

„Ich möchte nur wissen, was Toms Maschine lahmgelegt hat", sagte Wisner.

„Das werden wir wohl nie erfahren", meinte der Chefingenieur. „Dieses Abteil ist hinter einem Strahlungsschild versiegelt, erinnern Sie sich? Diese Versiegelung wird nur aufgebrochen zu einer direkten Inspektion, wenn alle fünf Jahre oder so neue Brennstoffzellen eingesetzt werden. Aber warum erzähle ich Ihnen das, was doch jeder weiß?"

„Ich habe Alpträume, wenn ich daran denke, daß es jederzeit auch mir oder einem anderen passieren kann."

„Und ich habe Alpträume wegen Tom“, erklärte d'Andilly. „So absolut hilflos in diesem Entsetzen herumwirbeln zu müssen.“

„Er hat nie aufgehört, darauf zu hoffen, daß wir ihn aus dem Orbit holen können, sonst hätte er sich gar nicht die Mühe eines Hilferufs gemacht“, sagte von Raaben.

„Wenn er in den klaren Raum gekommen wäre, hätten wir's leicht“, meinte Wisner. „Oder, natürlich, wenn Jupes Massen nicht diese Orbitalgeschwindigkeiten erzeugen würden.“ Er lachte, doch es klang recht bitter. „Wäre Jupe aber ein kleiner, unbedeutender Planet, hätte er ja auch keine Atmosphäre, die der Ausbeutung wert wäre, also wäre dies schon gar nicht passiert.“

„Wenn wir ihn irgendwie abfangen könnten ...“, überlegte von Raaben. „Mit einer aerodynamischen Bremsung etwa? Nein, er hat keine Kontrolloberflächen, und mit einer toten Maschine ...“

D'Andilly sprang auf, sein Stuhl fiel um. *„Mon Dieu!“* schrie er.

„Ha? Was?“ Alle, die um den Tisch saßen, starrten ihn an.

„Kontrolloberflächen“, sprudelte d'Andilly heraus. Er fuchtelte mit den Armen und gab einen Schwall in seiner Muttersprache von sich.

„Komm wieder runter von deinem Mast, du Trottel“, sagte Wisner. „Hast du eine Idee?“

„Ja, ja, der Ballon, nicht wahr? Laßt das Gas aus. Macht einen Schleppschirm. Ha, schnell! Ganz schnell Pläne machen, *Monsieur l'ingénieur,* die Zeit wird sehr knapp!“

„Sie sind verrückt“, herrschte ihn Pearson an. Auch er war aufgesprungen.

„Nein, warte“, bat Ben Judah. Hoffnung zündete einen Funken in seinen Augen an. „Davon verstehe ich etwas.

Die erste Versuchs-Raumkapsel wurde auf diese Art aufgefischt. Es könnte gehen. Und für die Menschen scheint das nicht allzu riskant zu sein."

„Du machst diese ganze Reise fragwürdig", hielt ihm Pearson vor. „Und was es kostet, den Ballon zu leeren. Selbst wenn wir Hashimotos Schiff zurückholen, hat die Firma einen ungeheuren Nettoschaden."

„Die Wirtschaftlichkeit hört hier auf", erklärte Ben Judah.

„Verstehst du nicht?" flehte ihn Pearson an. „Ich bin doch auch kein Unmensch. Dollars und Cents sind nur eine Kurzschrift für Rohstoffe und menschliches Bemühen. Für uns ist eine ertraglose Operation ein soziales Übel. Wir müssen nach wirtschaftlichen Gesichtspunkten handeln."

„Nicht immer." Ben Judahs Augen waren nicht mehr sanft. „Wenn die Piloten gehen wollen, so sollen sie."

Pearson biß sich auf die Unterlippe. „Na, schön", sagte er. „Jemand muß ja die Schuld für diese Gefühlsnarren auf sich nehmen. Deshalb verbiete ich diesen Versuch."

„Ich bin Kapitän und überstimme dich."

„Das kannst du nicht. Es ist nicht dein Ressort."

„Nein?" murmelte Ben Judah. Seine Offiziere rückten näher an Pearson heran. Der Zweite Maat legte eine Hand auf die magere Schulter des Direktors. „Sie haben den Kapitän gehört", mahnte er.

Pearson schüttelte die Hand ab, taumelte zu seinem Stuhl und verbarg sein Gesicht in den Händen.

Wenig später begann die Gruppe mit der Arbeit. Pearson hob den Kopf. In der Kabine war es wieder sehr still. Nur Ben Judah war geblieben und rauchte an der anderen Tischseite seine Pfeife.

„Tut mir leid, Roy", sagte der Skipper.

„Mir noch viel mehr", erklärte ihm Pearson. „Wenn wir

nach Ceres kommen, muß ich eine Klage gegen dich einreichen."

„Wirklich?"

„Ja. Ich tu's nicht gern. Aber wir können uns keine Sentimentalisten in unseren Gehaltslisten leisten, und wir brauchen ein abschreckendes Beispiel. Es ist meine Pflicht, dafür zu sorgen, daß du gefeuert wirst." Pearson rieb die lebende Hand über seine Plastikwange. Seine Stimme klang leer. „Womit soll ich denn sonst leben, wenn nicht mit meiner Pflicht?"

Die Atmosphäre eines Planeten mit hoher Schwerkraft ist von sehr großer Dichte. Die Schöpfschiffe trafen auf ihrem Weg nach unten auf wahrnehmbar dicke Luft, immer noch dünn selbst an der Lufthülle des Mars gemessen, aber dicht genug, um bei dieser Geschwindigkeit sehr ins Gewicht zu fallen, fast ehe sich die Piloten darüber klarwurden. Dann konnten ihre von Drogen aufgepeitschten Körper nichts anderes mehr tun, als die Formation zu halten.

Dafür müßte es einen akademischen Grad geben, überlegte d'Andilly beim Jupiter-Donner. Und man könnte auch eine Kunst daraus machen, einen ganzen Beruf der ... Drogenstimulierung? Des Drogenschleppens? Seine Zähne schimmerten hinter der Sichtplatte, sein Gesicht war hart und gespannt. Gott gebe, daß dies die letzte und auch die erste Gelegenheit war, dieses Ding auszuprobieren!

Die *Mignonne* bäumte sich auf wie ein geschlagenes Pferd. Das Kabel zerrte an ihr. D'Andilly gab seitlichen Feldschub. Er mußte den Kabelzug etwas nachlassen, sonst riß er seinem Schiff die Gedärme aus dem Leib. Aber nicht zu viel, weil sonst die Kontrolle über das ganze irre Zeug draufgeht. Dann torkelst du mit deinen Kameraden fein eingepackt in eine Plastikhaut direkt in die Jupiter-Hölle.

„He, du!" Wisners Stimme kam zu d'Andilly durch, war

aber über den Interferenzen, dem Wind und dem Schrei des gepeinigten Metalls kaum zu hören. „Du ziehst jetzt an mir!“

Der Franzose warf einen Blick nach draußen. Sie waren noch immer so hoch, daß der Himmel klar erschien. Sterne glitzerten unmenschlich heiter, und ein Mond hatte ein Halo aus Eiskristallen. Die Wolkenlagen schienen sehr tief zu hängen. Dieser Jupiter-Horizont erstreckte sich viel weiter, als ein Mensch sehen konnte. Er verlor sich nicht in einer Kurve, sondern in Nebel und Schwärze. Er sah die Schiffe seiner Kameraden über sich, *Sky Thief* an Steuerbord und *Seeadler* an Backbord, und er selbst war der tiefste Punkt eines gleichschenkeligen Dreiecks; dort, wo das Licht sie traf, schimmerten sie und vertieften die Schatten.

Die von den drei Schiffen geschleppten Kabel waren nicht so gut zu sehen. Man hatte sie mit Leuchtfarbe bestrichen, doch in diesem heulenden Chaos wurde einem der Kopf im Helm gründlich durchgeschüttelt. Ja, sie waren aber da. Wisners Leine war etwas zu straff, die von Raabens zu schlaff. Mehr mit Gefühl statt mit Hirn entschied d'Andilly, wie er seine Position berichtigen konnte.

Die *Mignonne* stöhnte und hüpfte, als er die Kontrollen berührte. Die Emetts jaulten fast so laut wie die Luft draußen, die sie mit Orbitalgeschwindigkeit durchschnitten, und er gab Energie in das Antriebsfeld ein. Unter diesen Bedingungen war jede Kursänderung so, als treibe er durch eine Ziegelmauer. Beißender Schweiß lief ihm in die Augen und blendete ihn fast. Seine Zunge fühlte sich wie ein Holzblock an, und die Nase hatte er voll von seinem eigenen Gestank. Die Vibrationen rüttelten seine Knochen durch. Wind pfiff und heulte. Dann und wann schlug ihm eine Lärmwand entgegen.

Aber ... Endlich, er hatte die Kursänderung geschafft. Der Tauchvorgang verlief nun glatter.

Der Ballon führte eine Art Schlangentanz am Ende der Kabel auf. Geleert und aufgeschnitten, in eine Wurst zusammengerollt und in eine lange Metallröhre gestopft war das Ding im Raum gar nicht so schwer zu manövrieren. Aber wenn sie jetzt durch die Atmosphäre mußten ... D'Andilly hoffte, das Plastik möge nicht beschädigt sein. Aber nein, das Material war doch für Raumbedingungen geschaffen. Die Ingenieure hatten es mit Laser durchschneiden müssen.

„Tom", sagte er in sein Radio zum dutzendstenmal. „Tom, bist du da? Kannst du uns hören?"

Wir sollten ihn abfangen nach den letzten Daten, die das Mutterschiff uns durchgegeben hat. Aber was kann alles geschehen sein! „Tom! Rettungstrupp von der *Vesta Castle* ruft *Mary Girl.* Bitte kommen!"

„Vielleicht ist er ohnmächtig geworden", sagte von Raabens wie ertrunken klingende Stimme im Ohrstöpsel. „Er könnte tot sein."

„Wir finden ihn nie, wenn wir uns nicht nach einem Signal von ihm ausrichten können", prophezeite Wisner durch zusammengebissene Zähne, weil er sich gegen die Schockwellen stemmte. „Das Suchgebiet ist viel zu groß, und das Licht ist zu schlecht."

Auf der Tagseite wäre natürlich alles viel besser gewesen, auch in größerer Höhe. D'Andillys Geist war von Anstrengung und Sorge halb betäubt und konnte immer nur das Offensichtliche wiederholen. Wäre die Luft dünner als hier, Wind und Dichtigkeit vorhersehbarer, das Licht besser, dann könnte man Tom leichter sehen und retten. Aber es hatte viel Zeit gekostet, den Schleppschirm zu präparieren, und man hatte ja jeden einzelnen Schritt planen und ausprobieren müssen. Die Retter waren reichlich spät gekommen. Vielleicht zu spät. Die *Mary Girl* konnte schon zum letztenmal eingetaucht sein.

Wenn man sie in den nächsten Minuten nicht finden konnte, mußte der Rettungsversuch abgebrochen werden. Die Instrumente zeigten steil ansteigende Außentemperaturen. Bald würden die Aufnahmeschöpfer rot glühen wie Drachenmäuler. Und danach ...

„Hei! Dort!" bellte von Raaben. „Elf Uhr tief. Siehst du ihn? Dort, sag ich."

„Oh, du hüpfender Judas, ja!" schrie Wisner. „Ich hab' mich geirrt. Mit unseren eigenen nackten Augen haben wir ihn gefunden." Jetzt wurde sein Ton knapp, fast barsch. „Okay, Chuck, willst du Suchtruppführer bleiben?"

„Aber natürlich! Wer wäre besser qualifiziert?" Auch d'Andilly hatte nun den fernen Umriß gesehen. Mit dem Sinn des Piloten für dynamische Beziehungen schätzte er ab, wie er den Kameraden abfangen könnte und gab seine Anweisungen. Er wußte, daß er in Wirklichkeit den beiden anderen nicht überlegen war, doch ein einziges Kommando war nötig, um die Anstrengungen wirkungsvoll zu koordinieren.

Und sie mußten tatsächlich und wirklich koordinieren!

Die drei Schiffe bogen aus, kämpften um jeden Grad der Kurve und tauchten auf die *Mary Girl* hinab. Die relativen Geschwindigkeiten waren nicht groß, und so kamen sie sehr schnell in Position. Sie flogen dem Wrack nicht weit voran und hatten es mit ihren Schleppkabeln eingerahmt. Für einen Moment war eine gewisse Stabilität erreicht.

„Tom, kannst du mich hören? Hereinkommen, Tom!" rief Wisner.

„Stell deine Unterhaltung ein", riet ihm d'Andilly. „Bist du fertig? Jetzt eine Spur bremsen ... zurück, zurück, ganz sachte ... nicht so schnell, du Krautkopf ... ein bißchen anheben, Bill ... Ah! wir schnappen ihn!“

Ungefähr halbwegs zwischen Schiffen und Ballon waren die Kabel mit drei Strängen verbunden, die wiederum ein flexibles Metallnetz trugen. Die *Mary Girl* lag unmittelbar hinter diesem Netz. Zollweise kämpften sie sich durch Turbulenzen, die ihre Kabel zu verwirren drohten, und so mußten die Retter das Netz etwas langsamer als das Wrack bewegen. Die Schöpfnase traf auf das Netz, das sich darum schloß. Der Fisch war gefangen.

„Alles in Ordnung, richtig?“ fragte d'Andilly. „Gut, dann los.“

Der eiligst angebrachte Schlauchmechanismus bei *Mignonne, Sky Thief* und *Seeadler* wurde gelöst. Die Schleppleinen peitschten zurück. Eine Funkanweisung ging zurück zu einem kleinen Pack im Container des Ballons und sprengte ihn. Das Metall schälte sich ab. Als der gewaltige Luftstoß in die Falten griff, öffnete sich der Fallschirm.

D'Andilly bekam sein taumelndes Schiff wieder in den Griff, schaute zurück und vergaß alles andere vor ehrfurchtsvoller Begeisterung. Hoch oben über den Sturmwolken, die wie weiße Berge aussahen, blühte eine durchsichtige Halbkugel auf, die wie ein geisterhafter Mond schimmerte. Immer noch größer wurde sie, bis d'Andilly glaubte, das Material müsse nun reißen.

Nein. Es hielt. Es bedurfte riesiger Energien, das Elastomer völlig auszudehnen; die *Mary Girl* erzeugte sie mit ihrer Geschwindigkeit. Ihr Fallwinkel wurde nun steiler, doch der Fall selbst verlangsamte sich. D'Andilly bremste mit umgekehrtem Schub ab bis auf etwa dreifache Erdenschwerkraft unter Jupiters eigener Anziehung. Nun, Toms Körper mußte das schon die kurze Zeit ertragen können, die dies nötig war.

Sein lebender Körper, wie man hofft ... „Tom? Bist du da? Kannst du uns hören?"

Die vier Schiffe rasten weiter nach Osten. Sie überflogen die Sonnenaufgangslinie und sahen über endlosen Dunstfeldern rosenfarbenes Licht. Die zwergenhafte Sonne kletterte immer höher für sie. Immer weiter stiegen sie langsam ab, den Wolken entgegen, bis sie die zuckenden Blitze erkannten.

Um diese Zeit hatten sie ihre Geschwindigkeit ganz erheblich reduziert. Das Wrack flog ruhig am Fallschirm mit. Eigentlich war es dann gar nicht mehr so aufregend, als sie sich der *Mary Girl* so weit näherten, daß sie die Greifer anlegen konnten. Es ging sehr schnell. Ein zweiter Funkbefehl zündete Thermitpatronen an den Kabeln und befreite sie vom Netz.

Nun kämpften sich die Maschinen wieder dem Himmel entgegen. D'Andilly schaute zurück und sah, wie der Fallschirm von einem Windstoß ergriffen und einer tausend Kilometer hohen Gewitterwolke entgegengetrieben wurde. *Jupiter sucht seine Rache,* fiel ihm ein. *Soll ihn doch der Teufel holen. Wir kommen zurück.*

Nach einer Weile war klare, sternenbestickte Dunkelheit über ihnen. Tiefste Stille umgab sie. Der Planet schien nichts mehr zu sein als eine gemalte Kulisse. D'Andilly schüttelte sich vorsichtig, als fürchte er, das geschundene Fleisch könne abfallen. Aber er schien keinen Dauerschaden davongetragen zu haben. „Gehen wir in den Orbit", sagte er, und seine Stimme kam ihm selbst merkwürdig vor, denn in seinen Ohren klangen noch immer die Glocken wahnsinniger Anstrengung. „Ich möchte an Bord kommen und sehen, was mit Tom ist."

Er hatte Angst vor dem, was er finden würde.

„Chuck, das kann ich dir schon sagen", rief Wisner, und

durch seine Stimme klang verhaltenes, glückliches Lachen. „Ich kann von hier aus in sein Cockpit schauen. Er winkt und schüttelt sich selbst die Hände wie ein Wahnsinniger. Alles in Ordnung mit ihm.“

Da blühte in d’Andilly eine große Freude auf.

„Wahrscheinlich hat sein Radio den Geist aufgegeben“, sagte von Raaben. „Mit einer toten Maschine war er auf die Notakkumulatoren für alles angewiesen, und die dürften schon ziemlich leer sein. Kommt, wir müssen uns orientieren, den Kurs festlegen und so schnell wie möglich nach Hause fliegen. Ich will ein Bier.“

„Das sollst du haben“, sprudelte d’Andilly heraus, „alles Bier der Welt meinetwegen, du schaummäuliger Boche, Bier in Steinkrügen von Jupiter-Größe, bis es dir zu den Ohren herausquillt. Vorausgesetzt natürlich, daß ich ebensoviel Kognak bekomme.“

Er paßte die Schubvektoren den Navigationsrichtungen an. Die drei Schiffe und ihre Ladung näherten sich dem Rendezvous. D’Andilly schmeckte schon fast den Kognak. Sein Cockpit füllte sich mit heiserem Gesang.

...Que donn’rez vous, la belle,
Pour le voir revenir?
Auprès de ma blonde
Qu’il fait bon, fait bon, fait bon,
Auprès de ma blonde
Qu’il fait bon dormir!

Die *Vesta Castle* bebte vor Energie, als sie heimwärts beschleunigte.

Captain Ben Judah hüllte seinen Kopf in Rauch und kniff die Augen zusammen; mit größter Vorsicht faßte er mit der Pinzette einen winzigen Spier, brachte ihn an den Vormast des Clippers und hielt ihn dort einen Moment fest, bis der Klebstoff anzog. Sein inneres Auge sah die *Witch of the Waves* schon als Wirklichkeit, und bald würde sie mit einer Ladung, die Segel im Wind gebläht, über die Meere jagen. Über ihr kreisten Möwen, die auch nicht weißer waren als der Schaum des Kielwassers in der unendlichen blauen See ... Er seufzte. Man stellte sich besser doch den Tatsachen. Im Universum gab es längst keine Romantik mehr.

Es klopfte zögernd. Er legte die Pinzette weg. „Ja, komm rein!"

Roy Pearson schob sich durch. Ben Judah war erschüttert, wie versorgt der Mann aussah. „Hallo, du! Was ist mit dir los?" fragte er so herzlich wie er konnte. „Dein Essen in der Kabine einnehmen, und das bei den letzten sechs Wachen! Wenn ich nicht alle Hände voll zu tun gehabt hätte, uns wieder auf den Weg zu bringen, hätte ich nachgesehen, was dich quält."

„Ah, spar dir das." Pearson ließ sich auf die Kante des Feldbetts fallen und starrte zwischen den Knien auf den Boden. Seine Stimme war kaum zu hören. „Du weißt, weshalb ich mich nicht sehen ließ."

„Na, jetzt komm aber! Niemand ist dir deshalb böse, weil du einen Rat gabst, der sich dann als unrichtig herausstellte. Du solltest deine Piloten wirklich besser kennen. Sie meckern ein bißchen, und das steht ihnen auch zu, aber so extrovertierte Menschen können nicht lange grollen. Nicht einmal Tom Hashimoto. In der Messe sagte er, als man ihm die Geschichte erzählte, er hätte an deiner Stelle ebenso gehandelt wie du."

„Darum geht es doch nicht." Die Stimme wurde nun lauter, aber scharf wie eine Säge. „Um dich geht es. Ich dachte, ich hätte recht, wenn ich meine Klage einreiche. Natürlich werde ich das trotzdem tun, denn ich muß. Aber ich bin darüber sehr unglücklich. Wenn wir uns jedoch nicht an die Doktrin halten, wie viele andere junge Männer mögen dann sterben oder verkrüppelt werden?“

„Nein, so was Verrücktes!“ Ben Judah brach in ein herzliches Gelächter aus. „Und das nagt an dir? Roy, wir brauchen dich als Komiker. Hast du denn den Bericht über das gerettete Schiff gehört?“

„Nein. Was …“ Pearson versuchte aufzustehen, doch seine Beine gehorchten nicht.

„Der Chief machte eine vorerst oberflächliche Inspektion und fand sofort die Ursache. In der Maschine natürlich. Schwefelsäuredämpfe hatten die Verstrebungen zwischen Reaktor und Schwerkraftgenerator zerfressen.“

„Und woher, zum Teufel, kommt das?“

„Auch dies ist klar. Es hat früher schon, wie mir Mac sagte, ähnliche Vorfälle gegeben, auch bei anderen Maschinen. Verstehst du, Stahl wird mit Schwefelsäure behandelt, und einiges von dieser Säure setzt sich zwischen den Kristallen fest. Dieses Maschinenabteil ist versiegelt. Die nukleare Strahlung und verstreute Feldantrieb-Impulse lassen die Säure wieder durchsickern. Es geht sehr, sehr langsam, aber sie sickert. Man hat wohl Vorsichtsmaßnahmen dagegen ergriffen, doch die scheinen nicht umfassend genug gewesen zu sein. Du erinnerst dich, die *Mary Girl* ist eines der ältesten Schöpfschiffe, die noch im Dienst sind. Sie hatte sehr viel Zeit für die Entwicklung dieser Wirkungen.“

„Aber das heißt doch …“ Pearsons Gehirn begann in gewohnter Weise zu klicken. „Ja. Es müßte gar nicht so schwierig sein, damit fertig zu werden. Man installiert pH-Meter oder etwas dergleichen, die dann rechtzeitig warnen.“

„Daran dachte ich auch“, antwortete Ben Judah. „Nachträglich ist man immer klüger als vorher, nicht wahr? Okay. Angenommen, ich hätte deinem Befehl nicht widersprochen, und wir hätten das Schiff nicht zurückbekommen. Wie viele mehr wären verloren gewesen, ehe man die Ursache gefunden hätte?"

Pearson musterte ihn. „Ja, das ist richtig."

„Deshalb führte meine Entscheidung zu einem Nettoprofit für die Firma, oder wenigstens zur Vermeidung eines sehr ernstlichen Nettoverlusts. Deine Pflicht ist es also, mich entsprechend herauszustreichen und mir eine ordentliche Gehaltszulage zu verschaffen."

Pearson sprang ein wenig unbeholfen auf und streckte ihm eine zitternde Hand entgegen. Seine Augen waren feucht. „Darauf kannst du dich verlassen, Elias!"

„Na, na, ist kein Theater wert", brummte Ben Judah verlegen. „Reg dich wieder ab. Hier ist ein Drink."

Bald hatte sich Pearson ausreichend erholt und konnte sogar eine Schachpartie vorschlagen.

Zwischenspiel 5

Wieder sitzen wir eine Weile zusammen. Die Musik tobt um uns. Mein Drink aus Whisky und Wasser benetzt meine Zunge mit schwachem Rauchgeschmack, der an die Gerüche von Missys Zigarre und Amspaughs Pfeife erinnert. Lindgren stemmt seine hohe Gestalt in die Höhe und geht zur Bar.

„Wir scheinen durch ein ganzes Universum zu wandern", bemerkt Amspaugh schließlich. „Aber ich nehme an, das ist bei einer philosophischen Diskussion nicht zu vermeiden, und zu der wurde unsere Unterhaltung ja."

Dworczyk schaut auf seine Uhr, und mir fällt ein, daß er zu einem Experiment zurückkehren will. „Müssen wir denn so tief schürfen?" will er wissen. „Wir haben doch nicht die Absicht, unsere Lehrbücher selbst zu schreiben, und ich bin nicht dafür, unsere Autoren in eine Zwangsjacke zu stekken. Wir wollen doch nur sozusagen eine Leitlinie vorschlagen."

„Aber wie sollen diese Leitlinien aussehen?" Echevaray spricht leise. „Diese Frage haben wir vor uns."

„Nun, ich meine, sie müssen lange nicht so kompliziert sein, wie es sich einige vorstellen. Schau mal, von den Kindern werden sich nur wenige an das erinnern, was sie im elementaren Geschichtsunterricht gelernt haben. Und auch von denen wird nur ein Bruchteil tiefer in die Geschichte gehen wollen. Geben wir ihnen doch ein paar Grunddaten – 1492, 1776, 1969, 2002, also die gebräuchlichen – und die Grundinformation über das, was damals geschehen ist.

Ein Tatsachenskelett, mit anderen Worten. Jene, die daran interessiert sind, können das Skelett später mit Fleisch auskleiden, vielleicht sogar auf eine ganz andere Art als erwartet, aber das geht uns heute nichts an."

„Oh, doch, Tom", sagt Missy. „Ein nackter Tatsachenbericht wäre so langweilig, daß jeder Schüler alles vergessen hätte, sobald die Examen vorbei sind. Keiner würde je an weitere Studien denken."

„Oh, natürlich, darüber bin ich mir klar", pflichtet ihr Dworczyk bei. „Sollen doch die Autoren auch malerisches Zeug mit hineinwerfen. Romanzen, Abenteuer – fein! Was immer du auch sagen wirst, Colin, Conchita hat recht: die Geschichte der Eroberung des Weltraums ist voll wildester Episoden. Und oft auch von den beglückendsten. Gelegentlich wenigstens."

Es überrascht mich, daß die junge Frau so nüchtern antwortet: „Gut, aber das genügt nicht. Wir wollen und müssen der nächsten Generation Beispiele von Mut und Selbstaufopferung geben. Aber wir müssen ihnen auch zeigen, wie die in einem größeren Zusammenhang sich auswirken. Andererseits kann ich mir auch leicht dringende Fälle vorstellen, wo die Loyalität einem guten Freund gegenüber größer sein könnte als die Loyalität gegenüber dem Schiff. Und das könnte die gesamte Crew verderben.

Und ohne zu prosaisch werden zu wollen: wir erinnern uns besser an die Tatsache, daß die interessanten Tugenden, wie zum Beispiel der Heroismus, nicht die einzigen dringend nötigen sind. Wir müssen die unansehnlicheren in gleicher Weise entwickeln."

„Und dazu könnten wir", schlägt Orloff vor, „einen subtilen Unterricht wählen, indem wir eine Episode erzählen, die alle diese Punkte illustriert ... He!" Er schnippt mit den Fingern. „Wie wär's mit dem Herdenschiff *Merlin?*"

„Wie? Was?“ frage ich.

Die älteren Leute sehen interessiert drein. Sie schienen diesen berühmten Fall miterlebt zu haben. Conchita, Echevaray und ich tauschen verständnislose Blicke aus.

„Ausgezeichnet“, sagt Amspaugh. „Du könntest sogar noch auf einiges andere hinweisen, das auch zur Geschichte gehört. Zusammenarbeit, zum Beispiel. Die wirtschaftliche Ausdehnung der Republik, des ganzen Asteroidengürtels kam auch der Erde zugute. Und die Asteriten hatten ihrerseits wieder von einer guten Beziehung zum Mutterplaneten zu gewinnen. Die Kinder könnten eine Ahnung von der Einheit der Menschheit bekommen, wenn ihre Lehrer es vermeiden, dauernd darüber zu dröhnen.“

„Und der Sonnenjammer, der dazugehört“, sagt Lindgren von der Bar her. „Ich bin kein Dichter, aber ich meine, jeder Schriftsteller könnte ein Symbol für die Flotten der Sonnensegler errichten; ihr wißt ja: angetrieben von dem gleichen Licht, das unser Leben in seinem ganzen Umfang erhält; man könnte die Welten so miteinander verweben, wie die Sonne sie zusammenhält – und dergleichen. Übrigens, wohin ist der Brandy geraten?“

McVeagh schnieft. „Hört auf damit, Leute! Ihr wißt so gut wie ich, keine Einzelpersönlichkeit arbeitete an der Verbesserung des Loses wenigstens eines Teiles der Menschheit – bis auf Nummer EINS. Und ihr müßt zugeben, daß die vollzogene Verbesserung niemals zu einer wahren Brüderschaft führte. Ich habe mich einmal für den Fall *Merlin* interessiert und auch einige Bücher darüber gelesen, aber ich erinnere mich nicht einmal mehr vage an die alten 3V-Sendungen. Wenn ihr mich fragt, dann illustriert das recht gut meinen Standpunkt. Handels- und politische Beziehungen liefen weiter mit Gewäsch, Stümperei, Reibungen, Winkelzügen und Untüchtigkeit.“

„Verzeihung“, meldete sich Echevaray, „aber wovon sprichst du?“

„Das weißt du nicht, Luis?“ Missy hebt die Brauen. „Es geschah vor deiner Geburt, aber ich dachte, da du auf der Erde geboren bist und die Sache so entscheidend für die Erde war ...“

„Ich fürchte, das wurde vergessen, mindestens in meinem kleinen Pyrenäendorf.“

McVeagh lacht. „Soviel zum unsterblichen Ruhm eines Helden.“

„Wir erinnern uns, Colin“, hält ihm Missy vor, „und in den Büchern steht es auch.“

„Aber Miß Montalvo und ich, wir beide wissen nichts davon“, werfe ich ein.

„Wollen wir's ihnen erzählen?“ schlägt Lindgren vor. Er hat inzwischen die Brandyflasche gefunden, und ich hörte, wie das Naß in ein Glas gurgelt. „Wir können noch über die beste Art, es den Kindern beizubringen, diskutieren, sobald es akut wird, und auch die historischen, politischen, wirtschaftlichen und philosophischen Aspekte, und was ihr sonst noch unbedingt wollt, berücksichtigen.“

Und so hören wir die Geschichte ein wenig fragmentarisch und haben sie daher im eigenen Geist neu zu schaffen.

Sonnenjammer

Alt Jonas war ein Transporteur, jawohl, er war's, jawohl,
Alt Jonas war ein Transporteur, jawohl, jawohl, jawohl.
Ein wilder Sturm, der ärgert ihn,
Deshalb erfand er's Submarin,
Bravo, hurra, bravo für'n Transporteur.

Das Herdenschiff *Merlin* schaukelte zwei Millionen Kilometer und mehr von der Erde entfernt einen kometenähnlichen Orbit entlang. Das Herdenschiff glich eigentlich einer kleinen, schimmernden Spinne, die beschlossen hatte, einen Elefanten zu fangen und deshalb sein Netz entsprechend webte. Der Vergleich war durchaus nicht an den Haaren herbeigezogen. Manchmal entdeckte eine Crew am Rand des Asteroidengürtels, daß sie wirklich ein großes Biest gefangen hatte.

In den schwarzen Sichtluken der Kontrollkabine drängten sich die Sterne; die Milchstraße wand sich wie ein juwelenbesetzter Gürtel um den Himmel, über Millionen Lichtjahre schimmerten die Andromeda-Galaxien geheimnisvoll in den Raumtiefen; die sonnenseitige Luke hatte sich automatisch geschlossen, um eine Überladung für Mensch und Maschine zu vermeiden. Aber im Rahmen nebenan war die Erde sichtbar, ein rundgeschliffener, klarblauer, unbeschreiblich schöner Edelstein, und dahinter sah Luna wie eine etwas angelaufene Perle aus.

Sam Storrs hatte Wache. Er saß nicht so tagträumend da,

wie es vielleicht Edward West getan hätte. Er gab zu, daß es wenig schönere Ausblicke im ganzen System gab, doch den hier hatte er schon oft genug gesehen, und der Planet da drüben war nicht der seine. Er war Asterit der dritten Generation, ein hagerer, vorzeitig kahl gewordener Mann mit gefurchtem Gesicht, der sich seines Bruders nur allzu gut erinnerte, den er in der Revolution verloren hatte.

Im Moment hatte er nichts zu tun, also versuchte er Levinsohns *Principles of Modern Political Economy* zu lesen. Er mußte sich darauf konzentrieren, und daran hinderte ihn der Klang der Gitarre vom Salon nebenan. Er runzelte die Brauen, als Andy Golescus Stimme weiterhin die Melodie mißhandelte.

König Salomon war ein Transporteur, jawohl, er war's, jawohl.
König Salomon war ein Transporteur, jawohl, jawohl, jawohl.
Er lud sein Holz auf eine Brigg,
Denn ohne Reifen taugt ein Wagen nicht,
Bravo, hurra, bravo für'n Transporteur!

„Alle Götter", murmelte Storrs, „wie schulbubenhaft darf sich ein Erwachsener eigentlich noch benehmen?"

Er griff nach dem Schalter der Sprechanlage in der Absicht, Golescu zu sagen, er solle aufhören. Aber die Hand zog er wieder zurück. Besser nicht. Es war noch ein weiter Weg, bis ihre Umlaufbahn sie wieder nach Pallas und zum Ende ihrer Patrouille zurückbrachte, selbst wenn das letzte Stück der Strecke mit Schub zurückgelegt wurde. Der Zusammenhalt der Crew war unerläßlich, wenn man überleben wollte, ebenso wichtig wie der Nukleargenerator.

Und Andy ist schon in Ordnung, sagte sich Storrs. *Er*

kommt nur von Ceres. Was soll man schon erwarten von einem, der in einer so vergnügungssüchtigen, hektischen Stadt aufgewachsen ist? Für mich auf den Nachzüglern des trojanischen Haufens war das ganz anders. Deren Puritanismus hilft einem überleben. Seine Mundwinkel hoben sich.

Die Psychomediker der Firma hatten schon gewußt, was sie taten, als sie Storrs, West und Golescu für die *Merlin* bestimmten. Man brauchte ein Gleichgewicht der Persönlichkeitstypen ... Storrs überlegte sich, ob er eine Versetzung beantragen sollte, wenn sie zum Stützpunkt zurückkehrten.

Odysseus war ein Transporteur, jawohl, er war's, jawohl.

Das weitreichende Radio zirpte und ließ ein rotes Licht blinken. Storrs riß es vom Sitz. Was, zum Teufel! Das war doch kein Notsignal von einem Sonnenjammer, sondern ein Breitbandruf auf dem allgemeinen Band ... Er holte tief Atem und legte den Schalter um.

Er hielt bei Calypso und fragte nach Bier
Und blieb dann ganze zehn Jahre bei ihr ...

Im Sprecher prasselte kosmische Statik. Eine Stimme kam durch. „International Space Control Central ruft Beltline Transportation Company Schiff Nummer elf, laut Computer im Sektor Charlie. Hereinkommen, bitte, Nummer elf hereinkommen ... International Space ..."

„Da sind wir ja schon." Storrs suchte seine ganze Würde zusammen. Kein Erdling sollte sagen dürfen, ein Bürger der Asteroiden kenne sich mit dem Ritual nicht aus. „Wartungsschiff elf, *Merlin,* Heimathafen Pallas, Storrs auf

Wache, bestätigt den Anruf der International Space Control Central", sang er aus. „Mein genauer Standort und mein Orbit sind ..." Er las die Ziffern vom Schirm des Autonavigators ab.

Er brauchte dazu das Sende/Empfangsnetz außen am Rumpf nicht umzustellen. Die Detektorantenne hatte bereits die Richtung des ankommenden Strahls aufgenommen, und nun schwang sich der Maser auf diesem Weg hinaus. Das Schiff drehte sich dabei eine Kleinigkeit. Storrs tupfte leicht auf die Kontrollen. Der Generator schnurrte. Energie lief in die Emetts. Das Feld löste das winkelförmige Momentum auf in den allgemeinen Massenenergie-Hintergrund des Universums.

Kolumbus war ein Transporteur, jawohl, er war's, jawohl.
Kolumbus war ein Transporteur, jawohl, jawohl, jawohl.
Ins Leihhaus kam die Königskron,
Ihn schickte man auf See davon.
Bravo ...

Golescu mußte bemerkt haben, daß etwas vorging, denn er hörte zu singen auf. Storrs legte den Schalter der Bordsprechanlage um. „Hab' einen Ruf von der Erde", sagte er. „Ich weiß nicht, warum, aber es scheint roter Alarm zu sein."

Füße sprangen auf das Deck. Storrs Haut begann zu prickeln. Was, bei allen Kometen, ging da vor? Natürlich wußte die Raumkontrolle der Erde ziemlich genau, wo sich die *Merlin* befand. Die Umlaufbahn eines jeden Herdenschiffs wurde im ganzen System in alle Verkehrsüberwachungsstationen aufgenommen. Wurde ein Orbit verändert, machte diese Nachricht zwischen den Planeten sofort die Runde. Aber das war nur eine Vorsichtsmaßnahme für alle Fälle. Die Botschaften, die ein Herdenschiff von seinem Pfad abzogen, waren immer automatisch gewesen; Funkzeichen von einem Sonnensegler, dessen Innensensoren Schwierigkeiten aufgezeichnet hatten.

Immer. Und jetzt?

Sein Signal war hinausgeschossen. Ein paar Sekunden später hatte es die Relaisstation in der Erdumlaufbahn erreicht. Der Operator hörte zu rufen auf, lauschte Storrs Antwort und begann wieder zu sprechen.

„International Space Control Central bestätigt Antwort vom Wartungsschiff elf. Bitte, bleiben Sie auf Empfang. Ich werde Sie jetzt weiterschalten an das Hauptbüro, Bodenstation."

Ein leises Pfeifen kam aus dem Lautsprecher. Golescu hatte es an der Maschine gehört. West kam durch die Tür herein und keuchte noch, weil er die Leiter heraufgeklettert war. Er war ein großer, breiter Mann mit ergrautem Haar; Gesicht und Magen waren schon ein wenig schlaff, aber er war sehr fähig, wie Storrs zugab, und für einen Erdenmann ungeheuer anständig. Es war natürlich nützlich, daß er aus England kam. Die Revolution hatte sich ja vorwiegend gegen die Nordamerikaner gerichtet.

„Muß wohl was Wichtiges sein, was?" sagte West. „Hauptquartier und so." Er ließ sich im Navigatorstuhl nieder.

„Hallo, *Merlin*", meldete sich eine neue Stimme. Es war ein tiefer Bariton, knapp und voll Autorität. „Evan Bailey hier, Assistentdirektor des ISCV-Büros für Sicherheit." Diesmal war es West, der pfiff. Eine Mitteilung von einem so hohen Beamten der interplanetaren Weltkommission, direkt von seinem Schreibtisch aus gesendet!

„Es ergab sich ein dringender Notfall", fuhr Bailey fort. „Wir haben keine Zeit zu verlieren. Berechnen Sie sofort eine Abfangkurve für Segelschiff Nummer einhundertzwanzig-acht, also eins-zwo-acht. Gehen Sie davon aus, daß sie mit größtem Schub in – sagen wir – fünfzehn Minuten zu beschleunigen beginnen. Jedenfalls so schnell wie möglich. Ist vielleicht zufällig ein anderes Schiff Ihrer Art in vernünftiger Nähe? Wir haben darüber selbst keine Meldung, doch es könnte ja ein Aufzeichnungsfehler vorliegen. Und Sie werden selbst jede nur denkbare Hilfe haben wollen."

„Nein", antwortete Storrs. „Nichts. Die Herdenschiffe sind weit auseinandergezogen. Es sind ja nicht viele. Sie haben Glück, daß wir im Moment so nahe sind."

Das war nicht reiner Zufall. Die Umlaufbahnen der Wartungsschiffe waren so geplant, daß sie niemals sehr weit von den großen Schiffen der Beltlinie entfernt waren. Einige der besten Mathematiker der Republik hatten die Formeln für die besten Kurse überhaupt ausgeknobelt, denen Segel- und Motorschiffe folgten. Das war ein sehr komplizierter und ständig wechselnder Figurentanz über das halbe Sonnensystem.

Storrs setzte sich straff auf. „Und worum geht es?" fragte er.

Wests Finger hatten einen Trommelwirbel auf den Instrumentenknöpfen vor ihm gespielt. Ein Band mit den verlangten Informationen schob sich heraus. „Eins-zwo-acht", murmelte er. „Ja. Da sind wir ja. Ladung ... Na, das ist aber merkwürdig. Der Sonnensegler hat achthundert metrische Tonnen Isonitrate von dem Werk *Schwert* im Jupiter-Orbit an Bord. Der Segler nähert sich im Moment der Erde und ist nur noch etwa zehntausend Kilometer entfernt. Auf der ganzen Passage gab es kein Anzeichen für Schwierigkeiten."

„Isonitrat was?“ fragte Golescu über die Bordanlage.

„Das ist eine wichtige Chemikalie für die Industrie“, erklärte West. „Alkali-Komplex von 2,4 Benzoisopro ...“

„Egal“, unterbrach ihn Golescu. „Tut mir leid, daß ich gefragt habe. Ah, mit unseren Maschinen ist alles in Ordnung, wenn die Instrumente nicht lügen.“

Bailey hatte ein wenig gezögert. Storrs konnte sich den Mann vorstellen: dicklich, in einem behaglichen Sessel hinter einem riesigen Mahagonischreibtisch, und er schwitzte vor Angst, etwas könnte passieren, das seine ruhige Klettertour durch die Bürokratie bis ganz nach oben stören könnte. Seine Worte waren nicht ganz sicher, als er wieder sprach.

„Es wird Sonnenausbrüche geben.“

„Was?“ Storrs sprang auf. Ein Fluch von Golescu kam über die Bordanlage. West machte eine kurze Pause, seine Hände hingen über den Tasten. Dann knurrte er etwas wie einer, der einen Schlag bekommen hatte und arbeitete am Computer, um die Schubvektoren zu errechnen.

„Nein!“ protestierte Storrs. „Das kann doch nicht sein! Wir haben jetzt ausgesprochene Schönwetterzeit.“ Seine Augen gingen hinaus zu den Sternen und blieben an der blanken Sichtluke hängen.

„Mein Büro gibt mehr Sturmwarnungen aus, als Sie sich vielleicht vorstellen können“, erklärte Bailey. „Die großen Sonnensturmzyklen sind heutzutage ziemlich weit voraus berechenbar, aber kleine und kurzlebige, die sich ja oft ereignen, lassen sich häufig nicht länger als vierundzwanzig Stunden vorher beobachten.“ Sein Ton wurde gönnerhaft. „Schönwetterzeiten sind nur Perioden, in denen es keine großen Ausbrüche gibt und die Möglichkeiten für kleine gering sind. Begrenzt möglich. Ihr Asteriten braucht euch über solare Strahlungen keine Sorge zu machen, so weit draußen, wie ihr seid, also vergeßt ihr wahrscheinlich solche Einzelheiten. Wir um die Erde herum sind uns dessen besser bewußt.“

Du eingebildete Planetenratte! Storrs klammerte sich mit beiden Händen an seine Höflichkeit. „Ich kenne die Einzelheiten gut genug“, antwortete er steif, „denn, Mr. Bailey, jeder Mann an Bord eines Herdenschiffs hat ein Kapitänspatent. Ich war nur erschüttert. Mir erschien es unglaublich, daß eine Ladung Isonitrat überhaupt verschifft wird, wenn die Möglichkeit eines Sonnensturms besteht und das Schiff noch innerhalb der Mars-Umlaufbahn ist.“

Der Strahl zuckte hinaus. Während sie auf Antwort warteten, meinte West milde: „Sam, nenn es einen nicht meßbaren Zufall. Weißt du, der Bursche hat recht. Die Solarmeteorologie ist eine noch sehr junge Wissenschaft. Man muß entweder auch einmal einen unglücklichen Zufall annehmen und wissen, daß man dabei ein Schiff verlieren kann, oder man hat überhaupt keinen nennenswerten Raumverkehr. Ein solcher Zwischenfall mußte früher oder später passieren.“

„Aber deshalb ins Bier zu weinen!“ rief Golescu. „Warum konnte das nicht mit einer Ladung Metall passieren?“

„Das passiert oft genug“, erinnerte ihn Storrs. „Metall wird durch Strahlung nicht geschädigt. Erinnerst du dich?“ Und sarkastisch fuhr er fort: „Du hast dich so oft darüber beklagt, wie langweilig diese Kreuzfahrten doch meistens sind. Na, jetzt hast du deine Chance, etwas zu tun.“

Bailey war wieder da. Ein Rascheln, das sogar das trokkene Sternengewisper übertönte, ließ ahnen, daß er einen für ihn zusammengestellten Bericht durchsah. „Der Sonnensturm wird in ungefähr zwölf Stunden erwartet“, sagte er. „Vorausgesagte Dauer drei Stunden. Geschätzte Spitzenstrahlung in Erdnähe viertausend Röntgen pro Stunde. Sie wissen, damit explodiert das Isonitrat."

Auch Storrs explodierte. „Zwölf Stunden! Sie müssen das doch mindestens schon vor zwei Tagen gewußt haben. Warum haben Sie uns nicht da schon alarmiert? Zwei von diesen verdammt wichtigen Stunden brauchen wir ja schon zum Rendezvous!"

„Sam, nicht so tragisch nehmen", riet ihm West leise. „Einige dieser Beamten der oberen Kasten sind noch empfindlicher als dieses Isonitrat."

Wie zur Bestätigung wurden Baileys Worte hart. „Captain, bemühen Sie sich bitte um eine andere Sprache. Ich gebe zu, die Verzögerung ist äußerst unangenehm, aber daran ist keiner schuld. Die Vorhersage wurde wie üblich ausgegeben, auch die Unterlagen wurden genau nach den Vorschriften geprüft. Man bemerkte die Nähe von eins-zwo-acht. Aber es ist ein unbemanntes Transportmittel. Sie können nicht von einem kleinen Angestellten erwarten, daß er weiß, wie gefährlich diese Ladung sein kann. Darauf wurde erst hingewiesen, als die Daten mein Büro erreichten für die vorgeschriebene doppelte Nachprüfung. Und dann mußte eine Entscheidung getroffen werden. Wir haben nicht so viel Frachtraum, daß wir so viel Material rechtzeitig hätten umladen können. Für uns wäre es viel einfacher gewesen, eine Crew hinauszuschicken, die das Gas abläßt, und wir hätten uns dabei erspart, daß eines unserer Sonnenschiffe zerstört wird. Aber ein Physiker im Personal wies nach, daß dies unmöglich ist. Ich wurde von diesem Dilemma unterrichtet, als ich vom Lunch zurückkam, und ich ordnete sofort an, daß mit dem nächsten Herdenschiff Kontakt aufzunehmen ist. Was wollen Sie mehr, Mann?"

Storrs schnappte nach Luft. *Natürlich hätte ich damit*

rechnen müssen, dachte er mit einer Ecke seines Gehirns. *Heute gibt es doch nirgends mehr auf der Erde eine Regierung, die nicht irgendwie mit „Sozialer Gerechtigkeit" zu tun hat. Natürlich gehen dabei selbständiges Denken, Gewissenhaftigkeit und ganz gewöhnliche Tüchtigkeit mit über Bord.*

Er setzte sich wieder. „Nun, Mr. Bailey", sagte er, „Sie können Ihre Crew eigentlich herausbringen und das Zeug im Notwurf absetzen lassen. Wir können auch nicht mehr tun als dies. Oder haben Sie etwa andere Vorschläge?"

Als er die Übertragungsverzögerung abwartete, hörte er Golescu sagen: „Wuff! Sieht ganz so aus, als bekämen wir ein bißchen mehr an Aufregung, als ich eigentlich wollte."

West lachte leise. „Hast du nicht vorher eine Moritat gesungen über das irre, fröhliche Leben eines Transporteurs?"

„Ich hab' doch nur ein bißchen geübt. Diese Helden von den Schöpfschiffen und die Prospektoren nehmen einem zu Hause alle Mädchen weg. Für uns arme, gewöhnliche Raummänner muß doch auch mal was getan werden."

„Das Gas darf unter keinen Umständen so nahe der Erde abgelassen werden", erklärte Bailey. „Es würde die ganze innere Region vergiften und einen geschätzten Schaden von mindestens zehn Milliarden Dollar anrichten. Sie können es ablassen, wenn Sie mehr als hundertsechzigtausend Kilometer von der Erde entfernt sind. Das ist ein direkter Befehl kraft meiner Autorität unter dieser Jurisdiktion und dem Interplanetaren Navigations-Abkommen. Haben Sie alles aufgezeichnet? Ich wiederhole ..."

„Oh, heiliger Judas!" schrie Golescu. „Die verlangen von uns, daß wir eine Bombe abschleppen?"

Summendes Schweigen herrschte im Schiff. Storrs wurde sich dessen bewußt, wie hart die Sterne gleißten, wie die

Kraftanlage und die Ventilatoren murmelten und das Deck vor Energie zitterte. Er fühlte das rauhe Material des Coveralls an seiner Haut, die feucht geworden war. Er starrte die Instrumentenanzeiger am Pilotenbrett an, und sie starrten zurück mit ihren Trollaugen; und immer noch hielt die Stille an.

Bailey brach sie. „Ja. Wenn Sie keinen anderen Plan haben, erwarten wir von Ihnen, daß Sie das Zeug in eine sichere Entfernung bringen. Nach den Bedingungen der Konzession Ihrer Firma für terrestrische Operationen ist es also Ihre Verantwortung, diesen Gegenstand in einer Weise zu beseitigen, die das öffentliche Wohlergehen nicht beeinträchtigt. Was ist daran das Problem? Von Ihrem Schub ausgehend, müßten Sie in der Lage sein, die Ladung des Sonnenseglers in vier oder fünf Stunden weit genug wegzuschleppen."

„Zum Teufel noch mal!" fuhr Storrs auf. „Wir können bei einer so riesigen Außenladung doch nicht den vollen Schub einsetzen! Viel zu schwerfällig. Wir würden höchstens unseren Rumpf damit aufreißen. Ein Drittel des Maximalschubs ist schon gefährlich genug. Und erst müssen wir die Segel abkoppeln, um das Schleppobjekt richtig zu trimmen. Und das dauert mindestens zwei Stunden." Verzweifelt fuhr er fort: „Sie lassen uns überhaupt keine Sicherheitsspanne. Sie wissen ebenso gut wie ich, daß die Zeit für einen Sonnensturm nicht genauer vorhergesagt werden kann als auf eine Stunde. Beginnt er früher, als Sie sagen, und die Strahlung überschwemmt uns, ehe wir die Segel abmontieren, die Ladung abstoßen und klarkommen können – und das alles braucht Zeit – dann vernichtet uns die Explosion. Und Sie haben immer noch die Raumverseuchung. Plus eine ganze Menge Raumschutt vom vernichteten Schiff."

„Und auch Menschenfragmente", warf Golescu ein. „Wir haben doch das gesetzliche Recht, einen unmöglichen Job zurückzuweisen, nicht wahr?"

„Aber nicht einen unwahrscheinlichen", bemerkte West. Sein Blick schweifte hinüber zur Erde. „Möchte gerne Blighty wiedersehen."

„Wirst du", versprach ihm Storrs. „Wir denken nicht daran, für eine Menge Erdlinge Selbstmord zu begehen."

„Erdlinge, wie ich einer bin, Sam?" fragte West leise.

Bailey kam zurück. „Es wird nicht von Ihnen erwartet, daß Sie ohne ausreichende Vorsichtsmaßnahmen arbeiten. Sie können doch aus Sicherheitsgründen am Ende eines Kabels von einigen Kilometern Länge schleppen, nicht wahr?"

„Wissen Sie, wieviel Masse auf die Art dazukommt?" schnappte Storrs. „Aber egal. Tatsache ist, daß unsere Schiffsklasse für Kabelschleppen nicht geeignet ist. Wir hängen direkt an mit einem Schwerkraftgerät. Ein Kabel würde uns glatt auseinanderreißen, genauso wie Schleppen bei Maximalschub."

„Moment mal", unterbrach ihn West. Er hatte als Skipper ein Schiff der Europäischen Liga geführt, ehe er das Pensionsalter erreichte und Beltlinie ihm ein Angebot machte. Das Asteroidengesetz erzwang eine frühe Pensionierung nach medizinischen Daten, nicht nach dem Kalender. „Ich weiß, welche Schiffsklasse kabelschleppen kann. Nicht ein gewöhnlicher Schlepper. Ich meine die Art, die ein Segelschiff anschleppt. Das hat nicht genug Kraft, wenn man überlegt, wie schnell wir arbeiten müssen. Aber ein Schlepper der Nordamerikanischen Flotte vom Typ *Hercules* wäre richtig. Ich denke, vier oder fünf davon könnten zusammengekoppelt werden, ohne daß ihre Antriebsfelder sich gegenseitig stören. Oder vielleicht können Sie von den

Asiaten ein paar Schlepper vom Typ *Kubilai* ausborgen. Mit so vielen Maschinen können wir die geforderte Entfernung in angemessener Zeit schaffen. Können Sie die Schiffe dort haben, wenn wir ankommen? Wir stellen die ganzen Verbindungen her und überwachen die Arbeit."

Wieder dauerte die Antwort länger, als die Verzögerung ausmachte. Endlich kam wieder Baileys Stimme so klein und erschüttert, daß der Lärm des Universums sie fast ertränkte. „Ich ... glaube, Sie wissen es nicht. Beide Flotten sind in Venus-Nähe. Gemeinsame Manöver."

Nach einem Moment schien er frische Energie wie ein Gewand anzuziehen: „Wir werden tun, was wir können; wir alarmieren den Internationalen Rettungsdienst und werden alles zusammenrufen, was irgendwie von Nutzen sein kann. Versprechen kann ich nichts, denn die Zeit ist knapp. Aber ich werde tun, was menschenmöglich ist."

„Amöbenhaft möglich, meinen Sie wohl", sagte Storrs, das heißt, zum Glück flüsterte er es nur. Laut antwortete er:

„Wir fangen jetzt an. Wir müssen unser Radionetz zusammenfalten. Die Beschleunigungskräfte würden es sonst vernichten. Sobald wir Rendezvous machen mit eins-zwoacht, rufen wir Sie über Nahbereichsfunk. Bleiben Sie empfangsbereit."

Auf eine Antwort wartete er nicht, sondern schaltete sofort die Übertragung so ab, als sei der Schalter Evan Baileys Hals.

Nachdem das Spinnennetz eingezogen worden war und die Beschleunigung begonnen hatte, konnten die Männer wenig tun. Die Vorschriften besagten jedoch, daß Storrs während seiner ganzen Pilotenwache auf der Brücke zu bleiben hatte, denn in dieser Zeit war er auch Kapitän. Er riß sich selbst aus einer Zeit zornigen Brütens und sagte: „Wie wär's, wenn wir einen Happen zu essen hätten? Gott weiß, wann wir die nächste Möglichkeit dazu haben."

„Richtig", pflichtete ihm West bei, hob seinen schweren Körper aus dem Navigationsstuhl und ging nach achtern.

Sein Körper zog an ihm, als er die Leiter hinabstieg und die Passage zur Kombüse entlangging. Natürlich waren die zehn *g*, unter denen die *Merlin* der Erde entgegenraste, nicht auffällig zu spüren, denn die Emetts wirkten gleichmäßig auf jeden Gegenstand an Bord und normalerweise auf das interne Schwerkraftfeld, das Gewicht lieferte. Aber manchmal wünschte er, die letzteren würde man nicht ausgerechnet bei einer Standard-Erdenschwerkraft halten. An den Asteroiden liebte er besonders, daß man von Fels zu Fels hüpfen konnte, wo nicht die Zuggeneratoren installiert waren. Da konnte man sich fast wieder jung fühlen.

Oh, hör auf, dir selbst etwas vorzumachen. Und hör auch auf, dir selbst leid zu tun. Er quetschte sich in die Kombüse und machte sich an die Arbeit. Herdenschiffe hatten immer eine reichliche Feinschmeckerauswahl von Lebensmitteln an Bord, denn auch davon hing auf langen, einsamen Kreuzfahrten die gute Moral ab. West genoß es, alle Möglichkeiten zu erforschen, wenn er als Koch an der Reihe war. Er mußte ja auch die Ehre seines Landes verteidigen, denn von der englischen Küche sprach man mit nicht sehr viel Anerkennung. Meistens machte er belegte Brote, die den dänischen kaum nachstanden. Heute hatte er den Kopf jedoch anderswo.

Zu wieviel Risiko sind wir eigentlich verpflichtet?

Dem Gesetz nach hatte eine Transportercrew das Recht, eine Aufgabe als zu gefährlich abzulehnen. Danach mußte man allerdings Ermittlungen über sich ergehen lassen, und

Beltline könnte sich dazu entschließen, alle zu feuern. *Würde mir das etwas ausmachen? Ganz ehrlich?* In diesem Fall würde man ihnen vermutlich nichts ankreiden können. Die *Merlin* stellte ein beträchtliches Vermögen dar. Ginge sie verloren, wären die Buchhalter der Firma wohl recht unglücklich. Und es war so, daß sogar ein mäßig teurer Sonnensegler gerettet wurde, wenn man das Gas abließ.

Das konnte jedoch die Beltline in große Schwierigkeiten bringen, wenn man bedachte, wie groß der wirtschaftliche Schaden für die Erde wäre. Für einen Sonnensturm gerade um diese Zeit konnte man keinen Menschen verantwortlich machen, doch ein Anwalt konnte einwenden, daß die Beltline-Leute keine Anstrengungen unternommen hätten, die Situation zu retten, und da wäre dann vermutlich eine saftige Entschädigung zu bezahlen. Die irdische Raumkontrolle konnte ferner unter Druck gesetzt werden, die Konzession zurückzuziehen. Selbst ein gewonnener Prozeß käme auf jeden Fall viel teurer als zwei Schiffe und drei Mann.

West schüttelte den Kopf. *Das ist wieder etwas, das mir an der Republik nicht paßt. Da reden sie immer über freies Unternehmertum, aber dies erweist sich immer wieder als der roheste, kaltblütigste Kapitalismus. Vielleicht waren die Wohlfahrtsstaaten der Erde zu verkalkt und überbürokratisiert – trotzdem, der Teufel soll nicht uns am Bein schnappen!*

Er stellte Imbiß und eine Kanne Kaffee auf ein Tablett und ging nach vorne. Storrs arbeitete eben mit einem Rechenschieber und hatte viel bekritzeltes Papier vor sich. Mit einem automatischen „Danke" griff er nach einem belegten Brot. Für ihn waren die Rationen nur Treibstoff; West und Golescu freuten sich nie darauf, wenn er Küchendienst hatte.

„Was tust du da?“ fragte der Engländer.

„Ich versuche mir auszurechnen, ob wir nicht etwas von der Flüssigkeit wegbrennen können, während wir schleppen, und zwar so allmählich, daß der Raum damit kaum belastet wird, aber wiederum so schnell, daß wir den Masseverlust schon bemerken. Aber Hölle und Schwefel! Ich habe doch keinen Schubparameter! Wir haben ja auch noch keine Ahnung, was wir an Schleppern bekommen. Wie wär's, wenn wir diesen Bailey auf die Ladung binden und eine Peitsche über ihm knallen lassen? Eine große, lange Drahtpeitsche, angeschlossen an fünfhundert Volt Wechselstrom!“

West lächelte. „Wie könnte er dann schieben?“

„Okay. Dann bekommen wir Extrarationen, indem wir Bailey in kleine Stückchen schneiden. Und die schmeißen wir ihm hinterher.“

Wests Blick schweifte zur Erde. Die halbe Scheibe wurde zu einer Sichelform, als die *Merlin* sich der Raumseite näherte, aber sie wuchs sehr schnell. Er entdeckte Bänder, die Wolken waren, er fand den Spiegel der Ozeane und die grünlichbraune, etwas verwaschene Küste von Europa.

„Sam, sei nicht zu hart mit dem Mann“, sagte er. „Wenn eine Welt so vollgepackt ist wie die dort drüben, mußt du dich an ein starres System halten. Innerhalb dieses Systems tut er, glaube ich, sein Bestes.“

Storrs fluchte entsetzlich. „Eine Maschine wird nach ihrem Ausstoß beurteilt. Was kann dein kostbares System in diesem Schlamassel leisten?“

„Oh, vergiß doch die politischen Argumente. Dort ist England.“

Storrs Miene wurde etwas weicher. „Eklig, was? Da kommst du so nah an deiner Frau vorbei und hast keine Chance, sie zu sehen.“

West dachte an das kleine Haus in Kent, wo die Malven jetzt voll erblüht sein mußten, und sie waren so hoch, daß sie die Fenster beschatteten. Er zuckte die Schultern. „Ich wußte, worauf ich mich einließ, als ich mich verpflichtete." *Fünf Jahre Beltlinie. Und bis jetzt habe ich kaum drei hinter mir.*

Er schaute in den Raum hinaus. Die grenzenlose Leere gähnte ihn an, von hier bis zu den frostkalten Sternen. Da draußen pflügten die Segelschiffe durch diese Leere, unbemannt, von der Sonne angetrieben; langsam, aber billig schleppten sie unverderbliche Güter von den mineralreichen Asteroiden und der chemisch ungeheuer reichen Jupiter-Atmosphäre zur Erde, die ihre Rohstoffquellen fast völlig ausgebeutet hatte; sie kehrten von dort zurück mit Fertigprodukten und Gütern, die von der Republik überhaupt nicht oder noch nicht hergestellt wurden. Und hier flitzten die Herdenschiffe auf den ineinanderlaufenden Umlaufbahnen herum, *Apollonius of Tyana, Simon Magus, Hermes Trismegistus, Morgan le Fay, Gandalf;* ungefähr zwanzig streckten ihre Radiospinnweben aus und lauschten, bis ein Automat um Hilfe schrie. Irgendwie war das schon gruselig. Er schüttelte sich. *Noch zwei Jahre.*

Danach der Ruhestand, richtiger Ruhestand mit Margaret im blühenden Kent. Er wußte jetzt noch immer nicht, ob seine Entscheidung richtig gewesen war. Gärten, grüne Berge, vierhundert Jahre alte Häuser gehörten nicht zu den Dingen, die ein Mann sich von der Pension eines Raumoffiziers leisten konnte. Nicht mit den heutigen Grundstückspreisen und Steuern. Aber die Asteroiden zahlten phantastisch, die Republik drückte die Einkommen nicht, und die Erde brauchte dringend außerplanetare Valuta, so daß alle Regierungen dort solche Verdienste von Abgaben befreiten. Wenn er zu Margaret zurückkam, war sein Haus frei von Hypotheken, und auf der Bank hatte er dann auch genug, um all das tun zu können, was sie sich gemeinsam vorgenommen hatten.

Aber sie bezahlten dafür mit fünf Jahren, die sie sonst gemeinsam hätten verbringen können.

Käme er um, könnte er niemals in den Genuß dessen kommen, worauf er nach fünf Jahren Anspruch hatte. Sie müßte dann zu einem der Kinder ziehen und ...

West nahm das Tablett. „Ich bringe Andy seinen Lunch", sagte er.

Storrs nickte geistesabwesend und kehrte zu seinen Berechnungen zurück. Zweifellos waren sie seine Art der Flucht.

West hörte, als er durch den winzigen Salon ging, das Klimpern von Golescus Gitarre. Worte kamen dazu:

George Washington war ein Transporteur, jawohl, er war's, jawohl.
George Washington war ein Transporteur, jawohl, jawohl, jawohl.
Er schaute über den Delaware,
Ob dort sein Dollar zu finden wär'.
Bravo, hurra, bravo für den Transporteur!

Die winzige Werkstatt lag vor dem Schott, das den Nukleargenerator abschirmte. War man unter Beschleunigung, so hatte immer ein Mann dort in Bereitschaft zu sein, falls es zu Schwierigkeiten käme. Aber die *Merlin* hatte erst noch ihre Marotten zu entwickeln, und Golescu saß dabei. Er hatte seinen Stuhl zurückgekippt an die große Drehbank, die Füße hatte er auf den Querleisten, das Instrument auf den Knien. Er war ein stämmiger, dunkler junger Mann mit den flinken Funkelaugen eines Eichhörnchens.

„Hi“, sagte er, „und prima!“

West stellte das Tablett ab und goß zwei Tassen Kaffee ein. „Übrigens“, sagte er, „ich kenne mich ja in der amerikanischen Folklore nicht sehr gut aus, aber war es nicht der Potomac, wo Washington seinen Dollar suchte, den er hinübergeworfen hatte?“

„Frag mich nicht. Meine Eltern kamen direkt von Craiova nach Ceres.“

„Wo das auch sein mag … Willst du nicht eines Tages wenigstens zu Besuch dorthin zurückkehren?“

„Weshalb denn?“ Golescu stand auf. „He, diese Brote sehen aber lecker aus.“

„Danke. Ich fürchte trotzdem, mein Herz war nicht dabei.“

Golescu schnitt eine Grimasse. „Hoffentlich nicht.“

„Ich meine, diese verdammte Geschichte hat mich so aufgedreht …“

„Aufgedreht?“

„Vergiß es. Ein Ausdruck von zu Hause.“ West schüttelte den Kopf. „Weißt du, mir tun Kinder furchtbar leid, die niemals Wind oder Regen gefühlt haben.“

„Na, was ich so über das Wetter höre, klingt nicht besonders erfreulich“, sagte Golescu ein bißchen undeutlich, weil er mit vollem Mund redete. „Ich zum Beispiel, mir tut's leid um die Kinder, die niemals einen Raumschlitten fahren können, wenn das ganze Universum um sie herum ist.“

Er kaute noch eine Weile, dann platzte er heraus: „He, was hast du für Probleme, Ed? Ist doch nicht so gefährlich, Ladung abzuwerfen, darüber brauchen sich doch nur die Versicherungen den Kopf zu zerbrechen. Stimmt doch? Ja, damals, als die Segelrotationen von der Dreiundvierzig verrückt spielten! Wenn ich daran denke, habe ich heute noch Alpträume. Warum können wir nicht einfach die

Ventile aufdrehen an diesem Weißgottwas, die Segel auf einen neuen Kurs einstellen und hinter den Strahlungsschild der *Merlin* zurückkehren, ehe die Sonne rülpst?"

„Raumverseuchung", sagte West. „Hast du nicht zugehört?"

„Ja, schon, aber ich hab's nicht verstanden. Achthundert Tonnen Gas machen doch in diesem harten Vakuum nicht den geringsten Eindruck."

„Den Teufel tun sie. Man braucht zwar noch immer Instrumente, um den Unterschied zu entdecken, aber ... paß mal auf, das schreibe ich dir jetzt auf." Er zog Papier, Bleistift und einen Rechenschieber aus einer Schublade der Werkbank. „Zehntausend Kilometer Entfernung von der Erde, Seehöhe; die Erde hat einen Winkeldurchmesser von ... hm ... ungefähr dreiundvierzigeinhalb Grad. Nimmt man dazu den umgebenden Raum, der uns angeht, dann können wir sagen, ungefähr siebenundfünfzigeinhalb. Werfen wir ab, dann kommt nahezu alles Gas dort an. Die Moleküle haben eine zur Erde gerichtete Geschwindigkeitskomponente. Zwischen der oberen Atmosphärengrenze und, sagen wir einmal, einem Radius von fünfundzwanzighundert Meilen von der Oberfläche wird die Konzentration von dem Zeug von etwa zehn Molekülen auf den Kubikzentimeter hinaufgehen auf ... wenn ich richtig rechne ... auf ... guter Gott! Das kann ich ja selbst kaum glauben! Auf über fünfzehntausend im Kubikzentimeter!"

„Na, und? Das erzeugt doch keine nennenswerte Reibung."

„Wir täten besser daran, das Schiff explodieren zu lassen", murmelte West, beugte sich aber noch immer über seine Arbeit. „In diesem Fall verteilt sich das Gas nach allen Seiten, und vielleicht kommen dann nur zwei Prozent in Erdnähe. Und das ist auch noch unerträglich viel."

„Es wird sich dort auch wieder verziehen.“

„Monatelang nicht. Vergiß nicht den Falleneffekt des planetaren Magnetfelds. Aber selbst ein paar Stunden einer solchen Verseuchung sind das größte wirtschaftliche Unglück, seit der Nucleus versagte.“

„Wie kommt das?“

„Mensch, die ganze Ausrüstung in der Umlaufbahn! Heute sind doch in Erdnähe ein paar hundert sortierte Anlagen. Photozellen zum Beispiel, die direkt dem Raum ausgesetzt werden. Monitorinstrumente. Wie, glaubst du, kriegen die Solarmeteorologen ihre Daten? Eine der wichtigsten Quellen ist ein Aggregat aus ultrareinen Metallflächen mit charakteristischen Reaktionen auf verschiedene Strahlungen – automatische Spektrometer, die ständig Informationen an die Computer der Erde schicken über den relativen Ausstoß an Ultrakurzwellen, Röntgenstrahlen, die ganze Bandbreite solarer Emissionen. Kannst du dir vorstellen, wie sich das Bombardement so vieler Moleküle eines metallischen Komplexes und deren Adsorption auf die Funktion dieser Metalle auswirkt? Und was ist mit den Wettersatelliten mit ihren feinelektronischen Geräten, die offen dem Raum ausgesetzt sind, zwar gegen Ionen geschützt, aber nicht gegen das Vakuum? Oder die kybernetischen Konstruktionen entlang diesen Linien, die so komplizierte Apparate wie Radiorelais oder Mößbauer-Uhren kontrollieren? Oder bemannte Stationen?“ West klatschte so heftig an das Schott, daß es dröhnte. „Bailey sprach von einem Verlust von zehn Milliarden Dollar. Aber ich glaube nicht, daß er da die indirekten Wirkungen berücksichtigt hat. Da fehlt ihm der Nerv dafür.“

West entdeckte, daß er keinen Appetit mehr hatte. *Du weißt, daß die wirtschaftlichen Rückwirkungen so sein können, daß meine Regierung sich gezwungen sieht, auf jeden, der noch etwas Geld hat, eine Sondersteuer zu legen, einfach deshalb, weil die Arbeitslosen gefüttert werden müssen. Und Margaret könnte das Haus verlieren.*

„Mir fällt eben noch etwas ein", sagte er und fühlte sich recht unbehaglich. „Das Tablett hole ich später." Er lief so schnell weg, daß er stolperte.

Man klettert nicht einfach nur so in einen Raumanzug mit allem Drum und Dran, und hat man es noch so eilig. Man schlängelt sich hinein und knurrt dazu. Er half Storrs, ein Kniegelenk zu sichern, und dabei bemerkte Golescu: „Stell dir vor, als Kind hielt ich es für ungeheuer romantisch, einer von König Arthurs Rittern zu sein."

„Halt den Mund und mach weiter", antwortete Storrs.

Golescu überlegte weiter: *Vielleicht bin ich immer noch romantisch, oder man könnte es den Damen gegenüber so darstellen. Dieser Drache da draußen macht sich bereit, ziemlich heißes Feuer zu speien.*

Im Schrankraum kam Wests Stimme von der Brücke über die Sprechanlage: „*Merlin* ruft International Space Control Central. Hereinkommen, Central. Bitte, melden!"

Die Antwort kam sofort. „International Space Control Central, bestätigen Ruf von *Merlin*. Bleiben Sie empfangsbereit für eine Übermittlung aus dem Büro der Erde."

„Na, haben sie endlich Bailey aus seinem Nachmittagsschlaf aufgeweckt", sagte Storrs.

„Nein." Golescu machte sich nun daran, seine eigenen Stiefel zu schließen. „Er ist aus einer Konferenz gekommen. Formulierung von polizeilichen Anweisungen bezüglich Zigarren, Marke Offiziersstandard, und korrekter Winkel zum Mund."

„Hör auf zu flaxen, du Trottel", sagte West. „Du müßtest doch wissen, wie schwierig es ist, ein Raumschiff eines Spezialtyps innerhalb so kurzer Zeit aufzutreiben."

„Du meinst, sie haben keine vollbemannten Schiffe vom Rettungsdienst in einer Umlaufbahn?" fragte Golescu erstaunt.

„Oh, das schon", gab Storrs brummig zu. „Aber ..."

„Hier ist Bailey", sagte das Gerät. „Ist dort die *Merlin?*"

„Nein, wir sind bloß die Hühner", knurrte Golescu.

„Hier West. Ich habe jetzt das Kommando", meldete sich der Engländer. „Wir nähern uns dem Rendezvous mit eins-zwo-acht. Bis jetzt habe ich auf dem Radarschirm nichts gesehen. Haben Sie Schlepper da?"

So nahe der Erde gab es keine Verzögerung mehr. „Tut mir außerordentlich leid, nein", antwortete Bailey. Schwer zu sagen, ob sein Ton nun barsch oder lediglich defensiv war. „Ließ sich nicht machen."

„Was?" rief Storrs. Golescu sah, wie das blasse Gesicht blutleer wurde. Sein eigenes Herz setzte einen Schlag oder auch zwei aus. Er machte sich fieberhaft an seiner Ausrüstung zu schaffen. Über dem Klirren von Metall hörte er West:

„Aber der Rettungsdienst hat doch Schlepper."

„Ich weiß", sagte Bailey. „Glauben Sie mir, Captain West, wir machten uns diese Entscheidung nicht leicht. Wie ich schon vorher sagte, sind unglücklicherweise alle Schiffe, die ihre Ladung am Kabel bei einer ausreichenden Beschleunigung schleppen könnten, so daß wir eine Chance hätten bei Manövern draußen. Sie müssen ja wissen, daß ein Standard-Rettungsschiff zum Schleppen kein Kabel benützt und auch nicht dafür gebaut ist. Es ist so wie bei Ihrem Schiff. Ein Kabel würde sehr viel totes Gewicht hinzufügen, und das hätte keinen Sinn, wenn es so einfach ist, mit Gyrogravitationsgreifern zu arbeiten. Die Schlepper haben auch keine größere Kapazität als Ihr Schiff. Das ist für vorhersehbare Situationen auch nicht nötig. Ein Pannenschiff muß nur in einen stabilen Orbit gebracht werden, wo es auf eine Reparaturmannschaft warten kann. Aber wir haben hier eine so unwahrscheinliche Situation, daß niemand sie vorhersehen konnte.“

„Aber drei oder vier, die uns helfen könnten...“

„Wie sollen Sie mehr als einen Greifer an einer Ladung ansetzen, die dem Volumen nach so klein ist? Hätten wir ein Schiff zur Verfügung, das groß genug ist, den Container an Bord zu nehmen, gäbe es gar kein Problem. Sein Strahlungsschild würde die Ladung schützen. Aber wir haben es nicht. Die Transporter der Flotte sind weg, die *Lunar Queen* ist es auch.“ Baileys Stimme wurde kalt. „Die Asteriten übernahmen so viele interplanetare Schiffe, und bei uns hier auf der Erde wurden so viele im Krieg zerstört, daß dies die einzigen Schiffe sind, die wir noch haben.“

Nun herrschte für ein paar Augenblicke betroffenes Schweigen. Golescu konnte sich West vorstellen, der allein vor den Piloten-Instrumenten war und mit seinen traurigen Augen zur unerreichbaren Erde schaute; und er versuchte auf seine methodische Art, einen Ausweg aus diesem Dilemma zu finden.

„Baut doch einen Rahmen um den Gassack, ihr Dummköpfe!“ fauchte Storrs.

„Sam, bitte“, flüsterte West ihm zu. Und zu Bailey: „Verzeihen Sie. Wir sind hier sehr angespannt, wie Sie verstehen können. Aber was meinen Sie dazu? Ein Skelett aus Trägern um den Behälter, so daß wir eine große, wirksame Oberfläche erhalten, an der mehrere Schlepper ihre Greifer ansetzen könnten.“

„Wie lange würde es dauern, ein solches Skelett zu bauen?“ fragte der Mann auf der Erde. „Sie wissen doch, wie heikel und spezialisiert jede Konstruktionsarbeit im Orbit ist. Die Sonne würde ausbrechen, ehe ein solches Projekt zu Ende geführt werden könnte.“ Aber nun sprach er voll Eifer weiter. „Der Rettungsdienst ist bereit, Sie an Bord eines seiner Schiffe zu nehmen. Sie brauchen nur die Segel zu lösen und andere Massen, die Ihnen überflüssig erscheinen, den Ladeteil anzuhängen und Ihr Schiff von dem unseren aus über Fernsteuerung zu dirigieren. Das ist ziemlich sicher.“

„Ich fürchte nein“, sagte West. „Herdenschiffe haben auch keine Ausrüstung für unvorhersehbare Fälle. Über Fernsteuerung können wir nur die Emetts ein- und abschalten. Das genügt aber nicht. Ein Schiff mit einer angekoppelten Außenmasse ist ein höchst unstabiles System. Wir brauchen einen Piloten auf Deck, um jeden Schlingerversuch abzufangen.“ Er seufzte. „Bringen Sie aber Ihr Schiff her. Nur einer von uns muß an Bord bleiben.“

Storrs Gesicht wurde erst blaß, dann rot. „Warum einer von uns?“ brüllte er. „Das ist euer Problem, Erdling!“

Ein dumpfes Geräusch war zu hören, und das konnte durchaus Baileys Faust gewesen sein, die auf den Tisch schlug. „Ihres, Sirs, Ihres!“ rief er zurück. „Lesen Sie doch den Interplanetaren Navigationsvertrag oder Ihre eigene Konzession. Beltline hat die Ladung auf den Weg gebracht, die Lieferung ist erst mit dem Empfang bei uns getätigt, und Beltline ist verantwortlich für die Konsequenzen. Wenn jemand ein Schiff und ein Leben zu riskieren hat, warum soll es dann die Erde tun, die ihr so verachtet?“

„Gentlemen...“, versuchte sich West einzuschalten.

Baileys Ton wurde wieder verbindlicher. „Stimmt. Das ist nicht die richtige Zeit für Vorwürfe. Verstehen Sie, uns fiel die Entscheidung nicht leicht, und Ihre Gefühle teile ich. Wir werden alle für Sie beten. Und vergessen Sie nicht

– hm –, wenn die Sache unglücklich ausgehen sollte, ist meine Position ernstlich gefährdet."

Storrs schluckte und knallte seine Gesichtsplatte zu.

„Na, gut", sagte West müde. „Wir gehen vor, so gut wir es können. Schicken Sie Ihr Schiff auf den Weg. Und halten Sie Kontakt mit uns. Lassen Sie uns wissen, wenn Ihnen etwas Besseres einfällt."

„Ganz gewiß. Und viel Glück, *Merlin.*"

„Roger und Ende, Erde."

Golescus Ohrstöpsel verzeichneten Storrs Knurren im Helmradio: „Von dem Bastard brauch' ich keine guten Wünsche."

„Ich nehm jedes Fetzchen Glück an, egal, wo es sich mir bietet", sagte Golescu. „Ich bin nicht so stolz." Und ins Bordsprechgerät: „Ed, wie lange ist es noch bis zum Rendezvous?"

„Ungefähr zehn Minuten", antwortete West. „Macht mal besser schnell eine Anzuginspektion."

„Eine Anzuginspektion ... im Raum?" Golescu schloß seinen Helm.

Als er und Storrs sich überzeugt hatten, daß alles in Ordnung war, stapften sie zur Luftschleuse. Der Bremsvorgang war abgeschlossen. Sie standen schweigend daneben, während die Kammer luftleer gemacht wurde. Die Außentür öffnete sich, und vor ihnen lag eine unendliche Schüssel, der sternenfunkelnde Raum.

Golescu tupfte auf die Instrumente seines Schwerkraftgeräts und ging hinaus. Plötzlich war er nicht mehr die illustrierte Plumpheit, sondern er flitzte frei, wie es ein Erdenbewohner nur in seinen Träumen tun kann. Die *Merlin* wurde zu einem Spielzeugtorpedo. Schwärze umgab ihn, erhellt von zwölftausend sichtbaren Sonnen.

Er warf keinen Blick zurück zu seiner eigenen Sonne. Er

hätte davon blind werden können. Und Luna war jetzt nicht zu sehen. Aber an einer Seite lag riesig die Erde, eine dunkle Kugel mit einer hellstrahlenden dünnen Kante und einem Rand aus gebrochenem Licht. In seinem ganzen Charakter war wenig Poesie, doch es fiel ihm schwer, den Blick loszureißen.

Storrs Radiostimme klang in seinem Empfänger. „Wir sind klar weg, Ed. Bleib' wo du bist, bis wir fertig sind."

„In Ordnung", sagte West. „Eure Geschwindigkeit relativ zum Ziel ist ..." Er las die Zahlen ab.

Das war kaum nötig. Golescu schwang sich herum. Das Segelschiff, das er vorher im Rücken gehabt hatte, zeichnete sich riesig ab wie eine zweite Erde.

Er klappte seinen Blendfilter herab. Die Sterne verschwanden. Jetzt hätte er der Sonne ins Auge sehen können. Die Scheibe des Segels strahlte fast in der gleichen Helligkeit. Durch seinen Filter sah er sie wie einen großen weißen Mond, der schnell wuchs, während er die wenigen Kilometer dazwischen zurücklegte. Das Anzugradar kontrollierte eine Reihe von Piepzeichen, die ihm Vektoren und Entfernung meldeten. Sie untermalten seinen Flug wie trockenes Grillenzirpen. Ein Walkürenritt war das nicht gerade, eher ein wenig schauriger. Er entdeckte, daß er tonlos vor sich hin pfiff, und durch seinen Kopf liefen die Worte dazu:

Chuck Lindbergh war ein Transporteur, jawohl, er war's, jawohl.
Chuck Lindbergh war ein Transporteur, jawohl, jawohl, jawohl.
Er summte einen einsamen Blues,
Das Lied der Spirit of St. Louis.
Bravo, hurra, bravo für'n Transporteur.

„He, Ed!“ rief Storrs. „Und du auch, Andy.“

„Ja?“ fragte West.

„Ich hab's mir überlegt. So, wie sich der Job entwickelt hat, ist er wahrscheinlich unmöglich.“

„Wir müssen es versuchen.“

„Klar. Aber hör mal zu. Uns nützt es gar nichts, wenn wir durchs Teleskop den Anfang des Ausbruchs beobachten. Die energiereichsten Protonen haben eine Geschwindigkeit, die wenig unter der des Lichtes liegt Und da ist dieser enorme mögliche Irrtum bei der zeitlichen Vorhersage. Eine Stunde vorher hören wir auf, und zum Teufel mit diesen kostbaren Satelliten.“

„Tut mir leid, mein Freund, nein. Die *Merlin* wird angekoppelt bleiben bis zum Ende des Schlepps ... oder des Schiffes. Ich bin der Pilot. Auf die Maschinenwache können wir verzichten. Du und Andy, ihr wartet an Bord des Rettungsschiffs.“

„Spar dir das“, sagte Golescu. „Glaubst du vielleicht, wir sind Feiglinge?“

„Ihr beide seid junge Männer“, erklärte West.

„Und du bist verheiratet. Ich hab' auch einen Ruf zu wahren.“

„Streicht euren Heldenmut, ihr beide“, brummte Storrs. „Wenn es soweit kommt, können wir auslosen. Inzwischen wird jeder Meter, den wir diesen eingedosten Gestank weiter in den Raum hinausschleppen können, nützlich sein, denke ich mir. Also, gehen wir's an.“

Das Segel teilte nun fast den Himmel, so riesig war es. Sieben Kilometer breit marschierte es über das Blickfeld. Die Verstrebungen, die das Schaummaterial versteiften, sahen aus wie Brobdingnag-Speichen mit langsamer Rotation. Die Scheibe hatte eine Masse von nahezu hundert Tonnen. Und doch war sie hauchdünn; es waren Mikronstärken aus zähem aluminiumbeschichtetem Plastik, und die langsame Drehung war ebenso nötig wie die Rippen, damit die Scheibe nicht unter dem Drehmoment an der Kante zusammenbrach.

In Erdnähe beträgt der Druck des Sonnenlichts nur ungefähr achtzig Mikrodyn auf den Quadratzentimeter, doch der steigert sich unglaublich, wenn die Dimensionen sich in Kilometer erstrecken. Die Sonnenjammer waren langsam, die kürzeste Reise dauerte Monate, aber dieser ungeheure, gleichmäßige Wind hörte für sie niemals auf. Er wurde etwas schwächer, wenn sie sich auf den Weg zu den Sternen machten; aber da verringerte sich auch die Anziehungskraft der Sonne, genau im gleichen Verhältnis. Sie wurden zusammengebaut im freien Raum und kosteten natürlich nicht wenig, aber immer noch viel weniger als ein Schiff mit Antrieb. Sie brauchten ja keine Maschinen, keine Crew, nur eine unvorstellbar dünne Metallschicht, die auf eine ebenso unvorstellbar dünne Schicht irgendwelcher Kohlenstoffverbindungen aufgesprüht wurde, ein paar Sensoren und ein bißchen Automatik und ein Signalgerät, das den jeweiligen Standort und etwa nötige Reparaturen meldete. Meistens handelte es sich um kleine mechanische Pannen. Sonst ereignete sich wenig auf diesen langen, blinden Reisen. Mikrometeoriten durchsiebten die Segel, die dann und wann einmal ersetzt werden mußten; kosmische Strahlen fielen durch die Trägervorrichtungen, ungebremst von leblosen Ladungen ...

Oder Sonnenstürme blasen sie in alle Höllen, dachte Golescu.

Wenn es zum erstenmal geschieht, ist es meistens auch das letzte Mal. Einmaliges Ereignis. Ich habe das Vorrecht, dabei zu sein. Ladies und Gentlemen, wer bietet für meinen Anteil an diesem einzigartigen Ereignis?

Ein wenig überrascht stellte er fest, daß er keine Angst hatte. Nun, in den nächsten paar Stunden ging voraussichtlich auch nichts Schreckliches vor. Da gab es nur viel harte Arbeit. *Ich hätte mich doch als Schöpfschiffpilot bewerben sollen. Na, irgendwie muß man ja sein Geld verdienen, und die Bezahlung hier ist gut, als Entschädigung dafür, daß man sein Geld nicht ausgeben kann. Noch ein paar solcher Kreuzfahrten, dann habe ich soviel Rückhalt, daß ich Prospektor werden kann. Und das ist Leben!*

Er schwebte fast an der Scheibenmitte vorbei und bemerkte die Nabe, in der Transmitter und Navigationssensoren untergebracht waren. Dann war er schon dahintergeschlüpft. Der monströse Mond wurde schwarz für ihn. Er klappte seinen Filter auf, und da wurde er im reflektierten Sternenlicht schwachblau.

Vorsichtig bewegte er sich mit Storrs zur Nabe gegenüber. Sie war durch ein Universalgelenk mit einem großen, mattschimmernden Zylinder verbunden, in dem sich die Motoren befanden. Diese bezogen ihre Energie, von der sie sehr wenig brauchten, aus Sonnenbatterien in der sonnseitigen Nabe und verwendeten sie zur Kontrolle der Drehung und Ausrichtung des Segels gemäß den Instruktionen vom Pilot-Computer. Denn der Sonnenjammer mußte von einem Orbit zum anderen wandern, quer über den immer radialen Energiewind. Die Gravitation half nur auf einer Reise vom äußeren zum inneren System, und selbst dann war der Reduktionsvektor ständig wechselnd.

Golescu fühlte es an seinen Stiefeln, als er mit dem Präzessorbehälter Kontakt bekam. Sie griffen, und er konnte schwerelos ausruhen. Die Motoren darunter waren auf ein Radiokommando der *Merlin* abgeschaltet worden. Einen Moment lang stand er da, damit sich seine Augen an die spukhafte Beleuchtung gewöhnen konnten.

Storrs landete neben ihm. „Komm schon", sagte er mit ungeduldiger Stimme. „Nimm das Blei aus deinen Schuhen. Wir brauchen jede Minute der zwei Stunden, um den Ladeteil auszuhaken."

„Ja, natürlich." Golescu nahm den zusammenlegbaren Werkzeugbehälter von den Schultern. Er und sein Kamerad waren mit Ausrüstungsgegenständen behangen wie der Weihnachtsbaum einer Roboterfamilie.

„An diesem Typ habe ich noch nicht oft gearbeitet", gab er zu. „Du bist also der Strohboß, ich der Strohhalm." Er lachte dazu.

Storrs gab nur ein säuerliches Knurren von sich.

Die Gasträger waren ein Sondermodell. Die Ladungen dieser Schiffe mußten von den Segeln beschattet werden, sonst wäre die Temperatur über die kritische Grenze angestiegen, das verflüssigte Material hätte zu kochen begonnen, die Behälter wären geplatzt. Die Standardform des Sonnenjammers hatte ein gebogenes Segel, das von Wantleinen kontrolliert wurde, und dieses zog eher die Ladung, als daß es sie schob. Damit erreichte man eine wesentlich größere Lichtauffangfläche und höhere Ladefähigkeit. Der Nachteil davon war, daß Wartungsmannschaften, die an einem Standardsegler zu arbeiten hatten, erst einen Schutzschild zwischen sich und dem Reflektor aufstellen mußten, wenn sie nicht in ihren Raumanzügen verschmoren wollten.

West rief: „Hier ist Ed. Ich mußte ein wenig zurückbleiben. Das Segel versperrte mir die Aussicht auf euch. Alles in Ordnung?"

„Alles in Ordnung", antwortete Golescu. „Nur juckt's mich am Rücken, und ich kann nicht kratzen, ich habe mehr Arbeit vor mir, als ich einer Maschine zumuten würde, und die Aussicht, in atomgroße Fetzchen zerrissen zu werden, keine Frau in Sicht und einen höllischen Bierdurst. Sonst kann ich mich aber nicht beklagen. Oder ich könnte, nur nützt es nichts."

„Hörst du denn nie zu quasseln auf, Andy?" brummte Storrs.

„Laß ihn doch, Sam", riet ihm West. „Ein jeder von uns braucht ein Ventil."

„Hm. Ja. Das meine ist, daß ich die Erde hasse, glaube ich. Jedenfalls Nordamerika. Ihr Briten seid wenigstens noch Menschen." Storrs trug seinen Werkzeugbehälter zum anderen Zylinderende und setzte ihn auf mit einem Nachdruck, der einen ziemlichen Krach ausgelöst hätte – unter anderen Bedingungen. „Diese Amerikaner ... Die Schwachköpfe haben nicht einmal ihre regulären Gasboote hier außen, um wenigstens einen Teil der Ladung abzuholen."

„Das können sie nicht", erklärte West. „Du weißt doch, was Bailey gesagt hat. Sie haben einfach die Schiffe nicht. Sobald die Container in den Orbit gehen, wären zwei oder drei Schlepper ein paar Wochen damit beschäftigt, den Inhalt zu Boden zu bringen."

„Aber mir scheint, jedes Kilo, das sie jetzt bergen können, hilft", bemerkte Golescu. „Wenn das Zeug explodiert, wäre es doch eine Spur weniger gefährlich."

„In der kurzen Zeit, die wir haben, macht das nicht viel aus", sagte West. „Und es würde unsere Operationen stören."

„Will denn der Empfänger sein Zeug nicht haben? Ich hab' nachgesehen, die Ladung ist F.O.B. acht Millionen Dollar wert, und das ergibt einen ganz saftigen Kilopreis."

„Ich sagte dir ja, Andy, eine Bergung würde den wirklich wichtigen Job entscheidend stören – die Erhaltung der Satellitenfunktion." West wurde nachdenklich. „Wißt ihr, wenn wir Glück haben und wir schaffen es, müßte uns eigentlich ein ganz ordentlicher Bonus winken."

Golescu schniefte. „Das ist ungefähr so wahrscheinlich wie Schlaglöcher in der Milchstraße. Beltline wird nicht besonders glücklich sein. Klar, sie haben sich das Wohlwollen der Erde gesichert, dabei aber einen Sonnenjammer und eine Lieferung verloren. Jemand wird wohl für den Verlust aufzukommen haben. Wenn es eine Versicherungsgesellschaft ist, und das halte ich für wahrscheinlich, dann gehen die Prämien in die Höhe!"

„Man wird uns auf den Rücken klopfen", pflichtete ihm Storrs bei, „und der Alte ruft uns in sein Büro und erklärt uns, wenn wir beim nächstenmal seine Kastanien wieder so kümmerlich aus dem Feuer holen, dann zieht er uns vom Außendienst ab und läßt uns Latrinen putzen."

West schien schockiert zu sein. „Meinst du das ernst?"

„Hm. Asteriten können sich keine Entschuldigungen leisten", sagte Golescu. „Wenn du den Senf hier nicht abschneidest, bist du tot, und deine Kameraden sind's auch."

„Aber ich muß das Zeug für die Erde abschneiden", quetschte Storrs zwischen den Zähnen heraus.

Golescus Rahmen war nun an Ort und Stelle. Er flitzte „hinauf", um eine Batterie Flutlampen anzubringen, „hinab", um sie anzuschließen. Licht gleißte hart und ohne Diffusion auf die Stelle, an der gearbeitet werden mußte.

Das war das schwere U-Gelenk, das den Präzessor mit dem Frachtabschnitt verband. Auch der war zum Teil beleuchtet. Bisher war er nur ein schwarzer Kreis gewesen. Nun schimmerte der durchsichtige Sack hinter dem Rahmenwerk, das ihn an Ort und Stelle hielt und langsam gegendrehte, in einem tiefen, zornigen Rot.

Sehr groß war der Behälter nicht, der soviel Hölle enthielt ... Oder auch soviel Geld, überlegte Golescu. Raumkalt und unter hohem Druck verflüssigt, betrug der Durchmesser der Isonitrat-Kugel nicht viel mehr als zehn Meter. Die Substanz war, die Metallatome mit eingeschlossen, aus der Jupiter-Atmosphäre geholt worden; ein riesiger kalter Stern mit zwei sichtbaren Glühwürmchen-Monden, ein Schatzhaus und Grab für mehr Asteriten, als Golescu zählen wollte. Es waren tapfere Männer, die diese Orbitalstationen bemannten, in denen die gehaltvollen Jupiter-Gase zu Isonitrat verarbeitet wurden. Ein Unfall dort wäre vielleicht nicht ganz so schlimm wie die Explosion eines nuklearen Sprengkopfs, aber der Unterschied war theoretisch.

Aber die Erde brauchte diese mit Energie vollgepackten Moleküle verzweifelt als Ausgangspunkt für ein Dutzend chemische Synthesen. Und die Erde war zu zahlen bereit. Der Bedarf lockte Lieferungen an, auch die Lieferung von Menschen, die die Produktion in Gang und die Beltline am Laufen hielten.

Golescu nahm seine Werkzeuge vom Gürtel und hängte sie an den Behälter, wo er sie leicht greifbar hatte. Er wurde sich seiner Muskeln bewußt, nicht nur an den Armen, sondern auch Beinen, Bauch und Hals; ein ununterbrochenes Zusammenspiel hielt ihn im Gleichgewicht auf diesem zerbrechlichen Ding im freien Fall. Er bemerkte auch, wie der Atem durch seine Nüstern ging, er roch die Aufbereitungschemikalien; er hörte sein Herz langsam das Blut durch den verschlungenen Kreislauf pumpen, in die kleinsten Adern und Venen, und dieses Pumpgeräusch hörte er als ständiges, leises Klopfen in seinen Ohren. Er wurde schon wieder hungrig, und daß er sich ein Bier wünschte, war nicht gelogen. Ah, schön kalt müßte es auf der Zunge kitzeln, aber darum mußten die Asteriten an die Erde verkaufen, weil es ihnen bisher nicht gelungen war, ein anständiges Bier zu brauen...

„Sam“, sagte er, „ich habe nachgedacht.“

„Ist auch Zeit“, brummte Storrs.

„Früher habe ich darüber noch nie nachgedacht. Aber wenn dieses Zeug hier gar so gefährlich ist, wie kommt es dann, daß es sich überhaupt verschiffen läßt? Warum bringt es die kosmische Strahlung nicht zur Explosion?“

Storrs seufzte. Die Lampen schufen aus dem mageren Gesicht hinter der Helmplatte eine Landschaft aus hellen Höhen und schwarzen Tiefen. „Hättest du in der Schule besser aufgepaßt und weniger Zeit an die Weiberjagd und deine Gitarre verschwendet, dann ... ah, Quatsch. Ich bin ja auch kein Chemiker, aber es liegt doch auf der Hand. Der Isonitratkomplex ist eigentlich ziemlich stabil. Röntgenstrahlen und Elektronen greifen ihn offensichtlich nicht an. Und die Wahrscheinlichkeit, daß ein energiereicher Nukleus genug Moleküle aufbricht, um eine Kettenraktion auszulösen, muß extrem gering sein. Die Schwierigkeit ist im Moment die, daß wir eine Dauerkonzentration energiereicher Nuklei haben.“

„Ah, ja. Wenn wir sie abschirmen könnten, wenn wir einen Feldgenerator auf den Rahmen montieren ...“

„Wo willst du einen hernehmen, der die richtige Form und Größe dieses Feldes in der kurzen Zeit schafft, die uns bleibt? In Zukunft könnte man daran denken. Nachher gegen Vorher, wie gehabt. Und jetzt beeil dich.“

„Wartet ein bißchen!“ rief West. „Ich habe eben ein Signal vom Rettungsschiff hereinbekommen. Soll ich es weitergeben an euch?“

„Kannst du ja“, meinte Golescu, „damit wir was zu lachen haben.“ Eine neue Stimme mit englischem Akzent: „Hallo, *Merlin.* Hier ist die *Rajasthan,* Kommandierender Offizier Villegas. Bitte melden, *Merlin.*“ Golescu hielt nach einem Neuankömmling Ausschau, doch der mußte wohl noch ein winziges Fünkchen sein.

„Bestätigt“, meldete sich West kurz und identifizierte sich.

„Wir haben eure Position und den Kurs, *Merlin.* Wollt ihr dabei bleiben? Ja? Dann schwenken wir auf die gleiche Umlaufbahn ein, dreißig Kilometer Abstand zu euch. Außer wir können helfen.“

„Sag ihm, er soll jemanden 'rüberschicken, der ein wenig Erfahrung mit Segelschiffen hat“, sagte Storrs. „Mit einem Extramann werden wir viel schneller fertig.“

West gab den Vorschlag weiter. Villegas zögerte einen Augenblick mit der Antwort. „Es tut mir unendlich leid, aber wir haben keinen solchen Mann bei uns. Sie hätten vorher danach fragen sollen.“

„Wir haben doch nicht damit gerechnet, daß ihr unheilbare Trottel seid“, knurrte Storrs. „War unser Fehler.“

„Sam, blas deine Dichtungen nicht hinaus“, riet ihm Golescu. „Die Sonnensegler sind doch ausgefallene Fahrzeuge. Die Erde hat keine. Woher sollen sie's dann wissen?“

„Beltline hat auf der Erde Büros und Personal. Hat sich denn dieser Bailey nicht mal einfallen lassen, die um Rat zu fragen?“

„Vielleicht war da nur eine kleine Sekretärin da. Vielleicht sind alle unsere Leute, die helfen könnten, auf der Erde nach Fleischtöpfen unterwegs und hören keine Nachrichten. Ich habe erfahren, daß es da unten ganz feine Plätze für solche Sachen gibt.“

Dieses Zwischenspiel wurde nicht übertragen. Villegas sagte: „Nützt es vielleicht, wenn ich einen meiner Ingenieure schicke? Spezialerfahrungen haben sie ja nicht. Und bis einer zu euch hinüberkommt, seid ihr vielleicht mit dem Abkoppeln fertig, und ihr könnt schon wieder beschleunigen.“

„Sie können zuvor meine Männer an Bord nehmen“, sagte West. „Für das Manöver brauchen wir hier nur einen Piloten.“

„Hab’ Ed eigentlich nie für einen Heldentyp gehalten“, bemerkte Golescu. Er hockte sich auf die Fersen, um einen Schlüssel auf einen Bolzenkopf zu stecken. „Wollen wir?“ fragte er.

„Welch ein Dilemma“, bemerkte Storrs eisig. „Tu’s ich, bin ich ein Feigling, tu’s ich nicht, und wir losen aus, dann riskiere ich vielleicht Kopf und Kragen für Mutter Erde.“

„Sam, komm von deinem Mast ’runter. Der Krieg ist doch vorbei. Oder hast du davon noch nichts gehört? Außerdem können wir eine sichere Abwurfentfernung erreichen, ehe der Sturm ausbricht. Das kann ebenso gut später sein als vorhergesagt. Oder ... Weißt du, mit einem starken Metallschild herum könnte ein Mann vielleicht sogar die Explosion überleben. Es gibt ja keine Luft, die diese Explosionswellen fortpflanzen könnte. Bricht die *Merlin* auseinander, kann er in einem Stück in den Raum geschleudert werden.“

„Klar. In viertausend Röntgen pro Stunde. Das sind neun Minuten für eine tödliche Dosis. Das andere Schiff wird ihn kaum in neun Minuten finden, mein Lieber.“

„Hm ... Richtig. Verdammt noch mal! Was wir bräuchten, wäre ein taschengroßer Strahlenschirmgenerator. Oder etwas sehr Dickes, um sich dahinter zu verstecken...“

Golescu schaute vor sich hin, weiter ins eisige Jupiter-Licht, bis seine Netzhautbilder zu tanzen begannen. Alle Sterne tanzten.

„Und was nagt jetzt an dir?“ wollte Storrs wissen. „Mach dich an die Arbeit.“

Golescus Schrei sprengte ihm fast das eigene Trommelfell. Das Echo flog noch immer in seinem Helm herum, als

West rief: „Was ist denn passiert? Ich komme. Bin in ein paar Minuten da. Aushalten, Jungs!"

„Nein ... Warte ... Nicht so schnell. Bei uns ist alles in Ordnung. Noch besser als okay."

Storrs Handschuhfinger schlossen sich um des anderen Schulter; er schüttelte ihn. „Was ist jetzt wieder los, du Clown?"

„Verstehst du denn nicht?" heulte Golescu. „Wir können doch das verdammte Spiel gewinnen!"

Zwischen Sonnenjammer und Herdenschiff flogen die Worte hin und her. Man kam schnell zu einer Entscheidung. Ein Raummann, der nicht im Handumdrehen und aus dem Stand einen Entschluß fassen konnte, lebte nicht lange, wenigstens nicht in seinem Beruf. West rief die *Rajasthan*. „Schicken Sie uns jeden Mann, den Sie entbehren können", schloß er. „Ich rufe Bailey an und bitte ihn, uns schnellstens weitere Mannschaften der Rettungsflotte in die Umlaufbahn zu schicken. Aber sie können kaum vor ein paar Stunden ankommen, und wir müssen inzwischen nach besten Kräften weitermachen."

„Hm ... Verdammt noch mal ... nein, Captain", antwortete Villegas. „Tut mir leid, aber ich habe nicht die Autorität, das zu tun."

„Ed? Sie haben aber doch das Kommando über Ihr eigenes Schiff?"

„Ja. Aber meine Befehle waren nur..."

West verblüffte Storrs und Golescu mit einer ausgewählten Folge angelsächsischer einsilbiger Worte. „Ich lasse Ihre Befehle abändern", erklärte er schließlich. „Hallo, hallo, *Merlin* ruft International ..."

Auf dem Segler steckten die Asteriten eiligst ihre Werkzeuge zurück in die Anzugtaschen. Mit denen, die sie nicht brauchten, machten sie sich keine Mühe. Die konnte man später einsammeln, falls es ein Später gab.

„Verrückteste Sache, die ich je hörte“, keuchte Storrs. „Es müßte ja gehen, aber warum hat unten auf der Erde kein Mensch daran gedacht?“

„Aus dem gleichen Grund, aus dem du und Ed nicht daran gedacht habt, meine ich“, erwiderte Golescu. „Das liegt so offen auf der Hand, daß sogar ein so dürftig ausgestattetes Gehirn wie das meine es sehen konnte. Blitzartig. Anzunehmen, daß später schon jemand draufgekommen wäre.“

„Dann wär's aber zu spät gewesen.“ Storrs Blick schweifte über die riesige blaue Fläche, die sich vor ihm drehte und das halbe Universum absperrte wie ein Vorhang. „Vielleicht jetzt schon zu spät. Teufel, Teufel, das ist ein Job!“

„Erinnere mich nicht daran. Ich hab' meine eigenen Sorgen. Fertig? Okay. Wir bremsen die Rotation ab.“

Storrs öffnete den Schild über den Handkontrollen, stellte etwas neu ein, legte den Deckel wieder auf und benützte den Handgriff eines kleinen Halbmondschlüssels, um auf einen tief versenkten Knopf zu drücken. Dann tat er einen Satz zurück vom Zylinder. Golescu sprang gleichzeitig.

Es war nicht zu früh. Handräder drehten sich, das Gerät verflocht sich ineinander, Motor- und Frachtabschnitt nahmen das Winkelmomentum auf, das vom Segel weggenommen wurde. Gleichzeitig wurde die Scheibe so herumgedrückt, daß sie die Sonne direkt auffing.

Eine so riesige Masse konnte nicht so schnell aufgehalten werden. Storrs und Golescu flitzten klar hinaus in das gleißende Licht. Ihre thermostatischen Geräte begannen fieberhaft zu arbeiten, kehrten Hitze in Elektrizität um und speicherten sie in den Anzugskondensatoren. Diese Energie brauchten sie, denn die Männer hatten eine ganze Weile zu arbeiten.

„Weißt du", sagte Storrs, „damit hast du nicht recht, daß alles gerettet wird. Das Segel geht verloren."

„Na, und? Die Ladung zählt doch. Ein paar hunderttausend Böcke, die diese Fahne wert sind, ist doch billig für die Bergung des Restes."

„Falls es gelingt."

„Du Pessimist! Sam, ich muß wirklich staunen, daß du nicht Gürtel und Hosenträger gleichzeitig trägst... Übrigens, die Segelreste müßten phantastische Andenkenpreise bringen..."

West rief sie an. „Ich habe da eine kleine Auseinandersetzung mit Bailey. Ich schalte euch ein." Pause. „Da sind sie. Jetzt müssen Sie mit denen ebenso streiten wie mit mir. Gleicher Rang."

„Lächerliche Anordnung", schniefte Bailey.

„Nicht im geringsten. Jeder von uns muß das tun können, was daherkommt. Aber wir wollen keine Zeit verschwenden. Was genau haben Sie gegen unseren Vorschlag?"

„Nun, das ganze Konzept ist doch phantastisch."

„Schauen Sie", warf Storrs ein, „das ist unsere Arbeit, nicht die Ihre. Wir wissen, was möglich ist und was nicht."

„Acht Stunden oder noch weniger, um vierzig Quadratkilometer Material zu bearbeiten?" protestierte Bailey.

„Ein Mikron dick", bemerkte West. „Hundert Quadratmeter wiegen nur ungefähr ein halbes Kilo. Das ist doch nicht so, als bauten wir einen Rahmen, um daran die Greifer anzusetzen. Dieser Job ist einfach. Jeder Raummann mit einem Schwerkraftgerät an seinem Anzug kann sie tun."

„Aber nein, das können Sie nicht.“

„Dann nicht, wenn Sie uns nicht sofort einen ganzen Schwarm Männer zu Hilfe schicken“, gab West zu.

„Wenn Sie glauben, ich mute dem Steuerzahler eine solche Ausgabe zu, dann denken Sie lieber noch mal darüber nach. Ich verbiete einen solchen Wahnsinn. Ich befehle hiermit die Weiterführung der Standardprozeduren.“

Aus Storrs Kehle kam ein undefinierbarer Laut. Golescu sagte ein paar ganz schlimme Worte. West dagegen blieb ruhig.

„Das können Sie nicht verbieten“, erklärte er, „oder Sie müssen einen Befehl für uns herausgeben, nur für diesen Fall bestimmt, daß wir unser Bestes zu tun haben. Bitte, lesen Sie die Texte, die Sie vorher zitiert haben. Wenn Beltline für diese Operation verantwortlich ist, dann haben die Beltline-Agenten auch die Autorität zu entscheiden, wie diese Operation durchzuführen ist. Ihre Entscheidung zielt auf eine Pleite hin. Ohne Ihre Mitarbeit können wir auf keinen Erfolg hoffen. Und welche Entschuldigung haben Sie dann anzubieten? Ich schlage daher respektvollst vor, Mr. Bailey, daß Sie endlich einen scharfen Kurs einschlagen.“

Die Stille summte, nur der Lärm der sich zusammendrängenden, blitzenden Sterne war noch da. Die Erde rollte riesengroß vor einem unendlichen Dunkel. An den Kanten begann das Segel nachzugeben, als die Zentrifugalkraft nachließ. Wäre es nicht voll der Sonne zugewandt gewesen, hätte es einen hoffnungslos wirren Haufen gegeben. Sobald die Rotation aufhörte, würde es ungefähr ein Kugelsegment darstellen.

Bailey schluckte so heftig, daß es in den Ohrstöpseln gurgelte. „Sie haben gewonnen. Ich bringe innerhalb einiger Stunden etliche Crews zu Ihnen hinauf. Inzwischen sagen Sie Captain Villegas, er solle seine Männer Ihrer Leitung unterstellen. Welche Ausrüstung wird benötigt?"

„Hauptsächlich Schweißbrenner. Schnellste Möglichkeit, das Material aufzuschneiden. Wir haben an Bord Metallstäbe, so daß ich einen Rahmen konstruieren kann, der das ganze Zeug in Position hält. Ihre Leute werden weiterhin brauchen..."

Golescu signalisierte Storrs, er solle umschalten. „Waaa! Das war eine häßliche Minute. Ich dachte gar nicht, daß der alte Ed das in sich hat."

„Ed ist ein feiner Kamerad", sagte Storrs. „Ah, wir brauchen zwar noch immer nur einen Mann an Bord der *Merlin*, aber..."

„Hör mit dem Meckern auf. Wir stecken miteinander in der Sache. Und wenn es soweit ist, bin ich bei ihm."

„Richtig. Ich auch."

Es war nötig, daß das Herdenschiff Greifer ansetzte und Energie anwandte, um nicht den Behälter dem Strahlungssturm aussetzen zu müssen. Golescu hätte um die Zeit im Pilotensitz sein müssen, doch er und Storrs waren zu erschöpft. Die Arbeit war brutal gewesen. Sie saßen im Salon, hatten unangerührte Kaffeebecher vor sich stehen, starrten leer auf das Schott, und West war weiter an den Kontrollen.

Draußen war der Teufel los. Die Sonne hustete hemmungslos Ionen aus mit Energien von Millionen Elektronen-Volt, die den Raum überschwemmten. Unten auf der Erde drängten sich die Touristen aus den Unterkünften in den Beobachtungskuppeln der Antarktis, um das Schauspiel zu erleben, wie der ganze Himmel mit den riesigen flappenden Vorhängen der Aurora lebendig wurde. Überall, wo die Menschen die Nachrichten gehört hatten, kauerten sie an den 3V-Schirmen und warteten. Der Empfang war sehr schlecht. Die Atomgeneratoren der Schiffe jenseits der Atmosphäre schickten Energien in die Abschirmfelder, um die mörderischen Ströme von ihren Rümpfen abzuleiten. Die Ingenieure ließen ihre Instrumente nicht mehr aus den Augen.

Die *Merlin* vibrierte und dröhnte. Ab und zu mußte sie ein wenig gegensteuern, damit die Ladung am Ende der Greifer auf ebenem Kiel blieb, und da stöhnten dann jedesmal ihre Männer vor Anstrengung. Mehr konnten sich die Männer im Salon nicht erlauben. Sie durften es nicht wagen, den Piloten mit Fragen abzulenken.

„Das muß gehen", sagte Storrs mindestens schon ein Dutzendmal. Er rieb sich das Kinn. Die Bartstoppeln kratzten laut.

„Klar", antwortete Golescu. „War ja auch meine Idee." Aber die alte Keckheit lag doch nicht mehr in seiner Stimme.

„Und wenn nicht ...", bemerkte Storrs. „Und wenn diese Ladung explodiert, dann erfahren wir's ja sowieso nie."

Er legte seine Faust auf den Tisch und musterte die knorrigen Knöchel. „Ich würd's aber schon sehr gern wissen. Und wie ich dann lachen würde über diese fetten Erdlinge."

Golescu griff nach seinem Kaffee. Er war längst kalt geworden. „So schlecht sind sie auch wieder nicht. Und wenn du ein gar so hartmäuliger Patriot bist, dann darfst du nicht vergessen, daß jede Schwierigkeit auf der Erde auch die Republik beeinträchtigt. Wir brauchen sie, und sie brauchen uns."

„Quatsch. Ich kann dir Wirtschaftsstatistiken zeigen, verdammt noch mal! Das ist einfach nicht richtig. Wieviele

Menschenleben darf man denn riskieren, damit sie zehn Milliarden oder mehr von ihren lausigen Dollars sparen?"

„Dieses Geld stellt viel mehr Menschenleben dar, als wir drei jemals zusammenbringen werden, selbst wenn ich mein Ziel erreiche und ein uralter Mann werde."

„Arbeitsjahre. Nicht Todesjahre."

„Hast du Angst?"

Storrs spuckte in den großen Aschennapf. „Nein. Müde und zornig bin ich. Für Ed sieht es natürlich anders aus. Ein wirtschaftlicher Zusammenbruch auf der Erde würde ihn direkt schädigen. Aber du und ich ..."

„Du müßtest ja gar nicht an Bord sein."

„Klar muß ich das."

„Ach, streich doch mal all die moralischen Mätzchen", sagte Golescu. „Dafür werden wir doch bezahlt."

„Hm ... ja ... Noch eine halbe Stunde, wenn die Voraussagen stimmen. Ich hoffe, Ed steht die Anstrengung durch."

„Ich auch. Das ist das einzige wirkliche Risiko. Wir wußten doch gleich, daß der Schild mehr als ausreichend ist. Ich hab' vorher gesehen, wie er einen ganzen Medizinschrank voll Aufputschmittel und Psychodrogen schluckte." Golescu rutschte auf seinem Sitz herum. „Hast du Lust auf ein Rommé?"

„Nein."

Die Sonnenpfeile schossen durch das Vakuum. Wo sie auf den Schirm der *Merlin* trafen, wurden sie abgelenkt, spuckten aber Röntgenstrahlen aus, die ihr Innenschild absorbierte. Wo sie den Frachtabschnitt trafen ...

... da begegneten sie einer Barriere aus Plastik und Aluminium: das Segel hatten sie in Quadrate von fünfzehn Metern Seitenlänge zerschnitten, die nun in einem zusammengeschweißten Rahmen lagen. Die Schildwirkung kam auf fünfzig Gramm pro Quadratzentimeter. Leichtmetalle und wasserstoffreiche Kohlenstoffverbindungen sind ungeheuer wirksame Bremsen für nackte kleine Atome wie Wasserstoff- und Helium-Ionen, aus denen die Ausbruchmassen der Sonne in der Hauptsache bestehen. So treffen etwa auf ein Quadratzentimeter Aluminium Protonen von 200 Millionen Elektrovolt, und die werden aufgehalten oder abgeschlagen. Die Rückschlageigenschaften sind so, daß eine sekundäre Strahlung kein ernstes Problem darstellt, wenigstens nicht für das Isonitrat, das nur explodiert, wenn ein Nukleus in das Riesenmolekül einbricht.

Aber die ganze ziemlich plumpe Sammlung aus Schild, Frachtsektion und Herdenschiff mußte sich voll dem Ausbruch aussetzen. Die Schwerkraft versuchte ständig, die Sammlung in einen Orbit zu schwingen, und damit kamen gyroskopische Kräfte mit ins Spiel. Die Kontrolle wurde ausgeübt am Ende eines langen Armes; die Masse hatte also ein hohes Drehmoment, war auch nicht perfekt ausgewogen. Jeder Ausgleich konnte mit Leichtigkeit zu einer Übersteuerung führen.

„Wenn wir das ausreiten“, sagte Golescu, „dann bekommen wir auch den Bonus, von dem Ed so sehnsüchtig gesprochen hat.“

„Ah... hm...“ Storrs hob die Augen mit den dunklen Rändern der Überanstrengung. „Andy, du bist ein feiner Kerl, und ich hoffe, wir kommen noch oft zusammen in den gleichen Einsatz. Aber im Moment muß ich mir einiges überlegen. Magst du den Mund halten, he?“

„Okay“, antwortete Golescu. „Obwohl Nachdenken nicht ganz nach meinem Geschmack ist.“

Er schlenderte nach achtern, um einen Blick auf die Instrumente im Maschinenraum zu werfen. In seiner derzeitigen Verfassung hätte er nicht viel tun können, wäre etwas nicht in Ordnung gewesen. Warum war nicht ein einziger Mann von den etwa zwanzig, die beim Segelschneiden mitgeholfen hatten, vorgetreten und hatte sich freiwillig bereit erklärt, bei ihnen zu bleiben, um zu helfen? Erdlinge, natürlich, und sie hatten für die Asteriten nicht viel übrig. Golescu ertappte sich bei dem Gedanken, ob die Revolution wirklich gerechtfertigt gewesen sei – wenn überhaupt je etwas gerechtfertigt war, das soviel Bitterkeit in den Menschen hinterlassen konnte. *Hör auf mit dem Quatsch! Hol deine Gitarre und... nein, es würde Ed stören. Und Sam vielleicht auch.*

Ich hätte eine Schlafpille nehmen sollen... ah, nein, auch nicht.

Seine angestrengten Augen hingen an der Indikatorenreihe. Alles lief glatt. Ein gutes Schiff! Moment mal, die Zählung der Außenstrahlung...

„Y-Yip!" brüllte er. „Sie geht zurück! Der Ausbruch wird kleiner!" Und er begann einen Kriegstanz durch die Werkstatt und den ganzen Korridor darüber hinaus.

Langsam, ganz langsam ließ der Sonnensturm nach und hörte endlich auf. West sagte über die Sprechanlage: „Es ist vorbei, Jungs, und wir leben noch."

Da begann auch Storrs zu tanzen.

Nach einer Weile berichtete West. „Die Erde hat angerufen. Herzliche Glückwünsche und so weiter. Sie schicken sofort einen Schlepper, der die Ladung abholt. Die halten sie dann im Mondschatten, während sie umladen. Wir sind unten zu einer Feier eingeladen." Sehnsucht klang in seiner Stimme mit. „Glaubt ihr, die Firma hat etwas dagegen, wenn ich die Einladung annehme?"

„Besser nicht", erklärte Storrs.

„Wir müssen ja sowieso das Schiff gründlich überholen lassen, nachdem es einen solchen Streß hinter sich hat", meinte Golescu. „Und für den Rest unserer Mission müssen sie vom Computer einen neuen Orbit bestimmen lassen. Wir haben Anspruch auf ein paar Tage Ruhe.“ Die ganze Erschöpfung fiel plötzlich von ihm ab. „Fleischtöpfe, wir sind im Anmarsch!“

Er griff nach seiner Gitarre und krähte fröhlich:

Der alte Einstein war ein Transporteur, jawohl, er war's, jawohl.
Der alte Einstein war ein Transporteur, jawohl, jawohl, jawohl.
Sein Wagen soff zuviel Benzin,
Er gewann Zeit, doch der Wagen war hin.
Bravo, hurra, bravo für'n Transporteur!

Jetzt hatte er endlich eine Geschichte, mit der er bei den Mädchen von Pallas Town Eindruck schinden konnte.

Zwischenspiel 6

Amspaugh erfuhr in seiner offiziellen Stellung um diese Zeit viel mehr, als in die Nachrichten kam; er schließt nun die Geschichte ab.

„Und die Moral davon?" will Lindgren wissen.

„... ist die, daß es keine gibt", sagt McVeagh.

„Oder es gibt so viele verschiedene Moralansichten, wie Personen da sind, die danach suchen", beklage ich mich.

Dworczyk klatscht sich auf die Knie. „Das nützt uns gar nichts für einen Start", sagt er. „Ich wiederhole, unsere Sache ist es nicht, eine pompöse Auslegung zu finden und sie unseren armen Kindern in die Kehle zu stopfen. Die würden alles wieder herauswürgen. Wir wählen ganz einfach aus, welche Tatsachen und tatsächlichen Ereignisse jede gebildete Persönlichkeit an Bord dieses Schiffes wissen müßte. Zusammen mit dem an politischem Hintergrund, an Technologie, Wirtschaft, Gebräuchen, moralischen Ansichten und dergleichen, was zu jeder Zeit erinnerungswert ist."

„Natürlich." Missy nickt. „Unser Problem ist es jedoch, eine Basis zu finden, auf der wir diese Informationen auswählen."

„Aber das ist doch so einfach!" ruft Dworczyk.

Wir mustern ihn. Er senkt die Augen und sieht im Moment etwas verlegen drein. Dann versteift er sich in Abwehr. „Okay", sagt er. „Ihr wollt meine Aufzählung haben. Die sollt ihr bekommen. Wie wär's mit einem breiten Abriß der Nachkriegsgeschichte?"

Er braucht noch ein paar Sekunden, bis er die richtigen Worte findet:

„Trotz allem neigte jeder alte Groll dazu, einmal zu sterben, besonders als der Wohlstand wuchs und sich ausbreitete. Die Nationen der Erde lernten die Asteroiden allmählich lieben, und manch einer verkaufte das, was er von ihnen noch hatte, an die Republik. Handel und Verkehr machten das Leben dort auch immer behaglicher, denn es kamen viele Güter durch den Raum. Keinem machte es etwas aus, daß bei den Asteriten der Reichtum viel schneller zunahm als anderswo. Der typische Asterit arbeitete auch sehr viel härter, auch sehr oft viel gefährlicher als der typische Bürger eines Wohlfahrtsstaates. Technologischer Fortschritt erleichterte die Arbeit. Der durchschnittliche Erdling nützte diese Gelegenheit zum Ausruhen, um mehr Urlaub und Sicherheit zu genießen. Ein durchschnittlicher Asterit benützt die neuen Möglichkeiten, um mehr zu schaffen. Damit wird er noch reicher. Aber die Erdlinge sind der Meinung, wir nehmen uns sehr viel Zeit, bis wir dieses Geld dann genießen."

„Und außerdem", bemerkt McVeagh, „beziehen die Erdlinge eine große Befriedigung aus ihrer Tränenseligkeit wegen der Rauheit und der materialistischen Einstellung der Raumbewohner."

„Zu schade, daß gerade die jüngere Generation in der Republik die Kritik von der Erde zu ernst nimmt", sagt Amspaugh.

„Na, ich weiß nicht recht", meint Lindgren. „Im Endergebnis werden nur ein paar rauhe Kanten damit bei unseren Leuten geglättet. Das ist an sich gar nicht schlecht. Und an Bord dieses Schiffes ist das kein Problem."

„Bitte, darf ich jetzt weiterreden?" fragt Dworczyk. „Ich bin mir darüber klar, daß ich mich stereotyp ausgedrückt habe. Ein Buch müßte beweisen, daß alles viel komplizierter und interessanter war. Hm ... Sehr viele Erdenmenschen waren Forscher, Entdecker, Pioniere, Erfinder, Erneuerer, Unternehmer. Und viele der Asteriten waren Wissenschaftler, Künstler, Dichter, Philanthropen. Private Stiftungen und Konsortien bauten gemeinnützige Unternehmen auf, als der wirtschaftliche Überschuß zu erkennen war. Sie bauten zum Beispiel das erste Raumschiff, das zu den Sternen reiste."

Er steht auf. „Das ist in groben Umrissen, was ich mir vorstelle. Ich verstehe nicht, daß es darüber so lange Debatten geben muß. Wir wollen doch wahrheitsgemäß berichten, was geschehen ist. Die Autoren können die Umrisse ausfüllen mit bedeutenden und unterhaltenden Einzelheiten. Und das wär's. Entweder wir beenden diese Zusammenkunft sehr bald, damit ich wieder in mein Labor zurückkehren kann, oder ich gieße mir einen Drink ein und vergesse für heute meine Arbeit."

„Bring mir doch einen Rum mit Grapefruitsaft, wenn du schon dabei bist", bittet Amspaugh lächelnd. „Du hast den Kern unseres Problems getroffen."

„Und das ist?"

„Schau mal, wir wollen, daß unsere Kinder einen ausgewogenen Bericht über die Ereignisse bekommen, die dazu führten, daß sie hier an Bord sind. Die uns veranlaßten, den Kurs für ihr Leben einzuschlagen. Wir wollen sie nicht zu nihilistischen Zynikern werden lassen, wie Colin einer zu sein vorgibt, noch zu unrealistischen Ideologen, wie Conchita erscheinen möchte." Amspaugh deutet mit dem Pfeifenstiel auf die beiden. „Ich hoffe, ihr erfaßt meine Meinung. Ihr meint eure Grundansichten ernst, und wir wollen auch, daß ihr sie so klar ausdrückt wie möglich, damit die Vielfalt der gewonnenen Meinungen möglichst groß wird.

Aber bei einer Diskussion wie der unseren neigt jeder dazu, seine eigene Meinung überzubewerten." Zu Dworczyk sagt er: „Du mit eingeschlossen, Tom."

„Okay. Ich bin schon unterwegs zur Bar." Doch er spricht weiter, während er weggeht. „Aber sagt mir, inwiefern ich übertreibe."

„Wegen der Möglichkeit einer einfachen, geradlinigen Berichterstattung über Geschehnisse, die noch etwas waren außer Ereignissen. Oh, natürlich, für die früheren Zeiten kann das leicht geschehen. Es schadet nichts, wenn man gewisse Verwicklungen übersieht, auch Mißerfolge unserer glorreichen Ahnen. Jedoch ..." Nun wird Amspaugh von seinem Humor im Stich gelassen. Er beschäftigt sich mit seiner Pfeife, klopft die Asche aus, stopft sie frisch und zündet sie an. „Jedoch, wir können das nicht verstecken, was in diesem Schiff ist. So groß ist es ja nicht. Und die Kinder haben Augen, um das zu sehen, was um sie herum vorgeht. Wie sollen wir ihnen beibringen, die rohe Wahrheit zu verstehen – und zu verzeihen?"

„Warum? Das müßte doch wirklich keine Schwierigkeiten bereiten." Dworczyk erreicht sein Ziel und macht sich an der Bar zu schaffen. „Wäre es so schwierig gewesen, hätte diese Expedition gar nicht gestartet werden können."

„Richtig", bestätigt Amspaugh. „Trotzdem, theoretisch zu entscheiden, daß eine ganz bestimmte menschliche Situation sich wie geplant auswirken müsse, ist eine Sache, eine andere, dies in der Praxis auszuprobieren. Deshalb hat ja der Aufsichtsrat ganz zu Recht entschieden, daß wir über unsere eigene Erziehungspolitik selbst entscheiden müssen, nachdem wir direkte Erfahrungen gesammelt haben. Und mein Eindruck auf der Basis dieser Erfahrung ist der, daß diese Entscheidung nicht leicht zu fällen ist."

„Richtig", sagt Missy. „Die Kinder kennen ja keine

andere Welt als dieses Schiff. Sie nehmen es als selbstverständlich, daß die Ordnung der Dinge hier richtig und normal ist – bis ihnen der Geschichtslehrer erklärt, daß sie eine Ausnahmeordnung ist, daß andere Ordnungen existieren, die sich von der unseren absolut unterscheiden. Der Schock, dies zu hören, wenn es nicht sehr sorgfältig gelehrt wird, könnte sie aus dem Gleichgewicht werfen."

„Ich kann das von der anderen Seite her beweisen", werfe ich ein.

„Wie das?" will Echevaray wissen.

Die *Astra* war schon so lange im Raum, daß jeder von den Hunderten an Bord vertraut werden konnte mit der Lebens- und Familiengeschichte aller übrigen. Das trifft auch zu auf die Geschichte, an die ich denke, von der ich aber noch nie gesprochen habe.

„Als ich herkam", sage ich, „wußte ich nicht, wie sich das hier alles zusammensetzt, was überhaupt daran ist. Glaubt mir, ich hab' die Zähne zusammengebissen, um das herauszufinden."

„Wieso wußtest du das nicht?" wundert sich Echevaray. „Es dauerte doch Jahre, unser Schiff zu bauen, die vielen tausend Bücher zu sammeln, die Filme, die neuen Geschichten, die Debatten …"

„Ich war ja nicht auf den Asteroiden", erkläre ich, „auch nicht auf Erde, Luna, Mars, Jupiter-Monden oder sonstwo in Reichweite. Ich habe die fünf vorhergehenden Jahre auf Triton verbracht und geholfen, für Nasty dort die Stadt zu bauen."

„Wofür?"

„Neptun And Satellites Tycoons. Das ist nicht der offizielle Name, auch nicht der akronyme, den wir verwendeten, wenn wir hohen Besuch aus dem Hauptquartier bekamen." Wir benützten ihn auch nicht in Gegenwart von

Damen. „Jedenfalls lief mein Kontrakt ab, ehe der Maser-Empfänger fertig war, also hing jede Nachricht aus dem inneren System, während ich dort war, von einem gelegentlichen Versorgungsschiff ab. Kein Zweifel, der Lesestoff, den wir bekamen, brachte auch ein paar dürftige Meldungen über die Personalschwierigkeiten der *Astra,* doch die sah ich nicht. Nach einer Arbeitstour in Felswüsten, auf denen die Nacht kaum einmal von einer Sonne berührt wurde, die heller gewesen wäre als die hellsten Sterne, und der Himmel beherrscht wurde von einem grauen, trübseligen Klumpen, dem Neptun, da will ein Mann einmal ein wenig ... Flucht-Fiktion, das heißt, auf ernste neue Analysen von Welten, die einem unwirklich erscheinen, kann man verzichten. Oder man spielt, treibt Sport, jagt hinter den paar unverheirateten Weiblichkeiten her und klammert sich an andere Steckenpferde. Alles in allem, ich kam zurück und hatte keine Ahnung, wie dieses Projekt in Wirklichkeit aussah."

„Dann hast du's aber sehr schnell aufgepickt", sagt Dworczyk.

„Klar, das mußte ich auch. Aber vergeßt nicht, die Entscheidungen waren ja schon gefallen. Die Sache war keine Neuigkeit mehr. Jeder hielt es für selbstverständlich, daß jeder Bescheid wußte.

Im Hauptquartier auf Ceres war das auch sicher der Fall. Ich hatte ein Jahr Urlaub und die Absicht, mein Geld abzuheben einschließlich Bonus und wirklich eine Planetenreise zu machen. Aber man verlangte von mir, ich müsse vorher dringend noch einen Job tun. Ihr wißt vielleicht, meine Firma war Grundkontraktor für die interne Energieversorgung dieses Schiffes. Es hatte sich recht gut gehalten, aber plötzlich hieß es, es würde Schwierigkeiten machen. Niemand an Bord schien in der Lage zu sein, das herauszufinden, was nicht richtig lief, und jeder qualifizierte Ingenieur im Personal der Firma steckte bis über die Ohren anderswo in der Arbeit. Und das System war ähnlich dem, das ich von Triton her kannte.

Also, Teufel noch mal, warum nicht? Das Schiff wollte ich sowieso sehen. Sie schickten mich in einem der Schnellboote hinaus. Viel Zeit blieb mir allerdings nicht, die technischen Pläne zu überschauen; die *Astra* war zufällig um diese Zeit in einem engen Orbit um Ceres. Ich konnte mich nicht mit meinem Piloten unterhalten. Also kam ich völlig unvorbereitet auf die Art von Menschen, die ich hier treffen würde, an. Mir war, als hätte mich ein Komet von hinten her gerammt!“

Eine Nation wird rekrutiert

Zuerst war es nur ein Funke von vielen, und er hätte sich im Schwarm der Sterne verloren, wenn es nicht das Flakkern und Blinken eines unregelmäßigen Körpers gewesen wäre, der im Raumsonnenlicht rotierte. Aber das Boot kam schnell näher. Die *Astra* wurde zu einer Kugel, zu einer Stadt aneinandergedrängter Kuppeln, Türme, Gehäuse und Maschinen, zu einer Welt, die nahezu den halben Himmel ausfüllte. Ich lehnte mich in meinen Sicherheitsgurten zurück und beobachtete das Spiel von Strahlungen und Schatten über diesem Gemisch, als wir in Spiralen herabgingen zum Rendezvous. Das leise, vibrierende Summen der Maschinenenergien ging mir ins Blut. Die Worte, die ich vom Piloten vorne hörte, der mit dem Kontrolloffizier sprach, waren kurz und bündig; aber selbst Fanfaren hätten mir keinen solchen Schauer über den Rücken gejagt.

Hier war das Schiff, das aufbrach, um neue Sonnen zu suchen.

Nicht sofort. Mindestens zwei Jahre grundlegender Arbeit mußten noch vergehen, von den Verbesserungen ganz abgesehen, die von einer Crew während einer langen Reise ausgeführt werden können. Mein Job der Fehlersuche war dabei. Hatte Garrett nicht einmal eine Bemerkung darüber gemacht, daß es schwierig sei, die richtigen Leute zu finden? Daß noch nicht einmal eine Mindestzahl zur Verfügung stehe? Ich begriff das nicht. Wann hat es je einem strahlenden Plan an Gefolgsleuten gefehlt?

Vor uns gähnte ein Aufnahmetor. Ich fühlte den leichten, elastischen Aufprall, als das Maschenfeld sich an unseren Rumpf legte und ihn auf den Schlitten setzte. Die äußere Schleusentür schloß sich, und die Luft strömte herein, um die Kammer wieder unter Druck zu setzen. Mein Pilot prüfte seine Instrumente nach, sagte dem Kontrollbüro ein paar abschließende Worte und legte einen Hauptschalter um. Dann löste er seine Sitzgurte. „Da sind wir, Mr. Sanders", sagte er.

„Vielen Dank." Ich schnallte mich auch los. „Kehren Sie gleich wieder zurück?"

„Oh, vielleicht trinke ich erst irgendwo eine Tasse Kaffee, wenn ich jemand finde, mit dem es wert ist, sich zu unterhalten. Sonst hab' ich keinen Grund zum Bleiben." Er gähnte. „Sie werden vielleicht ein paar Tage bleiben müssen. Da tun Sie mir leid. Geben Sie uns einen Maserruf, wenn Sie fertig sind, und wenn ich es bin, den man herausschickt, hol ich alles aus dem Boot raus, was drinnensteckt."

Das verwirrte mich ein wenig. Richtig, er mußte ziemlich häufig auf dem Schiff gewesen sein. Ich fragte nicht weiter, denn die Kammer war nun voll, und das innere Schleusentor hatte sich weit aufgeschoben. Zwei Männer warteten. Der Pilot öffnete für mich ein Ventil, und ich klapperte die Schlittenstufen hinab und über das Deck, um sie zu begrüßen.

Der eine war ergraut und würdig, verdächtig war nur seine rosa Nase; seine Kleidung war rot, blau und gelb in so grellen Tönen, daß mir die Augen weh taten. Er griff nach meiner Hand und schüttelte sie wie einen Pumpenschwengel. „Winston Sanders, he?" strahlte er. „Willkommen an Bord, willkommen! Ich bin Ihr Freund und Chefingenieur der inneren Kraftversorgung. Hodge heiße ich. Hodge Furlow. Als ich hörte, daß Sie unterwegs seien, kam ich sofort her, um Sie persönlich zu begrüßen. Gute Reise gehabt?“

Ich war etwas betäubt und begnügte mich, zu sagen: „Es war okay. Vielen Dank. Äh ...“ Mein Blick ging zu dem anderen Mann, der hinter Furlow aufragte. Das war ein bemerkenswerter Bursche. Obwohl seine ungeheuer breiten Schultern leicht nach vorne gezogen waren, überragte er mich um mehr als Kopfeslänge, und sein Bierbauch, der den Overall fast zu sprengen drohte, ließ ihn noch großartiger erscheinen. Sein Gesicht nahm eine Kleinigkeit davon weg: grobe Züge, Stoppelbart, wenig Stirn, aber ein breites Grinsen. „Ah ... Mr ...?“

„Oh. Das ist J. P.“, sagte Furlow. „Mein Spezialassistent. Haben Sie Gepäck?“

„Ziemlich viel. Ich brachte meine ganze Grundausrüstung mit, Instrumente, Werkzeug und was man eben so braucht.“

Furlow sah ein wenig gekränkt drein. „Ich versichere Ihnen, Win, wir sind in allen Abteilungen meines Abschnitts sehr gut ausgerüstet.“

„Ist auch besser, bei dem Ziel, das Sie ansteuern“, erwiderte ich ein wenig schnippisch. Ich mag es nicht, wenn man mich sofort in der Minute des Kennenlernens mit meinem Vornamen anspricht. „Aber ich bin an meine eigenen Sachen gewöhnt. Und Sie haben mit den Ihren ja wohl keinen sonderlichen Erfolg, oder?“

„Leider richtig.“ Furlow sprach leiser weiter und röhrte jetzt nur noch. „Schön. J. P. bringt Sie in Ihr Quartier ... Hörst du, J. P.? Geh in das Boot. Frag nach Mr. Sanders' Gepäck, bring es auf einen Transportschweber und zur Suite sechsundvierzig auf Deck M. Hast du verstanden?“

„Gepäck“, wiederholte der Riese. „Suite sechsundvierzig. Deck M. Okay.“ Er schlurfte davon.

Furlow hängte sich bei mir ein. „Win, wir gehen jetzt in mein Quartier. Übrigens, wir sind hier alle per du. Nichts dagegen? Nein! Gut. Also, du mußt müde sein. Wir schwatzen bei einem Drink bis zum Lunch."

Gezwungenermaßen begleitete ich ihn in einen Korridor, der so lang war, daß seine Enden hinter der Biegung des Schiffes verschwanden. Türen und Gänge waren die einzigen Unterbrechungen. Zweifellos würde die Dekoration der Metallflächen hier und vermutlich überall die vielen Jahre der interstellaren Reise verkürzen. Im Moment lag dieser Gang noch gespenstisch leer da. Ich hörte Pumpen klopfen, fing dann und wann einen Schwall warmer, öliger Luft auf, doch hauptsächlich waren es unsere Schritte, die als lautes Echo zurückkamen.

„Ich bin nicht müde", sagte ich. „Die letzte Wache habe ich gut geschlafen. Sollte ich mich nicht beim Kapitän melden?"

„Er ist nicht an Bord", antwortete Furlow. „Ist selten da. Was sollte er auch tun? Der älteste diensttuende Offizier ist in seinem Büro. Hm, sein Name fällt mir gerade nicht ein, ist ja auch egal. Ein Streifler des vierten oder fünften Grades. Sicher stehe ich im Rang höher als er, egal wer er ist. Und vermutlich ist er noch im Bett, nicht unbedingt allein. Ha, ha!" Sein Daumen bohrte sich zwischen meine Rippen. „Da mag er jetzt nicht offiziell werden. Wenn er dich sehen will, sagt er's uns schon."

Uff, sagte mein erschütterter Geist. Vor mir sah ich das Bild anderer Raumfahrzeuge, in denen ich je war, noch nicht terrageformter Asteroiden, fremder Planeten, der Monde von Neptun. Die ungemein dünne Wand zwischen Mensch und nacktem Raum war die Disziplin. *Stellen die sich vor, daß sie unter diesen Bedingungen Alpha Centauri erreichen können?*

„Gut“, sagte ich barsch, „in diesem Fall möchte ich mir gerne das System anschauen. Je eher ich an die Arbeit komme, desto eher kann ich auch Ihr Problem knacken.“

„Du bist also ein ganz solider Staatsbürger.“ Furlow schnalzte mit der Zunge und schüttelte den Kopf. „Wie du meinst. Offen gesagt, ich bezweifle, daß du viel ausrichten kannst. Keine Beleidigung für dich, mein Junge. Aber der alte Onkel Hodge ist auch kein kompletter Tolpatsch mit lauter Daumen. Nein, für den letzten Orbit ist er noch nicht bereit, und seine alten grauen Zellen haben noch ein bißchen Saft in sich. Seit Monaten arbeite ich, Win, und ich komme einfach nicht in die Flugbahn. Mit meinem ganzen Team und einer Ladeluke voll Geräten. Vielleicht hätte ich deine Firma viel früher zu Hilfe rufen sollen, aber ich dachte und denke, wenn wir die Ursache nicht rausfinden, dann findet sie keiner. Siehst du, ich glaube, diese Mucken haben keine einfachen Ursachen.“

Er schob mich zu einem Liftschacht. Wir schwebten eigentlich nur nach unten, ganz ohne Kabine, und das überraschte mich im ersten Moment, bis ich begriff, was dies bedeutete. Anders als konventionelle Schiffe imitierte dieses hier einen terrageformten Asteroiden mit Emetts im Mittelpunkt und mit einem durch Generator erzeugten radialen Gewichtsfeld. Das Herz dieser inneren Kraftplantage war viele Decks weiter innen, vom Außenrumpf aus gerechnet.

Die meisten Ebenen, an denen wir vorbeikamen, waren verlassen. Niemand lebte noch hier, nichts war gelagert, nichts installiert. In ein paar Gängen arbeiteten Männer. Mich freute es, ihre sauberen, zweckbedingten Bewegungen zu sehen. „Kommen ein paar von diesen Leuten hier mit auf die Reise?“ fragte ich.

Furlow lachte schallend. „Win, du hast vielleicht Humor!

Ich mag dich. Wirklich. Ich sag dir was. Wir gehen mal schnell rein in den Pallas Palace, wir kommen dort vorbei, und da kauf ich dir einen Drink. Nein, keine Ablehnung! Um die Zeit braucht ein Mann mal schnell einen Drink."

„Pallas Palace?"

„Unsere Bar. Ich meine die eine, die schon offen hat. Für unterwegs brauchen wir schon mehr. Ist ein weiter, trockener Weg bis nach Alpha C., he?"

Wir bogen in einen Abschnitt ein, der viel fröhlicher wirkte als alles, was ich bisher gesehen hatte. Die Korridore waren gepolstert und bemalt; dann und wann stand einmal eine Tür auf, so daß man ein Stück des Raumes und die Möblierung sah. Hier schienen jene Teile der Crew zu wohnen, die ihrer Jobs wegen auf dem Schiff zu bleiben hatten. Vielleicht die Arbeitsgruppen, die nach Hause zurückkehrten, wenn sie ihre Jobs beendet hatten? Oder sie benützten andere unbesetzte Kabinen in einem anderen Schiffsteil. Einzelne Männer, die nur vorübergehend hier waren, würden diese Räume vielleicht doch nicht so liebevoll einrichten.

Wir begegneten einigen der Leute, als wir weitergingen, Männern und Frauen, die in Wohnungen kamen und gingen oder die Gänge entlangeilten. Sie riefen Furlow an, der recht beliebt zu sein schien, und er gab launige Antworten. Das Schiff hätte hier eine kleine Siedlung irgendwo im Asteroidengürtel sein können.

Fast. Nicht ganz. Der Unterschied, oder vielleicht sogar der Fehler daran ging mir mit jedem Schritt mehr auf.

Ich sah keine Kinder. In diesem Stadium des Baues war das auch gar nicht zu erwarten. Aber es waren zu viele alte Leute da. Ungefähr die Hälfte derer, die ich sah, waren weißhaarig, runzelig und zusammengerackert. Irgendwie machten sie wohl einen lebhaften, recht vitalen Eindruck;

die Decks waren auch bevölkert mit Erdentouristen, die einen alten Asteriten als Seniorbürger ansprachen. Aber sie hatten ihr Leben größtenteils hinter sich.

Die Jungen hatten diesen Schwung nicht. Mit ein paar Ausnahmen schritten die Jungen nicht, sie machten Sprünge, bummelten herum in einer parkähnlichen Anlage, durch die wir kamen, oder lümmelten hinter halboffenen Türen, um 3V anzuschauen. Anders als die Alten waren sie blaß und sahen weichlich aus.

Eine gut aussehende Gruppe junger Leute sah ich, sie liefen dahin in einer Wolke von Gelächter. Aber die waren nicht bei der Arbeit. Sie schleppten einen Apparat, der für ein Spiel Raumball gedacht war. Und ... Ich bin wirklich nicht prüde, aber die Unterhaltung dieser Mädchen und Jungen in aller Öffentlichkeit und auf einem Schiff!

„Haben die denn nichts Besseres zu tun?“ rief ich.

„Nein. Warum?“ fragte Furlow. „Ist denn das nicht allgemein bekannt? Ein Teil der späteren Crew ist schon an Bord, weil sie mit Vorbereitung oder Wartung beschäftigt sind, so wie ich. Aber der größere Teil ist hier wegen der freien Wohnung und Verpflegung. Wie könnten wir sie sonst anziehen?“

Ich war so verwirrt, daß ich kaum Notiz von dem nahm, was er weiterredete:

„Aber um zu unseren Sorgen zurückzukehren. Es tut mir leid, sagen zu müssen, Win, aber ich bin überzeugt, der Fehler bei unserer Anlage liegt in einem lausigen Entwurf. Dir können sie keine Schuld anhängen, du hast die Pläne nicht gemacht. Und das Material ist absolut in Ordnung. Du weißt, eure Firma macht eine Menge davon. Sie kauft die Einzelteile von den Spezialfirmen und baut sie zusammen. Nach dem Baukastenprinzip, was? Wenn irgendwas in die Luft geht, bückst du dich nicht mal nach dem kleinen

Transistor oder was es ist, denn die werden zu Millionen hergestellt, und du nimmst einfach das nächste Stück. Nein, man schaut auf den Instrumenten nach, welche versiegelte Einheit nicht die nötige Leistung bringt. Die nimmst du dann heraus, baust eine frische ein und reparierst den Schaden, wenn du Zeit und Lust hast."

Sicher, er wollte mich mit seiner Kindergartenvorlesung nicht beleidigen, er litt nur an einer Redemanie. Vielleicht hörte er nicht einmal sich selbst zu. Ich versuchte es jedenfalls. Aber er donnerte erbarmungslos weiter:

„Siehst du. Unsere Anlage hat anfangs wunderbar gearbeitet. Richtig fein. Aber dann, vor einigen Monaten, hat sie ihre Mucken bekommen. Unregelmäßige Intervalle, und keiner konnte sie vorhersagen. Nicht einmal das, welche nächste Einheit den Geist aufgeben wird. Der Fehler konnte in der Spannung liegen, in der Phasenkontrolle, in der Amplifikation, überall. Plötzlich, bumm! ein paar Einheiten wollen nicht mehr. Alarm jault ring-ding-ding-ding, der arme Onkel Hodge taumelt aus einem gesunden Schlaf und kommt dahergerannt. Wir machen Umleitungen und andere Umleitungen, klar. Nichts. Gar nichts. Aber im Raum ist man doch nicht gern ohne Ersatz, den man einstöpseln kann, was? Also ersetzt man die Einheiten, die nicht mehr mittun.

Dann versuchst du dir vorzustellen, warum sie nicht mehr wollen. Das habe ich in die Hand genommen. Jede hab' ich persönlich aufgemacht, jede. Das war einer der Gründe, warum ich bei der Stiftung darauf drängte, den Kontraktor noch nicht 'reinzurufen. Wir müssen doch erst absolut sicher sein, daß wir die Reparaturen nicht selbst machen können. Nach viereinhalb Lichtjahren kannst du nicht einfach so herantrotten und ein bißchen mitmischen.

In jeder Einheit war das ganze Eingeweide so zusammengeschmolzen, daß es keine Reparatur wert war, nicht einmal die Teile 'rauszunehmen, die nicht kaputt waren."

Da war ich plötzlich hellwach. Er hatte mir bisher nichts erzählt, was ich nicht schon gewußt hätte, aber jetzt hatte ich das Gefühl, etwas Neues zu erfahren. „Ich möchte mir auch diese Einheiten ansehen", sagte ich.

Furlow hob kurz seine fleischige Schulter und ließ sie zurückfallen. „Tut mir leid. Hab' nur eine aufgehoben, um sie dir zu zeigen. Und der Rest ... Win, du weißt, wie das geht. Die Arbeit von Fachkräften ist viel mehr wert und ein so großer Faktor, daß es billiger kommt, wenn die Maschinen neue Einheiten herstellen. Die Reparaturen hätten sich nicht ausgezahlt. Aber natürlich ist eine Einheit verdammt teuer. Sind doch ein paar seltene Metalle und Spezialisotopen drinnen, die in die Kristallstrukturen eingefügt werden müssen. Die sind nicht billig. Die Stiftung macht sich über diese Verluste verdammt große Sorgen.

Ich wollte also dem Projekt soviel Geld sparen wie möglich und habe die ruinierten Einheiten an die Mountain King Electronics auf Hebe geschickt. Die kaufen sie und holen die wertvollen Nukliden heraus. Auf die Art geht wenigstens ein Teil der Kosten wieder an die Stiftung zurück. Nicht viel, nur ein bißchen."

Das hatte ich nicht gewußt, obwohl es auf der Hand lag, daß eine ununterbrochene Nachlieferung dieser raffinierten Kästen mit der Zeit mörderisch werden mußte. Meine Sorge galt der Funktion des Systems selbst. Furlow hatte recht: wenn das Schiff erst einmal im interstellaren Raum war, konnte er keine Ersatzteile mehr bestellen oder Berater herbeiholen lassen. Und was das Schiff mitnehmen konnte, hatte auch bestimmte Grenzen.

Und ohne eigene Kraftstation für Licht, Wärme, Ventilation, Schwerkraft, bionische Anlagen und sonstige tausend verschiedene wichtige und notwendige Maschinen wären die Leute alle bald tot.

„Sie sagten, eine solch schadhafte Einheit sei aufgehoben worden?“ fragte ich.

„Ja, natürlich, denn ich dachte mir schon, daß einer sie mal sehen will. Sie ist von einem Stromverteiler mit sechs Leitungen. Du hast mein Wort darauf, daß der Zustand typisch ist... Aber wir sind da. Hier ist unser lieber, alter Treibstofftank.“

Um uns herum hatten die lauten Stimmen und die Bumbum-Musik zugenommen. Als wir um eine Ecke bogen, sahen wir den Pallas Palace. Es war eine ziemlich große Kabine mit einem Vitrylschott als Front zur Halle. Rückwärts befand sich eine Bar, an einer Seite war eine kleine Tanzfläche, vorne gab es Tische und Stühle. Trotz der frühen Stunde waren mindestens zwanzig Leute da, und aus den Lautsprechern quäkten Saxophone. Ich mag sie nicht. Ich hatte meine Jugendzeit auf einem Farmasteroiden verbracht und hatte es satt, liebeskranken Kühen zuzuhören.

Der Rauch innen war so dick, daß man die Luft hätte schneiden können. Wir wanden uns zwischen bierfeuchten Tischen und an sich verrenkenden Tänzern durch zur Bar. Mich überraschte, daß es einen lebenden Barkeeper gab; aber es war verständlich. Warum eine Menge unnötiger Automaten aus dem Sonnensystem herausschleppen? Mich widerte es jedoch an, wie die Leute sich benahmen. Das mußten Anghörige der Crew sein, und sie benahmen sich nicht gut.

„Morgen, Ed, Morgen!“ bellte Furlow über den Larm. „Doppelten Bourbon, aber pur! Was willst du haben, Win? Auf meine Rechnung.“

Ich versuchte abzulehnen, doch er drängte mich so daß

ich schließlich etwas Alkoholfreies trank. Das süße Zeug mag ich auch nicht.

Wir standen da und nippten an unseren Drinks. Furlow rief jeden in Sicht an, und gelegentlich tätschelte er ein kicherndes Mädchen. Da schloß sich plötzlich eine Hand um meinen Arm, und ich hörte eine Stimme: „Mein Gott, wenn das nicht Winston Sanders ist! Hoy, Junge!"

Ich drehte mich um, und da verschlug es mir fast den Atem. Den mageren adretten Mann mit den scharfen Zügen, dem schwarzen, glatten Haar und den kecken braunen Augen kannte ich vom College her. Seit ich als Ingenieur von einer Welt zur anderen reiste und er sich bei einer Versicherungsgesellschaft auf Juno niederließ, hatten wir einander nur selten und immer zufällig gesehen, aber wir freuten uns immer ganz gewaltig darüber. Es hatte mich vor zwei Jahren sehr betrübt, als ich von einem gemeinsamen Bekannten erfuhr, Jake Jaspers sei wegen Unterschlagung verurteilt worden.

„Du Hundesohn!" Dieser traditionelle Raumfluch entfuhr mir unwillkürlich. Er packte meine Hand und schüttelte sie fast so energisch wie Furlow, aber sehr viel herzlicher. Und ich schob Verblüffung und sämtliche moralische Bedenken weg. Wir klopften einander auf den Rücken, und ich bestellte Bier für uns beide.

„Was tust du hier, Jake?" fragte ich.

„Oh, Zeit totschlagen. Ich bin in der Abteilung Verwaltung, Buchhaltungsbüro, aber bis die nächste Ladung Material ankommt, habe ich nichts zu buchhalten, und meine Frau ... Du weißt sicher noch nicht, daß ich verheiratet bin. Kannst du zu uns zum Dinner kommen? Hast du dich hier verpflichtet?"

„Nein, ich bin der Kummersucher. Aber – ah – das heißt ..."

Jaspers lachte völlig unbekümmert. „Ach, das! Das Urteil wurde nicht vollstreckt unter der Bedingung, daß ich auf dieses Schiff gehe. Sind ein paar ähnliche Fälle da.“

Ich war seinetwegen sehr froh. Man kann darüber debattieren, ob die Republik richtig handelt, wenn sie die auf der Erde übliche Psycho-Rehabilitation als Beleidigung für die Persönlichkeit und als Bedrohung der Freiheit ablehnt. Die Tatsache läßt sich aber nicht übersehen, daß unsere Arbeiterstützpunkte furchtbar nüchtern sind. Nicht unmenschlich, natürlich nicht. Die meisten haben Freizeiteinrichtungen, Besuche von Ehepartnern, Möglichkeiten für Freizeitbildung, und die geleistete Arbeit ist sozial nützlich. Aber ich bin höchst ungern jahrelang in einem solchen Stützpunkt, und für einen solchen Genießer wie Jake Jaspers mußte das noch sehr viel schlimmer sein als für mich.

Trotzdem – ein Sternenschiff mit Kriminellen in der Crew?

„Klar, ich komme zum Essen“, murmelte ich. Er nannte mir seine Apartmentnummer, wir machten eine Zeit aus, und dann gelang es mir, Furlow von der Bar zu pflücken.

Er führte mich durch etliche tiefere Ebenen. In der Nähe der Schiffsachse hielten wir an. Hier war das Zentrum des Komplexes, über den er herrschte: Kontrollräume, Werkstätten, der große Zentralcomputer und seine durch das ganze Schiff verstreuten Satelliten, die von hier aus gesteuert wurden. Unterwegs hatte ich mir ungefähr das Schema der Anlage eingeprägt.

Die Energiequelle war der gleiche Satz von Fusionsreaktoren, die auch den Gyrogravitationsantrieb aktivierten. Es gab keinen Grund, einen weiteren für Furlows Abteilung einzubauen. Wenn Maschinen oder das innere Netz den Dienst aufsagten, war das Schiff sowieso zum Untergang verurteilt. Aber selbstverständlich machte diese gemeinsame Benützung ein an sich schwieriges Problem noch viel komplizierter.

Die Reaktoren hatten noch keine Schwierigkeiten gemacht. Treu und brav lieferten sie soviel Energie, wie gewünscht wurde. Was immer wieder zusammenbrach, war die Verteilung dieser Energie.

„Ich nehme an, die Computer sind unabhängig von allen anderen überprüft worden“, sagte ich.

„Unabhängig und ausführlich, mein lieber Junge. Der Computer mit allen seinen Untercomputern, in jeder Kombination, in jeder Permutation. Du kannst dir meine Ergebnisse anschauen, wenn du willst. Kam nichts heraus, als daß sie großartig sind.“ Furlow blies sich gewaltig auf. „Wenn ich das nicht feststellen könnte, wäre ich dann etwa in diesem Job, he?“

Ich nickte gereizt. Das war doch eine billige Redensart. Der Elektrik-Chefingenieur mußte gut sein in jeder Beziehung, die seine Arbeit betraf, aber in erster Linie mußte er ein Computermann sein.

Ich ließ das ganze Schema durch meinen Geist wandern, zählte die Quadratkilometer des Innenraums, die Kabinen, Frachträume, Korridore, die Läden, Maschinenräume und dergleichen – die *Astra* hatte die Ausmaße einer ziemlich großen Stadt. Und der Energiebedarf war noch größer und vor allem noch viel komplizierter. Das Leben mochte hier an Bord recht glatt laufen, wenn man Verbrauch und Produktion sorgfältig in der Waage hielt, so wie es automatisch auf der Mutterwelt geschieht. Solche Bedingungen aber in einem ungeheuren Rumpf zu erhalten, der viele Jahrzehnte lang durch einen luft- und sonnenlosen, aber strahlenverseuchten Raum jagt, setzte ein äußerst kompliziertes Netz von Geräten voraus, die auch kaum einfacher waren als ein lebender Organismus.

Hier ein Heizgerät, dort ein Kühler; hier ein Licht, dort ein Herd; hier ein Kybernet, der EMF auf ein Mikrovolt genau verlangte, dort ein Superschweißgerät, das fünfhundert Ampere fraß; hier ein Strahlungsmesser, der einzelne Elektronen entdeckte, dort ein Abschirmfeld, das, im Notfall aktiviert, Megajoules in den ersten paar Sekunden in sich hineinsaugte. Und so ging es endlos weiter, mit endlosen Kilometern von Draht, Millionen von Umformern, Überleitungen, elektronischen Ventilen, Verstärkern, Reglern, Generatoren, Motoren, alles endlos und unzählig. Der menschliche Geist konnte sich die Schöpfung des menschlichen Geistes in seiner Gesamtheit ebenso wenig vorstellen, wie sich ein Embryo einen Erwachsenen vorstellen kann, zu dem er ja selbst einmal wird.

„Okay", sagte ich und ahnte schon die Antwort, „was könnte die Ursache dieser Zusammenbrüche sein?"

„Ich hab' dir's schon gesagt", antwortete Furlow, „elende Baumuster. Vielleicht hätte es keine andere Firma besser machen können als die deine, und so etwas war ja auch vorher noch nie gemacht worden. Aber das System ist ganz einfach noch nicht ausgereift. Es gibt heftige Spannungsstöße, wo positives Feedback einsetzt, nicht immer und überall, was ja schließlich Stromkreisunterbrechungen zur Folge hätte, sondern örtlich. Ehe die Sicherheitsvorrichtungen in Tätigkeit treten können, haben schon etliche Bestandteile mehr Saft gekriegt, als sie überhaupt vertragen können."

„Aber die Computer", wandte ich ein, „besonders der Hauptcomputer müßte doch den ganzen Stromfluß überwachen und Erzeugung und Verbrauch in Einklang bringen."

„Ja, das sollte er, aber er tut's nicht, mein Junge, nicht der Hauptcomputer, ebenso wenig die kleinen. Ab und zu verlieren sie wohl die Übersicht. Und dann gibt es plötzlich ein solches Blackout wie in alten Zeiten bei staatlichen Verbundnetzen."

„Was könnte schuld daran sein, daß die Computer die Kontrolle verlieren?"

„Vielleicht eine nicht ausreichende Überwachung. Die Instrumente, die den Computer vom Zustand des Systems zu jeder Zeit und jedem Zeitpunkt ‚unterrichten' – nun, meine Theorie geht dahin, diese Instrumente müssen von Zeit zu Zeit ‚durchdrehen' und dann falsche Informationen geben. Dadurch gibt der Computer verrückte Befehle für total verrückte Nebenschlüsse aus, die Monitoren spielen noch verrückter, und so geht es dann weiter. In ein paar Millisekunden ist der Teufel los. Ist dann der Schaden schon passiert, wenn die Ersatz- und Umleitungen einspringen, ändert sich der Koeffizient, und du kriegst dasselbe noch mal serviert. Und das geht eine ganze Weile so weiter."

Ich legte meine Stirn in Falten und zupfte an meinem Kinn. „Und die Ursache dieser ‚Verwirrung' – du hast das Gefühl, daß sie aus dem System heraus entsteht?"

„Ja. Du kannst nicht erwarten, daß Monitoren, Computer und Regler alles tun, wenn ein Netz dieser Größe und Kompliziertheit vorhanden ist. Das Netz müßte doch auch in sich eine gewisse Stabilität haben. Richtig?"

„Ah... hm...", gab ich widerstrebend zu.

„Aber dieses Netz scheint sowas nicht zu kennen."

„Wenn du recht hast", sagte ich, „dann muß alles wieder herausgerissen werden, alles ist neu zu planen, zu entwerfen, neu zu bauen, neu zu testen..."

„Kein Mensch wird mit einem solchen Kraftsystem reisen, dem wir nicht trauen können."

„Du könntest vielleicht nicht die Chance haben, einfach

aufzugeben“, sagte ich. „Vielleicht geben die anderen das Projekt auf, dann läßt man euch hängen. Meine Firma hat einen Vertrag geschlossen, euch ein Netz nach einem Muster einzubauen, dem allgemein zugestimmt wurde. Unsere Garantie deckt ausschließlich die Arbeit. Es kann gar nicht anders sein, und es ist auch die normale Praxis bei einem Objekt, das größtenteils experimentell ist. Wir sind nicht verpflichtet, noch einmal ganz von vorne anzufangen, und das tun wir auch nicht, weil wir uns das gar nicht leisten können. Und die Astra-Stiftung hat auch keine unerschöpfliche Geldquelle.“

Aus eigenem Antrieb hatte ich schon die Möglichkeit einer Aufgabe des ganzen Projekts in Betracht gezogen, denn Furlows Diagnose mußte jedem Menschen einleuchten, der mit einer solchen Anlage zu tun hatte. Ich war eher traurig als angewidert. Und erstaunt über mich selbst, stellte ich fest, daß es sogar mehr als Traurigkeit war. Denn, verdammt noch mal, ein solches Netz konnte und durfte nicht unstabil sein! So sehr unterschied es sich doch nicht von den Netzen ähnlicher Orte, wie zum Beispiel Tritown.

Vielleicht war die Ursache aller Schwierigkeiten schon bei der Vormontage zu finden, bei einem Schlüsselgerät; oder vielleicht hatte Furlow geirrt, als er dem Computer das beste Gesundheitszeugnis ausstellte; oder – egal, was nun zutraf, es konnte jedenfalls Wochen dauern, bis die Ursache gefunden wurde, und das besonders dann, wenn das Netz so unhöflich war, nicht zusammenzubrechen, solange ich an Ort und Stelle diesen Zusammenbruch beobachten konnte.

Und zweimal verdammt, denn nach fünf Jahren Neptun *brauchte* ich ganz einfach die Freuden von Ceres, Odysseus, Mars, Luna und Erde, und zwar ganz dringend!

Wir betraten das erste von einer längeren Reihe Büros zwischen uns und der nächsten Kontrollkammer. Durch die transparenten Wände sah ich die blinkenden Lichter, die Schalter, Knöpfe, Induktionsplatten, die Skalen und Uhren auf langen, hohen Instrumentenbänken, und die mußte ich alle untersuchen. Ein leises, tiefes Summen erfüllte die Luft. Und ein Duft nach Weihrauch.

Weihrauch?

Ich schaute mich bestürzt um. Ein paar Räume weiter entdeckte ich Typen, die irgend etwas taten, wenn auch nicht gerade eifrig; einer der Männer machte sogar ein Nickerchen. Am anderen Ende des Raumes, in dem wir uns befanden, hockte ein Mann im Lotos-Sitz auf seinem Schreibtisch. Er trug eine gelbe Robe und ein perlenbesticktes Kopfband. Ein Räucherstäbchen brannte in einem Halter vor ihm. Die Augen hatte er geschlossen, seine Lippen bewegten sich tonlos.

„Was, zum Teufel…“ Ich ging auf ihn zu.

Furlow hielt mich zurück. „Den laß mal besser in Ruhe. Er ist … hm … äh … er meditiert gerade über die Allheit des Innenwohnenden oder so. Vielleicht ist es auch umgekehrt. Das vergeß' ich immer.“

„Er darf also, während er Wache hat, seine Gebete sagen?“

„Genau genommen sind das ja keine Gebete, sagt man mir. Er ist ein Reformierter Pantheist, Arkansas Synode. Win, oft macht er ja diese Meditationen nicht. Du solltest einmal ein paar von unseren wirklich verrückten Kultisten sehen.“ Furlow streckte sich und wisperte mir ins Ohr: „Weißt du, wir müssen nehmen, was wir an Leuten kriegen. Ich fürchte, du wirst entdecken, daß selbst in dieser Abteilung die meisten nicht einmal wert sind, einen Tritt in die Kehrseite zu bekommen.“

Ich kam etwas zu spät zum Dinner. „Entschuldige“, sagte ich an der Tür. „Ich war so schmutzig, daß ich baden und die Kleider wechseln mußte.“

„Ein Mann deines Ranges krabbelt zwischen Maschinen herum?“ bemerkte Jaspers. „Ich dachte, dafür sind doch die Anfänger da.“

„Das dachte ich auch mal. Aber mit Ausnahme von Furlow ist die ganze Bande eine Sammlung von routinierten Faulpelzen und schlichtweg Unfähigen, die schlimmste Sorte, die ich je kennenlernte.“

Mein Freund seufzte. „Doch nicht erstaunlich, oder? Nun, komm schon herein.“

Das Apartment war heiter und ein richtiges Heim. Anna Jaspers erwies sich als zierliches, süßes Persönchen; ihre Figur erinnerte mich lebhaft daran, wie überfällig ich für eine Freizeitreise war. Wir saßen über großen Martinis beim Duft nach gebratenem Fleisch und den süßen Tönen eines Flötenkonzerts.

„Wie schön, dich wieder mal zu sehen.“ Jaspers ließ sein Glas an das meine klingen. „Wie hat das Universum dich behandelt?“

„Nicht oft genug.“ Das war ein Witz, der aber meine Verlegenheit nicht überspielen konnte. „Ah, und du ...?“

Jaspers zündete sich eine Zigarette an. „Du brauchst dir keine Verzierung abzubrechen, Win“, meinte er lächelnd. „Du weißt es, Anna weiß es und ich weiß es, daß ich einen Fehler gemacht habe. Ich hatte Glück, daß ich mich um die Konsequenzen herumdrücken konnte, wenn ich hierher käme. Und mein unglaublichstes Glück war es, daß dieses Mädchen da es auch tat.“ Er tätschelte ihre Hand, und sie schnurrte. „Sie hat aber nicht aus den üblichen Gründen unterschrieben. Sie hat wirklich den Wunsch, Alpha Centauri zu erreichen. Verstehst du, sie ist Biologin, und die letzten Sondendaten beweisen, daß es dort mindestens einen erdähnlichen Planeten gibt, komplett mit Leben. Und jetzt bin ich selbst schon gespannt darauf."

„Wieviele wie Sie sind an Bord, Mrs. Jaspers?" fragte ich.

„Anna, bitte", erwiderte sie. „Hier sind wir nicht förmlich, schon gar nicht mit Freunden. Die Antwort ist: Unsere Spitzenoffiziere und Wissenschaftler. Sie gehen alle der Entdeckungen wegen mit."

„Vielleicht zehn Prozent der gesamten Crew", schätzte Jaspers.

„Und die übrigen neunzig Prozent?" wollte ich wissen. „Dummköpfe, komische Käuze ..."

„Gauner", beendete er. „Sicher. Was hast du sonst erwartet?"

„Was sonst? Mein Gott, die größte Reise der Geschichte und ..."

Beide musterten mich. Endlich sagte Anna: „Weißt du, ich glaube nicht, daß du über das Rekrutierungsproblem etwas gehört hast. Als du weggingst, hatte ja der Bau erst begonnen. Vor fünf Jahren, nicht wahr? Keiner hatte da noch einen ernsthaften Versuch gemacht, Personal zu finden. Die Schwierigkeiten tauchten erst richtig in den vergangenen drei Jahren auf. Und die Lösung wurde erst wenige Monate danach akzeptiert."

„Kann das stimmen, Win, daß du davon nichts gehört hast? Und niemand hat dir davon erzählt?"

„Scheint so." Ich lehnte mich zurück. „Und sag du mir nur ja nicht, das sei gar nicht möglich. Nun, fang schon an."

„Man hätte die Schwierigkeiten voraussehen müssen", sagte Jaspers. „Ich habe eine ganze Anzahl soziologischer Abhandlungen gelesen, nach denen die Zwangsläufigkeit auf der Hand liegt. Nachher sieht man immer so wundervoll klar. Die Sache kristallisiert sich auf etwas sehr Einfaches heraus. Wer will schon Utopia verlassen?"

„Ich komme nicht ganz mit."

„Wer gibt ein Leben auf, das ihm gefällt, für ein anderes, von dem er nur weiß, daß es eben anders ist? Ein paar werden es tun – Wissenschaftler, Idealisten, Träumer. Doch die sind selten. Der durchschnittliche und durchschnittlich begabte Mensch sieht darin keinen Vorteil.

Denk doch mal, wie viele Adelige und reiche Kaufleute verließen Europa, um die Neue Welt oder Australien zu kolonisieren? Ganz wenige. Die Einwanderer waren die Armen, die Verfolgten, die Unzufriedenen, die Kriminellen, kurz jene, die zu Hause nichts hatten und nichts werden konnten. Genau das geschah, als der Raum kolonisiert wurde. Das wurde teilweise getarnt, weil man in der ersten Zeit ohne technische Bildung nicht überleben konnte. Aber auch heute siehst du doch noch keinen Zustrom der auf der Erde Erfolgreichen, oder? Welches Motiv hatten sie?"

„Etwas zu erreichen. Forschung. Abenteuer. Ruhm."

„Das zog einige an", gab Jaspers zu. „Genau wie bei der Neuen Welt. Doch das sind die Ausnahmen. Ganz allgemein gesehen stammen doch die Amerikaner von den Versagern Europas ab, und die Asteriten sind die Nachfolger der Versager der Erde. Man könnte zu Hause ganz gut leben, und wenn du auswanderst, gehst du unter."

„Bei dem Sternenschiff ist es noch viel schlimmer", erklärte Anna. „Du kannst nicht nach Alpha Centauri reisen in der Hoffnung, dort ein Vermögen zu machen oder berühmt zu werden und dann zurückzukehren. Wenn du hier gehst, dann ist es für immer. Und wer verläßt gerne Utopia?"

„Ich würde aber das Sonnensystem nicht so nennen", protestierte ich.

„Auch wieder eine Verallgemeinerung“, gab Jaspers zu. „Aber würdest du nicht eine ganze Reihe individueller Optionen in deine Definition für Utopia miteinschließen?“

„Hm. Ja. Ich glaube schon.“

„Siehst du.“ Er sprach mit dem Eifer und Schwung eines Stroboskops, genau wie in früheren Zeiten. „Heute hast du's. Kein Krieg, kein Pogrom, oder? Einige Regierungen sind etwas zu tyrannisch, aber keine verbietet dir eine Ausreise, wenn du sie nicht magst. Überall auf der Erde kannst du wirtschaftliche und körperliche Sicherheit genießen, eine friedliche, ordentliche Existenz. Wenn dir das zu muffig vorkommt, kannst du in den Raum ausweichen. Der gewaltige Aufschwung garantiert dir Arbeit zu hohen Löhnen, und du hast Aussicht, reich zu werden. Willst du aber Entdecker, Wissenschaftler, Gründer sein und Grenzen vorschieben, dann findest du hier genug Gelegenheiten, die nach Menschen schreien!

Wenn wir also ein paar Menschen mit sehr speziellen Wünschen ausnehmen – wer hat auch nur einen einzigen Grund, nach Alpha Centauri zu gehen?“

Mir rieselte es kalt den Rücken hinab. Ich nahm einen Schluck vom kalten Martini. „Ich verstehe allmählich“, antwortete ich. „Es ist am Ende des Schachtes. Ihr braucht fähige Männer und Frauen für diese Expedition, und die sind dort glücklich, wo sie sind.“

„Richtig. Denk' nur daran, sie müßten einen beträchtlichen Teil ihres Lebens hier im Transit verbringen, in einer viel zu ruhigen, isolierten Umgebung, wo die einzigen Aufgaben jene sind, die sie sich selbst stellen. Das ist eine hohe Barriere für jene, die sonst Feuer und Flamme für eine Entdeckungsreise wären.“

„Also mußte die Stiftung schließlich das nehmen, was sich anbot“, sagte ich

„Richtig. Die Drittklassigen. Die Versager, die Faulenzer. Die Taugenichtse. Die Spinner, die wir auch schon wieder heranzüchten, seit die Lebensbedingungen auf den terrageformten Asteroiden so leicht sind. Die komischen Käuze, die ihr persönliches Paradies zu finden hoffen, die ihr verlorenes galaktisches Reich entdecken wollen, oder welchen Unsinn sie auch immer zusammenfaseln. Die Benachteiligten. Die Gauner."

Eilig warf Anna ein: „Die Bedingungen an Bord und am Ziel werden ganz anders sein. Vergiß das nicht, Winston. Ein Zwangsspieler wird sich in der Republik vermutlich ruinieren. Worauf kann er wetten, wenn er zwischen den Sternen ist? Das kann seine Rettung sein."

Jaspers lachte leise. „Oder was kann ein Kerl wie ich stehlen? Wie kannst du dort einen Scheck fälschen? Oder Aktien verwässern? Du würdest dich wundern, wenn du wüßtest, wieviele Verbrecher von der gewaltlosen Sorte hier sind. Ausgezeichnete Leute darunter; viele sogar."

Anna machte den Versuch, das Thema zu wechseln. „Wir haben noch eine sehr wichtige Quelle für fähige Leute, besonders Offiziere: die Alten. Zu alt, um sich zu Hause noch durchzusetzen, aber noch viel zu wach, und noch immer mit einem Auge für neue Horizonte; ja, ich denke, die späteren Gouverneure dieses Schiffes werden alle die Hundertergrenze überschritten haben."

Ich sah finster in mein Glas. „Aber, schaut mal, auf den Weg kommen könntet ihr mit ungenügenden Leuten. Aber was geschieht, wenn ihr ankommt? Der Grund für eine so große Crew ist doch der, daß sie gebraucht wird auf den Centauri-Planeten. Meint ihr im Ernst, ein Durcheinander verbrauchter oder verdorbener Menschen könnte überleben? Davon gar nicht zu reden, daß auf völlig fremden Welten doch etwas geschaffen werden muß."

„Das ist doch nicht nötig“, erwiderte Jaspers. „Auf der Reise ist doch eine völlig neue Generation herangewachsen. Das werden die Forscher sein, vielleicht auch die Kolonisten.“

„Als die Idee aufkam, gab es die widersprüchlichsten Ansichten“, sagte Anna. „Wären sie nicht genau so hoffnungslos wie ihre Eltern? Aber das Argument war reinster Snobismus. Die ausgewogene Konzentration guter und schlechter Gene ist auf dem Schiff nicht viel anders als in der Republik. Und eine ordentliche Erziehung wird die Kinder darauf vorbereiten, mit Centauri fertig zu werden.“

Jaspers feixte. „Erwähnt wurde es ja nicht, und das kann man auch der Crew nicht offen sagen, daß sie eine elende Bande ist, aber ich meine, die Planer rechnen fest mit der normalen Rebellion der Heranwachsenden. In diesem Fall richtet sie sich gegen Faulheit, Schlamperei, Hedonismus und den übrigen Kram. Ich stelle mir vor, die Kinder wachsen ziemlich spartanisch heran und sind chronisch entsetzt über das Benehmen ihrer Eltern.“

„Natürlich müssen wir einen Kern erstklassiger Leute haben, die auf der Reise alles in die Hand nehmen“, sagte Anna. „Nicht nur die Maschinerie und die Biosysteme. Nein, sie müssen auch die menschliche Entwicklung auf den richtigen Kurs bringen und sie dort halten.“

„Warum willst du nicht zu uns stoßen, Win?“ schlug Jaspers vor. „Wir paar ausgewählten Leute werden eine sehr gute Gesellschaft abgeben. Viel Arbeit, die uns Spaß macht, die Entwicklungsarbeit am Menschen mit eingeschlossen, die Anna erwähnte. Und danach bekommt man die Antialterungsbehandlung. Wir sind dann nicht zu schwach, über den lebenden Planeten zu trampen, gegen seine Drachen zu kämpfen und seine Prinzessinnen zu retten. Teufel, nein!“

Ich fühlte mich ein wenig unglücklich. „Ich will euch euer Vergnügen nicht schmälern“, sagte ich, „aber es besteht die Möglichkeit, daß eure Expedition nie zustande kommt.“

Schweigend musterten sie mich. Schließlich sagte Jaspers tonlos: „Ist denn das Problem des Netzes so ernst?“

„Hm ... Ich weiß es noch nicht recht“, antwortete ich. „Vielleicht brauche ich noch einige Zeit, bis ich das festgestellt habe. Heute habe ich nur einen Überblick gewonnen. Furlow hat recht, wenn er sagt, die Computer funktionierten. Aber ich habe mir die kaputte Einheit angesehen, die er aufgehoben hat. Nicht zu reparieren. Man kann gar nicht genug Ersatzteile und neue Einheiten mitnehmen, wenn diese Zusammenbrüche sich im bisherigen Tempo wiederholen. Und sollte es sich herausstellen, daß das gesamte Netz erneuert werden muß – nun, dann bin ich nicht sicher, daß die Gelder der Stiftung dafür ausreichen.“

„Kannst du denn nicht eine einfachere Lösung finden?“ Anna sprach leise, aber verzweifelt. Es ging ja um das Schicksal ihres Mannes. „Ich habe selbst mit Hodge gesprochen. Er meint, das Netz sei in sich unstabil. Könnte man diese Unstabilität nicht durch eine Anpassung bei den Computern wettmachen?“

„Vielleicht“, meinte ich skeptisch.

Jaspers versuchte wieder etwas leichtere Töne anzuschlagen. „Mir ist’s egal, wer die Gesetze einer Nation schreibt, wenn ich deren Computer programmieren darf. Sag mal, Liebes, ist das Essen ...“

Mir fiel das Glas aus der Hand, der Inhalt ergoß sich über meine Knie.

Eine Woche später kam es zu einem kritischen Punkt.

Ich bin kein Schauspieler. Als die Tage vergingen, bemerkte ich, daß Furlows kleine, blasse Augen sehr oft auf mir ruhten. Meine Tests und Basteleien waren einfache Bewegungen, meine Unterhaltung ziemlich brüsk. Seine Gesellschaft mied ich, so gut ich konnte. Besonders lehnte ich die wiederholten Einladungen zum Dinner in seiner Junggesellenwohnung ab, obwohl behauptet wurde, er sei ein richtiger Feinschmeckerkoch. Und wenn wir einander zufällig in der Bar trafen, ließ ich mich nicht zu einem Drink einladen.

Und ich stellte offensichtlich auch Fragen, die ein wenig zu fachgerecht waren, als daß sie zufällig sein konnten.

Die Bombe platzte während der Abendwache. Ich hatte lange gearbeitet. Während das Schiff in der Umlaufbahn war, hatte es keinen Sinn, einen Posten rund um die Uhr zu besetzen. Mein Vorwand war der, daß ich versuchen wollte, eine Beobachtung in eine logisch-mathematische Form zu bringen, wie ein Feedback in den Monitoren positiv werden konnte, so daß wir die Computer nachprüfen konnten, ob diese Beobachtung irgendwie von Nutzen sein würde. Tatsache war, daß ich keine derartige Hypothese hatte, und die Symbole, die ich auf das Papier malte, waren mehr oder weniger Kritzeleien, wenn auch eindrucksvoll. Ich wollte nur gründlich herumschnüffeln. Natürlich wäre es mir nicht eingefallen, Furlows Kabine heimlich zu besuchen oder etwas dergleichen zu tun. Aber vielleicht wäre in der Ablage oder in den vorhandenen Bändern ...

Es war sehr ruhig. Um mich herum war nur das allgegenwärtige Summen, das Atmen der Ventilatoren, das leise Tappen meiner Schuhe. Die Hauptkontrollkonsole des Computers füllte zwei Seiten einer geräumigen Kammer vom Deck bis obenhin mit blinkenden, flackernden, pochenden Kniffligkeiten. Der Rest bestand aus unwichtigen Maschinen, Schreibtischen, Schränken, alles sauber, metallisch und unmenschlich kalt unter kalten, weißen Leuchtleisten. Mich fröstelte, und gleichzeitig lief mir Schweiß die Rippen entlang.

Ein Kartenkatalog listete die Programme, die auf Band genommen und zur Wiederverwendung aufbewahrt waren. Es waren über hundert. Diese Computer leisteten mehr als Hirtenaufsicht über das Netz. Sie nahmen auch die darauf bezüglichen Berechnungen vor. So bestimmte etwa einer von ihnen, wo im Netz ein großer Schwerkraftoszillator sicher angeschlossen werden konnte. Und eine Anzahl separater Kontrollprogramme war schon vorbereitet. Stellte man zum Beispiel auf die Bussard-Methode des Nachtankens oder sonstige Treibstoffaufnahme zwischen den Sternen um, so mußte man ganz eigene Programme zur Stabilisierung der derzeitigen Energiezufuhr aufstellen.

Ich dachte: *Vielleicht ist das, was ich suche, ganz offen in einem Schrank zu finden, eingeordnet unter einem irreführenden Kode ... Gestohlener Brief etwa ...*

„Winston, Junge."

Ich wirbelte herum. Mein Herz jagte. Furlow stand unter der Tür, wie ein Fels hinter ihm J. P.

Sie kamen auf mich zu. Furlows Liebenswürdigkeit war völlig ausgelöscht. „Du solltest doch in deinem Büro sein", sagte er.

„Ich ... nun, mir fiel ein, es könnte ja schon irgendwo eine Formel vorhanden sein ..." Meine Stimme trocknete aus.

„Du konntest nicht mehr bis morgen warten, um mich zu fragen." Furlow blieb ein paar Meter von mir entfernt stehen. Sein Blick hing starr an mir. „Ich habe mich schon über dich gewundert. Wirklich."

„Was ..." Meine Zunge fühlte sich wie Sandpapier an. „Was ist denn los?"

„Das will ich ja herausfinden. Ich vermutete, du würdest ... Nein, bleib, wo du bist. J. P., pack' ihn!"

Der Riese kam schneller heran, als ich ausweichen konnte. Er packte mich an einem Arm, wirbelte mich herum und nahm mich in einen Hammergriff. Meine Gelenke durchfuhr ein scharfer Schmerz.

„Zerbrich ihn nicht", mahnte Furlow.

Einen Augenblick lang standen wir da. Ich keuchte, er brütete vor sich hin. „Was ist in dich gefahren?" stöhnte ich schließlich.

„Hier frage ich." Furlow nahm eine Zigarre aus seiner Tasche und zündete sie an einem Tisch an. Er hockte sich auf eine Ecke mit einem Bein auf dem Tisch und blies dicke Rauchwolken von sich.

„Ich nehme an, du vermutest bei mir einige Übeltaten", sagte er. „Du hast dich diesen Abend so übereifrig benommen, daß ich dachte, es sei klüger, mal nachzusehen, was du tust."

„Laß mich los!"

„Erst wenn du es mir sagst, Win."

„Wenn du mir gegenüber Gewalt anwendest, verurteilst du dich nur selbst."

Furlow schüttelte den Kopf. „Nein. Wenn du dich wie ein Irrer aufführst, dann ist es meine Pflicht, dich davor zurückzuhalten und zu vernehmen. Ich muß dafür sorgen, daß du keine Gefahr bist für das Schiff. Stellt es sich heraus, daß ich mich irre, dann entschuldige ich mich. Aber ich bin hier im Offiziersrang und kenne meine gesetzlichen Rechte. In welchem Verdacht hast du mich, Win?"

Ich schaute wütend drein.

„Bißchen verdrehen, J. P.", sagte Furlow.

Ich schrie. Als diese Hände endlich aufhörten, mich zu martern, hängte ich mich an sie. Um mich wurde es dunkel.

Dann schwand die Dunkelheit. „Tut mir leid“, sagte Furlow, „manchmal übertreibt er ein wenig.“

Ich meinte, gelegentlich sei Heroismus sehr wohl angebracht, doch wenn damit nichts zu gewinnen war, als daß man sich etwa eine Verkrüppelung oder gar den Tod einhandelte, war er nicht am Platz. Ich wappnete mich gegen die Feuer in meinen Schultern und Ellbogen.

„Okay“, sagte ich. „Ich werde sagen, was ich mir denke. Mit dem Netz ist alles in Ordnung. Keine Einheit wurde je ruiniert, außer dem einzigen Muster, das du präpariert hast. Du hast ein Spezialprogramm geschrieben und dessen Band in den Hauptcomputer eingelegt, wann immer du eine Gelegenheit dazu hattest. Verschiedene Einheiten brannten daraufhin aus, als seien sie überladen worden. Deine Untergebenen sind eine Bande von Drohnen und Dummköpfen, deshalb kommst du damit weg. Die ‚verdorbenen‘ Einheiten schickst du zum ‚Ausschlachten‘. Aber in Wirklichkeit werden sie weiterverkauft. Du und deine Verbündeten in Mountain King habt die Differenz eingesteckt. Auf der Erde ginge das nicht. Aber hier haben wir die Republik. Die Asteroiden sind über Millionen von Kilometern verstreut, und die Regierung darf sich in Privatunternehmen nicht einmischen. Die meisten Transaktionen kommen gar nicht an die Öffentlichkeit. Später, glaube ich, hättest du unter irgendeinem Vorwand den Job hier aufgegeben und dir von deiner Beute ein schönes Leben gemacht.“

„Nicht schön“, piepste J. P. Der Kerl fing wieder an, mich auseinanderzunehmen. Ein Schrei Furlows hielt ihn diesmal auf.

„Er mag dich nicht“, sagte J. P.

„Laß ihn gehen und hol den Whisky aus meinem Büro.“

Der Dummkopf grunzte, ließ mich los und schlurfte

davon. Ich fiel auf einen Stuhl am Schreibtisch, auf dem Furlow hockte.

Er schaute mich nicht einmal sehr unfreundlich an. „Was hast du dir da Komisches in den Kopf gesetzt“, sagte er.

„Beweis ...“, keuchte ich und holte ein paarmal tief Atem, bis sich meine Lungen wieder erholt hatten. Ich riß mich zusammen und schaute ihn voll an. „Ich habe heute gepfuscht“, sagte ich, „aber so dumm war ich auch nicht, als daß ich allein Detektiv gespielt hätte. Hast du bemerkt, daß Jake Jaspers vor einigen Tagen ein Boot verlangte, um nach Ceres zu reisen? Er sagte, er wolle über einige Anomalien in den Lieferpapieren sprechen. Wir wußten nicht, ob wir dem Nachrichtennetz des Schiffes vertrauen konnten. Er ist zu den Behörden gegangen. Ein Trupp mit einem Verhaftungsbefehl müßte in aller Kürze ankommen.“

„Sollen sie doch.“ Furlow zuckte die Schultern. „Die finden nichts. Überhaupt nichts. Gibt auch nichts.“

„Nein“, sagte ich voll Bitterkeit. „Jetzt bist du ja gewarnt und kannst das Band vernichten. Und mich willst du wohl auch vernichten?“

„Warum sollte ich? Selbst dann nicht, wenn ich ein Mörder wäre, und dafür bin ich viel zu zimperlich. Teufel, mir tut's leid, daß er dich so grob behandelt hat. Ich wollte nicht, daß J. P. dir mehr antut als nur ein bißchen Angst einjagen.“

„Gibst du hier unter vier Augen zu, was du tust?“

Furlow lachte. „Ich gebe verdammt noch mal gar nichts zu, Junge. Wenn die Polizei kommt, steht deine grundlose Anschuldigung gegen meinen makellosen Ruf.“

„Nachforschungen etwa in Mountain King oder sonstwo könnten Beweise erbringen.“

„Müßten es, falls ich schuldig wäre, doch das ist deine Annahme, nicht die meine. Erwartest du allen Ernstes, daß die Polizei sich einschaltet? Mein Lieber, hier haben wir die Republik, nicht die Erde. Die Polizei ist viel zu dünn besetzt, und die haben viel wichtigere Arbeit zu tun als Rettungsoperationen; solchem Kleinkram gehen die gar nicht nach, oder nur dann, wenn ein Fall völlig klar ist. Und der hier ist es nicht."

„Ich weiß. Deshalb geht es ja Privatdetektiven hier im Asteroidengürtel so gut. Wenn die Stiftung Männer anheuert, die hier die Beweise für deine Taten ausgraben ..."

Furlow schaute blasiert drein. „Tut sie nicht. Ich habe mehr Erfahrung als du mit der Stiftung. Die Leute dort fürchten Skandale nach dem ganzen Gerede über die Rekrutierung. Ich sage, die feuern mich nicht auf Verdacht, nicht einmal dann, wenn ich selbst berichte, daß ich am Netz herumgepfuscht habe. Dieses Schiff hat viel zu wenig Leute, die ihre Arbeit verstehen." Er blies einen Rauchring. „Win, wenn einer, dann bist du's, dessen Gehaltsscheck in Gefahr ist. Phantastische Anschuldigungen erheben, weil du selber deiner Aufgabe nicht gewachsen bist! Tz, tz. Aber ich bin ja großzügig. Setzen wir uns doch zusammen und knobeln wir aus, wie diese elende Sache ohne viel Lärm aus der Welt zu schaffen ist."

Da fiel mir die Antwort ein, so hart traf sie mich, wie es die Lösung des Problems ursprünglich getan hatte. Ich richtete mich hoch auf und stieß einen Fluch hervor.

„Was jetzt?" Furlows Ruhe schien nicht mehr ganz so überzeugt zu sein.

Damit lag er richtig. „Mein Lieber", sagte ich, „du wirst nicht nur deine Untaten vor den Vertretern der Stiftung zugeben, sondern du wirst sie in allen entzückenden Einzelheiten genauestens beschreiben."

„Warum, beim Kosmos ...? Ich meine, da gibt es doch gar keine", bellte er. „Erkläre dich!"

Ich lehnte mich zurück, schwang meine Füße auf die Tischplatte und wedelte herablassend mit dem Arm, der noch immer schmerzte. „Ich warte lieber darauf, bis der Whisky kommt."

Soviel zu diesem kleinen Melodrama. Der richtige Höhepunkt kam erst später.

Jake Jaspers und ich saßen im Büro von Joseph Amspaugh, als er mit der Polizei ankam. Er hatte mehr Verantwortung als Captain Davidson, der sich mehr mit der Schiffsführung befaßte als mit den Menschen. Wir rechneten schon mit Amspaughs Wahl zum Präsidenten der Zivilregierung, sobald die Expedition voll bemannt war. Die Kabine war sehr einfach, aber vor uns perlte Champagner in den Kelchen.

„Glaubt ihr wirklich, wir sollen es wagen, Furlow zu behalten?" fragte Amspaugh.

„Man würde besser tun, ihn wegzuschicken, aber er ist zu nützlich dafür", sagte ich. „Mir erklärte er, fähige Offiziere seien kostbare Edelsteine auf diesem Schiff. Und jeder Fachmann, der das falsche Band prüft, das er vorbereitete und wirkungsvoll versteckte, wird zustimmen, daß er absolut brillant ist, wenn es um ein Stromnetz geht, eine ganze Versorgungsanlage. Die Crew mag ihn, und er ist so gerissen, daß er schon sehr bald die kleinen Eigenheiten eines jeden durchschaut."

„Aber was der uns gekostet hat ..."

„Den größten Teil des Geldes wird er zurückgeben", sagte Jaspers, „und er rechnet damit, daß Mountain King mit einer großen Schenkung für das Projekt kommt, wenn wir ihnen den guten Namen nicht mit Anklagen verderben."

„Und er schämt sich gar nicht?“ fragte Amspaugh.

Ich lachte breit. „Wer kümmert sich schon darum? Sir, wenn es Sie glücklicher macht – natürlich paßt ihm die Art nicht, wie wir ihn in die Falle bekommen haben. Aber er hatte nie die Absicht, mit auf die Reise zu gehen.“

„Ich hatte aber schon erklärt, daß eine dritte Gruppe sich Sorgen machte, und die konnte man nicht so behandeln wie die Polizei oder die Stiftung – meine Firma nämlich, der Vertragspartner für die Elektroanlage. Sie mußte ihren eigenen Ruf wahren, indem sie bewies, daß an dem von ihr aufgebauten Netz alles in Ordnung war. Das konnte am besten so geschehen, daß sie Detektive auf Furlows Spur setzte und auf die seiner Komplizen. Er hätte in einem Arbeitslager geendet.

Er hatte die Wahl. Er konnte uns das Band zeigen und so eine Fähigkeit demonstrieren, die es wert machte, ihm zu verzeihen, ihn sogar zu behalten.“

„Fast fühle ich mich wie ein Erpresser“, klagte Amspaugh.

Ich hob mein Glas und nippte daran. Der Wein war herb, die Bläschen kitzelten meine Nase. Feines Zeug. Und von diesem Schiff, wo schon ein Weinberg angelegt worden war. „Sir, wollen Sie lieber rachsüchtig sein und ihn ins Gefängnis schicken?“ fragte ich. „Oder ihn frei herumlaufen lassen, daß er anderswo ein neues Verbrechen begeht? Hier ist er gut aufgehoben. Sind wir erst einmal unterwegs, kann er keinen Schaden mehr anrichten, und er wird uns sogar recht wertvoll sein, weil ihm seine eigene Haut lieb ist.“

„Was machen wir mit ihm, bis wir abreisen?“

„Ich würde vorschlagen, man nimmt ihm die Abteilung. Dann können wir auf ihn aufpassen.“

„Wir?“ flüsterte Jaspers.

Amspaughs Augen funkelten. „Dann brauchen wir ja einen neuen Chefingenieur für die ganze Kraftanlage", sagte er.

Epilog

Polaris liegt hinter uns, der Polarstern, nach dem wir Alpha Centauri ansteuern, links vom Kreuz des Südens.

Conchita sagt: „Wir wollen nicht, daß die Schulen irgendwelche Gefühle verletzen. Soll doch die Majorität der gegenwärtigen Generation ihr pathetisches kleines Spiel der kühnen Pioniere weiterspielen. Die meisten glauben ja daran. Ich hoffe nur, daß ihre Kinder nicht so brutal offen sind ... nachdem sie sie durchschaut haben."

„Das ist nett von dir", sage ich zu ihr, und ich beuge mich ein wenig zu ihr hinüber. „Es sieht dir auch sehr ähnlich."

Wir lächeln einander an, unsere Finger berühren sich kurz. Ich denke: *Ja, ich bin froh, daß ich mitgekommen bin. Wirklich, eine ausgezeichnete Gesellschaft. Und eine faszinierende Arbeit; und am Ende ganz neue Welten, über die ich mit meinen Söhnen wandern kann.*

„Ich sehe immer noch nicht recht ein, warum es so wichtig ist, was in die Schulbücher kommt", brummt Dworczyk.

„Das liegt doch auf der Hand", antwortet Echevaray in seiner schüchternen Art. „Wichtig ist, wie wir unseren Kindern beibringen, mit den Anforderungen fertig zu werden, die am Ende der Reise auf sie warten."

„Das ist bekannt", sagt Missy. „Das planten wir doch gleichzeitig mit dem Schiff."

Sie braucht die Möglichkeiten nicht aufzuzählen. „Dieser mobile Planetoid hat genug Platz für Sportler, für Camping, sogar für die Jagd in den Wäldern, die wir angelegt haben. Außer einer formellen Erziehung für die Kinder haben wir auch genaue Zeremonien für sie vorgesehen. Sie sind mehr als nur ein Zeitfüller. Sie werden den Kindern Disziplin beibringen und ein Gefühl der Zusammengehörigkeit vermitteln.

Das hat sich auch in der Vergangenheit bewiesen. Die Entwicklung eines Persönlichkeitstyps, der ein gutes Leben führen kann, ohne zu verweichlichen, ohne die Fähigkeit zu verlieren, auch mit Schwierigkeiten fertig zu werden; das gibt es. Denkt doch einmal nach. Um nur eine Gruppe zu nennen: die polynesischen Insulaner der Erde. Ich glaube, wir könnten von ihnen etwas lernen. Es mag etwas sonderbar erscheinen, wenn extra-solare Raumfahrer sich mit Buschtrommeln, rituellen Tänzen und den großartigen Federmänteln befassen. Aber warum nicht?"

„Eines darf man nicht vergessen", warnt Orloff. „Ein großer Teil ihrer Kultur, jeder Kultur, waren ihre Geschichten von den großen Ahnen. Und das, Tom, ist der Punkt, wo unsere Geschichtsbücher hereinkommen. Sie werden unsere Mythen schaffen. Ihre Wahrheit oder ihre Unrichtigkeit haben nichts zu tun mit der Funktion von Mythen, einer erzählenden Verkörperung jener Dinge, jenes Glaubens, jener gewählten Bestimmung, durch die der Mensch lebt.

Was wählen wir für unsere Kinder?"

Ich stehe auf, um mir einen frischen Drink zu holen. Mein Blick fällt hinaus zu den Sternen, und für eine Weile verliere ich mich unter ihnen. Alle schauen mich an, als ich mich selbst zurückrufe.

„Oh." Ich schüttle mich ein wenig und lache. „Entschuldigt. Ich mußte ein wenig nachdenken." Ich deute hinaus in die unendliche Nacht, die gar keine ist, weil sie mit Sonnen angefüllt ist. „Genügt das Universum nicht? Was brauchen wir eigentlich mehr?"

„Meinst du“, wirft Lindgren ein, „daß wir ebenso gut die nackte Wahrheit über das sagen können, was uns herbrachte?“

„Ja“, erwidere ich, „denn wichtig ist doch nur, *daß wir hier sind.*“

Meine Haltung allein ist nicht entscheidend für sie, aber ich habe die Idee ausgesprochen, nach der wir alle ausgegriffen haben. Einer nach dem anderen stimmt zu.

Missy Blades umfängt sie mit einem Wort, das nicht eigentlich zynisch ist, eher von lächelnder Zuneigung. „Klar. Macht weiter. Sollen sie doch die Wahrheit hören. Sind sie erst erwachsen, lachen sie doch darüber.“

ENDE